사슴벌레를 환대하기를·
권여선

그럼에도 불구하고
믿고 있어요.
최진영

나는 가을을 좋아해요.
… 가을을 타나봐요. ♥
서유미

그 장면은 아직 그곳에,
2023년 최은미

마음이 있는 곳에서
마음을 잇는 순간을
[illegible]

밤, 행복한 꿈에 다다르길.
2023. 가을
손보미

그건 얼마나 달콤한 일이었을까
백수린

2023
김승옥문학상
수상작품집

2023
김승옥문학상
수상작품집

문학동네

|차례|

대상

/

권여선

사슴벌레식 문답

작가노트

안녕 사슴벌레

리뷰 | 양윤의

사슴벌레는 어디로든 들어온다

© 정멜멜

권여선

1996년 장편소설 『푸르른 틈새』로 상상문학상을 수상하며 등단. 오영수문학상, 이상문학상, 한국일보문학상, 동리문학상, 동인문학상, 이효석문학상, 김유정문학상 등 수상. 소설집 『처녀치마』 『분홍 리본의 시절』 『내 정원의 붉은 열매』 『비자나무 숲』 『안녕 주정뱅이』 『아직 멀었다는 말』 『각각의 계절』, 장편소설 『레가토』 『토우의 집』 『레몬』, 산문집 『오늘 뭐 먹지?』가 있다.

사슴벌레식 문답

정원의 이십 주기 추모 모임 단체 대화방에 나는 부영과 경애를 초청했다. 둘 다 들어와서 인사도 하지 않고 메시지를 올리지도 않았다. 다른 사람의 메시지를 읽는 것 같지도 않더니 잠시 뒤 경애가 대화방을 나갔다는 알림이 떴다. 그럴 줄 알았지만 그럴 줄 모르기도 했다. 나는 부영이 먼저 나갈 줄 알았는데 뜻밖에도 부영은 계속 나가지 않고 있었다. 그게 대화방을 나가지 않겠다는 의지처럼 생각되지는 않았다. 나가는 최소한의 행위도 하지 않는 방치나 무시, 또는 자신이 초청되었다는 사실에 대한 완전한 망각 같았다. 그렇게 부영은 끝까지 메시지를 읽지 않은 '1'의 숫자로 남아 있었다. 올해에도 정원의 추모 모임에 간 사람은 나 혼자였다.

이십 주기라 그런지 그동안 나오지 않던 정원의 대학 때 서클 친구들과 대학원 친구들도 몇 나왔다. 무슨 얘기 끝에 대학원 친구 중 하나가 고경애 선생은 안 왔네요, 했다. 그 친구는 고선생과 같은 대학에 재직하고 있다고, 정원씨하고 고선생이 아는 사이인 줄 몰랐다고, 세상이 이렇게 좁다고, 둘이 어떻게 아는 사이죠, 하고 물었다. 아무도 대답하지 않았다. 대답할 사람이 나밖에 없었다. 나는 같이 하숙한 사이라고 말했다. 아, 하숙, 그렇구나. 그 친구가 고개를 끄덕였다. 다른 친구 하나가 갑자기 생각난 듯, 참, 그 대학 법인화 문제로 말이 많았다고 하던데, 누구 통해서 들으니까 고선생이 정년 보장이 안 돼서 여기저기 뛰어다니며 알아보고 다닌다고 하더라고요, 했다. 그건 아마 잘 해결됐을 거예요, 하고 앞서 얘기한 친구가 말했다.

내 옆에 뚱하니 앉아 있던 서클 친구가 내 쪽으로 고개를 돌리고, 지금 말한 고경애 선생이 제가 아는 고경애가 맞겠죠, 동양사학과 고경애, 라고 물었다. 나는 얼른 맞는다고 대답했다. 그 고경애가 그 고경애라고. 그 친구는 살짝 표정을 일그러뜨리더니 조심스러운 말투로, 요즘 경애가 무슨 법사의 사상에 경도되었다는 얘기를 들었다고, 또 무슨 포럼에 참석해서 발표를 했다는 얘기도 들었다고, 하, 어떻게 그럴 수 있는지 도저히 믿기지가 않는다고 했다. 나는 애매하게 고개를 끄덕였다. 그 법사가 누구인지 그 포럼이 어떤 포럼인지 자세히는 몰랐지만 묻지 않아도 알 것 같았다.

모임은 한 시간 만에 끝났고 뒤풀이는 없었다. 아는 사람들끼리 각자 뒤풀이를 하는지 몰라도 아무도 내게 같이 가자고 하지 않았다. 같이 가자고 했어도 가지 않았을 것이다. 아니, 잘 모르겠다. 간곡히 권했으면 갔을지도 모르겠다. 나는 정원과 학과 동기도 아니었고 서클 동료도 아니었고 대학원과도 무관했다. 그저 같이 하숙한 사이였을 뿐이었다. 경애와 부영이 있었다면 셋이 뒤풀이를 했을 것이다. 돌아오는 길에 생각해보니 정원의 추모 모임에서 정원에 대한 얘기는 거의 듣지 못하고 경애에 대한 이야기만 잔뜩 듣다 온 것 같았다. 집 근처 전철역에 내려 부영에게 전화해봤지만 받지 않았다. 정원의 추모 모임에 다녀왔다는 문자를 보내려다 말았다. 경애에게는 전화하지 않았다. 십 년 전 그 사건 이후로 나는 한 번도 경애에게 전화한 적이 없다. 경애도 내게 전화하지 않았다. 그런데 왜 나는 십 년 만에 정원의 추모 모임 단체 대화방에 경애를 초청했을까. 모르겠다. 나는 휴대전화를 꼭 쥔 채 결국 아무데도 전화할 데가 없다는 사실을 깨닫고 오래전처럼 쓸쓸해졌다.

지방에서 서울로 올라온 대학 신입생들은 낯선 공간에 던져진 새끼 오리들처럼 초창기에 대학가에서 함께 지낸 친구들을 오래도록 잊지 못한다. 신입생 시절 우리 넷은 같은 하숙집에 들어 두 명씩 같은 방을 썼다. 부영과 정원이 이층 끝 방에 살았고 그 옆방에 경애와 내가 살았다. 그래서 술을 마시고 떠들썩하게 놀 때면 늘 끝 방인 부영과 정원의 방에서 놀았다. 그들이 자리를 제공하고 뒷정리까지 하는 게 미안해서 처음엔 경애와 내가 소주와 막

걸리를 사들고 갔지만 점점 그런 것에 신경쓰지 않아도 될 정도로 거리낌이 없어졌다. 우리 사이에서는 돈 있는 사람이 베풀면 돈 없는 사람은 누리면 됐다. 이상하게 베푸는 쪽은 주로 부영과 정원이었고 누리는 쪽은 경애와 나였다. 방도 술도.

부영은 성격이 시원시원하고 통이 커서 늘 우리의 리더 노릇을 했는데, 리더로서의 자의식도 없는데다 리더의 권위를 도전받아도 개의치 않고 부디 나 대신 누가 리더 좀 해줘 하는 식의 임의적이고 편안한 태도를 취했기에 더 리더로서 적합했다. 툭하면 우리를 구박했지만 우리에게 구박도 잘 당했다. 우리 모두 부영을 믿고 의지했지만 룸메이트인 정원이 특히 그랬다.

정원은 상냥하고 조심성이 많고 무서움을 잘 타는 성격이었지만 때로는 급작스러운 광기나 충동에 몸을 맡겨 우리를 놀라게도 했다. 정원은 '자유'나 '해방'이 들어간 시나 경구, 노래 가사 등을 많이 외우고 있었는데 특히나 그 말을 전공인 불어로 발음할 때면 마치 감전이라도 된 듯 온몸에 미세한 경련을 일으키곤 했다. 그러면 우리 또한 그 유려한 발음에 감탄해 덩달아 몸서리를 쳤다. 그러나 평소의 정원은 리본이 달린 작은 꾸러미에 포장되어 어딘가로 배달되기를 기다리는 어여쁜 선물 같았고, 부영은 그런 연약한 룸메이트에게 '언니스러운' 강한 책임감을 갖고 있었다. 자기는 제멋대로이면서 정원이 제멋대로 굴다 상처받는 것은 견디지 못했다. 감싸면서 단련시키려 했고 아끼면서 통제했다. 정원이 저거 너무 순진해서, 정원이 쟨 너무 고지식해, 라는 말을 자주 했지만 그러면서도 정원의 순진함과 고지식함을 교정하기보다는 보존하려 했다. 정원만의 스타일을 허물어뜨리지 않으려 했다. 누가 봐도, 있는 그대로 지켜준다, 그런 느낌이었다.

나의 룸메이트인 경애는 정원과는 다른 의미에서 친절하고 부드럽고 예의발랐다. 정원처럼 자유나 해방 같은 것에 열광하지는 않았고 오히려 규칙적인 일상을 지키려고 노력하는 편이었다. 자기 얘기를 별로 하지 않고 존재감을 드러내지 않아 처음에는 선뜻 가까워지기 어려웠지만 침착하고 인내심이 강한데다 나의 퇴폐적이고 불규칙한 생활을 가능한 한 용인해주고 내 괴벽도 잘 받아주는 편이라 같이 사는 데 큰 문제가 없었다. 그럼에도, 아니 그래서인지 몰라도 어느 순간, 얘가 나를 참아주고 있구나, 묵묵히 견디고 있어, 하는 느낌이 강하게 엄습할 때면 나는 숨이 막힐 만큼 높고 단단한 벽을 느끼곤 했다. 하지만 당시의 나는 무턱대고 믿었다. 뭐니 뭐니 해도 우리는 룸메이트인데다, 어쩌면 경애와 대척되는 나의 엉망진창인 삶의 방식이 경애의 높고 단단한 외벽을 뚫고 부영과 정원은 모르는 경애만의 어떤 내밀한 지점으로 파고들어가는 치트 키가 될 수도 있다고 말이다. 예를 들어 나는 경애가 두 손을 꽉 잡고 입가를 천천히 올려 미소 짓는 게 엄청난 당황의 표식인 것도 알았고, 웬만하면 놀란 티를 내지 않는 경애가 진심으로 놀라면 표정은 굳은 채로 두 눈썹만 들썩들썩, 누가 보면 기분좋은 일이라도 있는 듯이 기묘하게 춤추는 것도 알았다. 무엇보다 좋지 않은 일을 당했을 때면 면벽을 하고 약간 돌출한 입을 오물거리면서 집요하게 자기만을 탓하고 용서를 비는 기도를 하는 것도 알았다. 누가 봐도 경애는 남에게 나쁜 짓을 하지 않을 애였지만, 그래서 나는 혹시라도 경애가 나쁜 짓을 하게 되면 절대 스스로 인정하지 않을 것도 알았던 것 같다.

나로 말하자면 대학에 입학하면서 갑자기 주어진 자유를 감당 못하고 분방하고 무책임한 생활에 빠져들었다. 수업은 거의 빼먹다시피 하고 모든 시위와 토론, 뒤풀이에 꼬박꼬박 참석했고 밤늦게 하숙집에 돌아와서도 누구든 붙잡고 더 마시려 했다. 처음엔 넷이 같이 마시다 결국 내 앞에 남는 상대는 하나였는데, 부영이 마셔주다 정원에게 물려주고 정원이 마셔주다 힘에 부치면 경애가 마셔주는 식의 내 음주 상대 노역이 거의 일주일 주기로 되풀이되곤 했다. 나는 관계에 취약해서 누군가와 갈등하거나 불화하는 상황을 견디지 못했고 그럴 때마다 재빨리 술로 도망치곤 했는데, 바로 그 유약한 변덕스러움 때문에 일 년 내내 누군가와 갈등하거나 불화했으므로 1학년이 끝나갈 즈음에는 거의 알코올 중독자와 비슷한 행태의 삶을 살고 있었다.

2학년이 되면서 우리는 하나씩 하숙을 옮기고 자취를 하고 친척집에 들어가며 뿔뿔이 흩어졌다. 그래도 한 달에 한 번씩은 꼭 만나려 했고 서로의 생일을 결사적으로 챙겼다. 한동안 나는 1학년 때의 버릇을 못 버리고 술에 취하면 나의 새끼 오리 친구들을 찾곤 했다. 경애는 특유의 인내심으로 나를 받아주었지만 내가 원하는 만큼의 적극적인 공감을 표하지 않아 심심하고 서운했다. 정원은 내 말을 의심 없이 믿어주고 내 편을 들어주며 함께 흥분하기 일쑤였지만 얼마 지나지 않아 미안해, 준희야, 네가 술 취해서 만나자고 하면 만나지 않겠어, 라고 울먹이며 선언했다. 그후로 정말 내가 술 먹고 건 전화는 조용히 끊어버렸는데 이런 정원답지 않은 단호한 대처에는 분명 부영의 조언이 있었을 것으로 생각되었다. 부영은 제멋대로 내 전화를 받거나 안 받았다. 만나면 어어 하며 대충 듣는 시늉만 할 때도 있었지만 그 인간이 아주 미쳤네 미쳤어 우리 준희 어쩌냐 하며 격하게 공감할 때도 있었다. 그러다 마침내 부영마저 더는 버티지 못하고 사냥감을 잡듯 내게 매서운 말을 획획 쏘아 꽂는 날이 왔다.

진지하게 묻는다, 준희야. 너한테 나는 뭐냐? 정원이하고 경애는 뭐냐? 너는 진짜 술 먹으면 궁중 비화에 나오는 이상한 내시나 상궁들 있지, 딱 그렇다. 갈등과 암투만 먹고 사는 인간 같다. 거기에 상관없는 우리까지 휘몰아 넣는다. 준희 너도 다 알면서 그런다. 어렸을 때 아무도 안 받아줘서 뒤늦게 응석 부리는 건 알겠는데, 한 일 년 반 했으면 됐지, 우리 이제 곧 3학년이 될 텐데 더 질질 끌래? 그래, 너도 뭐 언젠가는 질릴 날이 오겠지. 난 그래서 별로 네 걱정은 안 한다. 너는 잘 살 거다.

종합하면 이런 요지의 말들이었다. 아, 세상 무서운 년! 나는 술 먹고 점점 부영에게뿐 아니라 누구에게도 전화하지 않게 되었다. 공중전화 앞에 줄을 섰다가도 내 차례가 되면 쓸쓸히 돌아서곤 했다. 누가 그런 사람이 되고 싶을까. 갈등과 암투만을 먹고 사는 인간이. 새끼 오리 친구들에게 전화를 못하게 된 후로 나는 술 먹고 자주 다쳤다. 낯선 고립감이 이리저리 쏠리면서 신체의 균형을 망가뜨리는 것 같았다. 술에서 깨고 나면 어딘가 욱신거렸고 팔꿈치나 무릎에 피딱지가 앉아 있었다. 어렸을 때의 다친 마음이 뒤늦게 몸으로 드러나는 것 같았다. 하지만 부영의 말대로 응석받이였던 나는 살아남았고 부영이 그토록 지키려 했던 정원은 어떤 응석도 없이 갔다. 그리고 정원이 떠난 지 이십 년 되는 날 밤 오래전의 내 못된 술버릇이 모조리 도졌다.

전철역에서 곧바로 들어가 집구석에서 술을 마셨으면 좋았을 걸 굳이 집 근처 술집을 기웃거리다 어딘가 쑤시고 들어간 게 문제였다. 소주를 반병쯤 비웠을 때 부영에게서 〈다녀왔냐 난 괜찮다〉는 거두절미한 메시지가 왔다. 내가 〈응, 잘 다녀왔어. 네가 괜찮다니 다행이다〉 하고 보냈지만 더이상의 응답은 없었다. 도대체 뭐가 괜찮다는 건지 몰랐지만 거기까지만 말하고 싶은 부영을 이해해야 했다. 여기서 그만 멈춰야 한다는 걸 알면서도 남은 소주를 비우는 동안 몇 번이나 부영에게 보낼 메시지를 작성했다 지웠다 했다.

〈부영아, 잠 못 자는 증상은 나았니?〉 〈두진씨는 나와서 어쩌고 있니?〉 〈두진씨는 무슨 일을 하고 있니? 무슨 일을 할 수나 있니?〉 〈이제 검은 양복들은 사라졌니?〉 〈부영아, 경애가 무슨 법사의 사상에 경도되었단다. 나는 모르는데 너는 그 법사를 아니?〉 〈부영아, 무슨 포럼은 아니? 거기서 경애가 무슨 발표를 했는지 아니?〉

소주 한 병을 새로 시키면서 혹시라도 술에 취해 부영에게 전화를 걸거나 이상한 메시지를 보내게 될까봐 휴대전화를 종료해 가방 깊숙이 넣었다. 이 년 전까지만 해도, 그러니까 두진씨가 풀려나기 전까지만 해도 나는 부영과 두어 달에 한 번씩은 통화를 하고 지내는 사이였다. 그즈음 부영은, 준희야, 내가 요새 잠을 못 잔다, 했다. 머리 수술하고 나서는 그렇게 밤낮없이 잠만 잤다는데 그때 미리 다 자둬서 그런지 죽어도 잠이 안 온다. 잠이 안 오면 곽두진 생각보다 정원이 생각이 그렇게 난다.

그 말을 들었을 때 나는 삼십 년 전 우리 넷이 함께 강촌으로 갔던 1박 2일 여행을 떠올렸다. 내가 요새 잠을 못 자 준희야. 그때 그 말을 한 사람은 부영이 아니라 경애였고, 그날 밤 경애는 결국 한숨도 못 자고 동이 트자마자 밖으로 나가 강변을 하염없이 돌아다녔다고 했다. 강가에는 안개가 가득했다고 했다. 그리고 여행에서 돌아오고 얼마 지나지 않아 경애는 소리소문도 없이 일본으로 건너갔다. 나중에 알게 된 사실이지만 경애는 그때 어떤 사건에 연루돼 급히 도피해야 했다. 일본의 지인이 마련해준 은신처는 학생들이 모두 빠져나간 겨울방학의 대학 기숙사였다고 했다. 텅 빈 기숙사 건물의 차디찬 구석방에서 경애는 불도 켜지 못하고 전기 매트와 굳은 식빵으로 한 달을 인기척 없이 버티며 지내야 했다. 그때 경애는 그동안 한국에서 못 잔 잠을 몰아 자듯 한 달 내내 밤낮없이 잠만 잤다고 했다.

삼십 년 전 그 여행 이야기는 중국집에서 짜장면을 먹다가 나왔던 것 같다. 버스로 한 정거장 거리에서 하숙하는 부영과 내가 슬리퍼를 끌고 만나 왕도장인지 신성각인지에 갔고, 근처에서 자취하는 경애를 불러냈다. 돌아오는 일요일이 경애의 스물일곱번째 생일이었으므로 우리는 자연스레 그날 저녁에 어디서 뭘 먹으면 좋을지를 얘기했다. 생일 모임 멤버는 당연히 정원까지 포함해 넷일 예정이었다. 일요일 저녁이면 하숙촌 근처 술집이나 고깃집이 바글바글할 텐데, 그러게 누구라도 번듯한 자취방이 있으면 방에서 고기를 구워먹으면 좋을 텐데, 그런 얘기를 하다 부영이 문득 여행 이야기를 꺼냈다. 대성리나 강촌 같은 데 가서 고기를 구워먹자고, 술 먹고 바로 돌아오기 그러니까 하룻밤 자고 오면 어떻겠느냐고.

경애가 말도 안 돼, 했고 내가 너무 충동적이야, 했지만 따져보니 실현 가능성이 없는 것도 아니었다. 경애는 삼 년 다닌 회사를 그만둔 지 얼마 안 되었고 부영은 이런저런 단체 일로 바빴지만 시간은 어느 정도 자유로운 편이었다. 나는 반년째 누군가의 자서전 대필 작업을 하고 있었는데 녹취를 푸는 일이 남아 있었지만 인터뷰는 끝난 상태였다. 문제는 정원이었다. 사대를 졸업하고 곧바로 발령받아 중등 교사가 된 정원은 그해 초까지만 해도 우리 중 가장 확실하고 착실한 삶을 살고 있었다. 그러다 어느 날 갑자기 연극을 하겠다는 뜬금없는 꿈을 품고, 제발 휴직을 하라는 우리 셋의 일치된 충고를 무시하고 교직을 단번에 때려치우더니, 예술대학원 입학을 목표로 돈독이 오른 사람처럼 주중이고 주말이고 가리지 않고 온갖 과외와 알바를 뛰면서 교사 월급의 서너 배 이상을 벌고 있었다.

정원이는 스케줄이 안 될걸, 하는 내 말에 부영이, 정원이 지난주에 주말 과외 끊겼다더라, 했다. 어머, 어떡해, 하고 경애가 걱정했다.

아니, 뭐 정원이 말로는 연기 공부도 하고 대학원 스터디도 시작할 예정이었는데 잘됐다고 하더라. 벌써 새로 구하지는 못했을걸.

우리는 그러면 얼른 연락을 해보자고 했고 공중전화로 전화를 걸고 돌아온 부영이 싱글싱글 웃으며 말했다.

정원이 이거 오래 굶주렸네. 난리 발광 났다. 아주 지 생일이다.

난리 발광, 부영은 정확히 그렇게 말했다. 나는 요즘 대화방에서 정체불명의 생물체가 좋아서 미친듯이 움직이는 모양의 이모티콘을 보면 직접 보지도 않은 그날의 정원이 떠오른다. 자유인지 해방인지 모를 마법의 버튼이 눌려 난리 발광 난 정원의 모습이.

그리고 그 여행을 생각하면 내가 직접 보지는 못했지만 정원에게 전해들은 사슴벌레 이야기가 가장 먼저 떠오른다. 강촌 마을 숙소에 도착해 커다란 방에 짐을 들여놓고 정원과 내가 뒷마당에서 강을 바라보고 있을 때였다. 정원이 숙소 방을 비질하다 커다란 벌레를 발견한 얘기를 했다. 처음엔 휴지로 감싸서 밖에 내놓으려 했으나 벌레가 너무 크고 우람해서 휴지로 감싸기가 두려워 빗자루로 살살 밀어서 밖으로 쓸어냈다고 했다. 그런데 빗자루에 닿을 때마다 벌레가, 하고 말하는데 숙소 주인 여자가 지나가다 듣고 깜짝 놀라 물었다.

방에 벌레가 많아? 약을 쳤는데.

많진 않고요, 무지하게 큰 벌레 한 마리가 있더라고요.

정원이 벌레의 크기와 생김새를 설명하자 주인이 고개를 끄덕이며 말했다.

음, 사슴벌레네. 그럴 땐 비닐봉다리 있지? 봉다리에 쌀쌀 기어들어오게 유인해서 바깥에 떨궈주면 돼.

아, 그런 방법이 있었네요. 그런데 방충망도 있는데 도대체 그렇게 커다란 사슴벌레가 어디로 들어오는 거예요?

정원의 질문에 주인이 잠시 생각하는 눈치더니 이내 득도한 듯 인자한 얼굴로 대답했다.

어디로든 들어와.

그리고 가버렸다. 사슴벌레를 대변하는 듯한 그 말에 나는 실로 감탄했다. 너 어디로 들어와, 물으면 어디로든 들어와, 대답하는 사슴벌레의 의젓한 말투가 들리는 듯했다. 마치 가부좌라도 튼 듯한 점잖은 자세로. 그런데 나의 상상과 달리 정원의 말에 따르면 방에 있던 사슴벌레는 몸이 뒤집힌 채 계속 버둥거리며 빠른 속도로 움직여 다녔다고 했다.

약을 쳐서 그랬나봐. 정원이 사슴벌레에 빙의된 듯 양 손가락을 바르르 떨며 말했다.

그렇다면, 하고 내가 말했다. 사슴벌레의 등에 작은 휴지를 대고 양쪽 다리에 빗자루 싸리를 몇 개씩 매달아 너 대신 청소를 시켰으면 어땠을까.

정원이 어이없다는 표정을 지었다.

너 어떻게 그렇게 잔인해?

나 어떻게든 그렇게 잔인해.

정원이 씩 웃으며 해보자는 건가, 했고 우리는 해보았다.

인간은 무엇으로 사는가?

인간은 무엇으로든 살아.

강철은 어떻게 단련되는가?

강철은 어떻게든 단련돼.

너는 왜 연극이 하고 싶어?

나는 왜든 연극이 하고 싶어.

너는 어떤 소설을 쓸 거야?

나는 어떤 소설이든 쓸 거야.

정원과 나는 이런 대화법을 의젓한 사슴벌레식 문답이라고 부르기로 했다. 뒤집힌 채 버둥거리며 빙빙 도는 구슬픈 사슴벌레의 모습은 살짝 괄호에 넣어두고 저 흐르는 강처럼 의연한 사슴벌레의 말투만을 물려받기로 말이다.

떠오르는 또다른 장면에서 경애와 나는 방과 부엌을 잇는 어둑한 공간에서 담배를 피우고 있고 부영과 정원은 환한 방에서 얘기를 나누고 있다. 부영이 정원에게 예술대학원 오디션을 보려면 일단 우리 앞에서 먼저 연기를 해보라고 하자 정원이 기겁을 하며 미쳤느냐고 대꾸했다. 와이, 와이, 묻는 부영의 대응에 경애와 나는 담배 연기를 내뿜으며 저건 좀 아니지 않으냐고 쑥덕거렸다.

그럼 내년에 예술대학원 오디션 보고 연기 공부하고 대본 쓰고, 그다음 단계는 뭐냐? 부영이 물었다.

그렇게 이력을 쌓아나가야지, 한 작품 한 작품 해나가면서. 정원이 말했다.

이력을 쌓으면?

아직은 잘 모르겠는데 괜찮은 극단에 들어갈 수도 있고.

극단에 들어가면, 배우 할 거야, 연출 할 거야?

연출을 하면 좋겠지만 일단 입단하려면 이런저런 이력을 먼저 쌓아야……

그러니까 너의 궁극적인 꿈이 뭐냐고? 배우야, 감독이야?

나도 그게 불분명해. 정원이 말했다.

불분명하다고?

부영의 씨근거리는 기색이 느껴져 경애와 나는 불안한 시선을 교환했다.

정원이 네가 이렇게 답답하다. 생계는 힘들어도 네가 행복하게 연극을 한다면 우리는 열렬히 응원할 준비가 돼 있어. 근데 불분명하다고? 우리 이제 곧 서른인데……

부영이 다른 건 몰라도 나이, 학년, 그런 것에 대한 이상한 고정관념이 있다고 나는 생각해왔다. 한 일 년 반 했으면 됐지…… 우리 이제 곧 3학년이 될 텐데 더 질질…… 내게 아프게 꽂힌 말이 있어 더 그랬는지 모른다. 나는 참지 못하고 담배를 쥔 채 방으로 뛰어들어갔다.

부영이 너, 진짜 못 들어주겠다. 나이가 무슨 상관이야?

아니 왜? 난 정원이 상태가 궁금해서 그래. 도대체 상이 안 그려지니까.

나도 안 그려져 부영아, 라고 정원이 말했다. 난 그냥 과정이

재미있어. 장면이 하나 있으면, 관객들은 쓱 보고 지나가면 그만이지만, 그걸 쓸 때는 거기 들어갈 배경, 인물, 구도, 제스처, 대사 그런 걸 하나하나 상상하면서 다듬어가야 되거든. 빈칸을 메우듯이 차근차근 해나가는 그 과정이 난 좋아. 그러면서 알게 되고 느끼게 되고 경험하게 되는 게 너무 좋아.

그렇게 좋기만 하다 아무것도 안 되면? 배우 되는 재능 따로 있고 연출이나 감독 되는 능력 따로 있다. 둘은 아주 다른 파트라고. 그렇게 느슨하게 꿈만 꾸다 아무것도 안 되고 평생 아마추어로만 살아도 행복하겠냐? 한평생 난 연극 한다 그런 자부심만으로 버틸 수 있어?

정원이 뭐라고 대답하기 전에 내가 소리쳤다.

막 시작하는 단곈데 지금 그런 말이 왜 필요해?

경애도 슬그머니 들어와 말을 보탰다.

그래, 부영아, 너무 나가지 마. 사는 거 너무 멀리 내다봐서 좋을 거 없어.

경애! 내 말이 그 말이야! 내가 의기양양해서 물었다. 경애 너도 그렇게 멀리 내다보고 사는 거 아니지?

아닌 것 같아. 경애가 대답했다.

나도 아니거든. 근데 부영이 쟤는 왜 정원이한테만 닦달이냐고.

아니야, 준희야, 하고 정원이 끼어들었다. 난 너희들하고 이런 얘기 하는 거 좋아.

그렇지? 이번에는 부영이 의기양양할 차례였다. 니들하고 얘하고 같냐? 난 정원이가 자기 삶을 좀더 적극적으로 이끌어나갔으면 해서 얘기하는 거다. 예전에 내가 연극하는 선배도 소개시켜줬잖아? 근데 너 그 선배한테 연락도 안 했더라. 주체적으로 사람도 만나고 진취적으로 너를 피알도 하고, 그건 의지의 문제잖아. 맞지? 그래야 막연한 상태에서 저지르는 실수나 시행착오 같은 걸 빨리 교정할 수 있잖아.

나한테 지금 필요한 게 그런 인맥 맺는 거랑은 거리가 좀 있으니까. 굳이 연락을 안 한 게 아니라 먼저 내 할일을 하나하나 해나가야 해서 그런 거야.

내가 몸을 내밀고 뭐라고 한마디하려는데 경애가 얼른 저녁 준비나 하자며 나를 부엌으로 이끌었다.

알았다. 그러니까 일단 현재로선 불분명하다, 어떤 확고한 상도 너한텐 없다, 그렇게 생각하면 되겠네. 부영이 말했다.

그렇지, 확고한 상은 없지. 정원이 말했다.

그렇지, 확고한 상은 없지. 그게 내가 경애에게 부엌으로 끌려가며 들은 정원의 마지막 말이었다. 그때 나는 부영이 정원을 지켜주는 방식이 예전과 달라진 것 같다는 생각을 했다. 그게 부영이 변해서인지 정원이 변해서인지 아니면 부영과 정원의 거리가 달라진 때문인지 알 수 없었다. 어쩌면 그때부터 이미 부영은 자신이 도저히 손쓸 수 없는 먼 곳을 향해 치달려가는 정원을 보며 알 수 없는 불길함에 휩싸였는지도 모르겠다.

그날 삼겹살을 구워먹고 소주를 마시며 부영이 〈북한강에서〉라는 노래를 했던가. 노래에 맞춰 정원이 기괴한 춤 동작을 했던가.

너! 부영이 이번엔 네 차례라는 듯 경애에게 물었다. 멀쩡히 잘 다니던 회사는 왜 때려치웠냐?

그냥……

뭐? 그냥? 이거 정원이보다 더한 년이네.

더 나은 데로 옮기려고 그만둔 거 아니었어? 내가 대신 변명해주듯 물었다.

아니야, 그냥…… 그냥 그만뒀어. 경애가 고개를 숙이고 말했다.

와, 진짜 대책이 없구만. 부영이 한탄했다.

그럼 넌 앞으로 어떻게 살고 싶어? 정원이 다감한 목소리로 경애에게 물었다. 생일이니까 바라는 걸 얘기해봐. 지금 제일 바라는 게 뭐야?

내가 지금 바라는 건…… 경애가 고개를 들고 숨을 토하듯 말했다. 모든 관계를 끊고 사는 거.

뭐? 내가 놀라서 소리쳤다.

그럼 우리랑도? 정원이 물었다.

응…… 아니…… 모르겠어…… 어디 먼 데로 떠나서…… 아는 사람이 아무도 없는 데서…… 그렇게 다 끊고……

그게 무슨 소리야? 부영이 분개했다. 경애 너 충격이다. 무슨 관계를 끊어? 우리가 어떻게 관계를 끊고 사냐?

경애는 다시 고개를 숙인 채 말이 없었다. 금세라도 울 것 같은 표정을 짓고 있던 정원이 갑자기 자유나 해방이라는 말을 들었을 때처럼 몸을 바르르 떨더니 내게 눈을 찡긋했다. 나는 정원이 왜 그러는지 몰라 어리둥절했다. 정원이 내 귀에 대고 이렇게 속삭였을 때에야 알아차렸다.

무슨 관계든 끊어. 우리가 어떻게든 관계를 끊고 살아.

아……

그때 나는 '사슴벌레'가 불어로는 얼마나 아름다운 발음일까 생각했던 것 같다.

정원의 이십 주기에 나는 혼자 술을 마시며, '사슴벌레'라는 마법의 버튼 하나가 더 생긴 듯 눈을 빛내며, 무슨 관계든 끊어, 우리가 어떻게든 관계를 끊고 살아, 속삭이던 삼십 년 전 정원을 생각한다. 그로부터 십 년 뒤 정원은 자살했다. 그 당시 가깝게 지내던 연극계 동료들 얘기로는 우울증이 심했다고도 했고 누군가에게 배신을 당했다고도 했다. 생계가 힘들었다고도, 원래 이쪽 판이 지랄맞다고도 했다. 그 당시에는 정원이 자살한 이유를 어렴풋이 알 것도 같았고, 한마디로 표현할 수는 없지만 정원이 직면했을 무섭고 삭막한 삼십대 후반의 상황이 짐작되어 공감도 되었는데, 시간이 흐를수록 나는 점점 모르게 되었다. 누가 등 떠민 것도 아닌데 정원은 왜 교직을 던지고 연극판에 제 발로 걸어들어가 죽어서 나온 걸까.

삼십 년 전, 너는 왜 연극이 하고 싶어, 내가 물었을 때 정원은, 나는 왜든 연극이 하고 싶어, 라고 말했다. 어쩌면 나는 사슴벌레식 문답에 대해 심오한 오해를 하고 있었던 게 아닐까? 어디로 들어와, 물으면 어디로든 들어와, 말하는 사슴벌레의 대답이 나는 상대에게 구구절절한 과정이나 절차를 해명하지 않아도 되는 의젓한 방어의 멘트인 줄 알았다. 그러나 다시 생각해보니 그 문답 속에는 내가 읽어내지 못한 무서운 뉘앙스가 숨어 있었던 것 같다.

경애는 그렇다 치고, 부영이는 왜 내 전화도 받지 않는 거니? 내가 묻는다.

부영이는 왜든 네 전화도 받지 않아. 정원이 답한다.

어떻게 네 추모 모임에도 안 오니?

어떻게든 내 추모 모임에도 안 와.

부영이가 너를 얼마나 사랑했는데?

부영이가 나를 얼마나 사랑했든.

우리는 어떻게 이렇게 됐을까?

우리는 어떻게든 이렇게 됐어.

우리는 언제부터 이렇게 됐을까?

우리는 언제부터든 이렇게 됐어. 이유가 뭐든 과정이 어떻든 시기가 언제든 우리는 이렇게 됐어. 삼십 년 동안 갖은 수를 써서 이렇게 되었어. 뭐 어쩔 건데? 이미 이렇게 되었는데.

아……

어디로 들어와, 물으면 어디로든 들어와, 대답하는 사슴벌레의 말 속에는, 들어오면 들어오는 거지, 어디로든 들어왔다, 어쩔래? 하는 식의 무서운 강요와 칼같은 차단이 숨어 있었다. 어떤 필연이든, 아무리 가슴 아픈 필연이라 할지라도 가차없이 직면하고 수용하게 만드는 잔인한 간명이 '든'이라는 한 글자 속에 쐐기처럼 박혀 있었다.

삼십 년 전 강촌에서의 그날 밤 나는 숙소의 벽 쪽에서 잤고 내 옆에 경애가 누웠고, 그 옆에 부영이, 다른 벽 쪽에 정원이 누워 잤다. 내가 선잠에 들었다 놀라 소스라치며 사지를 푸드덕거리다 겨우 눈을 떴을 때 경애가 나를 마주보고 있었다. 나도 경애를 보았다. 경애가 옅은 미소를 지으며 더 자, 하고 속삭였다. 예전에 같은 하숙방에 살 때도 술 먹고 쓰러진 내가 선잠을 자다 무서운 꿈을 꾸고 땀을 흘리며 깨어나면 경애가 나를 보고 옅은 미소를 지으며 더 자, 하고 속삭여주곤 했다. 그러면 나는 간신히 마음을 가라앉히고 경애 너도 자, 했고 경애가 그래 준희야 잘 자, 말해주면 나는 안심하고 다시 잠들곤 했다. 그날도 나는 호흡을 고르며 약간 쉰 목소리로 경애 너도 자, 했다. 그러자 경애가 그래 준희야 잘 자, 하고 말해주는 대신, 내가 요새 잠을 못 자 준희야, 했다. 왜…… 왜 못 자…… 자야지…… 그러면서 나는 눈을 감았고 다시 잠들었다.

부영이 속이 안 좋다고 토할 것 같다면서 밖으로 나가는 소리에 깼다 또 잠들었고, 방에 돌아온 부영이 아니 그런데 내 카메라가 어디 갔냐고 중얼거리는 바람에 또 깼다 잠들었다. 창이 부옇게 밝아오는 새벽 즈음 정원이 알바 가는 시간인지 후다닥 깼다, 아니지, 나 왜 깼니, 하며 다시 잠드는 소리를 들었고, 잠결인지 꿈결인지 경애가 부스럭거리며 일어나 옷을 걸치고 밖으로 나가는 소리를 들으며 경애는 왜 안 자나, 왜 못 자나, 그런 생각을 하다 또 잠들었다.

그날 새벽 경애는 강변을 걸으며 무슨 생각을 했을까. 안개처럼 막막한 두려움에 휩싸여 얼마나 깊고 집요한 자책을 했을까. 자신이 저질렀을지도 모를 실수나 과오를 하나하나 되짚으며 그걸 만회하기 위해 얼마나 무거운 짐과 기나긴 고통을 감당해야 한다고 결심했을까.

아침식사를 준비하면서 내가 경애에게 제발 삼십 분만이라도 자라고 애걸했던 기억이 난다. 그럴게, 라고 경애가 대답했던 것도. 그러나 경애가 잤는지 어땠는지는 모르겠다.

삼십 년 전 여행을 기억하려 애쓰면서 내가 가장 이상하게 여기는 부분은 기차 안에서의 모든 장면이 까맣게 지워져 있다는 것이다. 우리 넷이 여행 계획을 세우며 가장 열광했던 대목이 고기를 구워먹는 것보다 기차를 타고 가는 것이었음에도 마치 우리가 깜깜한 터널을 통과해 강촌에 도착했다 다시 깜깜한 터널을 통과해 서울로 돌아온 것처럼 기차 안에서의 어떤 장면도 기억나지 않는다. 오로지 기차가 달리면서 내던 규칙적인 소음과 기차간 안을 가득 채우고 있던 시끌벅적한 소음만이 귓가에 맴돌 뿐이다.

여행을 다녀온 후 한동안 경애와 연락이 닿지 않자 부영은 경애가 드디어 우리하고 관계를 끊고 살려나보다, 그때 여행 가서 한 말이 진심이었네, 했다. 하지만 그때 경애는 일본에서 겨울잠을 자고 있었던 거였다. 그 긴 잠에서 깨어난 경애는 도대체 어떤 결심을 한 걸까. 어떤 삶을 살려고 했던 걸까. 곽두진씨를 만나 북으로 가겠다고 한 건 그 겨울잠이 찾아낸 유일한 길이었나.

십 년 전에 그 사건이 터지고 내가 전화를 했을 때 마치 좁고 굴곡진 터널을 통과하듯 부영의 목소리가 끊길 듯 이어지며 울려오던 게 기억난다. 터널의 곡면을 따라 구불구불 번지다 갑자기 쨍 터지다 이내 잦아들곤 하던, 삼십 년 전 기차 안에서의 기억처럼 장면은 없이 소리로만 남은.

내가 경애를 찾아가서 부탁…… 진술 좀 번복해달라고…… 문은 안 열리고…… 제발 경애야…… 내 얼굴을 봐서…… 문 앞에서 인터폰으로…… 못하겠다고…… 아니, 안 하겠다고…… 못하는 게 아니라 안 하겠다고…… 뭐라고 하느냐 하면…… 팩트만 진술했다고…… 두진씨가 그랬던 건 팩트 아니냐고…… 곽두진이 북에 간 건…… 맞지…… 일본에서 활동했던 사람들…… 조총련계…… 북측…… 접촉이 있었…… 맞지…… 경애도 접촉했고…… 경애도 갔다 왔…… 그게 팩트…… 우리 남편이랑 같이……

자기만 빼준다고 했을까? 그래! 거기까진 좋다고! 그렇게 팩트 팩트 하는 인간이 거짓 진술을 했단 말이야! 조직이 실체가 있다고! 다른 참고인들은 그렇게 진술하지 않았는데, 조직에 대해서 실체가 있다고 진술한 유일한 사람이 고경애였다고!

준희야…… 난 변절이 그런 건 줄 몰랐다…… 그렇게 깔끔하고 확실하게…… 자기만 빠져나오는 기술인 줄…… 고문당하고…… 이러다 병신 되겠구나…… 고비마다 조금씩…… 조금씩…… 그렇게 흘리다보면…… 엮여서 가느다랗게…… 줄줄이 달려가고…… 준희야…… 난 변절이 그런 지리멸렬한 건 줄 알았는데…… 쌈박한 기획이더라…… 쟤들 기획에 자기 기획으로 응답하면 되는 거더라…… 여러 가지 팩트에…… 저쪽에서 원하는…… 결정적인 거짓만 딱 하나…… 은쟁반에 받쳐서…… 대령하면 되는 거더라……

네, 제가 봤습니다! 북에서 그 자리에 있었습니다! 곽두진과 아무개가 수령에게 교시를 받는 걸 목격했습니다! 지령을 받아 실행하는 실체가 있는 조직이었습니다! 저는 거기에서 탈퇴했습니다!

그러면 되는 거였던 거야…… 준희야, 피도 안 나고 뼈도 안 부러져…… 아무 일도 없다는 듯이…… 나와서 살던 대로 살면 되는 거야…… 이해하자면 이해는 돼…… 교수 자리 보전해준다고…… 요즘 세상에 교수가 간첩이면 되겠냐…… 자영업자 백수 활동가 야당 의원 보좌관…… 그런 사람들이 들어가는 게 그림이 되지…… 설득력이 있지…… 그게 기획의 힘이지…… 곽두진처럼 일본이나 중국 왔다갔다하면서 보따리장사 하는 사람…… 그런 놈들이 수괴이고 주동자여야 맞지…… 조직 이름도 그렇게 촌스러워야…… 신문에 대서특필되고…… 형량도 기하급수적으로 올라가고……

경애 집에 갔다 돌아와서, 내가 골백번을 생각해도 이건 아니다, 아닐 거다, 그래서 몇 번이고 전화를 했다. 전화를 하면 또 받긴 잘 받는다. 자기는 잘못한 게 없으니까 피하지 않는다는 식이지. 그런데 말이 똑같아. 누가 불러주는 것처럼 똑같다. 내가 무슨 질문을 해도 자기 할말만 똑같이 하고 끊는다. 부영이 니가 뭐라고 해도 나는 있는 그대로의 팩트만 진술했어. 더도 덜도 아닌 팩트만 얘기했어. 그게 내가 너희 부부한테 미안하지 않은 이유야. 이제 그만 전화해. 끊을게. 내가 또 걸면 또 똑같이 말한다. 그게 내가 너희 부부한테 미안하지 않은 이유야. 이제 그만 전화해. 끊을게. 경애가, 이 고경애라는 인간이, 나하고 곽두진한테 미안하지가 않다고, 미안하지 않은 이유가 있다고, 그렇게 얘기를 한다……

나는 문을 사이에 두고 안팎의 인터폰 앞에 붙어서서 대화를 나누는 경애와 부영을 상상해본다. 부영의 모습은 그려지는데 경애는 안개 속처럼 흐릿하다. 내가 전화로나마 부영의 목소리를 들었고 경애와는 통화를 하지 못했기에 그런지도 모른다. 내가 그 당시 경애에게 전화를 걸어 어떻게 된 일인지 묻고 경애의 얘기를 직접 들었다면 경애의 모습이나 표정이 조금은 더 또렷하게 떠오를까. 부영이 제발 경애야, 하고 떨리는 목소리로 부탁했을 때 경애는 어떤 표정이었을까. 스무 살 무렵 엄청나게 당황하면 그랬듯이 두 손을 꼭 잡고 입가를 억지로 올려 미소를 지었을까. 부영에게서 걸려온 전화를 받다가 너희 부부에게 미안하지 않다는 말을 내뱉고는 스스로도 경악해서 눈썹이 들썩들썩, 누가 보면 기분좋은 일이라도 있는 듯이 기묘하게 춤추었을까. 나는 사슴벌레가 된 경애를 상상한다.

야, 너 나한테, 두진씨한테 미안하지도 않냐.

부영아, 나 너한테든 두진씨한테든 미안하지가 않아.

어떻게 미안하지가 않아?

어떻게든 미안하지가 않아.

너 어떻게 이러냐? 니가 어떻게 이래?

나 어떻게든 이래. 내가 어떻게든 이래.

전화를 끊은 경애는 내가 룸메이트 시절 자주 본 면벽의 자세로 약간 돌출한 입을 오물거리며 오랫동안 자책의 기도를 했을까.

두진씨는 팔 년 형을 받고 실형을 꽉 채워 살았다. 가끔 부영은 내게 전화를 걸어, 주위에 검은 양복을 입은 남자들이 있다고, 아침부터 밤까지 지키고 있다고, 두진씨 면회 갈 때도 따라온다고, 누구 만날 때도 따라붙어서 누굴 만날 수가 없다고, 잠깐 뭐 사러 나갔다가도 양복 입은 남자들만 보면 깜짝깜짝 놀라 숨이 안 쉬어지고 머리가 터질 것 같다고 했다. 그래서 결국 머리가 터졌는지 부영은 남편이 구속되어 수감된 지 사 년 뒤에 뇌출혈로 입원해 수술을 했고 일주일 넘게 깨어나지 못했다고 했다. 그리고 깨어나서도 한 달 내내 잠만 잤다고 했다. 삼십 년 전에 일본으로 도피했던 경애가 그랬듯이.

두진씨가 나오기 일 년 전쯤에 내가 부영과 통화하면서 경애를 잊어버리라고, 제발 경애를 용서하라고 애걸하자 부영은 수술한 후로 기억이 많이 날아가서 괜찮아졌다고, 잊고 말고 용서하고 말 것도 없다고, 따지고 보면 경애의 잘못만도 아니고 이 썩어 빠진 시스템 때문이 아니겠느냐고 했다. 그 말에 나는 얼마 전에 만난 친구에게서 들은 얘기가 떠올라 견딜 수 없었다. 아무것도 모르는 그 친구는 와우, 경애가 치아 교정을 하고 있더라고, 우리 나이에 참 대단하지 않으냐고 했다. 내가 그 말을 부영에게 전했던가.

아무리 차근차근 생각해보려 해도 추모 모임에서 들은 이야기 때문인지 취기 때문인지 내 정신은 급격히 혼탁해지고 제대로 된 사고를 할 수가 없다. 어떻게 그럴 수가 있나, 하다가 문득 그럴 수도 있지, 한다. 인간의 자기 합리화는 타인이 도저히 이해할 수 없는 비합리적인 경로로 끝없이 뻗어나가기 마련이므로, 결국 자기 합리화는 모순이다. 자기 합리화는 자기가 도저히 합리화될 수 없는 경우에만 작동하는 기제이니까.

술을 한 잔 마시며 나는, 어떻게 치아 교정을 하나, 탄식하다가 또 한 잔을 마시며, 그럴 수도 있다고 생각한다. 같이 활동하던 동료이자 친구의 남편을 감옥에 팔 년 동안 갇히게 한 진술을 하고도 자신의 입매나 치아 배열이 만족스럽지 않으면 쉰이 넘고도 치아 교정기를 몇 년이라도 달 수 있는 것이다. 무시무시한 조직 사건 연루자로 조사를 받으면서도 지켜낸 교수 자리인데 뜻밖의 법인화 문제로 규정이 바뀌어 자리가 위태로워지면 곳곳에 전화를 걸고 여기저기 뛰어다니며 방도를 알아볼 수도 있는 것이다. 무엇과 바꾼 자리인데 지키지 않을 수 있을까. 필요하면 무슨 법사도 만나고 무슨 포럼에 패널로 갈 수도 있는 것이다.

나는 주문을 외우듯 다시 사슴벌레식 문답으로 돌아간다. 어디로 들어와, 물으면 어디로든 들어와, 대답하는 사슴벌레의 말은 의젓한 방어의 멘트도 아니고, 어디로든 들어왔다 어쩔래 하고 윽박지르는 강요도 아닐 수 있다. 그것은 어쩌면 감당하기 힘든 두려움의 표현인지도 모른다. 어디로든 들어는 왔는데 어디로 들어왔는지 특정할 수가 없고 그래서 빠져나갈 길도 없다는 막막한 절망의 표현인지도.

너 어떻게 이러냐? 니가 어떻게 이래?

나 어떻게든 이래. 내가 어떻게든 이래. 이렇게 되었는데 어떻게 이렇게 되었는지 도무지 알 수가 없어.

어떻게 미안하지가 않아?

어떻게든 미안하지가 않아.

어떻게든 미안하지가 않다는 말은 미안할 방법이 없다는, 돌이킬 도리가 없다는 말일 수도 있다. 우리가 지나온 행로 속에 존재했던 불가해한 구멍, 그 뼈아픈 결락에 대한 무지와 무력감의 표현일 수도 있다.

정권이 바뀌어 암묵적인 사상적 사면의 분위기 속에서 한국으로 돌아와 대학에 자리를 잡게 된 경애는 자신이 찾아 들어온 틈이 다시 나갈 수 없는 절망의 입구인 줄 몰랐을 것이다. 다시 정권이 바뀌고 종북 프레임이 되살아나면서 요행히 들어온 줄 알았던 그 구멍은 재앙처럼 닫혀버렸다. 캐비닛에서 서류가 쏟아지고 사람들이 줄줄이 잡혀간다. 정원과 내가 삼십 년 전에 쳐놓은 괄호 밖으로 사슴벌레의 무시무시한 경련이 튀어나오는 듯한 환상이 나를 사로잡는다. 누군가 뒤집힌 채 버둥거리고 미친듯이 빙빙 돌며, 절대 과오를 인정하지 않겠다는 듯 무서운 속도로 어딘가를 향해 막무가내로 움직여가고 있다. 누구니…… 넌…… 혹시……

다음날 아침에 일어났을 때 윗입술이 퉁퉁 붓고 입 주변이 피투성이였다. 욕실 거울에 비춰 보니 대문니 두 개가 부러져 있었다. 누구에게 맞은 기억은 없고, 안개 자욱한 어둠 속에서 주머니에 손을 넣고 걷다 어딘가에 걸려 그 자세 그대로 넘어지면서 죽겠구나 싶던 아찔한 공포의 순간이 기억났다. 윗입술이 떨어져나갈 듯한 통증과 입에서 풍기던 진한 피 냄새도. 부러진 이는 입속에도, 주머니에도, 집안 어디에도 없었다. 삼십 년 전 부영의 카메라처럼 감쪽같이 사라져버렸다. 대신 가방 깊숙이 넣어두었던 휴대전화는 침대 머리맡에 보란듯이 놓여 있었다. 휴대전화를 열어 보고 나는 깜짝 놀랐다.

〈준희야 난 두진씨하고 지방 소읍에 살러 왔어 정원이 죽고도 내가 살았다 우리가 만나지는 못해도 죽은 사람은 없잖아 경애 소식은 그만 전해줘 난 네가 걱정이야 잘 살아 제발〉

부영이 보낸 메시지를 읽고 이게 무슨 말인가 싶어 어리둥절한 순간 바로 위에 내가 보낸 메시지가 줄줄 떠 있는 게 보였다. 술에 취해 보낸 것이어서 하나도 기억나지 않았다. 맨 위로 올라가 내려오며 읽는 내 손이 떨렸다.

〈부영아 정말 괜찮은 거 맞지?〉

〈왜 전화 안 받아? 이제 나도 보기 싫은 거야? 언제든 편할 때 연락 줘!〉

〈너 도대체 뭐가 괜찮아? 뭐가 괜찮냐고?〉

〈그 쌍년은 이제 교정기 뺏겠네〉

〈그 미칭년이 완전 저쪼ㄱ으로 넘어갓다는데 머가〉

〈그 조지ㄱ 실처ㅣ가 잇엇던 거 마찌 그넌 말ㅇㅣ 맛지〉

〈부영아 말해주ㅓ 내가 더는 못살게ㄷ어〉

〈내ㅣ가 죽ㅇ을 것 갓다고〉

〈부여ㅇ아…… ㅂ여ㅇ아〉

나는 눈을 가리고 싶은 참담한 마음을 견디며 내가 보낸 메시지들과 부영이 보낸 메시지를 오래 들여다보았다. 정원이 죽고도 내가 살았다…… 너 도대체 뭐가 괜찮아…… 죽은 사람은 없잖아…… 그 쌍년은 이제…… 경애 소식은 그만 전해줘…… 그넌 말ㅇㅣ 맛지…… 잘 살아 제발.

제발 잘 살라는 부영의 마지막 말이 제발 잘 좀 살아달라고, 더 천하지는 말고, 그런 말로 읽혔다. 이제 부영과도 완전히 끝났다는 생각이 들었다. 휴대전화를 내려놓으며 내가 어쩌다 이 지경이 되었을까 묻다, 내가 어쩌다든 이 지경이 되었다고, 아니 애초부터 이 지경이었다고, 삼십 년이 넘고 사십 년이 되어도 나는 여전히 비틀린 내시와 상궁의 마음에서 벗어나지 못했다고, 나는 진즉에 내가 그런 인간인 줄 다 알고 있었다고 생각한다. 언제까지 질질 끌래, 부영이 묻고 나는 대답하지 않는다. 직시하지 않는 자는 과녁을 놓치는 벌을 받는다.

임플란트 시술을 받으면서 나는 사십 년 가까이 피우던 담배를 끊고 불면증에 시달렸다. 잠이 오지 않는 밤 캄캄한 어둠 속에 누워 오래전 기억을 떠올리려 애쓰다보면, 그래서 기억해내려는 무언가가 어슴푸레 떠오르기 시작하면, 이상하게 딱 그만큼 현재의 내 모습도 어슴푸레, 마치 다른 시간대에 존재하는 대상처럼 거리를 두고 그 실루엣을 드러내는 듯하다. 저기 있다. 내가 저기 웅크리고 있다. 느슨한 외양을 취하고 있지만 먹잇감을 노리듯 도사리고 있다가 어느 순간 도약해 덥석 물어버린다. 그 고경애가 그 고경애라고, 잘 알지도 못하는 정원의 서클 동료의 말에 재빨리 낙인찍듯 경애를 뱉어놓는 내가. 입술로는 경애를 용서하라며 이로는 경애를 물어뜯는 내가. 그러면서 동시에 부영까지 가차없이 물어뜯는 내가. 먼 훗날 지금 이 시기를 떠올리면 딱 저런 모양의 내가 떠오를 것이다.

그렇게 밤마다 과거를 기억하면서 현재를 기억하는 듯한 겹기억이 탄생한다. 아마 부영도 잠이 안 오던 밤에 정원을 기억하려 애쓰면서 동시에 자신의 현재를 함께 떠올리곤 했을지 모른다. 불면이 만드는 좁고 어두운 길을 따라 오래된 과거를 향해 하염없이 거슬러올라가다보면 그 끝에 지금의 내가 살고 있는, 그런 무서운 기억의 원환을 하염없이 더듬더듬 헤매 돌았을지도 모를 일이다. 어느 새벽 경애도 삼십 년 전 안개 가득한 강변을 걷던 과거를 기억하려 애쓰면서 현재 자신의 모습도 함께 떠올릴까. 그런 겹기억의 순간을 경애도 견디며 살고 있을까.

삼십 년 전의 그 여행을, 우리 넷이 함께 갔던 처음이자 마지막 여행을 나는 오래도록 잊지 못했다. 여행을 가기 전에 신이 나서 이런저런 계획을 세우던 일이며, 청량리 역사 앞에서 만났을 때 가방에서 카메라를 꺼내 흔들던 부영의 환한 얼굴을. 강촌역에 내렸을 때 서울행 기차를 기다리는 사람들로 역사 안이 엄청나게 붐비던 광경도, 끝없이 늘어선 긴 줄을 보고 정원이 말을 건네듯, 우리처럼 하룻밤 자고 가세요, 하던 것도, 얼마 전까지만 해도 직장인이었던 경애가 고개를 저으며, 안 돼요, 내일 출근해야 하니까요, 하자 정원이 활짝 웃으며, 저런 저런, 탄식하던 것도, 내가 정원에게, 너 왜 표정과 말이 일치하지가 않아, 타박하던 것도, 그 옆에서 메모지를 들여다보던 부영이 돼지고기 몇 근 사냐, 몇 근 사야 돼, 중얼거리던 것도.

우리가 어쩌다 이렇게 되었는지 알지 못한 채 나는 삼십 년 전의 그 여행을 오로지 즐거웠던 추억으로만 채색하려 애써왔다. 그러나 기차가 사라진 기차여행처럼, 나의 기억은 어둠 속에서 바라보는 터널 끝 원환처럼 비현실적으로 밝게 동동 떠 있다. 그렇게 내 기억은 이미 오래전 알지 못하는 어느 경로로 잘못 들어가 돌아나갈 길을 찾지 못하고 동그랗게 갇혀버렸는지도 모른다. 기억의 내용은 동일해도 그 뉘앙스는 바뀐 지 오래인데 말이다. 사슴벌레식 문답처럼.

어디로 들어와?

어디로든 들어와.

어디로 들어와 이렇게 갇혔어?

어디로든 들어와 이렇게 갇혔어. 어디로든 나갈 수가 없어. 어디로든……

갇힌 기억 속의 내 옆에 쌍둥이처럼 갇힌 지금의 내가 웅크리고 있다.

| **작가노트** |

안녕 사슴벌레

처음 이 소설을 구상했을 때 제목은 「강촌 여행」 또는 「생일 여행」이었다. 누군가의 생일에 지인들이 함께 떠나는 짧은 여행을 테마로, 여정과 대화로 이루어진 가벼운 스케치 같은 소설을 쓸 생각이었다. 이렇게 한없이 기억을 후벼파는 이야기를 쓸 생각은 없었다.

쓰면서 화자인 '나'가 내 의도만큼 경쾌하게 움직여주지 않는 게 느껴졌다. 언제부터인가 화자인 '나'도 실제의 나도 기억의 애매한 늪지에 빠져 흐느적대면서 소설은 기이하게 틈을 벌리기 시작했다. 소설은 여행 이전과 이후로 갈라졌고 그렇게 분기점이 된 강촌 여행 위로 어두운 안개가 뒤덮였다. 나는 이 소설이 절대 가벼운 스케치로 끝나지 않으리라는 불안감에 휩싸였고 어느덧 제목도 「강가에는 안개가」로 바뀌었다.

나는 내가 무엇을 쓰려고 하는지 모르는 채 쓰다 말다 했다. 그들은 각자 그저 살려고 했을 뿐인데, 그 삶이, 그 선택이, 그 경로가 그들 위에 의미심장하게 드리우는 요망한 슬픔에 대해 생각하는 시간이 길었다. 여러 감정들이 충돌했고 여러 입장들이 뒤섞였고 여러 관념들이 부유했다. 나는 이 소설을 끝내 완성할 수 없으리라 생각했다. 그러다 2017년 9월 11일의 일기가 이 소설을 구원했다. 그때 나는 토지문화관에 머물고 있었는데, 거기서 여기까지 기어오기가 이토록 오래 걸렸다는 듯 오 년 전의 사슴벌레가 내게 왔다. 아래의 일기는 「사슴벌레식 문답」에 나오는 중요한 장면과 거의 흡사하다.

점심 먹으러 식당에 갔을 때 ㅂ작가가 어젯밤 방에서 커다란 사슴벌레를 발견하고 어찌어찌 처리한 얘기(휴지로 감싼 다음 밖에 내놓으려 했지만 무서워서 문을 못 열고 그만 변기에, 하자 ㅎ시인이 으앙 어떡해)를 하고 있는데 간사님이 지나가다 듣고 깜짝 놀라 방에 벌레가 많아요, 물었다. ㅂ작가가 큰 사슴벌레 한 마리가 들어왔다고 하니 간사님은 음 별거 아니군 하는 얼굴로 그럴 땐 비닐봉지에 담아 바깥에 놓아주면 좋다고 가르쳐주었다. 아, 그런 방법이 있었네요, 하더니 ㅂ작가가, 방충망도 있는데 도대체 그런 큰 벌레들은 어디로 들어오는 거예요, 묻자 간사님이 득도한 듯 인자한 얼굴로, 어디로든 들어와요, 라고 대답했다. 벌레를 대변하는 듯한 그 말을 듣고 벌레들이 참 훌륭하다는 생각이 들었다. 어디로 들어와, 물으면 어디로든 들어와, 쿨하게 대답하는 사슴벌레들의 무리가 떠올랐다. 그리고 이런 식의 문답이 얼마든지 변주 가능하다는 생각도 들었다. 인간은 무엇으로 사는가 물으면 인간은 무엇으로든 살지요, 강철은 어떻게 단련되는가 물으면 강철은 어떻게든 단련됩니다, 하는 식. 나는 왜 글을 쓰는가? 나는 왜든 글을 쓴다. 우와, 대단하지 않은가! ㅂ작가의 방에 들어온 사슴벌레는 안타깝게도 뒤집힌 채 몸을 바로잡지 못하고 계속 등을 바닥에 대고 기어다녔다고 하는데, 내가 ㅂ작가와 조금만 더 친했더라면, 사슴벌레 등에 작은 휴지를 매달아 청소 로봇처럼 쓰지 그랬느냐고 제안할 뻔했다.

밥을 먹고 돌아와 내 방 방충망 공사를 했다. 조각 방충망을 덧붙이려 했으나 찢긴 부분의 철사망이 휘어 잘 붙지 않았다. 가장 많이 벌어진 부분을 중심으로 초록 색실로 바느질하듯 꿰맸다. 말이 바느질이지, 한 땀 뜰 때마다 바늘을 밖으로 내보내고 방충망을 열고 슬리퍼를 신고 베란다로 나가 방충망을 닫고 바늘을 다시 안으로 들여보내고 방충망을 열고 슬리퍼를 벗고 방으로 들어와 방충망을 닫고 바늘을 받아야 하는 식의 번잡한 과정의 연속이었다. 수십 번 그렇게 들락날락하며 한 땀 한 땀 기우다 갑자기 미의식이 발동해 색실을 분홍과 빨강으로 바꿔 초록 잔디 위에 자디잔 꽃이 핀 듯 보이게 했다. 다해놓고 보니 서툰 조각보 같기도 하고 묘하게 웃기면서 예쁘다. ㅈ에게 사진을 찍어 보냈더니 '기술자'라는 답변이 돌아왔다. 나는 '예술가'라는 답변을 원했건만.

밤이 되면서 흐렸던 날씨가 조금씩 개고 있다. 어둠 속에서 어디로든 들어오지 못한 벌레들이 아직은 울 여력이 있다는 듯 끈질

기게 울고 있다. 어떻게 안 들어올래, 물으니 어떻게든 안 들어갈래, 마지막 힘을 짜내어 찌릉찌릉 울어댄다. 가끔 먼 곳에서 또는 가까운 곳에서 개 짖는 소리가 들린다. 찌릉찌릉, 워워워월, 찌릉찌릉. 이 모든 소리들은 마치 구월의 밤이란 이런 것이라고, 도시의 구월은 모조리 가짜라고 말하는 듯하다. 그렇다고밖에.

이 일기를 읽고 나서 소설 제목은 「사슴벌레식 문답」으로 바뀌었고 나는 이 소설을 완성할 수 있을지 모른다는 희망을 품었다. 비어 있는 부분, 놓쳐버린 자리를 메우기 위해 상상하고 기억하고 쓰고 지우는 모든 순간들이 결코 행복했다고는 말할 수 없다. 쓸 때에도, 살 때에도 나는 희망이 행복과는 별 관계가 없다고 느낀다. 희망은 오로지 시간과 관계하며 그리하여 결국 의미와만 관계한다. 의미의 그물이 성기거나 찢겨 아무 내용도 건져올리지 못할 때 나는 절망한다. 그렇게 내가 절망하고 있을 때 뒤집힌 사슴벌레가 결정적인 그물코를 내놓았고, 나는 그걸 받아 미친듯이 들락날락 우왕좌왕하며 한 코 한 코 기워나갔다. 하지만 나는 아직도 이 소설에서 내가 무슨 말을 하고 싶었는지 알 수가 없다. 다행히 그건 조금도 중요하지 않다. 도시의 구월처럼 내 의도는 모조리 가짜이고 난 기술자에 불과하니. 찌릉찌릉(그렇다고밖에).

| 리뷰 |

사슴벌레는 어디로든 들어온다

양윤의(문학평론가)

문득, 삶의 비극성이 눈앞에서 상연될 때가 있다. 이를테면 커다란 사슴벌레 한 마리가 약을 친 방안에서 뒤집힌 채 버둥거리고 있을 때. "방충망도 있는데 도대체 그렇게 커다란 사슴벌레가 어디로 들어오는 거예요?" 방문객의 질문에 여행지의 집주인은 이렇게 답한다. "어디로든 들어와." 어디로? 어디로든. 이 "의젓한" 답변에 재미를 느낀 일행은 온갖 질문에 '든'을 덧붙여 대답하는 말놀이를 벌였고, 이 대화에 "사슴벌레식 문답"이라는 이름을 붙였다. '든'이라는 단음절의 어미 혹은 조사는 세상의 온갖 질문들을 그대로 반복하면서도 전혀 다른 해답으로 이끈다. 운명론에서 자유의지까지, 체념에서 희망까지 모든 대답이 저 '든'에 들어 있다. 눈앞에서 버둥거리며 죽어가는(혹은 살려고 발버둥치는) 사슴벌레의 비극, 나아가 이 말을 나눈 여자 친구들의 비극은

이 문답법에 따라서 강화되고 혹은 부정되며 혹은 극복된다.

「사슴벌레식 문답」은 '정원'의 이십 주기 추모 모임에서 시작해 십 년 단위로 시간을 오르내리면서 전개된다. 네 명의 대학 친구들은 같은 하숙집에 살면서 친해진다. 상냥하고 조심성이 많으면서도 열정적이던 '정원', 큰언니처럼 친구들을 챙겼던 '부영' 예의바르고 인내심이 강했던 '경애', 소설을 쓰는 반半주정뱅이 '나(준희)', 이렇게 네 사람이다. 졸업한 지 얼마 안 되었을 때 이들은 강촌에 여행을 가서 사슴벌레식 문답을 하게 된다. 강촌행이 있은 지 십 년 후, 교사 생활을 접고 연극판에 뛰어들었던 정원이 스스로 삶을 마감했다. 다시 십 년 후, 운동권이었던 경애가 동지였던 부영과 부영의 남편 두진을 배신했다. "곽두진이랑 아무개랑 수령에게 교시를 받는 걸 목격"했노라는 거짓 증언으로, 경애는 동지들을 팔아넘기고 자신만 수령에서 빠져나왔다. 이 사건으로 두진은 팔 년 옥살이를 하고 부영은 쓰러져 뇌수술을 받았다. 그리고 지금, '나'는 정원의 이십 주기 추모 모임 소식을 둘에게 알렸으나 경애도 부영도 답변이 없다.

간첩 조작 사건과 운동권 조직의 붕괴, 동료의 배신과 동지들의 몰락이 이 소설의 주요한 배음背音을 이루고 있다. 권여선이 여성 후일담 서사의 한 맥락을 구축해왔다는 점에서, 이 소설 역시 유사한 방식으로 읽힐 수도 있을 것 같다. 그런데 이 소설에서 주목해야 할 부분은 따로 있다. 그것은, 중요한 사건의 전모가 독자에게 전달되는 '방식'이다. 전화기 너머에서 이 사연을 전하는 부영의 목소리는 온통 말줄임표가 붙은 채 토막 나 있다. 비극은 논리정연한 언어로는 전달될 수 없다는 듯이. 비극에서 중요한 것은 존재 증명을 위한 육하원칙이 아니라 그 비극을 겪는 이의 기막힌, 애끓는 내면이다.

경애는 배신의 대가로 교수직을 얻었고 지금은 "정년 보장"을 받기 위해 여기저기 뛰어다니는 속물이 되었다. 경애 이야기를 할 때면 누군가 슬쩍 말을 얹는다. "요즘 경애가 무슨 법사의 사상에 경도되었다는 얘기를 들었다"고도 했고 "와우, 경애가 치아 교정을 하고 있더라고, 우리 나이에 참 대단하지 않으냐"고도 했다. 사소한 두 에피소드마저 운명과 자유의지에 대한 우화다. 법사의 말에 따른 삶은 운명론을 수락하는 삶일 것이고, 임플란트를 시작할 나이에 치아를 교정하는 삶은 자유의지에 따른 삶이다.

운명론에서 자유의지까지. 소설의 도처에서 주고받는 사슴벌레식 문답은 삶의 폭넓은 스펙트럼을 보여준다. 네 사람이 나누는, 자신의 운명 혹은 자유의지와 관련된 몇 가지 사슴벌레식 문답을 적어보자.

1) 너는 왜 연극이 하고 싶어? 나는 왜든 연극이 하고 싶어.

2) 우리가 어떻게 관계를 끊고 사냐? 우리가 어떻게든 관계를 끊고 살아.

3) 우리는 어떻게 이렇게 됐을까? 우리는 어떻게든 이렇게 됐어.

4) 어떻게 미안하지가 않아? 어떻게든 미안하지가 않아.

5) 너 어떻게 이러냐? 니가 어떻게 이래? 나 어떻게든 이래. 내

가 어떻게든 이래.

1) 정원은 안정된 교직을 그만두고 연극을 하겠다고 말한다. '나'의 질문에 정원은 "왜든" 연극이 하고 싶다고 대답한다. 이유가 무엇이든, 내가 하고 싶은 일은 표면적인 인과와 합리성 너머의 일이라는 대답이다. 2) 모든 이와 관계를 끊고 싶다는 경애의 말을 '우리'가 타박하자, 정원이 대신 대답해준다. 우리는 어떻게든 관계를 끊고 살게 될 것이다. 3) 정원의 추모 모임에 정원을 그토록 아꼈던 부영이 나타나지 않자 '나'가 한탄한다. '나'의 상상 속에서 죽은 정원이 위로의 말을 건넨다. 괜찮아. 우리는 어떻게든 이렇게 된 거야. 4) 배신한 경애에게 부영이 울부짖으며 따지자, 경애가 외면하며 말한다. 나는 팩트만 말했어. 그러니 너와 너의 남편에게 미안할 거 없어. 5)도 같은 자리에서 이루어진 대화다. 경애야, 네가 어떻게 이럴 수 있어? 나는 어떻게든 이래.

그러니까 사슴벌레식 문답은 네 사람의 만남과 이별을 예견하고, 이들의 앞에 마련된 가혹한 운명을 보여주거나 배신하려는 의지를 폭로하는 대화법이다. 질문을 반복해서 그 말을 결정적인 것으로 만드는 한편으로, '든'을 덧붙여 새로운 뉘앙스를 만들어내는 것—이로써 인물의 내면이 폭로되고 인물의 현재가 설명되거나 혹은 미래가 예비된다. 소설의 마지막 부분에 가면, 저 문답법의 주인공인 사슴벌레는 '나' 자신으로 변한다.

그렇게 내 기억은 이미 오래전 알지 못하는 어느 경로로 잘못 들어가 돌아나갈 길을 찾지 못하고 동그랗게 갇혀버렸는지도 모른다.

(……)

갇힌 기억 속의 내 옆에 쌍둥이처럼 갇힌 지금의 내가 웅크리고 있다.(39~40쪽)

여기에 이르면 사슴벌레식 문답은 '기억의 생태학'이라 부를 만한 어떤 것에 관한 이야기가 된다. 방충망을 뚫고 어디로든 들어와, 약을 친 방안에서 죽어가는 (이제는 멸종위기의) 저 벌레는 아름다웠던 시절과 참혹한 시절을 모두 거치고 나와, "우리가 어쩌다 이렇게 되었는지 알지 못"하는 그 시절을 증언하는 존재, 즉 작중 소설가인 '나'이자 이 소설을 쓰는 작가 자신이 된다. 네 명의 친구들은 사회 전체를 압축하는 인물들과도 같다. 작가인 '나'와 (공자가 말한) 삼인행三人行에서의 세 친구—피해자와 가해자, 세상을 버린 이와 세상과 타협한 이, 아득바득 사는 이와 견디며 사는 이—가 주인공이다. 작가는 그 사연을 몸으로 겪고 글로 쓴다. 만취해 쓰러져 대문니 두 개를 잃어버린 '나'가 자신을 사슴벌레에 빗대는 것은 이런 이유에서일 것이다.

김승옥은 「서울, 1964년 겨울」에서 한 대화를 소개했다. "안형, 파리를 사랑하십니까?" 그러자 '안'은 "김형, 꿈틀거리는 것을 사랑하십니까?"라고 되물었다. 이 기묘한 문답법은 1960년대식 실존과 절망, 환멸과 위악, 그리고 운명과 자유의지를 되새기게 했다. 권여선은 이제, 저 여성들의 목소리로 사슴벌레식 문답을 소개한다. "어디로 들어와?" "어디로든 들어와." 저 사슴벌레는 죽음의 향기 가득한 이곳으로 꿈틀거리며 기어들어와, 우리에게 기억과 운명, 비극과 자유의지에 대해 묻는다. 매번 다른 '뉘앙스'로.

최진영

썸머의 마술과학

작가노트

믿음의 영역

리뷰 | 권희철

위악보다 나은 것은 위선이지만,
위선보다 나은 것은……

© MORE

최진영

2006년 『실천문학』 신인상에 단편소설 「팽이」가 당선되어 등단. 한겨레문학상, 신동엽문학상, 백신애문학상, 만해문학상, 이상문학상 등 수상. 소설집 『팽이』 『겨울방학』 『일주일』, 장편소설 『당신 옆을 스쳐간 그 소녀의 이름은』 『끝나지 않는 노래』 『나는 왜 죽지 않았는가』 『구의 증명』 『해가 지는 곳으로』 『이제야 언니에게』 『내가 되는 꿈』이 있다.

썸머의 마술과학

그때 내가 몰랐던 것들

나는 봄에 태어나서 이봄, 내 동생은 여름에 태어나서 이여름이다. 상당히 무성의한 작명이라고 생각하지만 가끔 이름이 예쁘다는 말을 들으면 기분이 나쁘지 않다. 봄, 여름, 가을, 겨울이란 이름을 가진 사람들의 모임을 상상해본다. 이름이 같은 사람들끼리 팀을 짜서 체육대회를 하면 어느 계절이 이길까? 무척 시시한 상상이지만 그런 모임은 이미 있을지도 모른다. 세상에는 별별 모임이 다 있으니까. 아빠는 매주 '토해술' 모임에 나간다. 토해술은 '토요일 해장술을 사랑하는 사람들'의 줄임말이다. 금요일 저녁에 과음한 사람들이 토요일 점심에 만나서 해장 음식과 술을 먹는 모임이다.

결국 또 술 마시자는 모임인 거네.

엄마가 비아냥거리자 아빠는 대꾸했다.

당신이 몰라서 그래. 거기서 건지는 정보가 얼마나 많은데. 사람들이 술 마시면서 금값보다 비싼 정보를 술술 말한다니까. 술은 촉진제 같은 거지.

엄마는 매주 '시금석' 모임에 나간다. 시금석은 '시가 있는 금요일 저녁'이란 뜻이다. 엄마는 모임에 참여하기 위해 일주일에 한 편씩 시를 쓴다. 오늘밤 모임을 마치고 집에 들어서는 엄마의 눈이 퉁퉁 부어 있었다. 울었어? 물어보자 엄마는 힘없는 목소리로 대답했다. 너도 내 나이가 되면 시를 쓰겠지. 시를 왜 써? 하고 대꾸했지만 사실 나도 요즘 핸드폰 메모장에 분노의 시를 쓴다. 라임을 맞추려고 나름 노력하니까 시보다 랩에 가까울 수도 있다. 내 대답을 듣고 엄마는 중얼거렸다. 너도 내 나이가 되면 시를 쓰다가 사는 게 불쌍해서 울게 될 거야. 나는 머릿속이 복잡해졌다. 왜냐하면,

1-1. 엄마는 내 인생이 불쌍해지기를 바라는가?

1-2. 그래서 고작 울기를 바라는가?

1-3. 엄마는 불쌍한가?

1-4. 불쌍하다와 불행하다는 어떻게 다른가?

2-1. 내가 엄마 나이가 되려면 이십팔 년 남았다. 2022+28=2050. 하지만,

2-2. 2040년 인류의 삶은 기후 위기로 아주 암울해질 거라던데.

2-3. 2040년에 나는 서른네 살이다.

2-4. 나의 미래는 암울한가?

3-1. 미래의 내가 부자라면 침수, 폭염, 태풍, 홍수 등을 걱정하지 않아도 되는 곳에 살겠지. 바이러스 감염이나 식량문제에서도 비교적 안전할 것이다. 미래의 내가 가난하다면……

3-2. 하지만 지금도 식량난과 폭염과 바이러스 감염 때문에 죽는 사람들이 있다.

3-3. 서른네 살에 부자가 될 수 있나?

3-4. 부자가 되려면 부자로 태어나야 한다. 부자들은 절대 멸종하지 않을 것이다. 예를 들어 기후 위기는 거짓말이라고 주장하는 도널드 트럼프의 후손은 기후 위기 피해에서 가장 안전할 것이다.

4-1. 2040년까지 지구 기온이 1.5도 상승할 확률과 그렇지 않을 확률과 내가 부자가 될 확률 중 가장 높은 것은?

4-2. 내 꿈은 부자가 아니다. 그건 너무 터무니없는 꿈이다. 내 꿈은 '사랑하는 사람과 커플 운동복을 입고 매일 저녁 집 근처 강변을 산책할 수 있는 사람이 되는 것'이다. 2040년에 그렇게 살기 위해서는 부자가 되어야 하나? 그렇다면 내 꿈은 부자인가?

4-3. 사랑하는 사람과 커플 운동복을 입고 매일 저녁 강변을 산책할 수 있는 삶을 살기 위해 지금 내가 할 수 있는 일은…… 일회용품 쓰지 않기?

5-1. 엄마 나이가 되었을 때 나는 어쩌면 지금의 엄마와는 다른 이유로 사는 게 불쌍해서 울고 있을 것이다. 하지만. 그래도.

5-2. 엄마가 울지 않으면 좋겠다.

5-3. 엄마 나이가 되어서 나도 울지 않으면 좋겠다.

엄마가 콧물을 훌쩍였다. 시를 보여줄 수 있느냐고 엄마에게 조심스럽게 물었다. 예상과 달리 엄마는 선뜻 가방에서 종이 한 장을 꺼내 내밀었다. 시는 무척 짧았다. 나는 생각을 바꿔 엄마에게 시를 읽어달라고 했다. 엄마는 천천히 시를 읽기 시작했다.

제목. 그때 내가 몰랐던 것들. 높고 푸른 하늘. 느리게 흐르는 구름. 나뭇잎을 쓰다듬는 햇살. 고요히 날아가는 새. 새를 돕는 바람. 흩날리는 흰 꽃. 다시없을 일 초. 고유해서 고독한 나. 그리고. 오늘 내가 죽는다는 것.

잠시 침묵이 흘렀다. 엄마는 눈물을 닦았다. 나는 어쩐지 슬퍼져서 작은 소리로 말했다.

나는 엄마가 좋아.

엄마는 알아들을 수 없는 말을 중얼거리며 욕실로 갔다. 나는 닫힌 욕실 문 앞에 섰다. 욕조에 물을 받는 소리가 들렸다. 시의 마지막 문장이 목구멍에 콱 박힌 것만 같아서 다급하게 물었다.

엄마 근데 무슨 일 있는 건 아니지? 어디 아프거나 그런 건 아니지?

문 안쪽에서 엄마가 대답했다.

나는 그저 시를 썼을 뿐이야.

나는 손가락으로 문을 긁으면서 애원하듯 말했다.

그래도 나는 엄마가 죽지 않았으면 좋겠어.

희미하게 들려오는 엄마의 대답.

사람 다 죽어.

나도 모르게 큰 소리를 내고 말았다.

알아! 안다고! 그리고 사람은 다 살거든!

현관문 열리는 소리가 들렸다. 내일의 모임을 위해 과음한 아빠가 거실로 들어섰다. 아빠도 토해술 모임에서 술을 마시다가 사는 게 불쌍해서 울까? 그럴 수도 있겠지. 하지만 토요일 한낮의 왁자지껄한 식당에서 술을 마시다가 별안간 우는 아빠를 보면서 '나는 아빠가 좋아'라고 생각할 일은 없을 것 같다. 아빠가 사들고 온 케이크 박스를 냉장고에 넣으며 엄마를 찾았다. 나는 욕실을 가리켰다. 아빠는 욕실 문을 열고 할말이 있으니 나와보라고 말했다. 욕조에 물 받는 소리가 멈췄다. 아빠가 식탁 의자에 앉으며 나를 보지 않고 말했다. 넌 방에 들어가 있어. 어쩐지 분위기가 심상치 않았다. 나는 주방과 가까운 여름이 방으로 들어가 문을 살짝 열어두고 어둠 속에 웅크리고 앉았다.

그게 무슨 소리야? 엄마가 물었다. 다 합쳐서 얼마라고? 엄마가 다시 물었다. 내가 지금 무슨 소릴 듣고 있는 거야? 엄마가 계속 물었다. 어쩜 나랑 한마디 상의도 없이 그런 일을 저지를 수가 있어? 엄마는 상황을 이해하기 위해 노력하는 것 같았다.

여름이 옆에 모로 누워 한 손으로 여름이의 귀를 막았다. 여름이는 마스크를 쓴 채 잠들어 있었다. 전염병이 발생하고 식당 인원 제한이 생긴 뒤에도 토해술 참석을 거르지 않던 아빠는 지난봄 마침내 양성 판정을 받았고 이어 우리는 전부 양성 판정을 받아 일주일 동안 격리됐었다. 아빠는 증상이 미약했지만 엄마와 여름이는 심하게 앓았다. 여름이의 고열이 좀처럼 떨어지지 않던 밤, 나는 핸드폰의 키패드에 119를 찍고 통화 버튼을 누를까 말까 수십 번 갈등했다. 그렇게 앓은 다음부터 여름이는 밥 먹을 때와 씻을 때를 제외하고는 집에서도 마스크를 벗지 않는다. 마스크를 쓰지 않으면 심장이 빨리 뛰고 걱정이 많아진다고, 무엇보다 마스크를 쓴 자기 모습이 더 안전해 보여서 안심이 된다고 여름이는 말했다. 전염병이 발생하기 전에도 미세먼지가 심한 날이면 매번 마스크를 쓰고 다녔으니, 여름이는 자기 인생의 사분의 일이 넘는 기간을 마스크와 함께한 셈이다. 마스크 때문에 답답하다는 느낌보다는 안전하다는 감각에 더 익숙할 수도 있다. 여보, 나는 피해자라니까. 아빠의 목소리에 억울함이 가득했다. 사람이 제정신이면 어떻게…… 애들을 생각했다면 어떻게…… 엄마는 말을 잇지 못했다. 뒤척이는 여름이의 등을 가만히 두드리며 엄마의 시를 떠올렸다. 엄마의 '그때 내가 몰랐던 것들'에 방금 하나가 추가되었다. 남편이 사기를 당해서 삼억 넘는 빚을 졌다는 것.

방금 아빠가 엄마에게 털어놓은 말을 정리해보자면 이렇다. 아빠는 토해술 모임에서 가상 화폐에 관한 정보를 들었다. 한 달 안에 투자금의 두 배 이상의 수익을 올려주는 회사가 있다는 것이다. 아빠는 일단 그 회사에 백만원을 투자했다. 보름도 지나지 않아 백만원은 정말 이백만원이 되었다. 아빠는 가상 화폐로 떼돈을 벌었다는 사람들을 떠올렸고 자신도 그렇게 될 수 있다고 믿었다. 아빠는 일억짜리 마이너스 통장을 만들고 카드 대출과 기타 등등의 대출을 받아서 그 회사에 투자했다. 그리고 얼마 안 돼 투자를 권한 사람도, 회사의 관계자라는 사람도 갑자기 잠적해버렸다. 알고 보니 아빠가 투자한 회사는 처음부터 존재하지도 않는 곳이었다. 아빠는 마침내 자기가 사기당했다는 사실을 받아들였다. 아빠가 갚아야 하는 돈은 이자를 더해 삼억이 넘었고, 엄마는 상황을 이해하지 못해서 계속 같은 질문을 했고, 나는 내가 뭔가를 잘못 들은 거라고 믿고 싶었다. 어쩐지 이와 비슷한 이야기를 많이 들어본 것 같아서 핸드폰으로 '가상 화폐 사기'를 검색해봤다. 모두가 부자를 꿈꾸고 있었다.

우리는 매일 대비한다

아침에 눈을 뜨니까 언니가 옆에서 자고 있었다. 밤에 부모님이 싸우면 언니는 꼭 내 옆에서 잔다. 내가 몸을 일으키자 언니도 눈을 떴다. 엄마 아빠 싸웠어? 물어보니 언니는 생일 축하한다고 대답했다. 방을 나가자 미역국 냄새가 났다. 마스크를 쓰고 있으면 냄새가 더 잘 맡아진다. 냄새를 잘 맡을 수 있으므로 나는 더 안전하다. 아침을 먹고 언니가 냉장고에서 케이크를 꺼냈다. 잠이 덜 깬 아빠가 방에서 나왔다. 케이크에 초를 꽂아 노래를 부른 뒤 촛불을 껐다. 나는 빨리 십대가 되게 해달라고 마음으로 소원을 빌었다. 우리집 규칙 중에 '열 살 전까지는 혼자서 아파트 단지 바깥으로 나갈 수 없음'이 있기 때문이다. 나는 가족들 모르게 그 규칙을 세 번 어겼다. 들킬까봐 매번 조마조마했던 그 느낌이 너무 싫었다. 열 살이 되면 그런 느낌을 갖지 않을 수 있다.

엄마 아빠는 케이크를 먹지 않고 핸드폰만 들여다봤다. 둘 다 엄청난 속도로 핸드폰 자판을 치는 걸 보니 카톡으로 싸우는 중인 것 같았다. 어릴 때는 몰랐지만 이제는 안다. 엄마 아빠가 핸드폰을 들고 마치 게임하듯이 다다다다다다다다 메시지를 입력하다가 한숨을 쉬고 화난 얼굴로 상대를 쳐다보다가 또 다다다다다다다다 하면 그건 두 사람이 카톡으로 싸우고 있다는 뜻이다. 그러다가 한 명이 핸드폰을 소파로 집어던지거나 현관문을 열고 나가면 전반전 끝이란 뜻이고. 누군가가 먼저 자리를 뜨기 전에 나는 꼭 해야 할 말이 있었다.

있잖아. 오늘부터는 나를 썸머라고 불러줘.

언니가 나를 쳐다보며 물었다.

썸머? 갑자기 왜?

우리끼리 영어 이름을 짓고 그렇게 부르기로 했거든.

우리가 누군데?

지율이, 경빈이, 우주랑 나무(어린이집부터 지금 학교까지 같이 다니고 있는 우리는 우리를 캐슬 파이브라고 부르는데 어른들에게는 비밀이다).

아, 그래.

언니가 고개를 끄덕이더니 그럼 우주는 유니버스고 나무는 트리냐고 물었다.

아니, 우주는 오로라고 나무는 카이야.

아…… 그래?

언니는 천천히 케이크를 먹으면서 나를 빤히 쳐다보다가 중얼거렸다.

좋아, 알겠어. 썸머.

나는 식탁에 내려놓았던 마스크를 쓰고 자리에서 일어났다. 동시에 아빠도 한숨을 쉬면서 핸드폰을 소파에 던지고 욕실로 들어갔다.

할머니에게 줄 케이크 두 조각을 반찬통에 담아서 에코백에 넣고 언니와 집을 나섰다. 할머니는 온정마을 화성빌라 일층에서 혼자 산다. 할머니 집까지는 버스를 타면 오 분, 걸어가면 삼십 분 정도 걸리는데 언니와 나는 대개 걸어서 간다. 언니가 예전에 비밀이라면서 말해주기를, 엄마 아빠가 싸웠을 때, 싸울 때, 싸울 것 같을 때면 혼자서 할머니 집에 간다고 했다. 그리고 아무하고도 말하고 싶지 않은데 혼자 있기는 싫을 때랑 깊은 낮잠을 자고 싶을 때도. 그래서 나도 나의 비밀을 한 개 말해줬다(나 사실 엄마 몰래 아메리카노 두 모금 마셔봤어). 내년 생일이 지나면 나도 혼자서 할머니 집에 갈 수 있다. 나는…… 친구들이 자기들끼리만 눈짓을 주고받으면서 나를 따돌릴 때 할머니 집에 갈 것 같다. 그리고 혼자 먹고 싶은 과자가 있을 때도. 할머니가 집에 있든 없든 도어록 비밀번호를 누르고 들어가서 내 마음대로 냉장고의 음식을 꺼내 먹고 방바닥에 누워서 김밥처럼 뒹굴고 싶다. 할머니가 없을 때는 껌을 씹듯 질겅질겅 욕을 해보고도 싶다.

엄마 아빠 왜 싸웠는지 알아?

언니에게 물었다.

궁금해?

나는 고개를 끄덕였다.

그럼 내가 한번 알아보고, 시시한 이유면 말해줄게.

언니는 걸음을 멈추고 핸드폰을 꺼내 나뭇잎 사이로 보이는 하늘 사진을 찍었다. 그리고 우리 둘의 셀카도 찍었다. 나는 별로 내키지 않았지만 언니가 사진을 찍을 때 손가락으로 V 자 포즈를 해주었다. 언니 핸드폰에는 내 사진이 천 장 넘게 있을 것이다. 언니랑 손을 잡고 천천히 걸었다.

언니, 나 방학 숙제 중에 가족이랑 동네 한 바퀴 걷고 일기 쓰기 있거든. 우리 동네는 아니지만 오늘 비공식 모임 얘기 써도 되겠지?

응. 괜찮을 거야.

그리고 또 숙제 중에 하루 한 가지 환경보호 하기도 있거든.

그래. 그것도 오늘 모임으로 대신하면 되겠다.

아니, 그게 아니고 내가 궁금한 건 우리가 지금 할머니 집까지 걸어가잖아. 근데 탄소 발자국 줄이기에 대중교통 이용하기가 있거든. 버스는 대중교통이잖아. 그럼 내가 버스를 안 타고 걸어가는 건 환경보호 아니야?

탄소 발자국을 벌써 배웠어?

티브이 광고에도 맨날 나오잖아. 우리 학교에서는 봄에 그림 그리기 대회도 했어. 엄마한테 그림 보여주니까 엄마도 초등학생 때 그런 거 했었대.

엄마 어릴 때?

응. 붕대 감은 지구 그리고 위에는 '지구가 아파요' 글씨 썼대.

하긴, 나도 어릴 때 '북극곰을 살려주세요' 포스터 그리기 했다. 넌 무슨 그림 그렸어?

아이들이 우는 그림 그리고 위에는 '우리도 살고 싶어요'라고 썼어.

헐. 선생님이 뭐래?

잘했대.

진짜 웃기지 않냐. 엄마 어릴 때면 삼십 년도 훨씬 전이잖아. 그럼 옛날부터 다 알고 있었다는 말인데.

뭐를?

인류 멸망.

인류 멸망?

아직 거기까지는 안 배웠구나.

기후 난민은 배웠어. 근데 카이네 선생님은 기후 난민 얘기는 안 해줬대. 언니, 있잖아. 기온이 올라가면 전염병도 더 많아질 거래.

그런 것도 배웠어?

아니, 『Why? 기후변화』에서 읽었어. 『Why? 미세먼지』랑 『Why? 지구의 재앙』도 봤어. 오로라는 'Why? 과학 시리즈' 다 갖고 있거든.

너도 'Why? 시리즈' 갖고 싶어?

오로라가 자기 집에서 다 읽게 해주니까 괜찮아. 근데 언니, 우리 선생님이 환경보호는 계속 배워야 하는 거랬어. 그러니까 옛날부터 엄마도 배웠고 언니도 배웠고 나도 배우는 거야. 우리 반에서는 탄소 배출권 거래 게임도 했어. 거래 카드랑 가짜 돈 만들어서. 언니도 어릴 때 탄소 배출권 배웠어?

그런 걸 우리들한테만 가르치고 있다는 게 짜증나는 거지. 떠넘기는 것 같잖아. 탄소는 어른들이 다 배출했으면서 관심도 없고.

아니야. 아빠도 탄소 배출권 알아. 전에 전화하는 거 들었는데 주식 산 얘기 하면서……

주식을 샀대? 아빠가? 언제?

몰라. 며칠 됐어. 아무튼 막 웃으면서 앞으로는 더 많이 사야 된다고.

하, 킹받네 진짜.

왜?

넌 몰라도 돼. 아무튼 우린 끝장이야. 다 망했다고.

언니 화났어?

어.

나 때문에?

난 절대 너 때문에 화를 내지 않아.

알아. 확인한 거야. 암튼 버스 안 타고 걸어가기는 환경보호 맞아?

어. 맞아. 완전 맞아.

언니는 혼자 중얼거리면서 정면만 바라봤다. 갑자기 왜 화를 내는지 모르겠다. 나는 언니가 '망했다'고 말해서 기분이 좋지 않았다. 전에 오로라네 엄마가 말해줬는데, 망했다는 말만큼 나쁜 말이 없다고 했다. 망했다고 생각해버리면 아무것도 할 수가 없으니까. 언니는 진짜 다 망했다고 믿는 걸까? 그렇게 믿으면서 분리수거는 왜 하는지 모르겠다. 학교는 왜 다니고 공부는 왜 하는지, 셀카는 왜 찍고 비공식 모임은 왜 하는지 모르겠다. 망했다고 말하면서 왜 망하지 않으려고 애를 쓰는지 정말 모르겠다.

할머니는 식탁 의자에 앉아 콩나물을 다듬고 있었다. 할머니에게 케이크를 건넸다. 할머니는 나에게 생일 선물이라며 만원을 줬다. 나는 할머니에게 이제부터는 나를 썸머라고 불러달라고 부탁했다. 그게 뭐냐고 할머니가 물었다.

영어로 여름이란 뜻이야.

영어 이름을 갖고 싶은 거야?

아니, 그냥 친구들이랑 그렇게 하기로 약속해서.

할머니는 말없이 콩나물을 다듬었다. 언니는 거실 벽에 등을 기대고 앉아 핸드폰으로 웹툰을 봤다. 나는 할머니 맞은편에 앉아서 할머니가 다듬어놓은 콩나물을 가로세로로 쌓으며 콩나물 탑을 만들었다.

써마.

할머니가 말했다.

써마 아니고 썸머.

나는 할머니의 발음을 고쳐줬다.

써엄머는 영어를 많이 알아?

할머니가 물었다. 나는 어깨를 으쓱거리며 친구들보다는 많이 아는 것 같다고 대답했다.

그럼 이건 뭐라고 하지, 영어로.

할머니가 눈짓으로 콩나물을 가리키며 물었다. 그건 아직 안 배웠다고 대답했다. 언니가 핸드폰에서 눈을 떼지 않고서 중얼거리듯이, 그러나 내가 확실히 알아들을 수 있을 만한 소리로 말했다. 빈스프라우트. 나는 그 말을 그대로 할머니에게 전해주면서 덧붙였다.

빈은 콩이란 뜻이야.

할머니가 고개를 끄덕이며 중얼거렸다.

다 영어 이름이 있구나. 그럼 유성자도 영어 이름이 있겠네.

유성자는 할머니 이름이다. 할머니에게 어울리는 영어 이름을 만들어주고 싶어서 이런저런 단어를 떠올렸다. 소리를 낮춰 틀어놓은 티브이에서 남자의 목소리가 흘러나왔다. 알프스 지역 빙하들이 역대 가장 빠른 속도로…… 2100년까지 알프스 빙하의…… 사라질 것이라는…… 전 세계 곳곳에서 기록적인 폭염…… 2100년이면 얼마나 남았을까? 나는 아직 네 자릿수 뺄셈은 할 줄 모른다. 하지만 빈스프라우트를 키우는 방법은 안다. 방학 숙제 중에 수경 재배 하기가 있어서 언니랑 같이 빈스프라우트를 키우는 중이니까. 빈스프라우트에 물을 주면서 언니는 말했다. 덧셈 뺄셈을 잘하는 것보다 이런 걸 많이 알아두는 게 더 중요하다고. 그래야 재난 상황에서도 먹고살 수가 있다고. 지금 티브이를 멍하게 쳐다보면서도 언니는 재난을 상상하고 있을 것이다. 언니는 좀비 영화도 엄청 많이 본다. 아마 방금 전까지도 좀비 웹툰을 봤을 거다. 무엇에든 대비를 해두는 것이 대비를 하지 않는 것보다는 낫다고 언니는 말했다. 그러면서 좀비가 나타나면 머리를 공격하고, 남자가 나를 위협하면 핸드폰 모서리로 눈을 찍어버리라고, 얼굴에 구멍이 날 정도로 세게 찍고 도망가야 한다고 가르쳐줬다. 같이 걸을 때 언니는 가끔 경계하는 표정으로 주위를 살펴본다. 그때마다 나는 언니가 좀비를 찾는 줄 알고 좀비가 있느냐고 물어본 적이 있었는데, 언니는 심각한 표정으로 대답했다. 좀비라면 단번에 알아볼 수나 있지. 사람은 언제 어떻게 돌변해서 우리를 공격할지 알 수가 없잖아. 언니는 매일 대비한다.

할머니의 빈스프라우트 다듬기가 끝나서 우리는 비공식 모임을 하기 위해 할머니와 함께 집을 나섰다. 할머니는 매일 폐품을 모아 한성자원에 판다. 하루 두 번, 새벽과 오후에 동네를 돌면서 끌차를 한 번씩 채울 만큼만 폐품을 모으는데, 그 규칙을 지키면 싸우지 않고 일을 오래할 수 있다고 할머니는 말했다. 비공식은 매주 토요일 오후마다 할머니와 같이 동네를 돌면서 쓰레기봉투에 쓰레기를 모으는 모임의 이름이다. 이름은 언니가 지었다. 비공식이기 때문에 하기 싫을 때는 하지 않을 수 있고, 토요일 말고 다른 요일에 할 수도 있고, 쓰레기 말고 다른 걸 모을 수도 있다. 그래서 나는 재활용 가능한 병뚜껑이나 플라스틱 숟가락만 모을 때도 있다. 내가 비공식을 하는 이유는 일단 언니와 뭐든지 같이 하고 싶고, 비공식을 하면 동네 바깥을 마음껏 돌아다닐 수 있고, 나도 어른들처럼 모임을 해보고 싶었기 때문이다. 그리고 나도 언니처럼 대비하고 싶다. 나는 내가 분리수거를 잘하고 쓰레기를 주우면 딱 그만큼은 환경이 나빠지지 않을 거라고 믿는다. 딱 그만큼을 저금하듯 계속 모으는 게 나의 대비다. 그런 나를 하늘이 보고 있을 거라고 생각하면 왠지 안심이 된다. 언니가 왜 비공식을 시작했는지는 정확히 모르겠다. 전에 언니가 굉장히 길게 설명을 해줬는데 이유가 너무 복잡했다. 그때도 언니는 화를 많이 냈고…… 뭐랬더라…… 뭐보다는 위선이 낫다고 했다.

그레이스.

쓰레기를 줍다가 문득 떠올라서 소리치듯 말했다.

할머니, 유성자는 그레이스야.

할머니는 마음에 든다며 웃었다.

할머니의 예언은 언제나 들어맞았다

일주일 동안 조마조마한 마음으로 부모님을 지켜봤다. 아빠는 오늘도 토해술에 나갔다. 엄마도 어제 시금석에 갔다 왔다. 나는 어젯밤에도 엄마에게 시를 읽어달라고 했다. 엄마는 천천히 시를 읽어줬다.

제목. 그곳에서. 나는 시를 썼지. 아름다운 글이었어. 눈부신 문장이 나를 비추었네. 눈을 감았지. 어둠과 어둠과 어둠뿐. 눈을 떴네. 시가 나를 바라본다. 살아 있으므로 나는. 다시 눈감을 수밖에.

나는 시에 숨겨진 엄마의 심정과 우리집의 상황을 찾아내려고 애썼다. 지난 금요일 밤 이후에도 우리의 일상은 별로 달라진 게 없었다. 엄마 아빠는 필요한 말 이외에는 서로 대화를 나누지 않았다. 둘 다 비슷한 시간에 출근하고 퇴근했다. 엄마는 자기 전에 하는 반신욕과 요가를 거르지 않았다. 아빠는 티브이를 켜놓고 핸드폰만 봤다. 내가 다른 채널로 돌리려고 하면 그대로 두라고 말하면서도 계속 핸드폰을 봤다. 내 체크카드는 정지되지 않았다. 수요일 저녁에는 야근 때문에 늦을 거라면서 엄마가 배달 앱으로 피자와 파스타 세트를 시켜줬다. 마트에서 구입하는 품목과 양도 이전과 비슷했다. 썸머의 과일주스와 간식도 떨어지지 않았다. 집으로 낯선 사람이 찾아오지도 않았다. 평온한 나날이었다. 아무래도 일주일 전에 내가 뭔가를 잘못 들은 것만 같았다. 생각해보니 그날 아빠는 잊지 않고 썸머의 생일 케이크를 사왔었지. 사기를 당해 삼억 넘게 빚진 사람에게 그럴 정신이 있었을까? 나는 정말 내 착각인지 아닌지 확인하기 위해 엄마 핸드폰의 잠금을 해제하고 아빠와 나눈 카톡을 몰래 봤다. 카톡에서도 엄마는 질문을 거듭했다. 아빠는 이상하리만치 태연했다. 모든 걸 포기한 사람 같기도 했고 삼억 정도 빚은 아무것도 아니라고 여기는 것도 같았다. 아무튼 내가 잘못 들은 건 아니었다. 그런데도 아빠는 토해술에 나가고(그 모임에서 사기를 당했는데도 계속 나간다고?) 엄마는 시를 쓴다. 아빠는 변함없이 가상 화폐 거래소와 주식시장을 기웃거리고 엄마는 울지 않는다. 도대체 어쩔 셈이지?

썸머의 콩나물은 무럭무럭 자라고 있다. 썸머에게 파도 키우자고 해볼까? 컵에 물을 담고 그 안에 파뿌리를 넣어두면 하얀 뿌리에서 초록 줄기가 조금씩 자란다는 사실을 인터넷 검색으로 알아냈다. 썸머는 파를 싫어한다. 그래도 자기가 키운 파는 먹지 않을까? 그리고 또 무엇을 키울 수 있을까? 지난봄에는 아줌마들이 공원 수풀에서 과도로 무언가를 캐서 봉지에 담는 걸 본 적이 있다. 내 눈에는 온통 잡초로 보였는데 아줌마들은 그 속에서 먹을 수 있는 풀을 찾아냈다. 아는 만큼 보이는 것이다. 이제 나도 길에서 공짜로 얻을 수 있는 먹을거리를 알아둬야 한다. 돈을 최소한으로 들여 집에서 재배할 수 있는 채소도 알아둬야 한다. 그리고 또 무엇을 알아두면 도움이 될까. 할머니가 모아서 파는 폐품의 가격은 그때그때 다르다. 폐지는 일 킬로그램에 백원도 받지 못한다. 알루미늄은 일 킬로그램에 천원을 넘을 때도 있지만 종류마다 가격이 다르다. 아무튼 할머니처럼 폐품을 모아서는 하루에 콩나물 한 봉지도 살 수 없다. 그래도 할머니는 연금을 받으니까 괜찮다고 했다.

할머니는 내가 역사 수업에서 배운 것을 다 경험했다. 대한 독립과 한국전쟁과 남북분단과 민주화운동과 IMF 사태와 금융위기와 대통령 탄핵과 전염병까지. 할머니가 고조선시대에 단군을 만난 적이 있다고 해도 이상하지가 않다. 할머니가 백악기에 공룡을 본 적이 있다고 해도, 실은 한 번 죽었다가 부활한 거라고 해도 믿을 것 같다. 왜냐하면 할머니는 전부 다 겪어봤으니까. 가난 때문에 나무껍질을 씹어 먹었고 가뭄이 심할 때는 풀죽을 만들어 먹었고 홍수로 집을 잃어본 적도 있었다. 할머니의 아빠는 전쟁 때 포탄에 맞아서, 할머니의 첫째 딸은 다섯 살도 되기 전에 전염병으로, 할머니의 언니는 교통사고로, 할머니의 사촌은 불에 타 죽었으며 할머니의 친구는 남편에게 살해당했다. 할머니는 학교를 다니지 못했지만 혼자서 한글을 터득했고 산수를 익혔다. 돈을 벌기 위해 온갖 일을 다 해봤다. 그래서 콩나물이 영어로 무엇인지는 모르지만 길가의 풀과 나무 이름을 다 안다. 천과 바늘만 있으면 옷을 만들 수 있다. 농사일과 집 짓는 방법을 안다. 먹을 수 있는 것과 먹을 수 없는 것을, 날씨의 흐름을, 진실과 거짓을 안다. 그러니까 할머니는 알고 있을 것이다. 우리 가족이 지금의 재난에서 탈출할 방법을.

할머니의 예언은 언제나 들어맞았다. '겨울이 이렇게 포근하면 다가오는 농사가 흉작이다'고 했을 때도, '그 동네 집들은 홍수 때 물에 잠길 수밖에 없다'고 했을 때도 모두 그렇게 되었다. 할머니는 꿀벌이 집단으로 실종되었다는 뉴스가 나오기도 전에 이미 꿀벌이 사라질 것임을 알았다. 일기예보보다 앞서 날씨를 예측했다. 올해는 감자가 흉년일 것이라고 말하면, 배춧값이 금값이 될 거라고 말하면 그렇게 되었다. 그래서 한편으로는 겁이 난다. 할머니에게 우리집 상황을 말하고 '무슨 대책이 없을까?' 물어봤다가 '그런 것에는 대책이 없다'는 대답을 들을까봐.

나는 사실 엄마 아빠의 연봉도 제대로 모른다. 우리 가족이 십 년 가까이 살고 있는 아파트의 대출금을 아직 절반도 갚지 못했다는 것, 그리고 내 통장에 구십칠만 오천육백이십삼원이 있다는 것이 내가 아는 전부다. 작년까지 엄마 아빠는 아파트값이 계속 오른다면서 좋아했다. 아파트값은 절대 떨어지지 않는다고, 무리를 해서라도 아파트를 사길 잘했다고, 엄마 아빠는 마치 부자가 된 것 같은 표정으로 말했다. 하지만 우리가 부자일 리 없잖아. 나는 부자의 삶을 모르지만…… 가상 화폐 투자를 하려고 마이너스 통장을 만드는 부자도 있나? 아빠는 평소에 '은행 돈이 내 돈'이란 말을 즐겨 했다. 설마 정말 그렇게 믿고 있는 건 아니겠지? 나 혼자만 너무 심각한 걸까? 엄마 아빠에게 물어보면 아마도 '걱정할 것 없다'고 대답하겠지. 나는 그 말을 믿지 못할 것 같다. 하지만 할머니의 '걱정할 것 없다'는 믿을 수 있다.

며칠 뒤 나는 학원을 마치고 할머니 집으로 갔다. 할머니는 빨래를 개고 있었다. 나는 할머니 옆에 앉아 핸드폰을 보는 척하다가 무심하게 물었다.

할머니, 삼억은 별로 큰돈이 아닌가봐.

그게 무슨 말도 안 되는 말이야.

여기 인터넷 보니까 어떤 사람이 사기를 당해서 삼억을 빚졌는데 별일 아닌 것처럼 말해서.

할머니는 말없이 빨래를 갰다. 나는 할머니의 말을 기다렸다.

그렇게 말하는 사람은,

할머니가 수건을 탁탁 털며 말을 이었다.

빚을 갚을 생각이 없거나 그보다 더 큰 빚이 있거나,

초조하게 다음 말을 기다렸다.

그렇지 않다면 정말 난사람이다.

핸드폰으로 재빨리 '난사람'을 검색했다. 설명을 읽으니 아빠가 그쪽 부류는 아닌 것 같았다. 그렇다면…… 나는 기적을 바라는 심정으로 말했다.

근데 이 사람이 진짜 부자일 수도 있잖아. 삼억 정도 사기당한 건 완전 아무것도 아닐 만큼.

할머니가 피식 웃으며 대꾸했다.

진짜 부자는 자기 주머니에서 새어나가는 돈 천원도 아까워서 벌벌 떠는 법이야.

할머니의 대답은 '걱정할 것 없다'에서 점점 멀어지고 있었다. 나는 약간 반항하는 심정으로 물었다.

할머니는 부자였던 적이 없잖아. 근데 부자들이 그렇다는 걸 어떻게 알아?

할머니는 흔들리지 않고 대답했다.

부자들이 어떤 사람인지는 가난한 사람이 더 잘 아는 법이니까.

나는 설득당하고 말았다.

언니는 질 생각이 전혀 없다

엄마는 일요일마다 일주일 동안 먹을 반찬을 잔뜩 만든다. 그리고 일요일 저녁은 외식을 하거나 배달 음식을 시켜 먹는다. 반찬을 만드느라 지치기도 하고, 새로 만든 반찬은 어차피 일주일 내내 먹어야 하니까. 엄마가 저녁으로 뭐 먹고 싶으냐고 물었다. 나는 치킨이 떠올랐지만 어제 언니랑 싸이버거를 먹었고 고기 덜 먹기를 실천해야 하기 때문에 고기가 들어가지 않은 음식을 고민하다가 떡볶이라고 대답했다. 이런 나의 고민과 결정을 하늘은 알 것이다. 엄마는 배달 앱으로 떡볶이와 튀김과 꼬마김밥을 주문했다. 아빠는 라면을 먹겠다면서 물을 끓였다. 음식이 도착해서 식탁에 차려놓고 먹으려는데 언니가 불쑥 물었다.

우리집 한 달 수입이 얼마야? 매달 나가는 아파트 대출금은 얼마고?

엄마 아빠가 잠시 움직임을 멈추고 언니를 쳐다봤다.

그런 걸 갑자기 왜 물어?

알아야 대비를 하니까.

무슨 대비?

나 알아. 아빠 사기당한 거.

아빠가 라면을 후후 불어서 후루룩 먹었다. 엄마는 젓가락을 식탁에 내려놓고 한 손으로 이마를 짚었다. 나는 언니의 말을 이해하지 못해서 엄마 아빠를 번갈아 쳐다봤다.

걱정할 거 없어.

아빠가 말했다.

무책임한 사람.

엄마가 중얼거렸다. 아빠가 냉장고에서 소주병을 꺼냈다.

애들 보는 데서 술 좀 먹지 마.

엄마가 말했다.

여름아, 이건 아빠한테 술이 아니라 약이야.

아빠가 나를 보며 말했다. 엄마 아빠는 계속 나를 여름이라고 부른다. 내 말을 귀담아듣는 사람만이 나를 썸머라고 부른다.

매일 그렇게 취해 있으니까 사기를 당하지. 정신 똑바로 차리고 살아도 모자랄 판에.

엄마가 말했다. 아빠는 컵에 소주를 따라서 마셨다.

사실을 말해줘. 썸머랑 나도 알아야 한다고 생각해.

언니가 내 마음을 들여다보고 대신 말해준 것만 같았다.

썸머?

아빠가 되물었다.

썸머는 나야.

언니에게 도움이 되고 싶어서 재빨리 말했다. 아빠는 라면 국물을 후루룩 마셨다. 내가 왜 썸머인지는 관심이 없어 보였다.

별일 아니니까 살던 대로 살면 돼.

아빠가 말했다.

엄마 아빠 월급으로는 그 돈 갚기 힘들어. 우리 이사가야 할 거야.

엄마가 말했다. 나는 놀라서 눈을 크게 뜨고 물었다.

이사를 간다고? 어디로?

이사를 왜 가. 아파트가 재산인데. 빚도 금방 갚을 거야. 걱정할 거 없어.

아빠가 자신만만하게 말했다.

대체 뭘 믿고 그런 말을 해? 당신이 몸 바쳐 하는 알량한 주식 믿고? 모임에서 주워듣는 허황된 소문들 믿고? 당신한테 대책이란 게 있긴 해? 말도 안 되는 대박만 바라고 있는 게 대책이니? 아파트 대출금 갚는 것도 숨이 차서 죽을 지경인데 삼억을 언제 어떻게 다 갚니? 금리 오르고 아파트값 떨어진다는 소리는 나만 듣고 있는 거야? 똥은 자기가 다 싸놓고 그걸 누구한테 치우라고!

엄마의 목소리가 점점 커지더니 똥 얘기부터는 거의 비명을 지르는 것만 같았다. 나는 두 손으로 귀를 막으며 엄마 아빠가 카톡으로 싸우기를 바랐다.

그러니까 아빠는 대책이 없고 엄마는 집을 팔겠다는 거지?

언니가 차분하게 물었다.

아파트는 절대 포기할 수 없어.

아빠가 말했다.

그럼 뭘 어쩌자는 거야. 말도 안 되는 사기를 당하고 와서는 사람이 양심도 없이……

엄마가 힘없는 목소리로 중얼거렸다.

몇 번을 말해, 나도 피해자라고. 내가 사기를 당하고 싶어서 당했어? 우리 가족 잘 먹고 잘살아보자고 투자했다가……

우리 잘 먹고 잘살고 있었잖아.

아빠의 말을 자르며 언니가 말했다.

아빠는 우리가 그동안 못 먹고 못산다고 생각한 거야?

아빠는 한숨을 크게 쉬고 말을 이었다.

너희는 어려서 모르겠지만 다들 그러고 살아. 요즘 세상에 월급만 바라보고 살면 멍청이 소리나 듣지. 아빠가 쉽게 설명해줄게. 너희도 복권은 알지? 사람들이 복권을 왜 사겠어? 매주 당첨되는 사람이 있으니까 사는 거잖아. 투자를 해야 성과도 있는 거야. 아빠 주변에도 그렇게 해서 대박 터진 사람이 얼마나 많은데. 가상 화폐가 오십 배 백 배씩 뛰던 때도 있었어. 그때 한몫 챙긴 사람들이 투자를 접었을 것 같아? 오히려 더 많이 투자해서 돈을 아주 쓸어담았지. 돈은 그렇게 버는 거야. 아빠가 운이 나빠서 이번에는 잘 안 됐지만 이왕 이렇게 된 거 삼억 투자한 셈 치고……

언니는 한 손에 젓가락을 꽉 쥐고 어이없다는 표정으로 말을 쏟아냈다.

아빠는 정말 단단히 착각하고 있는 것 같아. 아빠가 하는 건 투자가 아니라 도박이야. 그리고 아빠는 부자가 아니야. 대박을 터뜨린 사람이 아니라고. 아빠는 빚만 삼억이 넘는 거지야. 그런데 왜 자꾸 부자인 것처럼 말해? 아빠가 여태 삼억이란 돈을 가져본 적이나 있어? 복권을 삼억원어치 사는 바보가 세상에 어디 있냐고!

아빠의 얼굴이 밟힌 홍시처럼 변했다. 아빠는 언니를 노려보며 목소리를 높였다.

너 어디 아빠한테 말버릇이, 바보라니, 아빠한테 거지라니, 어디서 아빠를 가르치려고, 새파랗게 어린 애가 대체 뭘 안다고 어른이 하는 일에!

나는 조심스럽게 마스크를 썼다. 고개를 한껏 숙이고 눈만 위로 치켜떠서 화난 사람들을 훔쳐봤다. 언니는 아빠에게 질 생각이 없어 보였다.

지난봄에도 그래. 우리가 밖에서 술 먹지 말라고, 모임 좀 참으라고, 우리야 백신이라도 맞았지만 여름이는 백신도 안 맞았으니까 조심하자고 그렇게 말했는데 아빠가 뭐랬어? 아빠는 절대 코로나 안 걸린다고 우겼잖아. 성인 남성의 면역력이 어쩌고저쩌고 하면서 하고 싶은 것 다 하고 다니다가 결국 아빠가 제일 먼저 걸렸잖아. 그때도 아빠는 하루 아프고 말았잖아. 여름이가 제일 오래 아팠다고! 아빠 때문에 얘가!

언니가 여름이라고 불러도 나는 상관없었다. 그저 빨리 이 싸움이 끝나기만을 간절히 바랐다. 하지만 언니는 내리막길의 축구공처럼 멈출 생각이 없어 보였다.

아빠가 차라리, 앞으로 이십 년 동안 매달 얼마씩 갚아야 해결될 거라고 말했으면 나도 그러려니 했을 거야. 그래도 뭔가 대책이 있구나 생각했을 거고, 우리집에 빚이 많으니까 나도 일찍 돈 벌어야겠다고 마음먹었을 거라고. 그런데 아빠는 지금 손에 쥔 걸 하나도 놓지 않고, 빚도 갚지 않고, 오히려 더 빚을 지면서 살겠다는 거 아니야? 사기당한 걸 투자였다고 완전 정신승리 하면서, 그러면서 또 자기를 피해자라고 말하는데, 와, 어떻게 그럴 수가 있지? 아빠만 피해자야? 우리가 더 큰 피해자라고. 아빠 욕심으로 벌인 일에 왜 우리 핑계를 대냐고. 나야 당장 알바라도 할 수 있다 쳐. 얘는 아직 열 살도 안 됐다고!

아빠의 얼굴이 밟힌 홍시에서 자동차 바퀴에 여러 번 깔린 홍시로 변해갔다. 엄마가 두 손을 높이 들어올리며 갈라진 목소리로 끼어들었다.

이봄. 그만. 이제 그만해.

아빠는 컵을 꽉 쥔 채로 술을 마시지 않았다. 엄마가 이어 말했다.

네 마음은 알겠는데, 그래도 아빠한테 그러는 건 아니지.

언니가 재빨리 눈물을 닦아서 나는 언니가 울고 있다는 걸 알아챘다. 아빠는 화풀이하듯 남은 라면과 술을 싱크대에 들이붓고 집을 나갔다. 갑자기 조용해졌다. 무슨 일이 벌어지고 있는 건지 이해하기 위해 여태 내가 들은 말을 정리해봤다.

엄마 아빠가 미안해.

엄마가 말했다.

왜 나한테 그만하라고 해? 내가 틀린 말 했어?

언니가 울먹이며 물었다.

너는 그만하라고 하면 그만하잖아. 아빠는 그게 안 되고.

언니가 진짜 짜증난다고 중얼거렸다. 그 말에 대답하듯 엄마도 중얼거렸다.

그래도 네 말 듣고 아빠가 정신 좀 차리려나 모르겠다.

엄마 아빠에겐 낯설지만 우리에겐 당연해질 것

엄마는 두통이 너무 심하다며 반신욕을 하러 욕실에 들어갔다.

엄마를 살게 하는 것=요가, 반신욕, 시쓰기. 엄마를 지치게 하는 것=이상혁, 이봄, 가계 부채. 남은 떡볶이와 튀김을 싱크대에 버리려는데 썸머가 말렸다. 탄소 발자국 줄이기에 잔반 줄이기가 있으니까 냉장고에 넣어두고 배고플 때 먹자고 했다. 남은 음식을 반찬통으로 옮기면서 나도 모르게 한숨이 나왔다.

너 진짜 진심이구나.

썸머가 나를 빤히 봤다. 나는 다급히 변명했다.

그게 아니라, 가끔은 좀 피곤하니까. 이걸 냉장고에 넣어둔다고 다시 먹을 것 같지도 않고.

썸머가 입술을 삐쭉거리며 말했다.

내가 잘못한다는 말처럼 들리는데.

솔직히 그렇잖아. 음식 쓰레기 좀 줄인다고 뭐가 달라지겠어. 엄마 아빠만 봐도 이런 거에는 관심도 없잖아.

언니는 이상해.

내가 뭐.

언니 말 들으면 내가 하는 일은 다 소용이 없어. 배운 대로 하는 건데 눈치를 봐야 해.

순간 임준석이 떠올랐다. 텀블러와 스테인리스 빨대를 들고 다니는 나를 보고 임준석은 위선 떨지 말라고 비아냥거렸다. 어차피 텀블러도 쓰레기 아니냐고, 텀블러 쓰면서 오버하는 이런 애 때문에 평범한 사람들이 피해를 본다고, 은근히 사람 불편하게 하는 이런 애가 사실 더 이기적인 거 아니냐고, 그냥 살던 대로 살다가 인간들이 다 멸망해버리는 게 지구한테는 더 나을 거라고 임준석은 말했다. 적지 않은 애들이 그 말에 동의하는 제스처를 하면서 낄낄낄 웃었다. 개네가 상상하는 멸망은 지금처럼 조금씩 진행되는 것이 아니라 소행성 충돌 같은 사건으로 모두가 단숨에 사라져버리는 것에 가까웠다. 예고 없이 갑자기 일어나서 고통조차 없는 황홀한 멸망.

근데 우리 정말 이사가?

썸머가 물었다. 썸머 앞에서 아빠한테 그런 방식으로 화를 낸 건 분명 나의 잘못이라는 생각이 들어서 기분이 더 안 좋아졌다. 내 대답을 기다리다가 썸머는 중얼거렸다.

난 이사가기 싫은데.

결국 돈이 문제다. 돈이 전부라고 할 순 없지만 돈은 언제나 큰 영향을 미친다.

언니는 알바할 거야? 그럼 나도 언니랑 같이할래.

내 말을 썸머는 다 기억하는 것 같았다. 나는 아빠처럼 무책임하다. 어디서부터 어떻게 설명을 해야 할지 모르겠어서 화제를 돌리기 위해 아무 질문이나 던졌다.

근데 썸머는 아직도 꿈이 우주인이야?

아니. 나는 이제 마술사 아니면 과학자 하고 싶어. 『Why? 마술과학』에서 읽었는데 과학을 잘해야 마술도 할 수 있대.

그렇구나.

오로라랑 같이 책에 나온 마술도 해봤는데. 언니한테도 보여줄까?

썸머의 눈동자가 빛났다. 나는 어서 보여달라고 했다. 썸머는 거실로 가더니 십원짜리 동전 몇 개를 가져왔다. 십원짜리 동전은 너무나 작고 가벼워서 장난감 같았다. 동전을 어디에서 찾았느냐고 물었다.

현관 앞 탁자에 엄마가 동전 모아두는 통 있잖아.

썸머는 주방을 둘러보면서 시큰둥하게 대답했다. 이런 십원짜리를 모아서 대체 어디에 쓴단 말인가 생각하다가 착잡해졌다. 내 생각이 아빠의 생각과 너무 닮은 것 같아서. 썸머는 식기 건조대에서 작은 유리컵을 꺼내 식탁 위에 놓았다. 그리고 커피 주전자에 물을 담았다. 마술을 준비하는 썸머를 멍하니 바라보며 썸머 나이 때 나는 무엇을 좋아했던가 떠올려봤다. 그때 나는 과학이나 탄소 발자국에는 전혀 관심이 없었고…… 아마도 나는…… 주말에 아빠와 공원에서 노는 걸 가장 좋아했던 것 같다. 그때 아빠는 지금처럼 자주 취해 있지도 않았고, 주말이면 나와 함께 공원에서 자전거를 타거나 캐치볼을 했었다. 나는 어쩌다 아빠를 좋아하는 아이에서 아빠를 비난하는 청소년이 되었을까? 썸머는 주전자의 물을 유리컵에 조심스럽게 따랐다. 물의 표면이 콘택트렌즈처럼 미세하게 솟아오를 만큼.

이제 마술을 시작할게.

썸머가 의젓한 목소리로 말했다.

여기에 동전을 넣어도 물이 넘치지 않는 마술이야.

썸머가 십원짜리 동전 하나를 물속에 조심스럽게 넣었다. 물은 넘치지 않았다. 나는 감탄하며 박수를 쳤다. 썸머는 진지한 표정으로 동전을 하나 더 넣어보겠다고 말했다. 이번에도 물은 넘치지 않았다. 안도하는 표정으로 썸머는 말했다.

이건 바로 표면장력 때문이야.

아이들은 많은 것을 단숨에 외우고 자세하게 기억한다. 규칙을 지키려고 노력한다. 스스로 중요하다고 생각하면 정말 열심히 한다. 소용없다는 이유로 어른들은 더는 하지 않는 일들을 아이들은 한다. 그레타 툰베리는 썸머와 비슷한 나이에 처음 의문을 품었다. 기후변화 문제가 심각하다는데 어째서 사람들은 아무것도 하지 않는 거지? 그리고 나와 비슷한 나이에 기후행동 정상회의에서 분노를 쏟아내며 연설했다. 그 연설 영상을 나는 수십 번 봤다. 보면 볼수록 나 또한 화가 났고, 상황이 심각하다는 것을 비로소 실감했다. 툰베리가 차분하고 예의바르게 말했다면 실감하지 못했을지도 모른다. 하지만 나는 툰베리처럼 화석 에너지를 쓰지 않기 위해 태양광 요트를 타고 바다를 건널 자신은 없다. 피켓을 들고 일인 시위를 할 용기도 없다. 마음에 드는 옷을 보면 사고 싶고 평생 치킨을 먹지 않고 살 수도 없을 것 같다. 하지만 친구들이 기후 위기로부터 우리의 미래를 보장하라며 등교 거부 시위를 한다면 참여할 것이다. 비건을 위한 급식 식단을 따로 마련하라는 서명서에 내 이름을 적을 것이다. 계속 텀블러와 스테인리스 빨대를 들고 다닐 것이다. 임준석이 또 개똥 같은 말로 나를 모욕한다면 오늘 아빠에게 그런 것처럼 화를 내고 싸울 것이다. 위악보다는 위선이 낫다고, 망하고 싶으면 너 혼자 망하라고 확실하게 말할 것이다.

썸머는 코 아래로 흘러내린 마스크를 고쳐 쓰며 말했다.

표면장력 때문에 소금쟁이도 물위를 걸을 수 있는 거랬어.

이십 년 후에도 썸머는 마스크를 써야 안전하다고 느낄까? 나의 세상은 썸머가 없었던 때와 썸머가 존재하는 때로 나뉜다. 나는 아직도 썸머의 연하고 작은 손을 처음 잡아봤을 때를 생생하게 기억한다. 그때 썸머의 손을 잡고 다짐했었다. 이 아이를 평생 지켜줄 것이라고. 그때를 생각하면 지금도 눈물이 난다. 나는 엄마 아빠에게 야단맞을 때보다 썸머가 실망했다는 표정으로 나를 바라볼 때 더 진땀이 나고 조급해진다. 썸머를 생각하면 미래를 무한하게 긍정하고 싶다. 팬데믹, 미세먼지, 전염병, 홍수, 침수, 가뭄, 꺼지지 않는 산불, 식량난, 기후 난민, 토양오염, 해양오염, 종의 멸종처럼 암울한 일들로 가득한 미래가 아니라…… 탄소중립 실현, 미세먼지 없는 대기, 자연 분해 가능한 플라스틱, 재생에너지, 수소에너지, 전기자동차, 대체 식품 등으로 채워질 미래를 상상하고 싶다. 엄마 아빠에게는 낯설지만 우리에겐 당연해질 것들을 사람들이 계속 만들어낼 거라고 믿고 싶다.

썸머는 동전을 매만지며 심각한 목소리로 말했다.

전에 오로라랑 했을 때는 세번째 동전에서 물이 넘쳤거든. 마술을 성공하려면 여기서 멈춰야 해.

잠시 망설이다가 이어 말했다.

근데 그때는 물컵이 이거랑 달랐단 말이야. 이번에는 세 개까지 성공할 수도 있을 것 같아.

나는 말없이 썸머의 선택을 기다렸다. 썸머는 마술사도 과학자도 될 수 있다. 꿈이 바뀐다면 바뀌는 대로 무엇이든 될 수 있다.

그리고 썸머는 백이십 살이 넘도록 살 것이다. 썸머의 세대는 그럴 수 있을 것이다. 고민하는 썸머를 숨죽인 채 지켜보며 생각했다. 난 지금 엄마 아빠를 믿을 수 없다고. 하지만 엄마 아빠가 우리를 위해 무언가를 하리라고 믿을 수밖에 없다고. 썸머는 동전을 물속에 조심스럽게 집어넣었다.

| 작가노트 |

믿음의 영역

「썸머의 마술과학」은 제주로 거처를 옮긴 뒤 세번째로 쓴 단편소설이다. 초고의 문서 정보를 열어보니 작성한 날짜는 '2022년 9월 22일'이다. 어느새 나는 그런 사람이 되었다. '그때 내가 무슨 소설을 쓰고 있었던가'를 기억의 좌표로 삼는 사람. 그해 가을, 내 방의 창으로는 저멀리 제주의 북쪽 바다와 몇 분 간격으로 서서히 오르내리는 비행기가 보였다. 소설을 준비하면서부터 비행기가 거대한 탄소 덩어리로 보였다. 육지에 오고가기 위해 비행기를 탈 때도 거대한 탄소 덩어리를 생각했다. 겨울에 보일러를 가동해 방을 데울 때, 여름에 에어컨을 틀어 더위를 식힐 때, 자동차를 타거나 음식을 조리할 때, 냉장고와 세탁기를 사용할 때, 욕실에서 몸을 씻고 옷장에서 옷을 꺼내 입을 때, 이메일을 주고받을 때, 핸드폰을 사용할 때, 글을 쓸 때…… 나는 언제나 탄소를 배출하고 있다. 나의 삶은 환경에 유해하다.

『긋닛』 2호에 이 소설과 함께 창작노트를 실었다. 다음은 그것의 전문이다.

소설을 쓰기 전에 『지구는 괜찮아, 우리가 문제지』(곽재식, 어크로스, 2022) 『뜨거운 미래에 보내는 편지』(대니얼 셰럴, 허형은 옮김, 창비, 2022)를 읽었다. 시사주간지 『시사IN』 747호의 기사 「2022 대한민국 기후위기 보고서」 「2050년 탄소중립까지 무엇을 할 것인가」와 격월간 문학잡지 『Littor』 24호에 실린 커버스토리의 도움도 받았다. 각종 웹사이트에서 기후 위기에 관한 기사와 동영상도 많이 찾아봤다. 그리고 나는 결국 이런 소설을 썼다.

청탁을 받았던 당시에는 가까운 미래가 배경인 소설을 쓰게 되지 않을까 막연히 생각했었다. 이를테면 2050년의 전염병, 해안도시 침수, 식량난, 종의 멸종, 폭염, 기후 난민에 대하여. 자료를 찾아보며 생각을 바꿨다. 기후 위기는 미래의 어느 날 일어날 일이 아니다. 현재의 위기다. 잠시만 시간을 내어 검색해보면 알 수 있을 것이다. 지구 곳곳에서 일어나고 있는 기후 위기의 징후를. 그것들을 보고 들으며 내가 느낀 조급증과 두려움, 돌이킬 수 없다는 절망감을 소설에 담고 싶진 않았다.

기후 위기를 대하는 청소년과 어른의 온도 차이를 쓰고 싶었다. 청소년에게 기후 위기는 당면한 현실이고 두려운 미래인데 어른들은 계속 돈 얘기만 한다. 1992년 리우데자네이루의 지구정상회의에서 당시 열두 살이었던 세번 스즈키는 말했다. "고칠 줄 모른다면 망가뜨리는 것을 멈추십시오." 이미 삼십 년 전부터 환경오염과 기후 위기에 대한 예측과 우려가 있었다는 뜻이다. 이후 해마다 각국의 정상들은 회의를 열었고 환경을 걱정하면서도 자국의 경제성장을 포기하진 않았다. 2019년 유엔 기후행동 정상회의에서 그레타 툰베리는 분노에 찬 목소리로 연설했다. "우리는 대멸종이 시작되는 시점에 있습니다. 그런데도 당신들은 돈과 경제성장에 관한 동화 같은 이야기만 합니다. 어떻게 감히 그럴 수 있습니까?"

2022년 대한민국 정부는 재생에너지나 탄소 중립에는 전혀 관심이 없는 것 같다. 기후 위기와 경제 위기를 연관지어 생각하지 않으려는 것 같다. 하지만 나는 비관만 하고 있을 수 없다. 이미 늦었다는 말 뒤에 숨어 다가올 미래를 두려워하고 있을 수만은 없다. 마스크를 쓰지 않아도 되는 환경에서 어른으로 성장한 나는 그렇게 비관할 자격이 없다. 나는 할 수 있는 일을 할 것이다. 누군가가 소용없다고 비아냥거려도 포기하지 않고. 소설의 마지막에 썼듯이, 나에겐 낯설지만 썸머의 세대에겐 당연해질 것들을 더 믿고 있다.

이제 내 방 창으로는 제주의 서쪽 바다가 보인다. 그곳엔 해상풍력 발전기 건설이 한창이다. 노란색 하부 구조물이 곳곳에 들어섰고 차차 타워가 올라갈 것이다. 화석에너지를 써서 친환경 에너지 시설을 만드는 중이다. 또한 지금의 전기자동차를 충전하기 위해서는 화석에너지로 만든 전기를 써야 한다. 그것은 마치 매 순간 탄소와 쓰레기를 배출하면서도 분리배출을 철저히 하려 애쓰거나 고체 세제, 텀블러, 유리 빨대 등을 사용하면서 플라스틱 배출량을 줄이려는 나의 삶과 비슷하다. 사회의 구성원으로 살아가기 위해서는 환경을 해칠 수밖에 없는가? 기후 재난을 막기 위해 설정한 지구 평균기온 상승의 한계선은 1.5도이며 2040년에는 그것에 다다를 수밖에 없다고 전문가들은 예상한다. 지금도(2023년 8월 21일) 캐나다와 스페인, 미국 서부의 대형 산불은 거세게 번지는 중이다. 최근 잦아진 대형 산불의 원인 또한 기후 위기다. 각종 예측은 이미 사실로 나타나고 있다. 2040년 인간의 삶은 어떨까? 바라건대 부디 나의 상상을 뛰어넘는, 상상조차 해본 적 없는 미래가 도래하길. 지금 우리에겐 마술과 과학이 동시에 필요한 것 같다. 마술 또한 과학이지만 한편으로는 믿음이다. 믿음 없는 마술은 사기나 속임수에 불과하다. 지구의 평균기온은 상승할 것이다. 그로 인해 발생할 각종 재난을 예방하거나 완화할 과학기술 또한 발전하리라고, 수많은 사람들이 각자의 자리에서 할 수 있는 일을 하리라고, 위악보다는 위선이 낫다고 나는 계속 믿을 것이다.

위악보다 나은 것은 위선이지만, 위선보다 나은 것은……

권희철(문학평론가)

이 소설에서 열여섯 살 청소년 이봄의 목소리가 많은 부분을 차지하는 것은 사실이지만, 또 이봄의 관심이 온통 아홉 살 어린이 썸머(이여름)에게 집중돼 있고 이봄 외에 목소리를 낼 수 있는 특권이 이 어린이에게만 부여된 것이 사실이지만, 그럼에도 이 소설의 두드러진 특징 가운데 하나는 이 작은 규모의 이야기가 여러 세대의 삶으로 층지어 있다는 것이다.

단지 할머니(유성자, 그레이스)와 아빠(이상혁)와 엄마 그리고 두 딸(이봄, 이여름)로 이루어진 삼대의 구도를 지적하려는 것이 아니다. 이 소설은 세 세대가 서로 '다른' 양식의 삶을 살고 있다는 것, 세 세대라고 하지만 중간 세대가 다시 아빠와 엄마의 성차性差로 갈라지고 미래 세대가 (어른과 어린이의 중간 존재인) 청소년과 (아직 어른 세대로의 진입 과정에 들지 않은 듯 보이는)

어린이로 '갈라져' 다른 삶을 살아가고 있다는 것을 보여준다. 다양하게 갈라져 있는 이 다섯 인물들을 살펴보면 다음과 같다.

이봄과 이여름의 시선에 비친 아빠와 엄마가 얼마간 왜곡돼 있으리라는 점을 감안하더라도 아빠 이상혁은 무책임하고 대책 없는 인간이다. 이상혁은 세상의 흐름(예컨대 가상 화폐 투기의 복마전 등)에 무비판적으로 휩쓸리고 이용당하면서도 그러한 흐름의 슬로건을 복창하길 즐기고("투자를 해야 성과도 있는 거야. 아빠 주변에도 그렇게 해서 대박 터진 사람이 얼마나 많은데.") 그 슬로건이 선전하는 힘에 편승하기를 갈망했다가("돈은 그렇게 버는 거야.") 그러한 갈망을 부정했다가("여보, 나는 피해자라니까.") 오락가락하는, 흔해빠진 인간 중 하나로, 가족들에게 신뢰를 잃은 지 오래인 듯하다.

하지만 이봄이 이상혁이라는 인간 유형을 결정적으로 알아차리는 순간은, 아빠의 가상 화폐 사기 사건의 전말을 알아차렸을 때 혹은 그런 일을 당하고도 정신 못 차리고 변명과 궤변을 일삼는 한심한 인간을 마주하고 있을 때가 아니고, 이 총명하고 사랑이 많고 다부진 청소년이 그토록 비난해온 아빠의 목소리를 자기 안에서 감지할 때다. 현관 앞 탁자에 엄마가 동전 모아두는 통을 보고 "이런 십원짜리를 모아서 대체 어디에 쓴단 말인가" 하는, 아빠의 생각과 너무 닮은 생각이 자기도 모르게 떠올라버릴 때.

거창한 것을 꿈꾸는 인간, 단숨에 복잡한 문제들을 해결해버리고 일거에 국면을 전환하고 대번에 다음 단계로 도약할 수 있는 거창하고도 헛된 꿈에 취해 현실을 사소하고 너절하고 지리멸렬한 것으로 취급하고 그 바람에 자신과 그 주변의 삶을 걷잡을 수 없이 엉망으로 만드는 인간, 그것이 이상혁이라는 인간 유형이고 이봄이 자기 안에서 발견하고 화들짝 놀라는 인간 유형이다.

엄마는 아빠와 다른 부류인 듯싶었다. 까칠한 청소년 이봄의 입에서 "나는 엄마가 좋아" 같은 애틋한 말이 술술 나온다는 점에서, 아빠가 거의 귀신 들려 있는 슬로건에 꿈쩍도 하지 않고 집을 팔아서라도 아빠가 진 빚을 갚으리라는 나름의 현실적인 대책을 강구하고 있다는 점에서. 그러나 따지고 보면 꼭 그렇지만도 않다. 엄마도 한때는 아빠와 같은 종목에 투자한 동업자였다는 점에서("작년까지 엄마 아빠는 아파트값이 계속 오른다면서 좋아했다. 아파트값은 절대 떨어지지 않는다고, 무리를 해서라도 아파트를 사길 잘했다고, 엄마 아빠는 마치 부자가 된 것 같은 표정으로 말했다."), 현실을 사소하고 너절하고 지리멸렬한 것으로 취급하는 꿈에 취해 있다는 점에서 그렇다. 인상적인 도입부에서 엄마는 일주일에 한 편씩 시를 쓴다는 사실이 드러나는데 엄마의 시詩에 현실 계측의 눈금이 빠져 있다는 사실도 함께 드러난다. 엄마의 시는 '진정한 삶'의 기호라고 약속된 '진부한 코드'들을 따라가면서도("높고 푸른 하늘. 느리게 흐르는 구름." 자세하게 설명할 여유는 없지만, 엄마의 시에서 가장 불만스러운 점은 그 진부한 코드들로 꾸린 시가 상당히 그럴듯하게 잘 만들어져 있다는 것이다) 별다른 실감도 없이 극단적인 감상에 빠져 눈물 쏟아내기를 즐겨하며, 시의 바깥에서 가상 화폐 사기 사건에 휘말려 삼억이 넘는 빚을 지게 돼도 "나는 시를 썼지. 아름다운 글이었어.

눈부신 문장이 나를 비추었네"의 세계를 반복할 뿐이다. 엄마가 쓰는 시는 현실을 똑바로 보지 않고도 기분좋게 취해 있을 수 있는 꿈일 뿐이다. 걱정하는 딸에게 "너도 내 나이가 되면 시를 쓰다가 사는 게 불쌍해서 울게 될 거"라는 말하는 엄마가, "너희는 어려서 모르겠지만 다들 그러고 살아" 하고 말하는 아빠와 별로 달라 보이지 않는다.

중간 세대를 이루는 엄마와 아빠는 세상 물정 모르는 아이들과 달리 자신들이야말로 삶의 진실을 알고 있다고 믿으면서도 꿈에 취해 현실의 세목들을 제대로 돌보거나 알아보지 못하고 있다는 점에서 한통속이지만, 큼지막한 숫자로 쓰여 있는 꿈에 취해 있는지 화려하고 감상적인 코드들로 이루어진 꿈에 취해 있는지에 따라 갈라져 있고 또 갈등하고 있다.

폐품 줍는 연금 생활자 유성자 할머니는 보기보다 더 독특한 인물 유형이다. 유성자는 문학 속 할머니의 형상에서 흔히 기대되는 속성(전근대적이고도 마법적인 지혜의 계승자이면서 모든 것을 품어주는 다정하고 인자한)*을 일부 공유하고 있기는 하지만 그것이 유성자의 주된 속성은 아니다. 유성자는 중간 세대가 중심을 차지하고 있는 오늘날의 현실에서 주변부에 머물러 있으며 반쯤은 비가시화되어 있는(소설 속 이상혁 부부는 실제로 유성자를 인식하지 못하는 것처럼 그려진다) 비경제활동인구로서

* 이에 대해서는 다음의 글을 참조할 것. 황종연, 「모계 여성 서사와 그 불만」, 『문학동네』 2023년 여름호.

부각되어 있으면서도, 오늘날의 현실이 그와 같이 형성되기까지의 역사의 퇴적물들을 몸소 겪어내고 살아남은 존재, 그래서 생존을 위한 실질의 앎(중간 세대의 '꿈'에 대비되는)을 지닌 존재로 상상되고 있는데("할머니는 내가 역사 수업에서 배운 것을 다 경험했다. (……) 할머니가 고조선 시대에 단군을 만난 적이 있다고 해도 이상하지가 않다. (……) 그러니까 할머니는 알고 있을 것이다. 우리 가족이 지금의 재난에서 탈출할 방법을."), 이 소설에는 그러한 앎에 대한 존중이 충분히 표현되어 있으면서도 그러한 앎의 시세가 현실에서는 형편없으리라는 사실도 간단히 무시되어 있지는 않다("아무튼 할머니처럼 폐품을 모아서는 하루에 콩나물 한 봉지도 살 수 없다." "길가의 풀과 나무 이름을 다 안다." "콩나물이 영어로 무엇인지는 모르지만").

요는, 이상혁과 그의 아내 그리고 동네 사람 유성자 할머니, 이 세 사람이 봄여름 자매에게 서로 다른 삶의 유형을 보여주고 있다는 것이고, 이 세 유형으로의 갈라짐 자체가 어떤 유형에게도 독점적인 지위를 주장할 수 없게 만든다는 것이다. 봄여름 자매가 머지않아 받아들이거나 타협하거나 저항하거나 뒤집어엎어야 할 어른들의 현실세계는 단일한 행동 양식을 요구하는 평면 세계가 아니라는 사실의 축소 모형을 이 세 인물들이 보여주는 듯하다. 봄여름 자매는 이 각축하는 삶의 유형들에 대해 각기 다른 농도의 애정과 신뢰를 가지고 있으며 그것들을 나름으로 받아들이거나 흘려보내거나 변형하거나 저항하면서 자신의 삶을 만들어 갈 것이다.

그렇다는 사실을 가장 두드러지게 보여주는 것이 아홉 살 어린이 이여름이다. 이여름은 어른들이 만들어놓은 세계의 한구석에 얌전히 자리잡고 있는 착하고 귀여운 어린이이기만 한 것이 아니다. 이여름에게 어린아이다운 예쁘고 귀여운 구석이 있는 것은 사실이지만, 이 아이는 부모가 붙여준 '여름'이라는 이름 대신에 '썸머'라고 불리길 원하고 그러한 소망을 누가 얼마나 진지하게 받아들이는지를 눈여겨 관찰하는 방식으로 다른 사람들과의 관계를 조율하고자 하는 어린이고, 어른들이 말하는 다양한 명제들 가운데 어떤 것을 타협 없이 실천해야 하는지 어떤 것을 의문의 영역에 남겨둬야 하는지를 나름으로 선별해서 수용할 줄 아는 어린이다. 썸머는 그 나름의 자기세계를 구성하려 애쓰느라 자명한 공통세계라고 믿어지는 현실에 아주 작은 균열을 내고 그것을 다른 방식으로 다시 생각하게 하고 결국에는 현실의 무엇인가를 아주 조금 바꿀 수 있는 가능성의 담지자가 되는 그런 수많은 보편존재들 가운데 하나로 그려지고 있는 것이다. 그러니까 우리는 썸머 덕분에 이 소설에 들어 있는 그 갈라짐과 각축을 불확정적인 삶의 양식을 우리의 선택과 결단을 기다리고 있는 삶의 양식들을 더 잘 들여다보게 되고 소설 바깥의 보다 복잡한 갈라짐과 각축에 대해서도 조금은 다시 생각해보게 되는 것인지도 모른다.

이봄은 우리가 이 모든 인물들을 주의깊게 바라보도록 도와주고 다른 누구보다 썸머가 '가능성의 담지자'임을 모를 수 없게 하면서도 자기 안에서 의식적으로는 저항하고자 하지만 무의식적으로는 이미 수용해버린 어른들의 목소리를 확인하면서 균열의 가능성, 다른 삶의 가능성이 언제라도 소멸해버릴 위험에 처해 있다는 점까지를 표시한다. 우리가 이 사랑스러운 소설을 약간은 다급하게 읽게 되는 이유가 그저 삼억의 빚이 어떻게 처리될 것인가 하는 질문에만 한정되는 것은 아닌 것이다.

그런 이봄이 마지막에 가서는 이 소설의 주제라고 할 만한 것을 소리 높여 외친다. '현재의 환경 재난은 고스란히 미래 세대의 삶이 될 것이므로 미래 세대의 것을 두고 우리가 함부로 비관할 수도 포기할 수도 없다. 미래 세대를 위해서라도 암울한 전망과는 달리 낯선 미래가 도래하리라고 낙관하고 긍정하며 그 믿음을 실천하는 것 이외의 선택지가 우리에게 있을 수 없다. 위악보다는 위선이 낫다.' 이 명제가 기후 위기와 관련해서 특별히 정밀하다거나 관점을 전환하는 새로운 명제를 제출한 것이 아니라는 지적은 아마 사실일 것이다. 하지만 어떤 명제들은 많은 경우 '정보'나 '지식'의 차원에서 유통되고 유행하다가 흘러가버리는 바람에 우리가 그 명제를 실감할 수 없는 경우가 허다하다는 것도 사실이다. 어떤 명제를 실감할 수 있도록 강력한 현상액을 부어버리는 일이 여타의 논설과는 다른 문학의 할 수 있는 일 가운데 하나라는 것 또한 사실일 터인데 「썸머의 마술과학」은 이봄이 간절히 바라보고 있는 썸머를 우리가 사랑하거나 애틋해하거나 미워하거나 답답해할 수는 있어도(적어도 내게는 세번째와 네번째가 불가능하게 느껴지기는 하지만) 그저 담담히 정보로 식별하는 인물일 수는 없게 '생생하게 살아 있는 한 사람'으로 그려냄으로써 그 일을 해낸다. 층지어 있는 여러 세대의 서로 다른 삶의 양식을 통해 균열의 가능성, 새로운 삶의 가능성을 희미하게 암시하면서도.

그러니 이봄의 주장을 나는 약간 반박해두고 싶다. 물론 이봄의 말처럼 위악('너만 옳은 척 유난 떨지 마, 어차피 다 망하게 돼 있다는 거 몰라? 차라리 다 같이 빨리 망하는 게 더 낫고 솔직한 거야')보다는 위선('더 나은 미래를 확신할 수 없다고 하더라도, 더 나은 일을 찾고 할 수 있는 것을 하는 일을 포기할 수는 없어')이 낫다. 하지만 위선보다는, 이봄 자신이 썸머에게 그렇게 하는 것처럼 누군가를 무엇인가를 사랑해버리는 것이 낫다. 이봄의 그것이 없었더라면, 우리가 이 소설에서 볼 수 있었던 모든 것을 하나도 볼 수 없었을 테니까. 위악보다는 위선이 낫다는 결론도 그것으로부터 겨우 자라나온 것이니까.

서유미

토요일 아침의 로건

작가노트

토요일 아침의 나는

리뷰 | 임철우

어디로 떠내려 갈까, 오리배들은

서유미
2007년 『판타스틱 개미지옥』으로 문학수첩작가상을, 『쿨하게 한걸음』으로 창비장편소설상을 수상하며 등단. 소설집 『당분간 인간』 『모두가 헤어지는 하루』 『이 밤은 괜찮아, 내일은 모르겠지만』, 장편소설 『당신의 몬스터』 『끝의 시작』 『홀딩, 턴』, 중편소설 『틈』 『우리가 잃어버린 것』, 산문집 『한 몸의 시간』이 있다.

토요일 아침의 로건

젤다와의 수업이 끝났다. 두 시간은 컵 안의 음료처럼 사라졌다. 그는 네 개의 컵을 쟁반으로 옮겼다. 그의 머그잔에는 아메리카노가 조금 남아 있고 곡물이 들어간 라테를 마신 젤다의 유리컵에는 긴 티스푼과 침전물과 얼룩이 남았다. 두 개의 물컵은 모두 비었다. 쟁반을 챙기며 그는 수업을 그만두겠다는 말을 꺼낼 타이밍을 노렸다.

수업이 시작됐을 때 젤다는 그를 보고 로건, 모자 쓴 건 처음 봐요, 라고 했다. 아침에 집을 나서면서 그는 이발할 때가 지나 덥수룩해진 머리에 골프 모자를 썼다. 이발을 못했어요. 그가 대답하자 젤다가 헤어컷, 하며 영어 표현으로 바꾸어주었다. 그런 뒤에 새로 배울 표현이 정리된 프린트를 건넸고 스마트 패드에서 영화 속 장면을 재생시켰다.

사 년 가까이 수업하는 동안 그는 대체로 그 타이밍에 뜨거운 아메리카노를 마셨다. 카페인이 들어가야 머리가 돌아가며 공부할 준비가 되었다. 오전 중에 커피를 마셔야 밤잠에 영향을 받지 않는 나이가 되기도 했다.

영화에는 백발에 가까운 머리를 단정하게 빗어넘긴 남자가 나왔다. 남자는 양복 차림으로 카메라 앞에 앉아서 자신에 대해 이야기했다. 자막이 없는 화면을 보며 그는 남자가 하는 말을 절반 정도 알아들었고 여러 번 반복해서 듣는 동안 의미가 좀더 이해되었다. 은퇴한 남자는 한 회사에 인턴으로 지원하며 '자신의 인생에 어딘가 빈 구석이 있고 그걸 채우고 싶을 따름'이라고 했다. 그가 남자의 대사를 따라 하자 젤다는 긴 티스푼으로 곡물 라테를 저었다. 라테를 꿀꺽꿀꺽 마시는 동안에도 그를 쳐다보며 고개를 끄덕거리거나 갸웃거리는 걸 잊지 않았다. 그가 단어를 빠뜨리거나 발음이나 억양이 이상할 때는 컵을 내려놓고 두 손을 모았다. 그럴 때 젤다의 입술 양옆에는 곡물 라테의 흔적이 하얗게 남았다. 입 모양을 잘 보라며 젤다가 입술을 크게 움직여 발음할 때마다 고소한 곡물 냄새가 풍겼다. 라테를 다 마신 젤다는 물을 한 잔 마셨는데 그때 입술 옆의 흔적이 지워졌다.

그는 시니어 인턴에 지원한 칠십대 남자의 인터뷰에서 몇 개의 표현을 새로 배웠다. 인생을 새롭게 시작하려는 남자에 대한 호기심과 상관없이 두통이 밀려오기 시작했다. 그는 점퍼 주머니에 손을 넣어 두통약이 있는지 확인했다.

오늘은 여기까지 할까요, 로건.

젤다가 슬레이트를 치듯 두 손을 경쾌하게 맞잡았다. 그는 의자에 걸어놓았던 백팩에서 휴대폰을 꺼냈다. 테이블 위의 프린트를 두 번 접어 백팩에 넣고 안경을 벗어 냅킨으로 문질러 닦았다. 한 달 전에 안경을 새로 맞췄는데 두통이 오자 시야가 부옇게 변해갔다.

젤다는 의자에서 일어날 때까지 시간이 좀 걸렸다. 수업하는 동안 자꾸 걷어서 팔꿈치까지 올라간 데님셔츠의 소매를 정리하고 손목에 늘 끼고 다니는 가는 고무줄로 머리를 묶었다. 손목 바깥쪽에 새긴 나뭇잎 모양의 타투에 고무줄 자국이 남아 있었다. 아침에 카페의 스터디룸에 들어올 때 젤다는 언제나 머리가 덜 마른 상태였고 어깨에 닿지 않는 단발머리는 수업이 끝날 때쯤에야 묶기 좋게 말랐다.

젤다가 머리를 묶는 동안 그는 혈관이 불거지기 시작하는 자신의 손등을 낯설게 쳐다보았고 양쪽 관자놀이를 천천히 눌렀다. 두통은 나아지는 기미 없이 점점 더 묵직해졌다. 영화 속 남자는 Well, I still have music in me, 라고 했는데 그는 자기 안에 여전히 무언가가 있다고 말하는 나이든 남자가 경이롭게 느껴졌다. 남자는 매일 출근할 곳이 있으면 정말 좋을 것 같다고 했고 사람들도 만나면서 신나는 일에 도전해보고 싶다고 했다. 남자는 그보다 나이가 많지만 건강해 보였다.

그는 수업을 그만두겠다는 이야기를 어떻게 꺼낼까 고민하며 휴대폰을 만지작거렸다. 젤다는 테이블 위의 스마트 패드와 펜슬, 프린트를 정리해서 가방에 넣었다. 그때마다 손목 위의 나뭇잎 타투가 구겨졌다가 펴졌다. 가방을 다 챙긴 젤다가 자리에서 일어나 모직으로 된 체크무늬 재킷을 걸쳤다. 실제의 젤다는 작고 말랐는데 수업을 하는 동안에는 그보다 더 큰 어른처럼 느껴졌다. 눈이 마주치자 젤다가 로건, 이제 미국 지사로 발령나도 문제없겠는데요, 하며 웃었다. 그가 얼떨떨한 표정을 짓자 좀더 자신감을 가져요, 영화 속의 벤은 인턴부터 시작하잖아요, 로건은 미국에 가도 잘할 거예요, 하며 그의 팔을 툭 쳤다. 수업이 끝난 뒤의 젤다는 영어가 아닌 한국말을 썼고 젤다의 한국어는 당연히 완벽했다.

그는 휴대폰을 테이블에 내려놓은 뒤 젤다, 하고 불렀다. 머릿속이 징 하고 울렸다. 젤다가 주머니에서 이어폰을 꺼내다가 고개를 들었다. 다음 수업을 위해 서두르는 기색이 느껴졌다. 이름을 부르고 나면 말할 수 있을 줄 알았는데 막상 눈이 마주치자 사년 가까이 이어온 수업을 그만하겠다는 말을 꺼내는 게 쉽지 않았다. 이렇게 간단하게 얘기할 문제가 아닌 것 같기도 했다. 그는 잠시 망설이다가 한쪽 손을 들어 인사했다.

일교차가 심해요. 감기 조심해요.

그가 영어로 말하자 젤다가 로건도요, 한 주 잘 지내고 오늘 배운 표현들 잊지 말아요, 했다.

젤다는 이어폰을 귀에 꽂더니 스터디룸의 문을 밀고 나갔다. 그는 창가에 서서 젤다가 카페 밖으로 나가 사람들 사이로 걸어가는 뒷모습을 바라보았다. 숄더백을 멘 젤다의 어깨는 왼쪽으로 살짝 기울었고 걸을 때마다 하나로 묶은 머리가 경쾌하게 움직였다. 젤다의 머리 위쪽에 놓인 철도로 전철이 지나가는 게 보였다.

그는 점퍼 주머니에서 두통약을 꺼내 조금 남은 아메리카노와 함께 삼켰다. 휴대폰을 확인한 뒤 스터디룸의 사용 시간을 연장했다. 점심때가 되었지만 배도 고프지 않고 입맛도 없었다. 그는 자리에 앉아 모자를 벗고 눌린 머리카락을 손가락으로 쓸어넘겼다. 이발할 때가 지난 머리카락 아래로 단단한 머리통이 만져졌다. 자신의 머릿속에서 무슨 일이 일어나는지 알 수 없지만 두통과 시력 저하가 주된 증상인 건 확실했다.

그는 스마트 패드를 꺼내 수업 때 보았던 영화를 찾았다. 젤다는 자막 없이 원어로 여러 번 들은 다음 영어 자막을 확인하라고 했지만 그는 한글 자막의 크기를 키운 다음 이어폰을 꽂았다. 약이 두통에서 그를 잠시 건져낸 덕분에 관자놀이를 누르지 않고도 남자가 공원에서 사람들과 함께 태극권을 하는 마지막 장면까지 편안하게 감상할 수 있었다. 엔딩 크레디트가 올라가는 걸 보며 그는 집에 가는 길에 헤어컷을 해야겠다고 결심했다.

그는 카페에서 나와 한강공원 쪽으로 걸어갔다. 빨갛고 노란빛으로 풍성하게 물든 가을의 나무들과 산책하는 사람들, 자전거를 타고 공원으로 나가는 사람들이 보였다. 하늘은 높고 파랬으며 흰구름 역시 멀리 있는데도 선명했다. 중후하게 단풍이 든 벚나무와 쨍한 노란빛의 은행나무가 함께 어우러진 풍경은 유화보다는 투명도가 높고 수채화라기에는 물기가 적었다. 예년보다 가을이 길게 이어져 그늘막과 돗자리를 펴놓고 늦가을의 토요일 오후를 즐기는 사람들이 많았다. 그들은 색색의 낙엽처럼 여기저기 흩어져 있었다.

나는 가을을 좋아해요. 가을이 됐다는 게 느껴져요. 가을을 타나봐요.

수업시간에 젤다는 계절과 관련된 표현들을 짚어주었다. 젊었을 때 그는 가을을 탄다는 게 뭔지 몰랐다. 오십대가 되니 그게 관용적인 표현이 아니라는 걸 알게 되었다. 기온이 떨어지고 바람이 불 때마다 삶에서 무언가가 떨어져나갔고 거울에 비친 그의 얼굴빛은 낙엽을 닮아갔다. 그는 강 쪽으로 걸어가 은빛으로 반짝이는 강물과 멀리 수상 스포츠를 즐기는 사람들과 선착장에 정박해 있는 오리배들을 보았다. 오리배들은 바람이 불 때마다 이리저리 가볍게 흔들렸다. 묶고 있는 줄을 풀면 오리배들은 어디로 떠내려갈까. 영어 수업을 그만두게 되면 삶이 어느 방향으로 흘러갈지 그는 알 수 없었다.

종업원들이 테이블 위의 접시를 치우는 동안 임원들은 주말 라운딩 약속을 잡았다. 룸의 안쪽 테이블에 앉은 본부장이 추워지기 전에 부지런히 치자고 하자 그 옆에 앉은 다른 임원이 요즘 날씨가 예술이지, 하며 동조했다. 테이블 중앙에 앉은 스티브가 어눌한 발음으로 "가을 좋아"라고 해서 임원들이 웃으며 고개를 끄덕거렸다. 임원 회의와 회식 자리의 공식적인 언어는 영어지만 외국 사람인 스티브는 예외였다. 그가 한국말로 몇 마디 하면 분위기가 유쾌해졌다.

골프 얘기를 듣던 스티브가 자신은 좀더 큰 공을 좋아한다면서 테니스 칠 사람 없어요? 볼링 칠 사람은? 하고 물었다. 농담할 때 스티브는 어깨와 팔을 많이 움직였고 눈꼬리가 부드럽게 휘어졌다. 몇 사람이 장난스럽게 손을 들자 스티브가 나중에 딴소리하면 안 된다며 웃었다. 말은 그렇게 해도 스티브가 골프 약속에 빠지는 일은 없었다.

종업원들이 치우는 접시 위에는 요리가 절반 이상 남아 있었다. 개인 접시에 덜어간 음식을 다 먹지 못한 사람도 있었다. 사년 전에 외국계 기업이 회사를 인수한 뒤 스티브가 지사장으로 부임했을 때는 회식 자리에서 대화를 나누는 사람들이 거의 없었다. 통역해주는 직원이 합석했는데도 짤막하고 의례적인 대화만 몇 마디 주고받은 뒤 다들 먹는 일에 집중했다. 그게 얼마 전 일 같은데 몇 년 사이에 임원들의 영어 실력이 놀라울 정도로 늘었고 회식 자리에서 음식은 더이상 중요한 역할을 하지 못했다.

스티브가 앉은 가운데 테이블을 중심으로 임원들은 친분과 중요도에 따라 룸의 안쪽과 바깥쪽 테이블에 나누어 자리를 잡았다. 올해 회사의 주력 상품인 목과 허리 견인 치료기기는 내수와 수출 모두 큰 폭의 흑자를 기록했다. 온라인 판매도 늘어서 임직원들은 연말 성과급의 규모를 기대했다. 여덟 명의 임원들이 회식 자리에서 골프와 주식과 부동산 얘기를 하며 친목을 다지는 모습은 수업중에 젤다가 보여주던 영화나 드라마의 한 장면 같았다. 로건은 바깥쪽 테이블에 앉아 그들이 대화하는 장면을 바라보았다. 차이니스 레스토랑의 안쪽 룸을 배경으로 펼쳐지는 드라마에서 사십대 후반의 스티브는 사교적인 지사장 역할을 맡았고 유연한 리더처럼 보이려고 타이를 매는 대신 셔츠에 니트를 입었다. 밝은 벽돌색 니트는 긴 얼굴과 날카로운 눈매의 스티브를 부드러운 인상으로 만들었다. 실제로 스티브는 처음 발령받았을 때보다 턱과 배에 둥글게 살이 붙었고 엠자형 탈모도 상당히 진행되어서 캐릭터가 푸근해졌다.

그는 자기 앞에 놓인 빈 그릇들을 모아 종업원에게 건넸다. 두 달 전의 회식 때까지는 그도 꽤 비중 있는 조연이었다. 승진과 미국 지사 설립에 관심이 많았고 열심히 공부한 영어로 치료기기 홍보의 중요성을 적극적으로 어필했다. 성공적으로 마무리한 의료기기 박람회와 채용 박람회의 성과, 내년 봄에 있을 국제 의료기기 박람회에 대한 계획까지 대사의 분량도 제법 많았다. 회의 시간이나 회식 자리에서 그는 사람들의 표정과 대화에 집중했다. 스티브는 그가 만든 온라인 쇼핑몰의 제품 소개와 홍보 영상을 마음에 들어했고 미국 지사 설립에 그가 꼭 필요하다는 얘기를 여러 번 했다. 그게 불과 두 달 전 일이었다.

임원들이 미국 지사 설립과 새로운 부서 발령을 염두에 둔 채 연말과 새해 계획 얘기를 나누는 동안 그는 자기 앞에 놓인 게살 수프를 떠먹었고 오향장육, 꿔바로우, 굴소스 채소볶음, 누룽지탕 등이 나올 때마다 개인 접시에 옮겨 담아 먹었다. 여러 종류의 딤섬을 맛보면서 스티브가 미식가라는 점에 감사했다. 다른 임원들이 예전의 그처럼 스티브에게 자신이 하는 일과 성취에 대해 얘기하는 동안 그는 대화에서 멀찍이 떨어진 채 테이블 위를 살펴보았다. 그 장면에서 그가 배울 표현은 없었다.

세 개의 테이블 위에는 생화를 꽂은 화병과 양초가 한 세트씩 놓여 있었다. 호리병 모양의 화병 안에는 두 송이의 꽃이 꽂혀 있었는데 자세히 보니 색이 달랐다. 가장 안쪽 테이블은 흰색과 분홍색, 스티브가 앉아 있는 가운데 테이블은 흰색과 라벤더, 그가 앉은 테이블은 흰색과 노란색이었다. 이 레스토랑에 여러 번 왔는데 테이블 위에 양초와 화병이 놓여 있다는 걸 처음 알았다. 화병 안의 꽃들은 장미처럼 여러 겹의 꽃잎으로 이루어졌는데 이름은 알 수 없었다. 주말 내내 테이블 위에 놓여 있었던 듯 바깥쪽 꽃잎이 살짝 시들어 있었다. 작은 원통 유리병 안의 초는 힘있게 타올랐는데 그가 앉아 있는 테이블의 초만 불이 약했다.

그는 그런 것들을 사람들의 표정보다 자세히 보았다. 종업원들이 테이블 위에 후식을 세팅하고 사람들의 대화가 이어지는 동안에도 병 안의 촛불은 계속 타올랐고 꽃은 눈치채지 못할 정도로 조금씩 시들어갔다.

그가 후식으로 나온 망고 셔벗을 한 숟갈 떠먹었을 때 테이블 위에 놓인 촛불이 조용히 꺼졌다. 그는 불타오르던 심지가 얼마 남지 않은 촛농 속에 잠겨 있는 것을 보았다. 재킷 주머니 안에 든 두통약을 만지작거리며 건강검진을 받은 지 한 달이 되었다는 걸 깨달았다. 그사이에 많은 일들이 그를 지나쳐갔다.

한 달 전에 그는 몇 개의 항목을 추가해서 건강검진을 예약한 뒤 병원에 갔다. 접수처에서 받은 문진표를 작성하며 운동 시간과 횟수가 부족한 것과 과음했던 것을 반성했고 진찰실을 돌면서는 혈압과 몸무게의 수치가 크게 변하지 않은 것에 안도했다. 시력이 많이 나빠진 건 노화의 과정으로 받아들이기로 했다. 검진을 마치고 병원 밖으로 나왔을 때 그는 평소보다 많이 피로하다고 느꼈다. 점심을 먹은 직장인들이 사무실로 돌아가는 시간이었다. 그는 주차장으로 내려가 한동안 운전석에 앉아 있었다. 죽이라도 한 그릇 사 먹으려고 했는데 머리가 묵직하고 눈도 침침했다. 저녁 약속을 취소한 뒤 안경을 새로 맞추러 갔다.

며칠 뒤에 사무실에서 목과 허리 견인 치료기기의 상품 리뷰를 읽다가 뇌질환이 의심되니 내원하라는 병원의 연락을 받았다. 그는 마우스를 쥐고 있던 오른손과 바닥을 디디고 있는 발을 내려다보았다. 오른쪽 허벅지가 미세하게 떨리기 시작했다. 그는 통화 종료 버튼을 누른 뒤 사무실을 둘러보았다. 사람들은 모두 자리에 앉아 컴퓨터 모니터를 보거나 텀블러에 든 차를 마시거나 업무와 관련된 통화를 했다. 그가 전화를 받기 전과 달라진 것은 아무것도 없었다. 그는 사람들 사이에 앉아 있는 게 힘들어 화장실로 갔다. 거품을 내어 손을 씻었고 거울 속 얼굴을 보며 자신에게 무슨 일이 일어난 건지 이해해보려 애썼다. 의사는 뇌 CT 판독 결과에 대해 말하며 양성종양일 가능성이 높으니 내원해서 MRI를 찍어보는 게 좋겠다고 했다. 그 목소리는 그날 점심을 먹은 식당에서 영수증 드릴까요? 라고 묻던 목소리와 다르지 않았다. 그는 손으로 자신의 머리통을 만져보다가 흐르는 물에 얼굴을 씻었다. 고개를 들어 얼굴을 보는 것이 두려워 오래오래 문질러 닦았다.

주말에 라운딩 갈 거지? 안쪽 테이블에서 본부장이 물어서 그는 장모님 생신이라고 말하며 불참 의사를 밝혔다. 그는 회사와 자신이 하는 일을 좋아했다. 전문 의료진과 연구진이 개발한 경추와 요추 견인기기의 설명서를 만들고 광고 문구와 홍보 영상의 제작을 의뢰하고 감수하는 것이 적성에 잘 맞았다. 미국에서 지사 설립을 도우려면 영어 수업의 횟수도 늘려야 했고 체류를 위해 준비해야 할 것도 많았다. 그러나 그는 테이블 위의 꽃처럼 눈에 띄지 않게 시들어갔다.

망고 셔벗을 먹은 뒤 그는 재킷 주머니에서 휴대폰을 꺼내 화병 안의 꽃 두 송이를 찍었다. 장미와 비슷하지만 장미가 아닌 꽃의 이름이 무엇인지 알고 싶었다. 스티브가 그를 보더니 로건, 방금 뭘 찍은 거야? 하고 물었다. 그는 어깨를 으쓱하며 이 꽃, 이름이 궁금해서, 라고 대답했다. 주말 라운딩 멤버를 정하던 사람들이 스티브와 그를 잠시 쳐다보았다. 혹시 이 꽃 이름 아는 사람 있어? 그는 테이블을 둘러보며 물었다. 스티브가 어눌한 한국말로 "맙소사, 로건. 가을 타나봐"라며 어깨를 으쓱했다. 쳐다보던 사람들이 비로소 웃음을 터뜨렸다.

토요일 아침, 그는 알람 소리에 눈을 떴고 평소와 같은 시간에 일어났다. 후드 집업을 걸치고 지하철역 근처의 플라워 숍에 가서 미리 부탁해놓은 꽃다발을 찾았다. 이틀 전 퇴근길에 들렀을 때 플라워 숍 주인은 그가 찍은 사진을 보더니 리시안셔스네요, 하며 연한 분홍색 꽃 한 단을 꺼내 보여주었다. 레스토랑의 테이블에 있던 꽃보다 더 건강해 보였다. 주인이 리시안셔스는 자른 상태에서 더 피지 않는 꽃이라며 수명이 긴 게 장점이라고 했다.

그는 얇고 부드러운 꽃잎을 보다가 꽃다발을 만들어달라고 부탁했다.

토요일 아침의 지하철에는 고단한 표정의 사람들이 띄엄띄엄 앉아 있었다. 그는 꽃다발이 든 쇼핑백을 발치에 놓은 뒤 자리에 앉아 딸이 어버이날 선물해준 무선 이어폰을 귀에 꽂았다. 젤다는 영어책 오디오북을 알아듣기 좋은 속도로 조절해서 듣거나 발음이 정확하고 가사가 단순한 올드 팝을 듣는 것이 도움이 된다고 했지만 병원에 다녀온 뒤로 그는 이동할 때 피아노나 기타 연주곡을 반복해서 들었다.

카페까지 걸어가는 동안 한 주 전에 보았던 풍경이 그대로 눈앞에 펼쳐졌다. 지난주 토요일에서 시간이 전혀 흐르지 않은 듯했고 따뜻한 기온이 이어져 가을이 계속될 것 같은 착각마저 들었다. 그는 주위를 둘러보았다. 색색의 나뭇잎을 매단 나무들이 그로서는 짐작할 수 없는 순서에 맞춰 천천히 이파리를 떨어뜨렸다. 나무들이 앙상해진 거리 풍경을 상상하기 어려웠다. 그는 쇼핑백 안에 든 꽃다발을 본 뒤 카페까지 천천히 걸어갔다.

그는 평소처럼 뜨거운 아메리카노와 젤다에게 줄 곡물 라테를 주문했다. 수업시간이 일러 빈속으로 오는 젤다는 포만감이 드는 음료를 찾다가 곡물 라테를 마시기 시작했다. 음료를 주문하면서 그가 몇 번 빵을 권했지만 수업에 방해가 된다며 거절했다. 그는 카드를 단말기에 꽂기 전에 케이크를 진열해놓은 쇼케이스를 쳐다보았다. 마지막 수업이니 케이크를 추가하는 게 좋을 것 같아서 얼그레이 시폰 케이크와 치즈 케이크, 초코 케이크를 눈으로 훑었다.

젤다는 스터디룸에서 거울을 보며 젖은 머리를 정리하고 있었다. 그는 꽃다발이 든 쇼핑백을 의자 옆에 세워둔 뒤 쟁반을 내려놓았다.

이발했네요, 로건.

그가 고개를 끄덕이자 젤다는 포크를 집으며 가끔은 케이크도 괜찮지요, 했다. 그가 커피를 마시는 동안 젤다는 포크로 케이크를 잘라 먹으며 지난 주말에 친구들과 나눈 대화를 들려주었다. 젤다의 말이 빠르게 이어지면 그는 여전히 그 안에서 단어를 캐내고 의미를 해석하는 게 어려웠다. 그래도 길을 완전히 잃지는 않았고 헤매는 와중에도 희미하게 나 있는 길을 따라가며 의미에 다가갔다.

난 지금 하는 일에 만족해. 난 여전히 뭔가 다른 일을 할 수 있을 거라고 생각해. 난 미래에 이런 비전을 가지고 있어. 난 아직도 고민중이야. 은퇴 후에 넌 어떻게 살고 싶니.

젤다가 천천히 다시 말해주었고 응용할 수 있는 단어와 표현도 알려주었다.

친구들과 종종 이런 얘기를 나누어요. 로건도 친구들과 이런 대화를 하나요?

젤다가 눈썹을 위로 올렸다가 내렸다. 그는 MRI 판독 결과를 알려주던 의사의 목소리와 며칠 전의 회식 자리를 잠시 떠올렸다. 젤다와 대화를 나눈 친구들은 몇 살일까. 그는 나이가 많지만 완전히 늙은 것은 아니었다. 뭔가 다른 일을 할 수 있을 거라고 생각하지는 않지만 어떤 결정을 내릴 수는 있었다. 그런 기회마저 완전히 사라진 건 아니었다.

젤다에게 수업을 그만둔다고 말해야 한다는 생각은 한 달 동안 일어난 일을 아내에게 어떻게 전해야 하나, 로 이어졌다. 그는 쇼핑백 안의 꽃다발을 쳐다보았다. 월요일의 회식 이후 그는 꽃 이름을 알아내기 위해 검색창을 여러 번 열었고 그때마다 젤다에게 수업을 그만둔다고 전화할까 고민했다. 그것을 시작으로 그는 많은 것들을 정리하고 그만두어야 했다.

젤다가 로건? 하고 불렀다. 그가 멍하게 쳐다보자 젤다는 테이블 위에 두 손을 모은 채 그의 눈을 쳐다보았다. 이렇게 표현할 수도 있어요. 젤다가 흘러내린 니트 소매를 걷어올리며 혼자서 질문과 대답을 소화했다. 그럴 때의 젤다는 단호하고 추진력 있는 선생이었다. 팔꿈치 위까지 올라간 베이지색 니트 소매는 주름이 잔뜩 생겼는데 손목의 나뭇잎은 빳빳하게 펴져 있었다.

그는 수업에 집중하지 못한 채 커피를 마셨다. 젤다가 로건, 오늘 컨디션이 안 좋아요? 하고 묻더니 영화의 한 장면을 보여주었다. 그러고선 긴 티스푼으로 곡물 라테를 저었다. 그는 지난주에 젤다의 칭찬을 받았을 때 수업을 끝냈으면 좋았을 텐데, 하고 후회했다.

로건, 오늘은 조금 일찍 마무리할까요.

젤다가 니트의 소매를 정리하며 물었다. 그는 고개를 끄덕거린 뒤 두통이 밀려오기 시작하는 이마를 짚었다.

한 주 쉬고 그다음 주에 만나요. 프린트도 그때 다시 살펴보고요.

젤다가 패드와 펜슬과 프린트를 가방에 챙기며 일어섰다. 그는 엉거주춤 따라 일어났다.

개인적인 일이 좀 있어서요.

젤다는 수업을 쉬는 게 너무 오랜만이라며 웃었지만 고무줄로 머리를 묶는 동안 무표정한 얼굴이 되었다. 그는 이마를 가볍게 두드리며 말을 꺼낼 타이밍을 노렸다. 체크무늬 재킷을 걸치고 가방을 메는 젤다의 모습에서 피로함이 느껴졌다. 그가 주춤거리는 사이 젤다는 스터디룸의 문을 열고 나갔다. 그는 잠시 서 있다가 자리에 앉았다. 의자 옆에 세워두었던 쇼핑백을 내려다보았다. 수업을 시작한 해 준비했던 스승의날 선물도 젤다에게 주지 못했다. 출장지에서 아내와 딸의 선물을 사면서 같이 고른 것이었는데 젤다가 부담스럽다며 거절했다.

나중에, 수업 때문에 좋은 일이 생기면 그때 받을게요.

그는 여러 가지 향의 핸드크림이 들어 있는 선물 세트를 생일을 맞은 팀원에게 주었다. 젊은 직원들이 한동안 그를 센스 있는 부장님이라고 불렀다.

젤다가 말한 나중이 오기까지 이 년이 걸렸다. 토요일 아침마다 그는 젤다와 비즈니스 영어 공부를 했고 회의 때 스티브가 한 말을 녹음해서 발음과 억양과 말버릇을 익혔다. 그런데도 회의실과 회식 장소에 가면 필라멘트가 끊어진 전구처럼 앉아 있었다. 언어를 익히는 건 시간이 오래 걸리는 일이라고 젤다가 위로했지만, 통역을 기다리다보면 흐름에 뒤처졌고 어쩌다 들리는 단어 몇 개로 내용을 짐작하며 버티는 건 곤혹스러웠다.

수업을 한 지 일 년 반쯤 되었을 때 스티브가 하는 얘기의 어절과 문장이 들리기 시작했다. 그는 대화의 흐름을 따라가고 있었다. 회의를 마치고 자리로 돌아와 젤다에게 메시지를 보냈다.

이제 좀 들리기 시작합니다, 선생님.

듣는 것이 나아지자 통역 직원에게 의존하는 일이 줄었고 스티브가 '로건'을 부르는 일도 늘어났다. 반년 뒤에 그는 승진자 명단에서 자신의 이름을 확인했다. 수업이 끝난 뒤 스터디룸에서 준비한 선물을 건넸을 때 젤다는 승진 축하해요, 하며 박수를 쳤다. 쇼핑백 안에 든 스마트 패드를 확인하더니 와우, 연봉도 많이 올랐군요, 하며 활짝 웃었다. 부담스러워할까봐 걱정했는데 박스를 개봉하며 젤다는 아이처럼 좋아했다. 젤다는 그가 선물한 패드를 수업시간에 영화를 보여줄 때 사용했다. 그때로부터 이 년이 더 흘렀고 그동안 패드 뒷면에는 젤다가 붙인 스티커가 늘었다.

휴대폰의 일정 알림이 울렸다. 장모님 생신 모임. 집에 가서 옷을 갈아입고 모임 장소까지 가려면 일어나야 할 시간이었다. 예약해놓은 한정식집에 모이면 가족들은 미국 지사 발령에 대해 얘기할 것이다. 아내는 머리가 복잡하고 귀찮다고 하면서도 딸을 위해서는 움직이는 게 낫겠지, 좋은 기회겠지, 하며 웃을 것이다. 그는 의자에 걸어두었던 후드 집업을 걸치고 일어나서 창 너머의 하늘과 길게 이어지는 철도, 그 위로 지나가는 전철을 보았다. 멀리서 바라볼 때 전철의 움직임은 다른 시공간의 일처럼 낯설고 낭만적으로 느껴졌다. 지하철역으로 걸어가며 그는 늦가을의 풍경이, 풍부한 색채로 잎을 떨구는 늦가을의 나무가 앙상해진 겨울나무보다 더 쓸쓸하게 보인다고 생각했다.

그는 리시안셔스 꽃다발이 든 쇼핑백을 들고 집으로 갔다. 머리 여기저기에 둥근 롤을 만 아내가 쇼핑백 안을 들여다보았다.

엄마 주려고 샀어?

그는 말없이 고개를 끄덕거렸다.

다음부터는 화분을 사. 꽃다발은 시들어서 아까워.

그렇게 할게, 라고 말하고 그는 아내에게 어떤 옷을 입을까, 물어보았다.

생일 케이크의 촛불을 끈 뒤 장모님은 딸과 사위, 아들과 며느리, 손자 손녀들 사이에 앉아 열심히 젓가락질을 했다. 고기를 집어 막내딸의 밥 위에 얹어주고 생선살을 바른 접시를 손자와 손녀 앞에 놓아주었다. 빈 접시는 옆으로 빼둔 뒤 서빙하러 온 종업원에게 채워달라고 요령 있게 부탁했다. 엄마도 좀 드셔, 하면서도 장모님의 손길을 거부하는 사람은 없었다. 칠순이 넘었지만 장모님은 혈압약을 먹고 당을 조심하거나 가끔 무릎이 쑤신다며 침을 맞으러 다니는 것 외에는 지병도 없고 건강한 편이었다. 밥을 먹으며 그는 장모님이 테이블 위를 부지런히 살피고 양손으로 식사를 진두지휘하는 걸 바라보았다. 장모님이 그의 접시에 전복구이를 놓아주며 미국 가기 전에 송별회도 해야지, 했다. 김서방 자리잡으면 나도 꼭 불러, 하면서 웃었다. 나이 오십에 미국 발령이라니. 가족들은 그와 아내에게 운이 좋다고, 딸에게도 가서 많이 배우고 오라며 덕담을 건넸다. 아직 시기는 정해지지 않았대요. 아내가 그렇게 말하며 가만히 있는 그를 바라보았다.

그는 테이블의 맞은편에서 가족들 사이에 앉아 있는 아내를 거울처럼 바라보았다. 나도 영어 공부를 해야 된다고? 못 살아, 머리 다 굳었는데, 하며 투덜거리는 입술 양옆으로 팔자주름이 자리잡았고 알이 큰 진주 반지를 낀 손등에 혈관이 불거졌다. 그는 접시 위의 전복구이를 집어 장모님의 접시와 아내의 밥 위에 하나씩 올려놓았다.

다시 토요일 아침이 되었을 때 그는 알람 소리 없이 눈을 떴다. 수업도, 다른 일정도 없는 토요일은 오랜만이었다. 좀더 자려고 뒤척이다 일어나 옷을 챙겨 입고 트렌치코트를 걸쳤다.

그는 평소처럼 지하철을 탔고 이어폰을 꽂은 채 음악을 들으며 역들을 지나갔다. 토요일 아침의 지하철 안 풍경은 비슷했고 그는 버릇처럼 늘 하차하던 역에서 내렸다. 몇 주째 이어지는 가을 날씨에 감탄하며 한강공원 쪽으로 걸어갔고 자전거와 돗자리를 대여하는 곳 앞에 한참 서 있었다.

그는 늘 예약하던 카페의 스터디룸이 비어 있는 걸 확인하고 안으로 들어갔다. 토요일마다 앉던 의자에 앉았다. 4인용 룸과 테이블은 의자만 네 개일 뿐 2인용 같다고 생각했는데 그날은 테이블이 넓고 휑했다. 그는 늘 앉던 자리에서 맞은편의 빈 의자를 보며 뜨거운 아메리카노를 마셨다.

처음 수업하던 날 이 테이블에 마주앉았을 때 젤다는 그에게 영어 이름을 정하자고 했다. 같이 수업할 때 쓸 거예요. 회사에서도 직급이나 본명 대신 영어 이름으로 부르자는 의견이 있었지만 그는 이름을 고르지 못했다. 스티브는 그를 씅허라고 부를 때마다 얼굴 근육을 묘하게 일그러뜨렸다. 젤다가 제시하는 이름들 중에서 뜻이 너무 거창하거나 배우를 연상시키는 것을 제외하자 몇 개 남지 않았다. 그는 작은 골짜기라는 의미의 로건이 마음에 들었다. 그뒤로 김성호는 토요일 아침마다 로건이 되었고, 평일의 회사에서도 로건으로 불리게 되었다.

커피를 다 마셨지만 젤다는 당연히 오지 않았다. 그는 머그컵을 반납한 뒤 카페 밖으로 나가 한강 쪽으로 걸어갔다. 그는 벤치에 앉아 강물과 그 위로 지나가는 전철과 날아가는 새를 보았다. 계절은 바뀌어가는데 시간은 강물처럼 흘러가지 않고 오리배처럼 정박해 있었다. 자전거 타는 사람들이 그의 옆을 지나 차례로 멀어졌다. 그들이 시야에서 사라질 때까지 그는 눈을 떼지 않았다. 나무들이 남은 잎을 하나둘 천천히 떨구었다. 돗자리를 펴고 그늘막을 치고 앉아 있는 사람들 사이로 갈색 트렌치코트를 입은 젤다가 지나갔다. 묶지 않은 머리는 덜 마른 상태였고 걸을 때마다 숄더백을 멘 어깨가 왼쪽으로 살짝 기울었다. 젤다는 무슨 생각을 하는지 골똘한 표정이었고 한강을 향해 걸어오다가 방향을 바꾸어 카페 쪽으로 걸어갔다. 그는 손을 들어 젤다를 부를까 하다가 그만두었다. 젤다가 바람에 날리는 낙엽처럼 다른 곳으로 가버리는 것을 바라보았다.

그다음 토요일 아침에 그는 머리가 묵직하고 시야가 침침해서 한참 동안 침대에 가만히 앉아 있었다. 빈속에 두통약을 먹었고 수업을 그만둔다는 얘기를 꼭 해야 한다고 생각하며 집을 나섰다. 한 주 전에 입었던 트렌치코트가 얇게 느껴질 정도로 바깥 공기가 찼다. 전날 퇴근할 때만 해도 느끼지 못했던 서늘함이었다. 아침 거리에는 겨울옷을 입은 사람들이 걸어다녔다.

수업을 하며 그는 거의 집중하지 못했다. 젤다에게 양해를 구한 뒤 두통약을 한 알 더 먹었고 화장실에 가서 찬물로 얼굴을 씻었다. 영어를 제대로 쓰고 싶다거나 좋은 지위에 올라가고 싶은 마음이 완전히 떠나가는 걸 느꼈다.

수업이 평소보다 조금 일찍 끝나서, 특별한 일이 없다면 다음 학생을 만나기 전까지 젤다에게는 사십 분 정도의 시간이 남아 있었다. 그가 알기로 젤다는 그 시간 동안 이동한 뒤 간단하게 점심을 해결하면서 다음 수업 준비를 했다. 그는 젤다의 여유를 침범하지 않는 범위 내에서 작별인사를 하고 싶었다.

그는 물을 마시는 젤다에게 할말이 있다고 말했다.

얘기해요, 로건.

이제 영어 공부를 그만하려고 해요.

그의 말이 끝나자 젤다가 머리를 묶으려고 올렸던 손을 내렸다. 그녀는 테이블 위로 두 손을 모은 채 그의 눈을 가만히 바라보았다. 그가 판에 박힌 단어나 관용구로 문장을 만들 때 자주 취하던 동작이었다.

오늘이 마지막 수업이었군요.

그는 대답 대신 고개를 끄덕거렸다.

오, 로건.

젤다가 뒷말을 잇지 못한 채 그를 향해 두 팔을 벌렸다. 손목 위의 나뭇잎이 그를 향해 다가왔다. 그도 테이블 맞은편에서 팔을 벌려, 두 사람은 고개가 엇갈린 채 서로의 어깨를 가볍게 두드렸다. 젤다가 단어와 문장을 천천히 발음한 뒤 그의 대답을 차분하게 기다리던 순간과, 억양과 악센트를 교정해주고 그가 잘 따라 하면 칭찬해주던 순간들이 떠올랐다. 젤다를 만나지 못했다면 그는 여기까지 오지도 못했을 것이었다.

그동안 고마웠어요.

그가 한국말로 인사하자 젤다가 맙소사, 언젠가 이런 날이 올 거라는 건 알고 있었지만, 하며 울 듯한 표정을 지었다. 이제 미국에 가는 거군요. 그는 그 말에 대답하지 못한 채 테이블의 모서리를 쳐다보았다.

좋은 일이니까 축하해야겠지요.

젤다는 같이 공부했던 토요일이 즐거웠다고 했고 그는 끌고 가느라 고생이 많았다고 했다. 그는 성실한 편이었지만 언어를 익히는 데 재능이 없는 학생이었다.

가서 건강히 지내요.

젤다가 일어나서 의자에 걸어두었던 트렌치코트를 입었다. 짙은 낙엽 색깔의 그 트렌치코트는 가을이면 젤다가 자주 입던 옷이었다. 두 사람은 잠시 말없이 서 있었다. 시간을 확인한 젤다가 출국하기 전에 식사 한번 해요, 했다. 그는 고개를 끄덕였다. 할말이 더 있는 것 같기도 하고 충분히 전한 것 같기도 했다. 가방을 멘 젤다가 나가며 손을 흔들었다. 손목 위의 나뭇잎만이 시간이 지나도 낙엽이 되지 않을 것이다.

그는 스터디룸에 가만히 앉아 있었다. 테이블 위에는 수업 내용을 정리한 프린트가 놓여 있었다. 물컵은 비었고 두 사람의 음료잔에는 다른 색의 얼룩이 남았다. 수업이 끝나면 언제나 젤다가 먼저 나갔고 그는 자리에 잠시 앉아 있었다. 젤다와의 수업이 끝날 때마다 반복된 일이었다. 그는 프린트를 여러 번 접어서 주머니에 넣었다. 창 너머 보이는 철도 위로 전철이 천천히 지나갔다. 토요일에 그가 앉은 자리에서 고개를 들면 언제나 그 철도를 볼 수 있었다. 수업을 하는 동안 그 장면들은 늘 다음 토요일로 이어졌지만 이제 그는 토요일에 로건으로 지내지 않기로 결정했다. 앞으로 토요일 오전을 어떻게 보내게 될지 알 수 없었다. 쟁반을 들자 4인용 테이블이 텅 비었다. 그는 마지막으로 스터디룸을 한번 둘러보았다. 수업은 끝났지만 그에게는 몇 개의 장면들이 남아 있었다.

카페 밖으로 나온 뒤 그는 잠시 문 앞에 서 있었다. 자전거를 탄 사람들이 그를 지나 자전거도로로 나아갔다. 그는 헬멧과 선글라스를 쓴 사람들의 옆모습과 군더더기 없고 날렵한 뒷모습을 보았다. 무언가 그의 앞으로 계속 지나가고 있었다. 그는 자신에게 무슨 일이 일어났고 자신이 무엇을 선택했는지 알게 되었다. 그러자 비로소 마음이 아팠다.

* 젤다가 로건에게 보여주는 영화의 내용과 대사는 영화 〈인턴〉(2015)에서 가져왔다.

| 작가노트 |

토요일 아침의 나는

십 년이 넘는 시간 동안 토요일 아침에는 신촌으로 가는 지하철을 탔다.

토요일 아침 지하철의 한산함에 기대어 음악을 듣거나 수업 때 공부해야 할 소설을 읽었다. 오전에 한 번, 오후에 두 번, 소설 쓰는 사람들과 같이 공부하며 웃고 감탄하고 좌절하다가 웃으며 헤어질 예정이었다.

지하철이 지상으로 올라가 한강 위를 지날 때면 멍하게 창밖을 내다보았다. 한강을 처음 보는 것처럼 매번 새롭게 감탄했다. 그것은 한강공원에 가서 보는 한강과 달랐다. 잠깐 만나는 창밖의 풍경을 보면 살 만하다는 느낌과, 인생이 얼마나 짧은가 쓸쓸해지는 느낌이 서로 다른 방향에서 달려오는 열차처럼 엇갈려 지나갔다.

토요일 아침에 영어 회화를 배우기 위해 지하철을 타는 로건의 이야기는 거기에서 시작되었다. 영어 회화와 소설쓰기는 다르지만 자신을 표현할 새로운 언어를 갖고 싶어하는 마음이라는 점에서는 비슷했다. 나는 늘 젤다의 자리에서 로건의 마음으로 지냈다. 한 편의 소설을 읽고 쓰는 시간을 보내다 한 기수의 수업을 마무리하고 나면 인생은 언제나 무언가 되려다 마는 것, 다음을 준비하고 그 너머로 가려다 주춤하게 되는 것이 아닐까, 생각했다.

토요일 저녁에 집에 돌아와 수업 자료를 정리할 때면 그 소설을 쓴 사람의 얼굴과 이름과 소설의 내용이 떠올랐다. 우리가 소설을 매개로 인생에서 열두 번 혹은 그보다 더 많은 토요일을 함께 지나간다는 것이 너무 이상하고 특별한 일처럼 느껴졌다. 그러면 나는 행복하면서도 몹시 마음이 아팠다. 그러나 그런 것에 대해 얘기할 수는 없었다. 그저 로건, 오늘 배운 표현들 잊지 말아요, 라고 당부할 뿐이었다.

이 소설은 그런 토요일들에 대한 소설이다.

소설의 제목을 정했을 때 좋았다. 그리고 로건과 젤다 위에 나를 살짝 포갰을 때 좋았다. 로건의 이야기는 마침표를 찍었지만 토요일 아침의 나는 여전히 음악을 들으며 창밖의 한강을 보고 처음인 듯 감탄할 수 있다는 것도 좋다.

| 리뷰 |

어디로 떠내려 갈까, 오리배들은

임철우(소설가)

마지막 문장까지 다 읽고 났을 때, 이야기가 완결되었다는 느낌 대신 오히려 뭔가 다시 새롭게 시작될 것 같은 느낌을 주는 소설이 있다. 「토요일 아침의 로건」이 그러하다. 단순 명료한 이야기 같은데 뭔가 복잡함과 모호함을 남겨둔 것도 같고, 투명한 구조 아래 뭔가를 교묘히 감춰놓은 것도 같은 이야기. 이 소설이 비교적 익숙한 이야기임에도 정작 어딘가 조금은 낯설고 특별한 느낌을 안겨주는 이유도 아마 그래서일 것이다.

이 소설을 읽어낼 키워드를 일단 나는 '재생'과 '멈춤'이라고 정했다. 이 소설의 주제와 형식을 아우르는 상징적인 단어들이라고 생각해서다. 혹 오해가 생길 수도 있겠다. 여기서 '재생'은 갱생이라든지 새로운 삶(re-birth) 따위를 뜻하는 게 아니라 반복(re-play) 혹은 되감기(re-wind) 같은 반어적 의미에 더 가깝다.

이를테면 영상이나 음악을 편리하게 되살려낼 수 있는 가전기기의 '재생/정지' 버튼의 용도를 떠올리는 것도 좋겠다.

실제로 이 소설은 거의 동일한 장면을 반복 재생해내는 형태의 패턴 구성이 분량의 대부분을 차지하고 있다. 이 소설이 지닌 독특한 분위기도 상당 부분 이러한 패턴 활용법의 효과가 아닐까 싶다. 당장 소설의 첫 문장은 이렇게 시작한다.

> 젤다와의 수업이 끝났다. 두 시간은 컵 안의 음료처럼 사라졌다. 그는 네 개의 컵을 쟁반으로 옮겼다. 그의 머그잔에는 아메리카노가 조금 남아 있고 곡물이 들어간 라테를 마신 젤다의 유리컵에는 긴 티스푼과 침전물과 얼룩이 남았다. 두 개의 물컵은 모두 비었다. 쟁반을 챙기며 그는 수업을 그만두겠다는 말을 꺼낼 타이밍을 노렸다.(101쪽)

요컨대 이 짧은 몇 개의 문장 안에는 소설의 나머지 전체가 고스란히 압축되어 담겨 있다. 이후 이어지는 이야기들은, 서두에서부터 결말에 이르기까지, 이와 거의 똑같은 상황과 장면들이 반복 재생되는 패턴을 따라 진행되기 때문이다.

소설의 전체적인 스토리는 비교적 단순하고 명확하다. 서울 중심가에 위치한 어느 스터디룸 카페. 그 동일한 공간에서 무려 사 년째, 매주 토요일 아침 로건과 젤다의 비즈니스 영어 수업이 있다. 외국계 기업의 임원인 오십대의 주인공 로건은 업무상 필요한 영어 수업을 지금껏 줄곧 젤다와 함께 계속해왔고, 덕분에 최근 그는 오랜 꿈이었던 미국 지사 발령을 마침내 눈앞에 두고 있는 참이다. 그런데 한 달 전 그는 뜻밖에 악성 뇌종양 판정을 받게 되었고, 이젠 젤다에게 수업을 그만두겠다는 말을 꺼내야 함에도 어째선지 자꾸 미루고만 있는 중이다. 소설은 로건이 그 말을 못 꺼내고 머뭇대면서 보내는 한 달간의 시간, 도합 네 번의 토요일 오전 수업을 다루고 있다(그 네 번의 토요일 중 하루는 수업이 미리 취소된 날임에도 로건은 혼자 그곳을 찾아 시간을 보낸다).

두 시간짜리 영어 수업 장면은 그들이 교재로 사용하는 영상처럼 매번 우리 눈앞에 어김없이 반복 재생된다. 아메리카노와 곡물 라테. 두 개의 물컵. 항상 젤다가 준비해오는 프린트 교재와 스마트 패드. 영화 혹은 드라마. 로건의 두통. 그것들은 두 사람의 수업에 매번 변함없이 등장하는 주요 소도구의 목록이다.

그런데 그것 말고도, 유독 생생하고 세밀하게 포착되는 특별한 항목들이 따로 있다. 모두가 순전히 젤다와 연관된 것들이다. 입술 양옆에 묻은 곡물 라테의 하얀 흔적. 팔꿈치까지 올라간 데님 셔츠의 소매. 손목에 늘 끼고 다니는 얇은 고무줄로 단정하게 머리를 묶는 동작. 고무줄이 살에 남긴 자국. 바깥쪽 손목에 새긴 나뭇잎 모양의 타투. 숄더백을 멘 뒷모습. 왼쪽으로 살짝 기운 어깨. 걸을 때마다 경쾌하게 움직이는 하나로 묶은 머리. 그리고 헤어질 시간이면 딱 맞춘 듯이 젤다의 머리 위쪽에 놓인 철도로 어김없이 지나가는 전철의 모습…… 놀랍게도 그 하나하나가 토요일 아침마다 어김없이 우리 눈앞에 재생되는 것이다. 작가는 그렇게 똑같은 공간과 인물, 대화와 동작까지 집요하리만치 반복해 보여준다. 그런데도 소설은 의외로 지루함이나 거부감을 안겨주지 않는다. 일견 복제된 듯 되풀이되는 동일한 장면들 같지만, 실은 매번 그 안에 미세한 변화나 일탈의 기미를 새로 은밀히 덧붙여놓기 때문이다.

로건은 치명적인 병을 이미 선고받았고, 때문에 젤다에게 수업을 계속할 수 없게 되었다는 사실을 당연히 밝혀야 한다. 한데 왜 로건은 자꾸 머뭇거리기만 할까. 혹시 로건은 젤다를 향한 특별한 감정을 몰래 지녀왔던 것인가. 그럴 가능성도 있지만, 오랜 기간 자연스레 숙성되어진 친숙함 혹은 우정의 감정에 지나지 않을 수도 있다.

어쨌거나 로건은 대체 왜 그 말을 꺼내지 못하고 머뭇대는 걸까. 그 질문에 로건은 이렇게 대답한다. "묶고 있는 줄을 풀면 오리배들은 어디로 떠내려갈까. 영어 수업을 그만두게 되면 삶이 어느 방향으로 흘러갈지 그는 알 수 없"기 때문이라고.

지금 로건은 시간의 궤도 바깥에 홀로 서 있는 것 같은 두려움과 혼돈에 사로잡혀 있다. 주위엔 아무도 없고 시간도 풍경도 모두 정지해 있다. 시간의 궤도 바깥에 서서 그는 자신의 지난 시간을 돌아본다. 임원 회의와 회식 자리. 김성호가 아닌 로건으로서의 사회적 삶. 승진과 성취를 향한 피나는 경쟁과 분투. 모두가 선망하는 미국 지사 발령장. 평범하고 그럭저럭 안정된 가정…… 이제 로건은 뒤늦게 알 것도 같다. 오로지 성공과 성취를 향해 온몸으로 달려온 삶. 그 모든 하루하루가 사실은 젤다의 스마트 패드 속 영상처럼 끊임없는 반복 재생의 시간들에 지나지 않았다는 것을. 하지만 그런 생각을 했다가도 이내 로건은 다시금 두려움에 사로잡히고 만다. 아니다. 그것들이야말로 나 자신의 가치와 자부심의 결정체, 아니 인생의 전부가 아닌가. 그 모두를 내가 어떻게 포기한단 말인가. 그렇듯 로건은 혼자 거대한 두려움과 혼돈과 깨우침 사이를 여전히 오가고 있는 것이다.

말하자면 로건은 지금 한 손에 버튼 하나를 쥐고 있는 셈이다. '멈춤'이라고 표시된 버튼. 다른 선택권은 아예 없다. 피할 수도 벗어날 수도 없다. 로건은 알고 있다. 더 늦기 전에 다른 누구도 아닌 자신의 손으로 그 버튼을 눌러야 한다는 것. 그걸 누르고 나면, 젤다의 영어 수업도 미국 지사 발령도 사라질 터이고, 뇌 속 종양에 대해 아내와 회사도 알게 될 것이다. 그리고 머지않아 전혀 다른 시간이 로건을 찾아올 것이다.

네번째 토요일 아침, 로건은 마침내 젤다에게 수업을 계속할 수 없게 되었다는 말을 전한다. 결국 소설 속의 한 달은 로건이 두려움과 머뭇거림을 통과해 힘겹게 현실 인식에 이르기까지의 시간인 셈이다. 소설의 마지막은 이런 문장으로 끝난다. "이제 그는 토요일에 로건으로 지내지 않기로 결정했다. (……) 그는 자신에게 무슨 일이 일어났고 자신이 무엇을 선택했는지 알게 되었다. 그러자 비로소 마음이 아팠다."

최은미

그곳

작가노트

어느 여름

리뷰 | 이지은

슬픔의 '이곳'에서

© Lupan

최은미
2008년 『현대문학』 신인추천에 단편소설 「울고 간다」가 당선되어 등단. 대산문학상, 현대문학상, 한국일보문학상, 현대불교문학상, 2014년, 2015년, 2017년 젊은작가상 등 수상. 소설집 『너무 아름다운 꿈』 『목련정전』 『눈으로 만든 사람』, 장편소설 『아홉번째 파도』 『마주』, 중편소설 『어제는 봄』이 있다.

그곳

몇 해 전 한여름에 나는 고립 야영객이었던 적이 있다. 여름엔 계곡을 건너가지 않는 게 좋다는 걸 알고 있었지만 나는 아이스박스를 들고 계곡을 건너 놀러갔다. 그리고 한 시간 만의 폭우로 계곡 건너에 고립되었다. 나는 아홉시 뉴스에 나왔다.

구조대원들이 계곡 건너 저쪽에서 로프를 쏘아보내던 소리가 생생하다. 나는 그게 나를 살릴 소리라는 걸 알았고 무서웠다. 그해 여름은 너무 더웠고 툭하면 비가 왔다. 벽지에 얼룩이 생겼고 변기에서 물이 솟아 넘쳤다. 나는 여러모로 잘 안 풀리는 여자였다. 어느 밤엔 한 테러 단체의 처형 동영상을 클릭했다가 이십오만원을 결제당했다. 한국이 아열대기후로 접어들었다는 홈쇼핑 쇼호스트의 말에 설득당해 제습기를 주문했지만 널어놓은 빨래에선 계속 곰팡이가 피었다.

어느 날은 눈썹 문신을 한 여자가 나를 따라와 말했다. 내가 안 풀리는 건 처녀로 죽은 조상이 있어서라고. 여자는 내게 팥과 천일염을 주며 산 쪽 창문가에 놓아두라고 했다. 그때도 난 말리산 아래의 주택가에 살았는데 말리산은 먼 옛날 궁녀와 내시들을 묻은 곳이었다. 나는 옷장 속 물 먹는 하마 옆에 팥과 소금을 처박아두고는 저녁마다 수건 뭉치를 싸들고 코인 빨래방을 전전했다. 그러다 하루 놀기로 한 것이었다.

앞쪽에 서 있던 중년 여자는 계속 울었다. 너무 겁이 나 도저히 로프에 매달릴 수 없다고 흐느꼈다. 내 바로 앞엔 아기 띠로 아기를 안은 남자가 있었다. 뒤쪽에선 개가 짖었다. 건너편엔 방송국 차량이 있었다. 나는 눈앞의 로프가 나를 살릴 줄이라는 걸 알고 있었지만 어쩌면 죽을 수도 있다고 생각했다. 흙탕색 계곡물에 슬리퍼 한 짝이 휩쓸려갔을 때 나는 로프에 매달린 채로 오줌을 지렸다.

"순식간이었어요."

나는 아홉시 뉴스에 나왔다. 비닐 우비를 입은 방송 기자한테 누군가 그 말을 했을 때, 거기에 있던 모든 사람들이 그게 무슨 말인지 알아들었다.

순식간이었다.

그때 나는 죽을 뻔했다.

*

대기가 차가워지면 사람들은 목을 가리고 다니기 시작한다. 사람들이 목을 가리면 나는 안심이 된다. 계절이 바뀌고 사람들이 다시 목을 드러내면, 그때부턴 가슴이 뛴다. 여름이면 나는 매일 가슴이 뛴다. 사람들이 저렇게 쉽게 급소를 드러내고 다닌다는 것에 놀라움을 느낀다.

가슴이 뛰면 잠을 잘 잘 수 없다. 내 몸의 체온조절중추가 흥분하여 나를 잠들 수 없게 한다. 교감신경이 활성화되고 멜라토닌 분비가 줄어든다. 물론 그건 더위 때문이기도 하다. 나는 며칠째 내 체온과 맞먹는 더위 속에 있다. 섭씨 37도에서 37.5도 사이. 습도는 아마도 팔십 퍼센트 이상. 고기압이 뜨거운 공기를 가두고 북진이 예고된 태풍이 습기를 밀어올리고 있다. 섭씨 27도가 넘으면 인삼이 자라지 않고 35도가 넘으면 닭들이 죽기 시작한다. 열화상 카메라를 지날 때마다 나는 시뻘겋다. 내 체온 때문에 나는 잠들 수 없다. 더워서 잘 수가 없다.

이렇게 말하니까 한여름 같지만 아직도 6월이다.

내가 국민체육센터를 드나들게 된 건 거기가 꼭 고지대에 있어서만은 아니었다. 체육센터를 낀 공원이 말리산 자락에 있어서도 아니었다. 그럼 무엇 때문인가. 냉방이 훌륭해서인가? 체육센터의 시설은 나무랄 데가 없었다. 화장실엔 도톰한 핸드 타월이 떨어진 적이 없었고 스트레칭실엔 팔 밀리 두께의 폭신한 요가 매트가 깔려 있었다. 샤워실엔 무려 해바라기 샤워기. 로커는 깊고 주차장은 광활했다. 탁구대는 여덟 대. 헬스장엔 얼마 전 핵 스쾃 머신이 새로 들어왔다. 국가유공자뿐만 아니라 가임기 여성에게도 십 퍼센트 할인을 해준다. 매점 아이스크림 냉동고엔 항상 붕어싸만코가 들어 있다.

붕어싸만코를 사 먹는 사람은 원래 나뿐이었는데 날이 더워지면서 한 남자 노인도 사 먹기 시작했다. 주로 덤벨 운동을 하는 그는 덤벨을 잡기 전 양 손바닥에 침을 퉤퉤 뱉는다. 그러곤 손바닥을 비빈다. 그 손으로 덤벨을 잡는다. 내가 체육센터에 도착할 즈음 목격하게 되는 장면으로, 그걸 볼 때마다 나는 전자 민원을 넣는다.

나는 언제 어디서든 극혐 행동을 포착할 수 있고 신고에도 적극적인 편이다. 전염병이 한창일 때 나한테 신고를 당한 사람은 수도 없다. 나는 이 구역의 최다 민원인이다.

민원을 넣고 나면 지구력존으로 가서 지압 훌라후프를 한다. 때로는 부드럽게, 때로는 힘차게, 때로는 멍하게 훌라후프를 돌린다. 훌라후프를 마친 뒤에는 순발력존으로 이동해 원 레그 데드리프트를 한다. 엉덩이와 뒤 허벅지에 온 감각을 집중하면서, 이보다 더 우아할 수 없게, 한 다리로 서서 균형을 잡는다. 운동이 끝나면 아무도 오르지 않는 실내 암벽을 바라보면서 생수를 일 리터 정도 마신다. 그게 내 아침 루틴으로, 내가 매일같이 체육센터를 드나드는 이유이다. 그러니까 내가 체육센터에 가는 건 지구력과 순발력을 기르기 위해서다.

해가 진 뒤에는 한 시간 정도 말리산 트랙을 뛴다. 비가 와도 뛰고 날이 끈적해도 뛴다.

그래도 잠이 오지 않으면, 가슴이 계속 뛰는 여름밤이 되면 나는 내가 계곡을 건너갔던 몇 해 전 여름을 생각한다. 그때의 습도와 열기와 축축함을 누군가한테 이야기하고 싶어진다. 내가 매달려 있던 로프와 구명조끼에 대해서. 삼선슬리퍼에 대해서. 계곡 저쪽에 혼자 남겨졌던 개에 대해서.

나는 그런 얘기를 쉽게 하는 편이다. 누군가를 꼬시고 싶을 때나 술에 취했을 때, 어떨 땐 아무 이유 없이, 내가 죽을 뻔했지만 죽지 않았던 때를 이야기한다. 아홉시 뉴스에 나온 적이 있다고 하면 대개 믿지 않지만 믿어주는 사람이 없지는 않다. 수석씨를 처음 만난 것도 체육센터에서였다. 그도 나처럼 말리산 아래의 상습 침수 지역에 살았는데 체육센터에서 몇 번 마주친 뒤로 우리는 소위 말하는 동네 친구가 되었다. 슬리퍼를 끌고 나와 편의점 파라솔에서 같이 맥주를 마시는 친구. 어쩌다 연락할 뿐이지만 모종의 가능성과 기대를 완전히 내려놓지는 않은 친구. 홍수가 나면 같은 동선으로 대피해야 하는 그런 친구 말이다.

—뭐해요?

—잠이 안 와요.

—더워요?

—더워요.

그렇게 뜻이 맞으면 수석씨와 나는 동네에서 제일 높은 곳에 있는 말리산공원으로 가곤 했다. 올여름도 역시나 뜻이 맞아 우리는 월요일 밤인데도 만났다. 체육센터가 바라다보이는 공원 편의점 앞에 앉아 칭다오 맥주를 마셨다. 때 이른 폭염과 열대야로 잠들지 못하는 사람들이 공원 여기저기에 흩어져 있었다. 눈앞에 말리산이 있었다. 시의 제3 둘레길 코스에 포함된 말리산 산책로는 산자락의 걷기 트랙과 나란히 펼쳐지다 인근의 북한산 둘레길로 이어졌다.

"그래서 그 팥은 아직 있어요?"

수석씨가 물었다.

"팥은 먹었고요, 소금은 아직 있죠."

지금까지 틈틈이 확인한 바로 이 일대에서 눈썹 문신 여자한테 팥과 소금을 받은 사람은 나밖에 없었다. 알려져 있다시피 팥과 소금은 잡귀를 쫓는 데 쓰인다. 여자는 여전히 말리산공원과 둘레길을 돌아다니는데 요새는 아이스 쿨 타월을 팔고 있다. 대기만 해도 시원하다는 아이스 쿨 타월.

여자가 편의점 앞쪽으로 왔을 때 나는 타월을 한 장 사서 수석씨한테 주었다.

"진짜 대기만 해도 시원하네요."

수석씨가 타월을 목에 둘렀다. 수석씨가 급소를 가려버리자 나는 조금 안심했고 또 조금 아쉬웠다.

"날 기억 못하는 것 같지 않아요? 팥이랑 소금도 쥐놓곤."

"모르는 척하는 거 아닐까요?"

"나랑 산에 갈래요?"

수석씨가 못 들은 척했다. 수석씨는 나와 달리 체육센터를 잘 애용하지 않았다. 내가 불러내지 않는 한 말리산공원으로 산책을 나오지도 않았다. 수도권 서북부 일대의 최고 기록으로 남아 있는 몇 해 전의 호우 당시 수석씨는 이재민이었었다. 그때 이후로 여름은 조금씩 더 더워졌고 조금씩 더 빨리 왔다. 하지만 6월부터 전국에 폭염 특보가 내려진 적은 없었다. 이런 적은 없었다.

지열을 식히느라 분사된 쿨링 포그가 도심 주택가 야경 사이에 식은 김처럼 가라앉아 있었다. 살수차가 물을 뿜으며 지나다니던 길을 새벽이면 온열 질환자를 실은 응급차가 내달렸다. 배관이 달궈지면서 스프링클러가 오작동하고 콘크리트 도로는 휘어졌다. 상가 골목을 걷다가 멈춰 서면 도심을 메운 에어컨 실외기 소음이 진동기처럼 귓속을 울렸다. 6월 하순 평균기온 역대 1위. 6월 사상 첫 초열대야. 알프스 빙하가 떨어져나와 등산객들을 덮쳤고 프랑스에서는 에어컨을 가동하지 않은 실내 활동을 금지했다. 살인적, 사상 초유, 역대급 같은 말들이 매일 들려왔다. 체육센터의 강좌 홍보 현수막 옆에는 폭염시 주의 사항을 적은 자율방재단의 현수막이 추가되었다.

나는 체육센터의 인기 강좌 접수에 자주 성공할 만큼 운이 지나치게 좋은 편이다. 나는 기초체온이 높다. 잡귀들이 탐을 낼 만한 어떤 구석을 지니고 있는 게 틀림없고 배고픈 것보다 더운 것을 더 싫어한다. 아이스 쿨 타월로 급소를 가린 동네 친구와 맥주를 마시고 있다.

누군가 쏘아올린 야광 플라잉 디스크가 포물선을 그리며 아래로 떨어졌다. 분수 물이 멈춘 발물 놀이터에 사람들이 발을 담그고 있었다. 배달 오토바이 몇 대가 올라와 돗자리 여기저기에 치킨과 족발을 부려놓았다. 정자에 늘어져 누워 있는 몇몇이 보였다. 삑삑이 운동화 소리, 바람소리, 허공에서 반짝이던 야광 플라잉 디스크가 갑자기 방향을 틀어 이쪽으로 날아왔을 때 수석씨와 나는 동시에 비명을 지르며 일어났다. 처음 보는 벌레 한 쌍이 테이블로 날아와 몸을 비비적거리고 있었다. 비슷한 비명이 공원 여기저기서 들려오다 잦아들었다.

"태풍이 온다고 하지 않았어요?"

수석씨가 다시 자리에 앉으며 말했다. 나는 산 아래로 펼쳐진 주택가 불빛을 바라보았다.

태풍은 언제나 온다. 여름이 벌레의 계절이듯이.

그리고 그곳엔 체육센터가 있었다. 동네에서 가장 고지대에 있는 곳. 재난 발생시 이재민 임시 주거 시설로 지정되어 있는 곳. 그날 밤 말리산공원엔 많은 사람들이 나와 있었지만 거기 있던 누구도 그 주가 채 지나기 전에 자신들이 어떤 재난 문자를 받게 될지 알지 못했다.

*

나는 한 다리로 서 있는 순간의 나를 사랑한다. 적당한 중량의 덤벨을 들고 서서 원 레그 데드리프트를 하는 내가 좋다. 한 다리로 몸을 지탱한 채 상체를 숙이고, 반대쪽 다리를 뒤로 길게 뻗어 T 자형의 몸을 만든다. 엉덩이 라인과 척주기립근이 일자가 되며 몸이 부들부들 떨리는 순간. 둔근과 햄스트링에 짜릿한 자극이 오며 내가 밸런스를 얻는 순간. 그 순간의 집중력을 사랑한다. 나는 골반이 좀 되는 편으로 생활체육을 즐기며, 지구력과 순발력이 생존에 유리하다는 걸 경험으로 알고 있다. 남자를 볼 때 엉덩이를 중요시하며 주기적으로 조상에 대해 생각하고 생활체육인이 아닌 사람이 체육센터에 들어오면 재빨리 감지할 수 있다.

실내 암벽 밑으로 못 보던 애들이 나타난 건 내가 한 다리로 서서 땀을 흘리고 있을 때였다. 들려오는 소리가 서로 문제를 내고 있는 듯했다.

"너 50 더하기 20이 뭔지 알아?"

"70!"

"그럼 25 더하기 25도 알아?"

"어…… 40?"

"아닐걸? 50 아닌가?"

"야, 25 더하기 25가 어떻게 50이냐."

한 다리로 서 있던 나는 순간 균형을 잃었다. 트집잡을 만한 게 없나 살펴보며 그쪽으로 걸어갔지만 두 아이는 코 쪽까지 꼭 눌러 마스크를 제대로 쓰고 있었다. 체육센터에 아동을 위한 강좌는 없었다. 아직 방학도 아니고 주말도 아니었다.

"너네 여기 왜 왔니?"

"더워서요."

"학교 안 가?"

"휴교예요."

"너네끼리 왔니?"

아이들이 다목적 체육관을 가리켰다. 체육관으로 가보고 나서야 나는 지난 자정을 기해 체육센터가 폭염 대피소로 기능 전환을 했다는 걸 알았다. 탁구대는 다 치워져 벽 쪽에 붙어 있었고 바닥엔 은박 방습재 돗자리와 간이 텐트가 줄을 맞춰 설치돼 있었다. 폭염 특보 기간이 길어지면서 전력량이 급증하자 시가 구역별로 순환 정전을 실시하기로 한 것이다. 당일의 정전 구역에 해당하는 주민들에게는 시가 지정해놓은 폭염 대피소로 대피하라는 권고가 내려졌다. 나는 소화기 옆에 가만히 서서 가방을 하나씩 들고 모여드는 사람들을 지켜보았다. 이제 나는 샤워실과 탈의실을 고즈넉이 사용할 수 없었다.

나는 저 아래 주택가의 내 집을 생각했다. 사방의 눅눅한 벽으로 곰팡이 포자들이 떠다니고 있었지만 며칠 전부터 환기를 시킬 수 없었다. 쌍으로 다니는 벌레가 수를 늘려 창문에 떼로 달라붙기 시작해서였다. 벌레들은 자동차 유리창과 건물 외벽에 새까맣게 모여들었다 날아가고 다시 날아왔다. 습한 곳을 찾아 수백 개씩 알을 까고는 죽어버렸다. 아무도 정체를 알지 못했고 누구도 이전에 본 적이 없었다. 중요한 건 구청 직원들이 버그 민원 때문에 정신이 없어졌다는 것이다.

나는 집으로 내려가 몇 해 전의 호우 이후로 마련해놓은 생존가방을 챙겨들었다. 그러곤 체육센터의 스트레칭실로 숨어들어가 구석의 요가 매트 하나를 찜했다. 매트에 삼십 분 정도 앉아 있다 보니 알 수 있었다. 내가 그곳에서 운동을 하든 자원봉사를 하든 대피 주민처럼 앉아 있든 특별히 관심 가질 사람은 없다는 것을.

요가 매트에 생존 가방을 올려놓을 때까지만 해도 내게 체육센터는 일대에서 가장 안전한 장소였다.

*

체육센터로 대피를 온 사람들한테선 기묘한 활기와 권태가 함께 느껴졌다. 특별한 곳으로 하룻밤 합숙 체험을 나온 사람들처럼도 보였고 마지못해 단체 마실을 나온 것처럼도 보였다. 이 년 넘는 팬데믹 기간 동안 얼굴을 마주하지 않았던 사람들이 갑작스럽게 한 공간에 모여 하룻밤을 보내야 했다. 바로 옆 돗자리에 누워 있는 사람은 불과 전날까지도 경계와 공포의 대상이었던 그 이웃이었다. 대피라고는 했지만 눈앞에서 집이 무너진 것도 아니고 홍수가 동네를 휩쓸고 간 것도 아니었다. 폭염은 너무도 조용한 재난이어서 사람들은 자신들이 대피중이라는 걸 잊었고 대피하지 못한 이들이 있다는 것도 잊었다.

실내에 운동할 공간이 없어졌기 때문에 나는 아침저녁으로 말리산 트랙을 달렸다. 산속은 미친듯이 습했고 땀을 흘리며 달리다보면 곤충들이 날개를 비비적대는 듯한 소리가 살갗에 달라붙었다. 아주 잠깐 바람이 부는 순간엔 회화나무 꽃이 트랙 가장자리로 하얗게 떨어져내렸다. 그러면 나는 그 자리에 멈춰 서서 말리산의 기운을 탐색하듯 코로 습기를 한껏 빨아들였다. 그곳을 통과하는 둘레길을 묘역길이라고 부를 만큼 말리산은 뼈와 비석이 굴러다니는 산이었다. 눈썹 문신 여자한테 팥과 소금을 받은 뒤부터 나는 말리산이 무덤산이라는 것을 잊어본 적이 없다. 궁녀와 내시뿐일 리가 없다.

묻힌 사람이 그들뿐일 리가 없지. 그런 생각이 들면 소름이 일었고 나는 소름을 털어버리기 위해 아아아아 소리를 내면서 숨이 턱에 찰 때까지 트랙을 내달렸다. 달리다 뒤를 돌아보고 아아아아 다시 달리다 뒤를 돌아보고 아아아아 왜 죽었어요? 아아아아아 어떻게 죽었어요? 아아아아아아 한이 많은 편이에요? 아아아아아아 정말 처녀였어요? 아아아아아아아아 나를 좀 보살펴주면 안 돼요?

땀범벅이 되어 대피소가 된 체육센터로 돌아오면 눈에 거슬리지 않는 게 없었다. 샤워실 하수구엔 머리카락이 뭉쳐져 있고 발가벗은 꼬마애들이 해바라기 샤워기 밑에서 물총을 쏘아댔다. 나는 이상하게 바빠져서는 정수기 앞에 서서 "물받이는 물 버리는 곳이 아닙니다", 화장실 핸드 타월 옆에 서선 "한 장이면 충분해요", 재활용 쓰레기통에 쓰레기가 잘못 들어가 있는 걸 보면 씩씩거리며 쓰레기를 다시 분리했다. 버그가 산에서 자꾸 날아온다고 구청으로 시간 맞춰 전화를 했다.

집보다 안전한 곳에서 조용히 숨어 지내다 가고 싶었을 뿐인데 어느 순간 계단참에 서 있기만 해도 사람들이 다가와 무언가를 물었다.

"여자 탈의실이 몇층이에요?"

"한 층 더 올라가세요."

"근데 저 대피소에 왔다고 전 남친한테 연락해도 될까요?"

"네?"

"코로나 걸렸을 때도 연락하고 싶었는데 못했거든요. 대피소 왔으니까 해도 되지 않을까요?"

초록색 조끼를 입은 자율방재단원은 나한테 잠깐 어디로 가자고 했다. 따라가면서 보니 그는 덤벨에 침을 묻히던 노인이었다. 믿을 수가 없었다. 자율방재단이 무엇인가. 재난 예방과 유사시의 수습 활동을 위해 조직된 지역 내 재난 안전 지킴이가 아닌가. 최소한의 시국 감수성은 필수였다. 공용 덤벨에 자기 침을 묻히는 건 2020년 봄이었다면 공개 처형감이라고 할 수 있었다.

"계속 지켜봤습니다."

나한테 매일같이 신고를 당하던 노인이 나를 진지한 표정으로 쳐다보며 말했다.

"자질이 충분해 보입디다. 만 이십 세 이상이면 누구든 가입할 수 있지요."

노인이 내게 내민 건 방재단 가입 신청서였다. 나는 노인이 내민 볼펜을 말없이 쳐다봤다. 그들이 날 어떻게 봤는지 모르겠지만 사실 나는 굉장히 바쁜 편이다. 이달에는 십대 청소년 세 명에게 가우스 기호를 포함한 방정식과 미지수가 두 개인 연립 이차 방정식을 가르치고 있었고 세탁 기능사 필기시험을 앞두고 있었다. 얼마 전엔 정리 수납 전문가 2급 자격증을 땄고 곧 자동차 정비 기능사와 떡 제조 기능사에 도전할 예정이었다. 몇 시간 전엔 숲 해설사에도 관심이 생겼다. 순발력과 지구력도 더 길러야 했고 당국으로부터 건강하기를 장려받는 가임기 여성인데다 동네 친구도 챙겨야 했다.

나는 자리를 박차고 로비로 나와서 수석씨한테 전화를 걸었다.

"수석씨, 정전 언제예요? 어느 대피소로 갈 거예요?"

수석씨는 그냥 집에 있을 거라고 했다.

"체육센터로 와요. 여기가 제일 안전해요."

"전 못 가요."

"내가 지켜줄게요, 네?"

"……"

"수석씨."

"……"

"수석씨?"

내가 수석씨의 이름을 부르고 있을 때 아기를 안은 여자가 다가와 모유수유실의 위치를 물었고, 그 시간 타이베이 남동쪽 이백오십 킬로미터 부근 해상에선 제4호 태풍이 시속 삼십 킬로미터로 북상하고 있었다. 같은 시각, 말리산에서 남서쪽으로 육 킬로미터 떨어진 농가에서 곰 두 마리가 뜬장을 뚫고 나왔다.

여자의 품에 안겨 있던 아기가 나를 보자 울먹이기 시작했다.

울지 마. 하지만 아기는 계속 입을 삐죽였고 제발 울지 마, 곧이어 목을 젖히며 자지러지게 울어댔다. 아기는 그치지 않고 울어대며 팔을 들어 내 뒤쪽 어딘가를 가리켰다. 로비에 있던 사람들 모두가 아기가 가리키는 곳을 향해 고개를 돌렸다. 텅 빈 주차장 위로 폭염이 그대로 내리꽂히고 있었다. 차를 오 분도 세워둘 수 없을 것 같은 어마어마한 열기가 광활한 콘크리트 바닥을 달구는 중이었다. 6월 폭염의 숨막힘과 두려움을 그대로 압축해놓은 것처럼 열기는 반듯한 구획 안에 고여 이글거리고 있었다. 사람들은 비현실적인 빛에 눈이 먼 것처럼 유리문 너머의 광경을 그저 멍하니 쳐다보았다. 오직 아기만이 울고 있었다.

"곰 얘기 들었어요?"

저지대 주민들이 좀더 큰 가방을 들고 말리산 공원길을 올라왔다. 장마전선과 맞물린 태풍이 물 폭탄을 예고하고 있었다. 인근 축사에 쿨링 패드 설치 지원을 나가기 위해 자율방재단원들이 팀을 짜서 마을로 내려갔다. 그 주에만 닭 이만 마리가 죽었다.

"들었어요."

농가를 탈출한 곰 두 마리 중 한 마리가 사살되었다는 소식이었다. 다른 한 마리는 어디서도 행방이 잡히지 않았다. 나는 로비 구석으로 가서 숨을 골랐다. 어디서도 보이지 않는다는 건 이 일대 어디서든 곰을 마주칠 수 있다는 뜻이기도 했다. 나는 벽에 등을 붙인 채 휴대폰에 도착한 재난 문자 일부를 반복해서 읽었다.

'말리산 입산 자제.'

'곰을 발견하면 즉시 신고 바랍니다.'

*

사라진 곰이 인근 농가에서 사육되던 반달곰이라는 사실이 알려지자 사람들은 술렁였다.

"반달곰은 지리산에 사는 곰 아니에요?"

멀지 않은 곳에서 수 마리의 곰들이 십 년 가까이 살고 있었다는 걸 대부분의 사람들은 곰이 탈출하고 나서야 알게 된 것이다. 그 곰들은 국립공원공단에서 이름을 붙여주고 골절 수술을 해주는 그런 반달곰이 아니었다. 도축 허용 나이인 십 년생이 될 때까지 야외 뜬장에 갇혀 살던 곰들이었다. 지역 사정에 밝은 자율방재단 노인의 말에 따르면 곰 한 마리한테서 나오는 웅담값은 기본이 천만원이었다.

체육관의 이재민 텐트에 새로 짐을 푼 저지대 주민들은 태풍의 두려움을 달래려는 듯 한동안 곰 이야기에 집중했다.

"저는 농장주가 허위 신고를 했을 가능성도 있다고 봅니다."

"맞아요. 전에도 도축해놓고는 탈출했다고 허위 신고를 했던 일이 있었죠."

"아니요. 저는 말리산으로 들어갔다고 봅니다."

누군가 말하자 사람들 사이에 잠깐 침묵이 흘렀다. 곰이 말리산에 있다면 사람들은 체육센터에 있는 동안 어떤 식으로든 영향을 받을 수밖에 없었다. 하지만 둘레길 초입의 CCTV 어디에도 곰은 잡히지 않았다. 발자국이나 배설물 등의 흔적도 나오지 않았고 포획 틀에 놓아둔 먹이도 그대로였다.

"아줌마는 곰이 어디 있다고 보세요?"

지구력존에 앉아 있는데 두 꼬마가 오더니 내게 말을 건넸다. 자세히 보니 서로 연산 문제를 내던 애들이었다.

"선생님이라고 부르지 그러니?"

"뭘 잘하시는데요?"

"난 10000 곱하기 10000도 알아."

"진짜요?"

나는 지압 훌라후프 하나를 꺼내서 천천히 돌렸다.

"너네 그 말 들어봤어?"

"뭐요?"

"곰은 사람을 찢어. 뽀로로 친구 포비가 아니라고."

아이들이 아무 대꾸도 안 했다.

"생각을 해봐. 곰은 지금 쫓기고 있어. 같이 탈출했던 친구는 사살됐고. 게다가 굶주려 있다고. 극도로 예민해져 있는데다 공격성이 엄청나게 차올라와 있는 상태일 거라고."

엄마로 보이는 여자가 나를 못마땅하게 쳐다보고는 아이들을 데려갔다. 나는 훌라후프를 좀더 세차게 돌렸다. 곰 때문에 말리산 트랙을 뛸 수 없게 되자 몸이 근질거려 미칠 것 같았다.

"유연하신데요?"

그렇게 말하며 지구력존으로 걸어들어온 건 짧은 단발을 한 여자였다. 여자는 베이지색 리넨 원피스를 입고 있었는데 스퀘어넥에 가슴 부분엔 핀턱 주름이 풍성하게 잡혀 있었다. 너무나 내 취향이라 어디서 샀냐고 물어보고 싶을 정도였다.

"돌려보실래요?"

나는 훌라후프를 머리 위로 빼서 여자한테 건넸다. 여자가 선뜻 훌라후프를 건네받아 안으로 몸을 집어넣었다. 여자가 훌라후프를 돌리자 같은 방향으로 원피스가 뱅글뱅글 말려 돌아갔다. 나는 그게 너무 웃겨서 무릎을 치면서 깔깔거리고 웃어댔다.

"나 이거 너무 좋아요. 원피스 입고 훌라후프 돌릴 때 말리는 거. 보기만 해도 좋다 진짜."

여자가 같이 웃었다. 눈썹 문신 여자가 이쪽을 유심히 쳐다보며 지나가는 게 보였다.

"혼자 왔어요?"

"네, 혼자 왔어요."

"몇 호 텐트예요?"

여자가 팔로 체육관 끝 쪽을 가리켰다.

"곰이 어디 있다고 보세요?"

내가 묻자 여자가 훌라후프를 멈추고는 말했다.

"이러면 어떨까요. 오늘밤에 산 초입에 초코파이를 놔둬보는 거예요."

"대박. 곰이 초코파이를 좋아해요?"

"어, 글쎄요."

"너구리가 먹고 갈 수도 있지 않을까요?"

헤어지기 전 여자는 나를 말리산 둘레길로 통하는 기계실 끝으로 데려갔다.

"신기한 거 보여줄게요."

땅과 완만하게 닿아 있는 시멘트 기단 위에 발자국 하나가 찍혀 있었다. 시멘트가 채 마르기 전에 누군가 밟은 자국이었는데 신발 자국은 아니고 맨발 자국이었다. 여자가 발자국 위로 자신의 맨발을 포개자 발이 거짓말처럼 들어맞았다.

"진짜 신기한데요?"

나를 보며 씩 웃더니 여자는 체육관 안으로 들어갔다. 여자가 가버리고 나자 나는 갑자기 허허로운 마음이 들어 매점으로 내려가 정말로 초코파이를 샀다. 초코파이를 사면서도 나는 곰이 정말로 말리산에 있을 거라고는 생각할 수 없었다. 누군가는 생사를 걸고 있다는 것도, 사람들이 다목적 체육관에서 밥을 먹고 잠을 자고 있다는 것도, 저렇게 해가 쨍한데 태풍이 오고 있다는 것도 아무것도 실감할 수 없었다.

*

나한테 그런 걸 묻는 사람은 아무도 없지만 내게 뭘 좋아하냐고 누군가 물어준다면 나는 이렇게 답하고 싶다.

친절한 사람이요.

저는 친절한 사람을 좋아해요.

나는 툭하면 누군가를 좋아해버리는 버릇이 있다. 좋아하는 사람이 없는 기간엔 내내 가라앉아 있을 정도로 누군가를 좋아하는 건 내게 중요한 일이다. 그래서 좋아할 수 있는 사람이 있으면 나는 기꺼이, 기필코 좋아해버린다. 내시경실 베드에 누울 때 긴장하지 말라고 손을 잡아주던 간호사를 나는 그날 하루종일 좋아했다. 버스가 급정거하는 바람에 어, 어, 하며 몸이 떠밀려갈 때 재빨리 내 팔을 잡아당겨주던 남자를 나는 일주일 동안이나 좋아했다. 빗물과 눈물과 오줌으로 범벅이 되어 로프에서 풀려났을 때, 내게 다가와 담요를 둘러주던 구조대원을 나는 아직도 좋아하고 있다. 이상하고 뜨거운 여름에 대피소 한쪽에서 같이 훌라후프를 돌렸던 여자도 나는 좋아하게 된 것 같다.

"저 기억하세요?"

아직 어두운 새벽이었지만 몇몇 사람들은 벌써 일어나 앉아 있었다. 나는 방습재 돗자리에 앉아 다리를 두드리고 있는 눈썹 문신 여자한테 다가가 나를 기억하느냐고 물었다. 실내에서 가까이 앉고 보니 그녀는 짐작했던 것보다 더 나이들어 보였다. 여자는 팥과 소금을 얘기하는 것인지 아이스 쿨 타월을 얘기하는 것인지 잠시 가늠하는 것 같더니 둘 다 기억하고 있다고 말했다. 여자가 막상 몇 해 전의 나를 기억하고 있다고 하자 새삼스레 가슴이 묵직해져왔다.

물이 차오를 땐 절대로 물건에 미련을 두면 안 된다. 여름엔 계곡을 건너가서 놀면 안 된다. 나는 돗자리에 걸터앉아 체육관을 훑어보았다. 지금 이곳으로 대피를 와 있는 저지대 주민들은 모두 몇 해 전 여름을 기억하고 있을 터였다. 아무렇지 않게 앉아 있는 듯 보여도 그 호우가 가져온 공포가 여전히 새겨져 있을 것이었다. 적어도 지금은 사후 대피가 아니라 사전 대피였으므로 사람들의 가방엔 유사시에도 포기할 수 없는 것들이 하나씩 숨겨져 있을 거라고 나는 생각했다.

"쿨 타월 총각은 아직 집에 있어요."

나는 여자한테 수석씨의 안부를 전했다.

"개가 아프거든요."

반려동물의 출입을 허용하는 대피소는 한 군데도 없었다. 시력과 신장이 안 좋은 개를 어딘가로 보내놓고 혼자 대피소로 오는 건 수석씨한테 가능한 일이 아니었다.

수석씨 얘기를 하고 나서 한참 그대로 있자 여자가 나를 말없이 쳐다봤다. 순간 나는 그녀가 왠지 리넨 원피스 여자 얘기를 듣고 싶어한단 생각이 들었는데 기계실 앞에서 헤어진 뒤로 이상하게 여자의 모습이 보이지 않았다.

"그때 말리산에 산사태 났을 때 뼈다귀가 무더기로 떠밀려왔잖아."

일찍 일어난 노인들 몇이 몇 해 전의 호우 얘기를 꺼냈다. 체육센터가 지금 자리로 이전을 준비하던 무렵이었다.

"뼈요? 혹시 궁녀들 뼈였나요?"

내가 끼어들어 묻자 한 노인이 손을 내저었다.

"뭘 그렇게 멀리까지 가."

"말리산에 숱하게들 갖다 버렸지. 이름도 집도 없는 그런 여자들 있잖아. 왜 죽었는지 사람들도 쉬쉬하는 여자들."

"원래가 무덤산이니 티도 안 났지."

체육관 창밖이 서서히 밝아오고 있었다. 벽면의 LED 시계에 5:57이라는 숫자가 찍히는 걸 보면서 나는 돗자리에 모여 앉은 노인들한테 고해성사하듯 말했다.

"제가요, 간밤에 몰래,"

"응, 몰래,"

"산 초입에 초코파이를 갖다놨어요."

모두들 잠시 말이 없었다. 시계 숫자가 6:05가 되었고, 밖에서 갑작스러운 소음이 들려왔다. 바람소리와 모터 소리가 섞인 듯한 진동음에 여러 사람의 말소리가 뒤섞여 있었다. 자율방재단원 몇이 상기된 얼굴로 체육관 문을 열어젖혔다.

"지금부터 절대 밖으로 나가면 안 됩니다. 야외 체력 단련장도 안 됩니다. 주차장도 안 됩니다."

사람들이 모두 동작을 멈췄다.

나는 침을 삼켰다.

곰이 나타난 것이다.

"말리산에 있는 게 확실해졌습니다. 체육센터 가까이로 내려왔어요."

쌍으로 출몰하는 버그가 말리산에서도 기승을 부리자 시는 나무와 나무 사이에 대형 끈끈이 트랩을 장막처럼 걸어두고 있었다. 곤충들의 사체가 붙어 있는 그 끈끈이 트랩에서 반달곰의 털 뭉치가 발견되었다고 했다.

"흔적이 잡혔으니 이제 포획은 시간문제입니다."

열화상 카메라가 장착된 드론이 말리산 상공에 띄워졌다. 야생생물관리협회 소속 엽사들이 장총을 들고 산으로 올라갔다. 태풍이 더 가까워졌는지 산 위 나무들이 흔들리는 게 육안으로도 보였다. 쨍한 아침해가 내리쬐는 공원 광장만이 아직 환하게 고요했다. 나는 물이 자작하게 고여 있는 발물 놀이터를 넋을 놓고 바라보았다. 리넨 원피스 여자와 연산이 약한 애들 둘이 맨발로 물을 차며 놀고 있었다. 물방울이 무릎 높이로 튀어올랐다 사라지고 다시 튀어올랐다 사라졌다. 언뜻 여자가 나한테 손을 흔든 것도 같았다. 밖을 보고 있던 사람이 나뿐이 아니었는지 아이들 엄마가 문을 밀며 달려나갔다. 밖에 있으면 안 된다고. 위험하다고.

소란을 틈타서 나는 몰래 체육관을 빠져나왔다. 드론이 품고 있는 열화상 카메라에 나는 어떤 색깔로 잡힐까 생각하면서 기계실 복도를 지나 둘레길 초입으로 올라갔다. 일회용 은박 접시에 놓아두었던 초코파이 세 개가 모두 사라져 있었다. 나는 동그랗게 빛을 반사하고 있는 접시를 들고 다시 체육관으로 돌아왔다.

*

체육관 한쪽 창턱에 은박 접시를 놓아두고 나는 리넨 원피스 여자를 찾아 실내 여기저기를 돌아다녔다. 여자를 만나면 곰인지 너구리인지가 핥고 간 접시를 보여주며 다시 한번 같이 신기해할 생각이었다. 하지만 여자는 텐트에 들어가 있는지 좀체 보이지 않았다. 나는 기도를 하는 사람처럼 은박 접시 앞에 서 있다가 자율방재단 노인이 보이자 뒤를 따라다니며 상황이 어떻게 되어가는지 물었다.

금방이라도 곰을 잡아올 것처럼 요란하게 산으로 올라간 사람들은 정오가 지나도록 아무 소식이 없었다. 산은 무섭도록 조용했다. 태풍이 도착한다는 시간이 곧이었지만 바람과 습기만이 증폭될 뿐 해는 여전히 맹렬하기만 했다. 태풍이 서쪽으로 비껴갔다거나 약해졌다는 얘기조차 들려오지 않았으므로 대피소 사람들은 기약 없는 시간에 볼모로 잡힌 것처럼 점점 지쳐갔다.

그때 그 일이 일어났다.

처음엔 정수기의 불빛이 경고등처럼 몇 번 깜빡거렸다. 곧이어 체육관 천장에서 돌고 있던 대형 팬이 천천히 속도를 늦췄다. 냉방 기기에서 나는 미세하고도 웅장한 진동음이 잦아들다 멈추었고, 그와 동시에 LED 시계판의 붉은 숫자가 사라졌다.

체육관 안은 갑자기 비현실적일 만큼 조용해졌다.

기습처럼 찾아온 정적 속에서 사람들은 어리둥절해하며 서로를 쳐다보았다. 그러다 곧 그 상황이 정전이라는 것을 깨달았다. 밖은 더할 수 없이 환한 햇빛이 쏟아져내렸고 바람이 불면서 여전히 나무가 움직이고 있었다. 건물 안만이 갑작스레 뭔가가 멈춰버린 것이다.

텐트 안에 있던 사람들이 하나둘 텐트 밖으로 기어나왔다. 에어컨 소음이 멎자 옆 사람의 부스럭거리는 소리 하나도 귀에 거슬리게 꽂혀왔다. 콧속에 무언가가 꽉 들어찬 것처럼 숨이 갑갑해지면서 겨드랑이에서부터 습기가 뻗쳐올랐다. 사람들은 거대한 체육관 강당 안에 모여 앉아 서로한테 텁텁한 숨을 내뿜으며 땀을 흘리기 시작했다. 온습도계의 숫자가 빠르게 변하고 있었다.

문을 열어야만 한다는 걸 본능적으로 깨달은 누군가가 출입문으로 걸어가다가 곧 걸음을 멈췄다. 문을 열면 안 된다는 걸 떠올린 것이다. 밖에는 아직 잡히지 않은 곰이 있었다.

창문은 가능하단 생각에 몇몇이 걸어가 창문을 열어젖히자 외벽에 모여 있던 버그들이 곧바로 날아들어왔다. 말벌만한 버그가 쌍을 지어 날아들자 사람들이 비명을 지르며 체육관을 뛰어

다녔다.

다급히 창문을 닫아걸고 났을 때, 사람들은 자신들이 찜통이 되어가는 건물 안에 그대로 고립되었다는 것을 깨달았다. 어떤 문도 열 수 없는 상태에서 정전이 된 체육센터 안은 일대에서 가장 위험한 장소가 되어버렸다.

"숨을 못 쉬겠어요. 나가야겠어요."

공황 증세가 있는 듯한 여자가 나를 잡고 괴로움을 호소했다. 나는 체육센터의 실내 약도를 머릿속에서 불러낸 뒤 그나마 가장 밀폐감이 덜 드는 구역으로 여자를 데리고 나갔다.

옆 사람이 뿜어내는 체온이 그대로 내 고통이 되어가는 상황이었다. 온도는 계속 올라가고 있었다. 누군가는 옷을 벗어젖혔고 누군가는 옷을 벗은 누군가를 비난했다. 누군가는 울었고 누군가는 귀를 막았다. 누군가 기침을 하자 사람들이 그 주위에서 서서히 물러났다. 사람들은 팬데믹 기간 동안 쌓인 트라우마에 붙들려 다시 마스크를 단단히 찾아 쓰고 호흡을 안으로 삼켰다.

곰만 잡히면 이 모든 문제가 해결될 수 있다는 듯 곰이 빨리 잡히기만을 고대하는 목소리가 높아졌다. 하지만 그곳엔 곰이 잡히지 않길 바라는 사람들 또한 분명 있었다. 아기 우는 소리가 귀를 찢자 누군가는 무슨 수를 써서라도 소리가 안 들리게 해달라고 사정했다. 하지만 그곳엔 땀범벅이 된 부모한테서 아기를 받아 안아 어르는 사람들 또한 있었다. 기침을 하는 사람에게 누군가는 제발 복도로 나가 있어달라고 말했지만 체온계와 상비약을 먼저 챙겨주는 사람들이 한쪽에는 꼭 있었다.

나는 시간이 갈수록 사람들이 움직이고 있다는 것을 알아챘다. 대피소가 쾌적할 땐 데면데면 흩어져 말도 안 섞던 사람들이 상황이 나빠질수록 옆 사람들을 보기 시작했다. 몇몇이 매점 냉동고의 얼음을 긁어모아 늘어져 있는 노인들한테 가져갔다. 비품실에서 물을 담을 수 있게 생긴 것들을 모두 꺼내 샤워실의 냉수를 날라왔다. 같은 질환을 앓고 있는 걸 서로 알아본 이들이 항불안제를 나누고 응급 처치법을 공유했다. 나는 몇몇과 함께 자동 제세동기를 쓸 수 있는 사람들을 파악해 대기시키고는 텐트를 돌며 그 안에 늘어져 있는 사람이 없는지 살폈다. 기침과 미열 증세가 있는 사람들을 스트레칭실로 분리했다. 그러곤 체육관으로 돌아와 다시 텐트를 돌았다.

나는 텐트를 돌고 또 돌았다. 다시 돌고, 또 돌고, 그러다 머리부터 발끝까지 흠뻑 젖어버려서, 땀 때문에 도저히 눈을 뜰 수가 없어서, 리넨 원피스 여자는 어디에서도 보이지 않고, 서로를 살피는 저 친절들이 자꾸 나를 건드려서, 나는 그곳에 더 있지 못하고 비칠비칠 로비 입구로 걸어나갔다. 손 조심이라고 쓰여 있는 유리문의 잠금장치를 풀어버리고 싶다는 생각을 하면서 나는 문 앞에 섰다. 내가 밀폐된 공간에 있다는 자각이 그제야 한꺼번에 밀려오며 갑자기 호흡을 할 수 없는 느낌이 들었다. 땀으로 완전히 젖어버린 비상 상황이 되자 나는 내게 또렷하게 새겨진 그 감각을, 계곡물 소리가 주던 두려움을, 내가 움켜쥐었다 놓친 로프의 감촉을, 순식간에 다시 나를 감아올리던 누군가의 안간힘을 그대로 다시 경험할 수밖에 없었다.

누군가 다가와 내게 괜찮으냐고 물었고 나는 로비 유리문의 문고리에 매달려 앉은 채 괜찮지 않다고, 숨을 쉬기 힘들다고, 도와달라고 말했다. 그가 무언가를 가지러 다급히 뛰어가는 걸 보면서 나는 다른 어느 때도 아닌 바로 지금이, 내 순발력과 지구력이 최대치로 작동해야 할 때라는 걸 알았다. 나는 의식적으로 들숨과 날숨의 속도를 고르며 몸을 일으켰다. 몸을 일으켜세우고 밖을 보았다. 볕이 하얗게 내리꽂히는 유리문 너머에 리넨 원피스 여자가 서 있었다.

나는 여자를 보자마자 소리쳤다. 거기서 뭘 하고 있느냐고, 빨리 안으로 들어오라고, 밖은 지금 위험하다고.

하지만 곧 그게 얼마나 공허한 말인지를 깨달았다.

여자는 태평한 표정으로 나를 보더니 씩 웃었다.

"나는 한이 그렇게 많은 편은 아니에요."

뒤에서 바람이 불고 있어서인지 여자는 마치 시간이 흐르는 장소에 서 있는 것 같았다. 한동안 나를 보던 여자가 이쪽을 향해 오른팔을 천천히 들어올렸다. 얼마만큼인지 가늠할 수 없을 정도로 오랫동안, 길게, 여자의 팔이 내 목을 향해 뻗어왔다. 곧이어 여자의 두 손가락이 내 오른쪽 턱 아래, 경동맥에 와닿았다. 손가락을 내 급소에 대고 심박을 확인하면서, 여자는 그렇게 한참을 서 있었다.

여자가 확인해준바 나는 살아 있었다.

그리고 그 순간에 나는 말리산에서 울리는 총성을 들었다.

사람들은 돗자리를 접었다. 비품실에서 꺼내왔던 물품들을 제자리에 갖다놓았다. 쓰레기봉투에 쓰레기를 담았다. 빌려갔던 약을 돌려주고 타월들을 한군데에 모았다. 가방을 열었고 또 가방을 닫았다. 계단참을 멍하니 쳐다보았고 몇몇은 강단에 걸터앉았다. 바닥에 등을 대고 누웠다. 눈을 뜨고 천장을 바라보았다.

체육관 창턱에는 내가 아침에 놓아둔 은박 접시가 그대로 있었다. 만지지도 않았는데 바스락 소리가 났다. 은박 접시는 원래 시끄러우니까. 시끄러운 접시를 보고 있자 나는 절이 하고 싶어졌다. 못 견디게 절이 하고 싶어졌다. 그래서 접시를 앞에 두고 한 배, 두 배, 절을 했다. 두 무릎을 굽히고 몸을 엎드리며 이마를 바닥에 댔다.

몇몇이 다가와 내 옆에서 같이 절을 했다. 누군가 종이컵에 물을 따라 접시 옆에 놓았다. 누군가는 새까매진 바나나 송이를 창턱에 올려놓았다. 새 모양의 키 링을 올려놓는 사람도 있었다. 마이쮸와 구운 계란. 머리끈과 핸드 로션. 몇몇이 절을 하고 물러나면 다시 또 몇몇이 다가와 절을 했다.

그날 해가 떨어지기 전에 사람들은 모두 건물 밖으로 나왔다. 그곳을 바로 내려가지 못한 채 사람들은 자신들이 갇혀 있던 대피소 건물을 바라보았다. 말리산 자락에서부터 공원 광장을 거쳐 아래 주택가로 막바지 오후 해가 가라앉고 있었다. 그들은 그렇게 서서 아마도 무언가를 본 것도 같았다. 비가 오는지 안 오는지 확인해볼 때처럼 누군가 허공을 향해 손바닥을 내밀며 말했다.

"6월인데 눈이 오나봐요."

그러자 그게 정말로 눈인지 확인해보겠다는 듯 사람들이 하나 둘 허공으로 손을 뻗었다.

"이건 회화나무 꽃 같은데요."

"미세먼지 아닌가요."

"비눗방울이에요."

그렇게 한마디씩 덧붙이며 사람들은 단체 퍼포먼스를 하듯 다 같이 고개를 들어 어딘가를 봤다. 그러곤 그곳으로 손바닥을 내밀었다.

*

여름이 끝나갈 무렵 나는 세탁 기능사 필기시험에 합격했다. 시험공부를 하러 가는 길엔 언덕길을 지나야 했는데 내가 지나는 시간이면 늘 오른쪽 길 위에서 택배차가 내려왔다. 내가 먼저 길을 지날 때는 택배차가 속도를 늦췄고 택배차가 먼저 지날 땐 내가 잠시 걸음을 멈췄다. 잠을 자려고 누우면 그 사실에 갑자기 눈물이 날 때가 있었다. 트럭이 나를 보면 멈출 것이라는 걸 내가 알았다는 사실에.

나는 요새 택배 기사를 좋아하고 있다.

자율방재단에는 끝내 가입하지 않았다. 대신 나는 노인한테 수석씨를 소개했다. 가을이 시작될 즈음 노인은 내게 특별히 보여주는 거라며 영상 하나를 틀어주었다. 산불 감시용 감시 카메라에 담긴 6월 말의 말리산이었다. 그 안에 곰이 있었다. 곰은 산을 거닐고 있었다. 흙을 밟으며 걷다가 킁킁 냄새를 맡고, 또 이리저리 걸어가다가 무언가를 뜯어먹고, 땅에 코를 몇 번 박고는 다시 설렁설렁 걸어갔다. 곰은 그저, 그럴 뿐이었다.

나는 여전히 매일 체육센터에 간다. 혼자 훌라후프를 돌리고 혼자 말리산 트랙을 뛴다. 잊을 만하면 잊어야 할 것들이 생기지만 어떤 장면들은 여전히 간직하고 있다. 방습재 돗자리 위에 놓여 있던 휴대폰 충전기라든가 누군가의 머리 자국이 그대로 나 있던 베개 같은 것들을.

발물 놀이터의 무지개도.

비가 오면 빗물이 고일 누군가의 발자국도.

드론의 열화상 카메라에 남았을 말리산 생명체들의 울긋불긋한 체온들도 생각한다.

내가 의지했던 친절의 순간들도. 나를 살린 것들도.

그것들은 여전히 그곳에 남아 있다.

| 작가노트 |

어느 여름

덥지 않은 여름이 없었지만 이 소설을 쓰던 작년 여름에도 많이 더웠다. 소설을 쓰다가 오후 두세시쯤이 되면 일어나 걷고 싶어져서 하필이면 하루 중 더위가 가장 심한 시간에 산책을 하게 되곤 했다. 길 건너 공원에는 분수 물이 자작하게 고이는 발물 놀이터가 있었는데 폭염 중에도 아이들은 그곳에서 물을 뿌리고 발을 담그고 온몸을 적셔가며 놀았다. 소설을 구상하고 쓰는 동안 종종 시청 홈페이지나 국민재난 안전포털에 들어가 내 주변의 무더위 쉼터와 이재민 임시 주거 시설을 검색해보았다. 내가 사는 곳에서 사 킬로미터 남짓 떨어진 곳에는 지진 겸용 임시 주거 시설로 지정돼 있는 국민체육센터가 있었다. 여름내 텅텅 비어 있던 체육센터 안의 곳곳과 비현실적일 정도로 내리꽂히는 볕 아래서 아이들이 물을 뿌리며 놀던 발물 놀이터. 소설은 그런 곳들에서 출발했다.

“나는 늘 낯선 사람들의 친절에 의지해 살았어요.” 엘리자베스 스트라우트가 소설에 쓴 적이 있는 이 문장을 나는 꽤 오랫동안 마음에 담고 있었다. 한동안 잊고 있던 이 문장 속의 친절이라는 말이 다시 살아난 건 팬데믹을 겪으면서였다. 친절과 거리가 먼 상황이 종종 쉽게 허용되던 시간들을 지나오면서 나는 내가 재난 속에서 가장 목말라한 것이 무엇인지를 생각하게 되었고 그것을 쓰고 싶다고 생각했다. 무례 속에서 서로 죽어가는 이야기가 아니라 친절 속에서 어떤 시간을 살아 건너기도 하는 이야기. 그 마음이 일었던 순간만은 오래 기억하고 싶다.

날이 선선해지고 발물 놀이터에 더이상 물이 고이지 않는 계절이 온 뒤에도 나는 오후 두세시가 되면 소설을 쓰다 일어나 공원으로 산책을 나갔다. 여름내 쓰던 소설은 떠나갔고 발물 놀이터엔 아무도 없었지만 나는 여전히 리넨 원피스 여자가, 연산에 약한 아이들이 어딘가에 있을 것만 같아 그들이 그립다는 생각을 하기도 했다. 이 소설을 쓰는 동안 서울국제여성영화제 강좌 준비를 위해 영화 〈임신한 나무와 도깨비〉(2019)를 여러 번 보았는데 〈그곳〉의 어떤 장소와 인물 묘사에 (어쩌면 나만 알아챌 수 있는) 영향들이 남아 있다는 것을 왠지 여기에 적어두고 싶다. 후일의 소설에서 리넨 원피스 여자를 다시 만나고 싶다는 마음과 함께.

| 리뷰 |

슬픔의 '이곳'에서

이지은(문학평론가)

> 대기가 차가워지면 사람들은 목을 가리고 다니기 시작한다. 사람들이 목을 가리면 나는 안심이 된다. 계절이 바뀌고 사람들이 다시 목을 드러내면, 그때부턴 가슴이 뛴다. 여름이면 나는 매일 가슴이 뛴다. 사람들이 저렇게 쉽게 급소를 드러내고 다닌다는 것에 놀라움을 느낀다.(135쪽)

잃어버리고 나서야 보이는 것들이 있다. 아직 끝나지 않은 여름 속에서 나는 그동안 우리가 얼마나 무방비로 길을 걷고 공원을 산책하고 혼잡한 대중 시설을 드나들었는지 생각한다. 갑각류와 같은 단단한 껍질도 없이, 찌르면 피가 나는 얇고 보드라운 피부를 지니고서 말이다. 나는 이제서야 '무방비'가 '신뢰'의 다른 이름이었음을 깨닫는다. 맞은편에서 걸어오는 타인이 나를 해치지 않을 것이라는 믿음, 혹은 나의 구조 요청에 일면식이 없는 누구라도 기꺼이 응답할 것이라는 믿음. 연일 폭염이 내리쬐었던 여름, 우리는 함께 살아가기 위한 전제조건으로서 무언의 약속이 허물어지는 것을 보았다. 최은미의 「그곳」은 배우기 전에 아는 것, 약속하기 전에 지켜지는 것, 그래서 우리가 잃어버리고 나서야 뒤늦게 찾고 있는 것에 관한, 우리의 지옥 같은 여름을 앞질러 도착한 소설이다.

「그곳」은 재난 상황 속에서 불현듯 출현한 사람들 사이의 돌봄과 친절을 포착해 그려낸다. 그러나 소설은 이를 재난/일상, 선/악과 같은 단순한 이분법을 통해 보지 않는다. 오히려 위해/안전, 고립/연결 등의 피상적인 대립을 적극적으로 흔든다. 단적으로 소설의 주인공인 '나'의 캐릭터가 그렇다. 동네 체육센터를 애용하는 '나'는 "언제 어디서든 극혐 행동을 포착할 수 있고 신고에도 적극적인" "이 구역의 최다 민원인"이다. 그런 '나'는 폭염 대피소가 된 체육센터에서 곳곳의 눈에 거슬리는 사람들의 행위들에 잔소리를 해대고, "씩씩거리며 쓰레기를 다시 분리"하며, "구청으로 시간 맞춰 전화를 했다." 어느새 '나'는 흡사 자원봉사자가 되었고, 심지어 자율방재단원에 가입하라는 제안을 받기도 한다. 재밌는 것은 그 제안을 한 사람이 "나한테 매일같이 신고를 당하던 노인"이라는 점이다. 노인은 덤벨 운동을 할 때마다 양 손바닥에 침을 뱉곤 했고, '나'는 감염병 위기가 끝나지 않은 시점에서 공용 덤벨에 자기 침을 묻히는 행위를 참아줄 수가 없었다. 물론 노인이 "최소한의 시국 감수성"을 갖추지 못했다고 해서 재난 안전 지킴이 활동에 진심이 없어 보이진 않는다. 그러니까 '나'나 노인이나 공동체를 위해 솔선수범하는 고마운 사람들이지만, 동시에 꽤나 불편한 이웃들이라는 거다. 공동체를 지키는 사람들이 늘 '사람 좋은' 얼굴을 하고 있을 거라는 건 환상이다.

또, 「그곳」은 '생명 보호'가 상당히 차별적으로 이루어지고 있음을 계속해서 환기한다. 소설 도입부에는 몇 해 전 여름 '나'가 계곡에서 구조되던 장면이 삽입되어 있다. '나'와 중년 여자와 아기를 안은 남자가 로프에 의지해 불어난 강을 건널 때, "뒤쪽에선 개가 짖었다." 이후 잠이 오지 않는 여름밤이면 '나'는 "계곡 저쪽에 혼자 남겨졌던 개에 대해서" 생각한다. '나'의 동네 친구 수석이 대피소로 오지 못한 것도 "반려동물의 출입을 허용하는 대피소는 한 군데도 없"기 때문이다. "시력과 신장이 안 좋은 개를 어딘가로 보내놓고 혼자 대피소로 오는 건 수석씨한테 가능한 일이 아니었다." 구조되는 생명과 구조되지 않는 생명 사이의 분할이 오직 종 차별에 기인하는 것만도 아니다. 사람들이 더위를 피하기 위해 모여 있는 이곳은 본래 '국민체육센터'로 "국가유공자뿐만 아니라 가임기 여성에게도 십 퍼센트 할인을 해준다." 체육센터의 목적인 건강관리와 신체 기능 증진은 애초 '국민'이라는 제한된 대상을 위한 것이었으며, 그중에서도 국가 건설(국가유공자)이나 국민 재생산(가임기 여성)에 관여하는 신체는 보다 특별한 관리를 받는다. 결국 '보호'되는 인간 또한 통치 권력에 의해 층층이 나뉘어져 있는 것이다.

나아가 소설은 '재난'이 모두에게 동일한 사건을 지칭하지 않는다는 것도 드러낸다. 폭염 대피소에 모인 사람들은 엎친 데 덮친 격으로 인근 농가에서 곰 두 마리가 탈출했다는 소식을 듣는다. "그 곰들은 국립공원공단에서 이름을 붙여주고 골절 수술을 해주는 그런 반달곰이 아니었다. 도축 허용 나이인 십 년생이 될 때까지 야외 뜬장에 갇혀 살던 곰들이었다." 한 마리가 사살되고, 행방이 묘연했던 다른 한 마리의 흔적이 대피소 주위의 말리산에서 발견되자 사람들의 외출이 제한된다. 곰이 잡혀야만 사람들은 밀폐된 체육센터 바깥으로 나갈 수 있다. 소설이 설정한 이 극단적 상황은 우리가 재난이라 부르는 그것이 갇힌 채 사육되어온 곰에겐 단 한 번의 외출일 뿐이고, 그저 사는 것처럼 살아본 한 순간이었음을 드러낸다. 이는 달리 말해 우리의 일상이 다른 존재를 가두고 격리하고 침해함으로써 유지되고 있다는 뜻이기도 하다.

이처럼 소설은 '재난'을 겹겹이 둘러싸고 있는 모순들을 직시한 다음, 그럼에도 마냥 절망하거나 체념할 수 없게 하는 힘에 관하여 이야기한다. 사람들이 밀집된 폭염 대피소에 어느 순간 전기가 끊어진다. 아직 곰이 잡히지 않아서 사람들은 바깥으로 나갈 수도 없는데다, 얼마 전부터 출몰한 정체불명의 벌레로 인해 창을 열 수도 없다. 사람들은 완전히 고립되었을 뿐 아니라, "옆 사람이 뿜어내는 체온이 그대로 내 고통이 되어가는 상황이었다." 몇몇 사람들은 옆 사람을 피하거나 혹은 비난하면서 자신의 생존을 지키려고 했다. 그러나 가장 극한의 상황에 '나'의 눈에는 다른 것도 보이기 시작한다. "대피소가 쾌적할 땐 데면데면 흩어져 말도 안 섞던 사람들이 상황이 나빠질수록 옆 사람들을 보기 시작"한 것이다. 사람들은 취약한 사람들을 돌보고, 기저 질환자에게 약을 공급했다. 또, 만약을 대비해 응급 처치법을 공유하고, 텐트를 돌며 환자가 없는지 살폈다. '나' 또한 사람들의 친절에 힘입어 탈진할 때까지 텐트를 돌고 또 돌았던 것이다. 이 장면이 감동적인 것은 겉으로 보기에 개인적이고 단절된 것 같아도 실은 사람들 사이에 연대와 유대가 언제나 잠재되어 있음을 드러내기 때문이다.

아이러니하게도 곰이 사살되는 총성은 대피소에 갇혀 있던 사람들에겐 구조의 신호가 되었다. 총성을 신호로 사람들은 제각기 집으로 돌아갈 준비를 한다. 그때 '나'는 곰에게 초코파이를 놔주었던 빈 은박 접시를 두고 갑자기 절을 한다. 그러자 몇몇 사람들이 다가와 함께 절을 했고, 또 어떤 사람들은 소소한 간식들을 빈 접시 위에 올려놓았다. 이 제사는 표면적으로는 죽은 곰을 위한 것일 테지만, 사람들의 마음은 처음으로 사육장 바깥에 나왔다가 사살된 그 곰뿐 아니라, 우리가 살기 위해 가두고 버리고 죽인 모든 존재들을 향할 것이다. 이들은 인간/비인간의 분할에 의해 계곡 저편에 버려졌던 개를 위해, 국민/비국민, 남성/비남성의 차별로 인하여 말리산에 버려진 한 많은 유골들을 위해 절을 했을 것이다. 여기서도 죽은 존재를 기리는 하나의 마음이 여러 사람들의 애도를 불러일으켰다는 사실이 가슴을 울린다. '나'의 절은 여러 사람들의 마음을 겉으로 촉발하는 하나의 계기가 되었을 뿐, 자신의 생존이 누군가를 죽임으로써 가능해졌다는 데 대한 슬픔이 사람들 마음에 이미 있었다는 것이 중요하다.

타인에 대한 배려와 타인을 해치지 않으려는 마음. 이것이 겉으로 드러나지 않더라도 우리 안에 내재해 있을 것이라는 당연한 믿음. "잠을 자려고 누우면 그 사실에 갑자기 눈물이 날 때가 있었다. 트럭이 나를 보면 멈출 것이라는 걸 내가 알았다는 사실에." 지금 이곳에서는 그 신뢰가 흐릿해지고 있고, 그 신뢰는 흐릿해진 다음에서야 우리에게 보이기 시작했다. 그러니 슬픔의 '이곳'에서 「그곳」은 어느 때보다 절실하다.

> 내가 의지했던 친절의 순간도. 나를 살린 것들도.
> 그것들은 여전히 그곳에 남아 있다.(162쪽)

구병모

있을 법한 모든 것

작가노트

이해라는 맹시

리뷰 | 오혜진

클리셰가 된 여자

© 서유석

구병모

2008년 장편소설 『위저드 베이커리』로 창비청소년문학상을 수상하며 등단. 오늘의작가상, 김유정문학상 등 수상. 소설집 『고의는 아니지만』 『그것이 나만은 아니기를』 『단 하나의 문장』 『있을 법한 모든 것』, 장편소설 『아가미』 『파과』 『네 이웃의 식탁』 『상아의 문으로』 등이 있다.

있을 법한 모든 것

'팍팍한 현실을 살아가는 현대인에게 위안을 주는 밝고 가벼운 로맨스 콘텐츠'를 주문하는 플랫폼측의 제안서가 들어왔을 때, C는 기획안에 드러난 구태의연한 목표도 그렇거니와 자신이 로맨스의 리을도 모르는 사람임을 알아서 사양할까 하다가, 고료가 타사 대비 이십오 퍼센트 이상 높다는 사실을 확인하고 나뭇잎에 앉은 곤충을 포착한 개구리처럼 덥석 응해버렸는데—명시되지 않았으나 이 수준의 조건은 본 기획이 엔터테인먼트 제작사와의 사전 논의 아래 노골적으로 IP 비즈니스를 목표로 삼고 있음을 의미할 터다—세 시간쯤 지나서는 이 테마 단편소설 앤솔러지 집필 제안을 받아들인 것을 후회하며, 꼭 일주일만 고민하는 성의를 보인 다음 진행에 누가 되지 않도록 하차 의사를 밝히리라 생각하고 잠들었다. 아마도 그 때문일 것이다. 꿈속에서 영화를 보게 된 것은.

극장이 아니라 텔레비전을 통해서였고, 부엌과 거실을 오가며 대강 눈으로 훑는 정도로 진지하게 관람 행위를 하지는 않았음에도 영화의 내용을 제 손금 보듯 알 수 있었는데 그게 꿈이라서인지 아니면 영화의 플롯이 단순하고 조야해서인지는 모를 일이다. 사업 출장으로 호텔에 장기 투숙을 하게 된 갈색 곱슬머리의 백인 남자. 선 고운 미남도 남성성을 자랑하는 마초도 아닌 건실한 타입으로 상견례 자리 같은 데서 주로 어르신들이 호감 갖게 생긴 그 남자가 현실에 존재하는 배우인지는 알 수 없는데, 영화를 즐겨 보지 않으며 간혹 본다면 높은 확률로 총칼과 폭탄과 자동차가 등장하는 액션물을 고르는 C가 얼굴과 매치하여 기억하는 배우 이름이라곤 리암 니슨과 맷 데이먼 정도라서다. 나이는 삼십대 중반, 기혼자인지 이혼남인지 어떤 사업에 종사하는지 등의 개인정보는 주어지지 않은 것 같다. 그는 어느 날 출근 전 별뜻 없이, 어두운 민무늬 넥타이 같은 일상에 핀을 꽂아 포인트를 주는 정도의 가벼운 마음으로, 화장대 위에 메모를 남겨둔다. '항상 청결하게 해주셔서 고맙습니다.' 그런 다음 문고리에 메이크업 룸 요청 표시를 걸어놓고 나간다. 퇴근 후 돌아와보니 완벽하게 정돈된 방의 화장대에 메모지 한 장이 남아 있다. '천만에요, 제 일입니다. 그러나 고맙습니다.' 이때부터는 열 명 가운데 아홉 명 이상이 예상할 수 있는 패턴으로 흘러간다. 단 한 번도 서로의 얼굴을 보지 못한 채 주고받는 메모지가 늘어난다. 취미는 음악 감상이에요. 그거라면 이 연주자와 지휘자를 추천할게요. 오늘은 거래처에서 마음 상하는 일이 있었어요. 잘 안 풀릴 것 같아요. 비타민을 먹고 쉬어보세요. 당신은 할 수 있어요. 나는 닦아내야만 하는 얼룩처럼 언젠가 이 바닥에서 지워지지 않을까요. 나도 가끔 내가 한 점의 먼지로 느껴질 때가 있지만 당신이 우연히 건넨 한마디 덕분에…… 그러다가 마침내 남자 쪽에서 출근하면서 이런 메모를 남기고—당신을 만나보고 싶어요—, 퇴근 후 긍정의 답 메모가 놓인 것을 보자마자, 남자는 방문을 열고 뛰쳐나간다…… 얼마나 골몰했는지 C는 꿈속에서도 이거 써야 해, 일어나서 꼭 쓰고 만다, 초조히 다짐하다가, 결말이 어찌됐는지 못 보고 그 장면에서 깨어난 것이다.

막상 잠에서 깨 책상 앞에 앉은 순간부터 C는 이 이야기가 정말로 있을 법하다는 강박에 사로잡힌다. 현실에서 이런 일이 흔히 생긴다는 개연성 말고, 이런 스토리의 영화가 이미 한 트럭은 나왔을 것 같다는 의미에서의 있을 법함이다. 어쩌면 과거에 본 영화의 일부가 꿈에서 다시 떠올랐을 뿐 아닐까? 이런 장르를 자발적으로 관람했을 것 같지는 않고, 한 주간의 개봉작이나 흘러간 옛 비디오를 결말 빼고 거의 전체 누설하여 작품 한 편을 다 소비한 듯싶은 효능감을 제공하는 일요일의 영화 소개 요약 방송을 통해서 말이다. 그러면 남자가 방문을 열고 뛰쳐나가는 장면에서 꿈이 중단된 이유 또한 설명된다. 누구나 예상 가능하다는 사실과는 별개로 C는 그 결말을 본 적 없는 것이다. 방송에서라면 필시 "자, 그는 과연 그녀를 만날 수 있을까요? 진실한 사랑과 행복을 손에 넣을 수 있을까요? 지금까지, 〈……〉였습니다"라는 뻔한 마무리 멘트와 함께 그 장면에서 끝났을 테니까.

기시감 정도를 넘어 아무리 사골을 우려낸 클리셰에 불과하다 한들 백 퍼센트 동일하다면 쓸 수 없으므로, C는 '하우스키퍼 영화'를 검색한다. 그랬더니 호텔이 아니라 실제로 집안의 일상에서 고된 가사노동을 하는 여성들을 인터뷰하는 튀르키예의 다큐멘터리 영화가 나온다. 다음으로 '메이드 영화'를 검색하자 제목이 〈메이드〉인 호러와 코미디 그리고 여러 블로거가 추천하는 '웰메이드' 영화까지 많은 결과가 나왔지만 C가 찾는 것은 없다. '호텔 장기 투숙 영화'도 찾아보고 이런저런 검색어를 동원하나, 콘텐츠의 모래벌판 가운데 제목도 배우도 모르고 플롯만 선명한 영화를 찾기란 요령부득이다. 가장 유사한 소재를 담은 검색 결과로는 젊은 사장인지 이사인지가 머무는 호텔 방을 청소하던 키퍼가 그와 사랑에 빠진다는 토막 에피소드가 삽입된 최신 한국 영화 〈해피 뉴 이어〉가 있지만, 그 한 편을 보겠다고 해당 작품을 독점 공급 송출하는 유료 OTT 스트리밍 플랫폼을 신규 구독하기에는 최소 1단계 이상의 절차가 있으리라는 예상으로—필수 동의, 선택 동의, 메일 주소 입력, 비밀번호 생성—마음이 번다해져서, 유튜브에 올라온 짧은 홍보용 동영상 클립들만 확인해보고도 결정적인 차이를 발견하게 된다. 그들은 우선 얼굴부터 마주치고 서로가 누군지 아는 상태로 여러 장면에서 인연을 맺는데, C가 꿈에서 본 영화는 처음부터 끝까지 철저히 비대면이다. 즉 어쩌면 마지막에 등장할지도 모르는 여성 배우는 영화가 진행되는 동안은 내내 나타나지 않았다. 있지만 없는 존재. 섀도워크를 수행하는 이들의 대부분이 그리 간주되듯이.

지인 두 다리쯤 건너면 한 달에 최소 사십 편의 영화를 보며 일하는 평론가한테 닿을지도 모르나 그렇게까지는 좀 면구스럽고 자신이 얻어낼 것을 위해 적극적으로 사교성을 발휘하는 성격도 못 되어, C는 세 명의 친구들에게 연락해 줄거리를 들려준다. 정확하게 이런 내용의 영화를 본 적 있니? 친구들의 반응은 한결같다. 본 적은 없는데 어디선가 정말 본 것만 같고 꼭 있을 것만 같다는 대답이다. 역시 그 안의 사건과 관계들이 다분히 사실주의라는 의미에서가 아니라, 이미 대중이 소비할 대로 하고 시들해져 더는 찾지 않을 듯한 영화가, 언젠가 이미 세상에 나왔을 법하다고 말이다.

—안 봐도 본 것 같은 이 느낌은 아마 〈러브 액추얼리〉 때문일텐데 아무리 그래도 그건 너도 봤겠지.

—옛날에 보긴 했는데 거기 호텔 하우스키퍼가 나와?

—호텔은 아니지만 가사도우미가 나오지. 이혼한 작가랑 엮이는.

—그렇게 여러 커플이 떼 지어 등장하는 영화가 아니고, 일단 영화 내내 둘이 얼굴을 못 본다니까.

—얼굴 없는 상대와 대화하는 스토리로는 스칼렛 요한슨이 나오는 〈그녀〉가 있어.

—그건 안 봤지만 들어는 봤어. 인공지능과의 대화는 따로 저장을 하지 않으면 사라지겠지. 이쪽은 인공지능이 아니고 사람인데 메모만 남겨둔다고. 종이쪽지가 물리적으로 남아 있다니까.

친구와 전화하는 동안 어느새 C의 마음속에서는 그것이 구체적이고 실제적인 형태를 띤 상업영화가 된다.

—그렇다면 결론은 이거네. 키다리 아저씨랑 여러 로맨스 영화의 조각들이 이것저것 뒤섞여서 네 꿈에 나왔네.

또다른 친구는 이렇게도 말한다.

—현실적으로 생각해봐. 카메오나 그런 게 아니고야 할리우드의 배우가, 마지막 상봉과 포옹 신에만 얼굴을 내미는 영화에 출연하고 싶겠는지. 편하게 생각하지 그래? 그런 줄거리의 영화는 마치 있을 법하지만 실은 너무 심하게 있을 법해서 아직 없는 거라고 말이야. 막말로 이미 있으면 또 뭐 어때서. 어차피 여기서 봤다 싶은 거 저기서 또 보고, 보면 보는 대로 소 닭 보듯 하고, 들으면 듣는 대로 어디서 개가 짖나 하고 버티면 그만인 세상에.

그런 세상임을 C는 부정하지 않으나, 그런 세상이라는 현실을 인지하는 것과 그 현실을 긍정하는 것은 조금 다른 차원의 문제다. 있는 것과 없는 것은 같지 않다. 불교적 인식을 배제하면 있음과 없음은 뭘 어떻게 접붙여도 결국 하나일 수 없다. 친구가 말하는 현실적으로 생각해봤을 때의 현실이란, 주인공이 〈철가면〉 내지 〈오페라의 유령〉 정도 되는 특별한 서사적 이유가 아니고서야 한 편의 영화에서 배우가 가능한 한 얼굴을 빈번히 노출하고 싶음이 인지상정이며, 그걸 위해 각본가는 어떻게든 두 사람을 좀 일찍 마주치게 하거나, 복도와 엘리베이터에서 종종 스쳐지나가지만 서로가 메시지를 주고받는 상대임을 알아차리지 못한다는 설정을 추가하리라는 걸 말한다. 내 출연 분량이 너보다 적네, 우리 소속 배우 이름을 포스터에 먼저 넣네 마네 같은 걸로 기 싸움을 하는 영화판에서는 흔한 조율 과정이다.

그러나 영화적 낭만과 꿈을 엄격히 배제한 일상의 시궁창만을 가리켜 현실이라고 한다면, 애초에 메모를 주고받는 행위 자체가 이루어질 수 없다. 손님은 즉흥적인 기분으로 몇 자 끼적일 수 있다 치고, 키퍼는 업무 지침상 답장을 해선 안 될 터다. 객실 바닥에 흔적을 남기지 않음과 마찬가지로 자기 자신을 지우도록 요구받는 이들. 누구나 그들이 보이지만 안 보이는 척하며, 그들은 거울에 튄 한 점의 물때나 타일에 떨어진 한 올의 머리카락과 다르지 않은 범주로 취급된다. 심지어 청소 카트를 밀고 있지 않을 때에도 화물용 엘리베이터만을 이용해야 한다는 규정도 있다. 고객과 밀착 접촉하지 않더라도 그의 몸 어딘가에 남아 있을 세균이 고객에게 전염될 가능성을 배제할 수 없다는 뜻을, 그런 규정으로 드러낸다. 그런데 영혼을 걸고 완벽하게 오염을 제거하는 행위의 반복도 모자라 그 스스로의 기척까지 감추어야 하는 이가, 객실 화장대에 자필 메모 같은 큰 흔적을 남겨둔다? 만에 하나 악의적인 장난을 치는 게 목적이었던 투숙객이, 메이크업 룸을 부탁했는데 종이 쓰레기가 있더라고 컨시어지 쪽에 컴플레인이라도 넣으면 우선 키퍼의 책임이 되기에, 아무리 호의적인 메모라도 무응답으로 일관하는 쪽이 안전할 것이다. 얼굴 모르는 키퍼와 감정이 싹터 연인이 되는 일이 현실에서 가능한가 아닌가를 따지기 전에, 규모 있는 호텔에는 키퍼가 여러 명 근무할 테며, 설령 담당 구역이 정해졌더라도 근무 시프트 문제로 유사시 로테이션이 될 수 있다. 로맨스 영화는 그같이 사소하나 엄존하는 일상의 변수들을 말끔히 제거하여, 이 주인공의 방은 항상 그 키퍼가 청소한다고 관객 인식의 코르크에 압정으로 박아둔 약속으로써 시작하는 것이다.

C는 우선 머리를 식히기 위해 방문을 나선다.

구멍 밖으로 끄트머리만 살짝 나온 검지와 중지 밑에는 토큰과 함께 거스름 동전 몇 개가 깔려 있다. 구멍 바깥에 선 사람은 손바닥 하나로 다 가려질 것만 같은 매대 위를 쓸어다가 토큰과 동전을 가져간다. 이어서 배낭 멘 학생이 분홍색 회수권 구입표 열 장과 지폐를 구멍 안으로 들이민다. 안쪽에서 종이가 부스럭거리는 소리가 나더니 곧 몇 개의 동전과 '중고생'이라고 적힌 버스표 다발이 나온다. 손가락 끄트머리만 구멍 밖으로 잠깐 나타났다 사라진다. 경제적이며 단조로운 동작의 반복. 침묵 내지 최소한의 육성. 그 자리에 얼굴이나 음성이 아닌 손, 그중에서도 일부인 손가락 몇 개로만 존재하는 사람.

다음으로 구멍 앞에 선 남자는 지폐의 절반가량을 안으로 들이밀면서 허리를 숙이고, 술냄새가 진동하는 목소리로 말한다. 팔팔. 남자는 나왔다 들어가기를 반복하는 손가락 말고도 손가락에서 연장되어 뻗어나가는 몸과, 그 몸통 위에 붙은 머리, 그중에서도 얼굴을 은근히 들여다보려는 것이다. 남자에게 별다른 의도는 없었을 수도 있고, 일상의 자잘한 무례들은 보통 별다른 의도 없이 생겨난다. 반원형으로 구멍이 뚫린 아크릴판과 그 내부는 어떤 감광도 허용하지 않는 어둠상자 같아서 좀체 들여다보이지 않는데도, 안에 있는 사람은 알코올에 전 남자의 시선을 느꼈는지 최대한 벽에 붙어 몸을 감춘다. 그렇다, 당연하게도 그 안에 사람이 있다. 폐교한 지 오래된 국민학교 교실에 떠도는 괴담처럼 손가락만 남아서 돌아다니는 게 아니라, 그 손가락의 주인이 있다. 구멍 밖의 사람들은 신문에, 토큰에, 담배나 껌 상자에 한순간 붙어 나오는 중지와 검지를 볼 뿐이지만 손가락 열 개를 가진, 그 이전에 심장이 뛰고 주관도 있는, 그들과 똑같은 사람이 상자 안에 있다. 그 증거로 손가락만이 아니라 처음으로 안쪽에서 목소리가 새어나온다. 팔팔 없어요.

그러자 남자는 허리를 더 깊이 숙이고, 그보다는 매대에 아예 뺨 한쪽을 얹어놓다시피 하며 목소리의 출처를 캔다. 어? 뭐? 아무리 작게 웅얼거리는 소리였다지만 그걸 못 들었을 리 없다. 설령 정말로 무슨 소린지 못 알아들었다고 하더라도, 구멍 밖으로 물건 대신 음성만 나왔다면, 이는 곧 찾는 물건이 없다는 뜻임을 알아야 하는 것이다. 사람은 추론의 동물이니까. 그러나 앞에 있는 존재를 일종의 자판기라고 여기는 사람은, 굳이 추론 같은 번거로운 사고 노동을 감수하지 않는다. 기계의 마음을 헤아리려는 사람은 없다. 말 안 듣는 흑백의 퍼스널 컴퓨터, 전파를 제대로 못 잡고 헤매는 브라운관 티브이는 일단 옆구리를 한 대 갈기고 본다. 그러면 화면에 순간적인 노이즈라도 송출한다. 동전을 삼키고 물건이나 잔액을 뱉어내지 않는 자판기는 발로 찬다. 뭐라도 토해내라. 남자는 이제 구멍 안으로 빨려들어갈 것처럼 주둥이를 밀착하고서 윽박지른다. 뭐가 어째? 조금 전보다 더 선명한 목소리가 구멍에서 흘러나온다. 팔팔 없다고요. 다 나갔어요. 조금 더 또렷해진 음성에 확고한 말투는, 어쩌면 팔팔이 있더라도 너에게는 팔지 않겠다는 것처럼 들린다. 없으면 없지 왜 거기 구석에 딱 붙어서 말해? 이쪽으로 좀 와봐, 얼굴을 보여보라고. 사람이 말을 하는데 어디 코빼기도 안 보이고 속닥속닥이야. 사람들은 자기가 필요하지 않을 때는 그림자 속에 사람이 은신하고 있다는 사실을 인식하지 않는다. 그러나 자기가 원할 때는 그림자 속 사람의 손목을 잡아당겨 끌어내야 속이 시원해진다. 사람을 사람으로 인지하고 파악하며 그 존재에 의미를 부여하는 행위와, 소유 내지 임의 처분을 구별하지 못한다. 파악은 손으로 쥐는 것〔把握〕이지만 그것을 놓아야 할 때를 모르거나 그것을 손안에 쥔 그대로 잡아 터뜨릴 권리가 있다는 뜻이 아님을, 대상을 파악하고자 하는 자는 알지 못한다. 그림자 사람에게는 얼굴을 감추고 싶어할 권리나 자격이 애초에 주어지지 않았다는 듯이. 나 봐, 똑바로 여기 구멍 앞에 딱! 나 보고 얘기하라고. 아가씨가 뭘 몰라서 가르쳐주는 건데, 사회생활 그렇게 하는 거 아니야. 사람이 얼굴을 마주보면서 어, 그런 게 예의지, 어디서 건방지게 목소리만 띡하니, 팔팔 없다고요— 하면 단가. 가게 안에 있으니까 바깥세상 잘 모르겠지? 어른이 말씀하시면 암만 팔팔이 없더라도 여기 얼굴 보면서, 어? 손님, 죄송하지만 팔팔이 다 나갔습니다. 어? 고개 똑바로 들고 시선은 상대방의 얼굴과 가슴 사이 고정, 요즘 젊은것들은 기본이 안 되어 있어. 아니, 게딱지만한 매점 부스 안에서만 살아서 사람 대하는 법을 못 배웠나?

세상 어디서도 인정받지 못하고 여기 매점에서라도 대우받아야겠다는 듯이 버티는 주정뱅이 바로 뒤에 줄을 서서 C는 초조하게 광장 시계를 올려다본다. 아, 만화영화 시간 놓치겠다…… 슈퍼도 들러야 하는데…… 구멍 안쪽의 사람은 몸을 움직여 한없이 어두운 색의 아크릴판 앞 정중앙에 앉는다. 이제 됐어요? 팔팔 없습니다. 성대보다 더 깊은 내장에서 호소에 가까운 한숨처럼 끌어올려지는 말소리에도 남자는 성에 차지 않은 모양이다. 그래보았자 아크릴판이 워낙 깊은 늪지대 색이라 얼굴이 잘 안 보여서일까, 그보다는 처음부터 그가 원하던 바가 그게 아니었을 것이다. 너 이리 가까이 와서 다시 말해봐. 어디서 꼬박꼬박 말대꾸를, 어른이 가르침을 주시면 예 알겠습니다 고치겠습니다 하는 거지, 뭐? 이제 됐어요? 그때 C의 뒤에 선 건장한 남자 두어 명이 볼멘소리를 낸다. 아저씨 거 빨리 좀 갑시다. 그들에게 고립무원의 판매원을 도우려는 숭고한 뜻이 있었는지는 모를 일이나, 그제야 주정뱅이는 한 수 접어준다는 듯이, 마지막으로 구멍 안쪽을 한번 들여다보고 말한다. 어, 왜 자꾸 숨었는지 알겠네. 아가씨 아니고 아줌마네, 못난이 아줌마. 아줌마, 그렇게 살지 말어. 사람 대하는 거 그런 식으로 말고, 물건이 있든 없든 간에, 자기가 예쁘든 못생겼든 간에 손님한테는 방긋방긋 웃으면서 성의를 갖고 대해야지 남편한테도 사랑받고 말이야. 어? 자기 할말 다 하고 나서야 비로소 매점 앞을 떠나며 주정뱅이는 유행가를 흥얼거린다. 우리 동네 담뱃가게에는 아줌마가 못났다네…… 파마머리 헝클어진 것이 정말로 못났다네…… 그다음 가사를 바꿔 읊기 전에 주정뱅이는 몇 걸음 더 못 가고 제 다리에 제가 걸려 그 자리에 나동그라진다.

짙은 송충이눈썹이 도드라지는 반 독두禿頭의 수배 사진이 벽에 붙어 있다. 지나가던 사람들이 한 번씩 그 앞에서 멈춰 선다. 행방불명 가족을 찾는 전단지나 범죄자 수색 협조 포스터와는 조금 다르다. '이 사람을 본 적 있습니까?' 해상도 높은 올 컬러 사진이어도 기억에 남을까 말까 할 텐데 옷이나 구두, 체형 같은 다른 인상착의는 없이 조악한 흑백 복사물로 사람을 찾는다니 어림 반푼어치도 없어 보인다. 그런데 사람이면서 사람이 아니다. 당신의 꿈에서 이 사람을 본 적 있습니까? 매일 밤 전 세계 사람들 수백 명의 꿈속에 무작위로 나타나 꿈꾸는 사람을 쫓아오면서 공격하거나 때로 도와준다는, 행동반경이 광범위한 남자를 찾는다고 한다. 그를 본 사람이 아래의 링크로 접속하여 목격담을 나눠준다면, 그가 꿈속에 나타나는 목적을 탐구할 수 있을 것 같다며 도움을 요청하는 글이다. 2000년대 들어 여러 가지 티저에 익숙한 젊은층은 이 또한 모종의 포털 사이트나 서비스를 광고하는 낚시임을 알아차리고 외면하면서 쓴웃음을 짓는다. 광고를 할 거면 적어도 '선영아 사랑해'처럼 한눈에 띄게 현수막이라도 걸 일이지, 에이포지 크기의 몽타주로 시선을 끌겠다니 저예산에도 정도가 있다. 투자를 좀더 해라. 그러나 티저라는 방식에 아직 익숙지 않은 중장년들이나, 오컬트에 경도되어 있으면서 〈신비한 TV

서프라이즈〉의 애청자로 호기심 미스터리 엑스파일에 관심 있는 사람들은, 몇 날이 지나도 광고의 정체가 밝혀지지 않자 사뭇 진지해지지만, 경로 불명의 약물중독에 의한 집단 환각 정도가 그나마 설득력 있는 가설이고, 지구인의 꿈을 통해 교신하는 외계인이라는 설부터는 좀 난감해진다. 무수한 세계인의 꿈속에 동시다발로 출몰한다는 점에서, 그에게 우주 어디에나 편재하는 신의 속성까지 부여하려는 주장마저 횡행한다. 신은 어디에나 있거나 어디에도 없다. 신은 어디에나 있는 동시에 어디에도 없다. 신은 세상 모든 곳에 있을 수 없기에 어머니를 만들었다는 유의 개소리만 아니라면, 신이라는 주어와는 어떻게 갖다 엮어도 어지간하게 말이 되는 것 같아서, 어떤 사람들은 인류의 꿈속에 나타나는 신이 옆머리만 남은 대머리일지도 모른다는 가능성을 격렬한 저항감 없이 받아들인다.

심지어 훗날 그 남자에 관련된 모든 이야기, 사람들의 꿈속 조우 경험담이나 정신과 의사에게 털어놓았다는 상담 내용 따위가 모두 마케팅업체의 자작극이라는 사실이 밝혀진 뒤로도, 어떤 이들은 그 남자의 존재를 믿기를 멈추지 않는다. 무엇보다 그 남자가 무엇을 광고하기 위한 피조물인지가 정확히 설명되지 않았으므로 더욱 그렇다. 웹사이트 오픈 홍보도 아니고, 새로 개발된 의약품, 막 개업한 정신의학과 의원이나 상담실, 속눈썹 연장 미용실, 비포 앤드 애프터를 보여주는 발모제…… 그 남자의 존재가 어디에 동원된 것인지가 알려지지 않는다. 공포영화 제작에 쓸 소스 모집을 위한 헛소동이라는 얘기도 어디까지나 사람들의 추측일 뿐 업체에서 후속 설명은 없이 잠수를 탄 형국인데, 그뒤로 관련 영화가 제작되었다는 얘기가 없는 걸로 보아 아마 흐지부지 됐을 것이다. 동일 이미지를 지속 주입하면 사람은 그걸 쉽게 믿어버리고 믿음은 타인에게 전염되며 대중심리는 전 세계에 걸쳐 광범위하게 조작 가능하다는 사회학자의 연구 보고서 작성을 위한 게릴라 광고였을지 모르지만, 그거야말로 굳이 통계를 내고 실례를 수집하여 연구까지 할 필요가 있나 싶을 만큼 인류 역사를 통해 증명되어온, 당연하고도 새삼스러운 사실이 아닌가. 인류는 종류 불문 믿음의 전염과 집적 그리고 집착을 통해 유지되어왔다고 해도 과언이 아닐 정도로. 이후로도 루시드 드림을 연습하는 이들이 꿈속에서 그 남자를 만났다고 주장한다. 이미 실제로 존재하지 않는다고 판명된 남자를.

그런데 비존재의 기준은 무엇인가. 살과 피와 뼈, 혹은 만질 수 있는 무언가로 이루어져 눈앞에 보이는 것만을 일컬어서 존재한다고 하지는 않는다. 안 그러면 세상에 존재하는 모든 것들을 존재하지 않도록 만드는 즉각적이고도 효율적인 방법이 성립하고 마니까. 그건 눈을 감고 귀를 막고 입과 코를 가리는 것이다. 모든 감각을 닫아버리고 인지를 차단하는 것이다. (그늘은 존재하지 않는다. 차별은 존재하지 않는다. 유리천장은 존재하지 않는다……) 그러나 들이마시는 공기, 보이지 않는 미세먼지, 그보다 더 작은 바이러스, 분자와 원자, 뭐든 간에 사람에게 어떤 식으로든 작용하거나 영향을 미치는 것들을 가리켜 존재하지 않는다고 말할 수 없다. 그렇다면 이미 수많은 포스터 노출로 인해 잠재의

식의 원시 바다에 가라앉아버린 이미지를, 그리하여 복수의 사람들의 꿈속에 선명하게 떠오르고, 이것이 농담이나 조작이 아니라 실재한다고 믿을 만큼 정신에 영향력을 행사하는 얼굴을, 존재하지 않는다고 단정할 수 있는가. 단지 분자구조를 갖지 못했다고 하여. 그것이 일부 개인의 의식에만 거처한다는 이유로.

사람들의 논박은 일시적인 디스맨 소동을 넘어선다. 얼굴 한 번 본 적 없음은 물론 전화 통화도 해본 적 없는 랜선 너머 타인과 일상의 이미지와 텍스트를 공유하는 동안 잘도 사랑에 빠지는데, 마케팅이나 사회학 연구나 어떤 목적이든 간에 이미 대중의 인식에 생성되어버린 사람과 꿈속에서만 만나 대화한다고 해서, 그걸 상호작용이 아니라고 할 수 있는지에 대하여. 찰나를 초월한 이미지, 유사성의 끄트머리에 간신히 매달린 기억의 파편, 무시로 변용되고 변주되며 변모하므로 언제까지고 파악되지 않는 것을 가리켜 존재가 아니라고 단정짓는 일의 오만에 대하여.

남자는 방문을 열고 뛰쳐나간다. 그러나 메모에는 '그렇군요. 저도 당신을 만나고 싶습니다'라고만 적혀 있었을 뿐, 시간이나 장소에 대한 언급은 없다. 기세 좋게 달려나와 로비에 도착했지만 남자는 어디로 가야 할지 모른다. 저도 당신을 만나고 싶다고, 동일한 말의 반복으로 답 메모를 남긴 것은 어쩌면 예의상의 호응일지도 모른다. 남자가 퇴근하고 온 길인 만큼, 여자 또한 당직이 아니라면 퇴근하여 이 호텔에 없을 수도 있다. 왜 그녀를 호텔에 상주하는 지박령처럼 여겼는가. 남자는 본의는 아니나 자기

본위로만 생각한 데 대해 자괴감을 느끼며, 그래도 혹시 몰라 프런트에 문의하기 위해 다가간다. 그러나 컨시어지 앞에서 입이 떨어지지 않는다. 그녀의 이름을 지금껏 물어본 적 없다. 그렇다고 1403호를 청소한 키퍼분이 누구냐고 했다가는, 혹시 청소가 미비했느냐고 불필요한 오해를 불러일으킬 수 있다. 사성급 호텔에 투숙중인 입성 괜찮은 고객이 프런트까지 와서 키퍼를 찾는다면 컴플레인 말고 다른 이유는 생각하기 어려울 테니까. 결국 남자는 묻기를 단념하고 다시 방으로 돌아간다. 생각해보면 만나자가 아니라 만나고 싶다는 말을 들은 상대방의 입장에서는 그렇군요, 정도 대답밖에 돌려줄 수 없다. 제안이 마음에 들지 않으면 분명하게 저는 만나고 싶지 않습니다 할 테고, 혹은 원치 않더라도 장기 투숙중인 손님의 기분을 상하게 하지 않도록 그렇군요 정도로 때울 수 있을 것이다. 반면 아무리 적극적으로 만남에 동의한다고 해도 그렇군요, 그럼 어디서 어떤 방식으로 언제 만날까요, 하고 제안한 쪽에게 되묻기 마련이다. 장소와 시간 제시는 그녀의 몫이 아니다. 남자는 자신이 센스 없었음을 인정한다. 그녀와 하루라도 빨리 만나고 싶었으면 '당신을 만나보고 싶어요'에다가 '동의한다면 아래 장소로 몇시까지 와주세요' 같은 당부를 덧붙였어야 한다. 물론 상대방에게 너무 체면 차리지 않고 들이대는 사람으로 보이기를 감수한다면 말이다. 고로 서둘러서는 오히려 일을 그르치며, 여자와의 만남은 단 하루나 며칠 정도 지연되는 것뿐이다.

이튿날 남자는 출근 전 모닝커피를 마시며 새로운 메시지를 작성한다. '당신도 만나고 싶다고 말씀해주셔서 기쁩니다. 당신의 근무 사정이 어떤지를 모르니, 괜찮으시다면 밤 여덟시에 이 가게로 와주세요. 제 전화번호로 예약을 해두겠습니다. 그것이 불가하다면 당신이 편한 날짜와 시간을 알려주세요. 그에 맞추어 장소를 잡도록 하겠습니다.' 그리고 아래에 휴대전화 번호를 기입한다. 남자는 콧노래를 부르며 출근한다. 그날은 오래도록 지지부진했던 한 건의 신규 계약에 성공한다. 퇴근 후 방으로 돌아왔을 때는 화장대 위에 자신이 아침에 쓴 메모만, 종이가 어디론가 날아가지 않도록 볼펜으로 가지런히 눌러놓은 모양으로 남아 있을 뿐 그녀의 답장은 따로 없어서, 남자는 여자가 이 방에 들르지 않은 것일까 순간 생각한다. 그러나 욕실에 물 한 방울 없고 수건도 각 맞추어 접혀 있는 걸로 보아 청소는 확실히 이루어졌고, 남자는 여자가 구구절절한 대답 대신 가게로 나오리라 예상한다. 그녀를 기다리게 해서는 안 된다는 마음에 남자는 서둘러 레스토랑으로 간다. 여덟시, 아홉시, 라스트 오더 때까지도 여자는 나타나지 않는다.

호텔로 돌아온 남자는 이번에는 주저 없이 프런트에 가서 1403호를 청소한 키퍼에 대해 묻는다. 컨시어지는 대답한다. 혹시 청소 서비스에 부족함이 있었다면 사과드립니다. 늘 그 방을 청소했던 X씨가 어제까지로 근무 계약 날짜가 끝나서, 새로 온 아르바이트 대학생이 치웠습니다. 남자가 쓴 메시지를 중요한 개인 메모나 서류라고 생각한 아르바이트생이, 쓰레기통을 비울 때 그것을 함께 버리지 않고 고이 눌러둔 것이다. 다급해진 남자가 X씨의 풀 네임과 연락처를 묻자, 호텔 청소 서비스는 외주 용역업체와의 계약으로 이루어지며 개인정보를 따로 알지는 못한다는 대답이 돌아온다. 그 용역업체의 이름과 연락처를 묻자, 컨시어지는 미심쩍다는 태도로 묻는다. 방에 뭔가 불편 사항이라도 있으십니까? 남자 쪽의 일방적인 장소 전달 단계에서 커뮤니케이션이 중단된 상태라 만나기로 약속했다고 보기는 어렵고 공연히 여자를 쫓아다니는 이상한 사람으로 보일까 싶어, 다소 궁색하게 들릴 법한 쪽을 선택하여 남자는 기지를 발휘한다. 실은 그 키퍼를 몇 번 복도에서 마주친 적 있는데—남자는 그녀를 본 적 없으며, 설령 보았더라도 그녀가 자신의 방 담당인지 여부를 복도에서 스쳐지나는 정도로는 단정할 수 없다—아무래도 오래전 소식이 끊긴 가족과 인상이 닮아서 언제 꼭 한번 물어라도 보고 싶었으나 기회만 엿보다가 이렇게 여의치 않게 됐다는 식으로. 그래본들 규정에 어긋나는 일이라 컨시어지는 당혹스러워하고 남자의 가족 사정은 호텔측이 관여할 바 아니며 사람 찾기는 전문가에게 부탁할 일이지만, 그 간절함에 예외가 주어진다. 이튿날 남자는 출근 후 쉬는 시간을 이용해 용역업체에 X씨의 소재를 문의하는데, 업체에서는 계약 기간이 끝난 직원의 정보를 즉시 파기한다고 대답한다. X는 꿈일까, 꿈과 메모를 주고받았다 하더라도 서랍에 쌓인 그동안의 메모와 그것을 받았을 때의 남자의 감정이 여전한데 그것을 존재하지 않는 값이라고 치부해도 무방한가. 어쨌든 이로써 남자는 그녀와 대면하여 X의 값을 알아낼 기회를 잃고 만다.

아이를 데리고 학원 입시 설명회에 갈 시간이 빠듯하다는 친구의 일정 관계로 분위기 좋은 식당은 다음을 기약하고, 아쉬운 대로 C는 마트 푸드코트에서 친구를 만나게 된다. 유부우동과 순두부백반의 번호표를 받고 근황을 나누는데, 비혼에 독신인 C는 이제 친구와 공통 경험 및 화제가 거의 없는 까닭에 대학 시절의 일화와 추억을 뽑아먹으면서 버티는 일이 한동안은 조금 어려울 성싶었지만, 그럴 때는 서로의 집에서 키우는 고양이를 찍은 사진 폴더만 보여주어도 시간이 훌쩍 간다. 고양이가 인류를 구원한다. 혹은 인류가 멸망한 다음 고양이가 지구의 주인이 되어 마땅하다.

그때 그들이 앉은 테이블과 가까운 키오스크 앞에서 두 명의 노부인이 상품권을 들고 난처해한다. 기계는 친절한 음성으로 자세히 안내하나, 스크린을 터치하고 다음 화면으로 넘어간 뒤부터 수많은 선택지 앞에 어떻게 응전해야 할지 모르는 것이다. 한국어를 못 듣고 못 읽어서가 아니다. 듣고 읽어도 각각의 단어가 무슨 의미인지 파악하고 그것들을 조직하는 데 예전보다 시간이 걸리는, 분류와 추론, 인식과 수행이 원활하지 않은 나이가 됐을 뿐이다. 뜻밖의 시기에 삶이 중단되지 않는다면, 살아 있는 모두에게 언젠가는 찾아오는 자연적인 현상이다. 그들은 단지 바지락칼국수가 먹고 싶을 뿐이고, 그런데 칼국수까지 도달하기 위해 터치해야 하는 과정이 있고, 자신들이 찾는 것은 화면에 나타나지 않고, 사이드 바의 화살표를 터치하면 옆으로 넘어간다는 사실을 인지하지 못하고, 실은 부등호 비슷한 표시(〉)가 다음으로 화면을 옮겨줄 화살표라는 사실부터 알아채지 못하고, 여러 번거로운 절차 없이 사람의 얼굴을 보면서 칼국수 둘이요, 입을 여는 것만으로도 모든 것이 해결되었던 시절을 떠올리고, 결국 그들은 누구 도와줄 사람이 없나 하고 주위를 두리번거리지만 키오스크 옆에 따로 직원은 없다. 사람을 한 명이라도 줄이려고 키오스크를 들여온 거니까 당연하다. C가 어찌할까 망설이기 전에 친구가 일어나더니 두 노부인에게 다가가 도와드릴게요, 한다. 그들은 반색하며 우리가 칼국수 두 개 하려는데 도무지…… 한다. 아이가 태어나기 전까지 적지 않은 업체의 고객센터에서 일했던 친구는, 노련하게 화면을 터치하면서 동시에 할머니 여기 한번 보아주시고요, 적절한 속도로 설명을 덧붙이기를 잊지 않는다. 그들은 끄덕끄덕하며 알아듣는 척한다. 다음번에 다시 와서 그대로 기억을 되짚어 따라 할 수 있는지는 알 수 없다. 칼국수 두 개가 장바구니에 담기자 노부인들은 마트 상품권을 내밀며 이걸로 어떻게 사느냐고 묻는다. 여기서부터는 친구가 어찌할 수 있는 일이 아니다. 해당 키오스크는 그나마 초기 버전이라 지폐와 카드를 둘 다 쓸 수 있지만 상품권 투입구는 없다. 할머님, 이 기계가 상품권으로 결제가 안 되고요. 이걸 일층 고객만족 센터 가셔서 현금으로 교환해 오셔야 해요. 상품권 말고는 동전만 있다는 노부인들은, 카운터에 상품권을 내밀면 사람이 알아서 계산 후 잔액을 현금으로 돌려주던 시절을 떠올리며, 이걸 또 언제 일층까지 가나 밥 한번 먹기 참 힘들다, 하면서 키오스크 앞을 떠나 에스컬레이터 쪽으로 향한다.

순두부와 유부우동을 받아와서 C와 친구가 막 뜨려고 할 때, 이번에는 또 한 노인이 답답하다는 듯이 키오스크를 두드리고 선다. 아까 두 노부인보다 조금 더 희끗한 백발이다. 누가 좀 들으라는 듯이 큰 소리로, 여기 왜 사람이 아무도 없어? 소리친다. C는 젓가락으로 우동 면발을 뒤적거리면서 친구의 눈치를 보는데, 이번에는 친구가 일어서지 않는다. 거의 의도적으로 그를 외면하면서 앞에 놓인 반찬을 집고, 모래 탈취제와 캣타워와 집사로서의 자세에 대해 이야기한다. 어쩌면 그 노인 또한 아까 노부인들처럼 카드나 현금 없이 상품권을 가져왔을지 모르는 일이라 C도 그에게 관여하지 않는다. 노부인들은 구시렁거리면서 일층으로 발길을 돌렸지만, 이번 노인은 여기 돈 바꿔주는 사람이 딱 지키고 서 있어야 할 거 아니냐고 생면부지의 타인을 붙잡아다 호통칠 가능성이 있어 보인다. 에이 씨, 사람을 세워놓아야지 사람을, 우리 같은 노인들은 뭐 어쩌라는 거야 이거. 그러면서 키오스크 화면을 때리던 노인은 이제 기계의 옆구리도 때린다. C가 어린 시절, 주파수가 잘 잡히지 않는 라디오나 화질이 좋지 않은 티브이를 집안의 가장이 일단 두들겨패고 보던 식으로. 말 안 듣는 것들은 우선 패고 보아야 한다던 그 모습 그대로. 화면에서 메뉴를 선택해주세요. 옘병, 기계가 쫑알거리기나 하고. 노인은 화면을 그대로 내버려둔 채 자리를 떠난다. 사람을 세워놓아야지…… 혹 보조 인력이 옆에 있었다면 노인은 그 사람을 때렸을 것이다. 자신이 이해할 수 없는 언어를 무작위로 출력하는 기계의 옆구리를 때리면 해결된다는 믿음 그대로, 사람을 때렸을 것이다. 그걸 생각하니 거기 사람이 없던 게 천만다행이라고 C는 생각한다. 설령 친구가 다시 한번 일어나 다년간의 경험으로 설명과 안내를 잘하고 그 노인에게 상품권 아닌 다른 결제 수단이 있었더라도, 메뉴를 고른 다음 나올 포인트 적립 방법을 선택하세요 단계에서 여러 종류의 포인트나 멤버십의 개념 자체를 설명하기가 난감했을 것이다. 적립을 그냥 패스하면 패스했다고, 설명하면 하는 대로 못 알아듣겠다고 때릴 것처럼 생긴 사람에게는.

C는 어린 날 해가 저물기 직전 매점 부스에 줄을 섰던 때, 이리로 나와 얼굴을 보이라던 주정뱅이를 떠올린다. 얼굴을 보이든지 말든지, 심지어 그녀에게 얼굴이 있든지 없든지 간에 매점에 팔 팔이 없다는 사실은 달라지지 않음에도 불구하고, 내가 볼 수 있게끔 얼굴을 내놓으라던 주정뱅이를. 분명 거기 사람이 존재하는데 존재를 증명하라던 자를. 거기에 네가 안 보이면, 들어줄 사람이 눈앞에 없으면 내가 마음놓고 욕을 할 수가 없지 않느냐. 부스 안의 그녀가 막상 얼굴을 보이자 훈계할 핑계가 사라져 조롱의 노래를 부르며 떠나가던 그 주정뱅이는, 이마가 깨진 다음 어떻게 되었더라. C는 그때 아빠 심부름으로 석간신문 한 부를 샀을 것이고, C가 부스 앞에 섰을 때는 이미 그녀의 얼굴은 보이지 않고 다시 손끝만 나왔던 기억이 어렴풋하다.

남자는 방문을 열고 뛰쳐나간다. 그녀가 남긴 메모에는 '그렇군요. 저도 당신을 만나고 싶습니다. 저는 일곱시에 근무가 끝납니다. 의향이 있으시다면 여덟시까지 로비에서 기다리겠습니다' 라고 적혀 있다. 마침 시간은 꼭 일곱시 삼십분이다. 로비는 체크인을 하거나 외출하러 드나드는 숙박객들로 부산하다. 손목시계를 보며 전화를 받는 사람, 서서 대화를 나누는 사람들, 소파에 앉아 잡지를 보는 사람들 해서 족히 여남은 명은 된다. 한 시간을 기다리겠다고 했으니 벽에 기대서 있지는 않을 테고 그녀는 소파에 앉아 있을 것이다. 남자는 소파 쪽으로 다가간다. 총 여덟 명이 앉아 있고, 그중 세 명의 비즈니스맨이 대화를 나누고 있으며, 다른 팀은 아버지와 어머니 그리고 어린이와 아기로 이루어진 가족이다. 그러면 나머지 한 명이 그를 기다리는 사람이다. 소파의 제일 바깥쪽, 몸을 일으켜 나가기 쉬운 쪽에 앉아 책을 읽는 사람. 그런데……

설마설마하며 남자는 멈추어 선다. 저기 혹시…… 남자는 자신이 입 밖으로 낸 목소리가 간신히 가청 범위 내에서 떨리는 것을 듣는다. 두쿵, 두쿵, 남자의 심박수가 과장 강조되어 예기치 않은 분위기의 BGM과 어우러진다. 책 읽던 사람이 고개를 든다. 1403호 손님이신가요? 활짝 웃으며 그녀가 일어나 돋보기안경을 고쳐 쓴다. 돌아가신 어머니와 비슷한 연세일 것 같은 그녀가.

장르가 바뀐다. 휴먼코미디풍으로. 더는 로맨스가 아니게 된다. 현실 사례를 진지하게 찾아보자면 어느 정도 돈에다 지위를 확보한 남성이 호텔 하우스키퍼인 또래 여성과 성의 있는 교제를 이어가는 일과, 노년 여성-젊은 남성의 로맨스와 결혼이 이루어지는 사례 가운데 어느 쪽이 더 빈도가 높을지 모르지만—후자는 노년 여성이 젊은 남성보다 부유층 혹은 주류층에 속하거나, 최소한 둘의 사회적 지위가 엇비슷한 경우가 많다—, 영화는 투자처의 입장을 고려하지 않을 수 없는 산업이므로 가능한 한 소비자 다수의 기분과 니즈를 만족시켜야 한다. 트렌드를 따라가기보다는 그것을 새로이 형성하고 주도하는 쪽이 문화의 존재 가치 측면에서 의미 있음은 물론 성공했을 때 더욱 인정받게 될지 모르나, 이미 시장에 정착한 욕망을 충실히 재현하고 그에 부응하는 쪽이 리스크가 적다.

브레이크 풀린 장면이 여기까지 떠내려왔을 때 선택할 수 있는 최선의 흐름이란 이런 것이다. 남자는 자신이 뱉은 말에 책임을 지기 위해 여자와 몇 차례 식사와 술을 함께하면서, 만나고 싶다곤 했지만 사귀자고 쓴 적은 없는 자신의 신중함을 마음속으로 다행스럽게 여기는데, 한편으로 편안하고 유쾌한 그녀의 화술과 일반 문화상식에 감탄하고, 그녀가 타인들에게 베푸는 몇 가지 행위와 관심들을 눈여겨본 결과 좋은 사람이자 존경할 만한 사람이라는 사실을 인정하게 된다. 그리고 단지 타인의 얼굴을 보지 못했다는 이유로 상대방의 입장과 이미지에 대해 마음대로 재단에 가까운 상상을 했던 자신의 편견과 무례, 무관심을 깨달은 뒤 원래는 그녀에게 작업을 걸 의도였음을 고백한다. 이는 평범한 고백이 아니라 뜻밖의 사고나 우연으로 인해 폭로되어야 더욱 극적일 것이다. 남자가 이때까지도 그녀의 장점을 몇 가지 포착하긴 했으나, 그녀가 진정으로 말을 갖고 자신의 얼굴을 가졌는지, 그들 사이에 어디까지나 동등하게 말이 주어졌는지에 대해서는 깊이 고민한 바 없음이 들통나는 장면으로써 말이다. 가진 사람은 자신에게 부족한 거라면 몰라도 이미 넘치는 것에 대해 통감하는 경우는 드물기에, 이는 스스로의 고발보다는 발각의 형태가 적절할 것이다. 우여곡절 끝에, 당연히 그녀는 처음부터 남자의 의중을 짐작하고 한 방 먹여주려는 생각으로 응했는데 거기서 바로 물러나지 않고 꾸준히 만남을 이어온 남자의 성실한 태도를 높이 산다고 대답하며, 당신은 어디 가서든 누구를 만나든 최선을 다할 수 있는 사람이라고 칭찬한다. 남자는 인생 경험이 많은 그녀와 인간적인 교감을 나누고 현명한 지혜를 전수받은 뒤, 출장 업무를 마무리하고 호텔을 떠난 뒤에도 가족적인 관계로 남아 우정의 연락을 주고받는다.

이러한 과정과 대단원을 위해 처음부터 조정하고 추가해야 할 설정은, 출장을 떠나오기 전 남자에게는 관계가 소원해진 여자친구가 이미 있었다는 것이며, 출장을 마친 뒤 정신적으로 조금은 성장한 남자가 여자친구와 오해를 풀고 관계를 개선하기 위해 애쓴다는 암시를 주는 것이다. 등장인물 모두가 손해볼 거 없고 비극적인 요소를 최소화하여 좋은 게 좋은 결말로, 쾌적하고 안전한 콘텐츠를 추구하는 일군의 소비자에게 최대한으로 복무하는 방법이다. 코미디 요소를 강화하자면 중간에 여자친구가 관계 회복을 요구하며 출장지로 갑자기 찾아왔다가 그와 그녀를 보고 오해를 안은 채 도망쳐버리는 장면을 추가할 수도 있겠고, 여자친구를 얼른 쫓아가라는 그녀의 충고를 듣고 남자는 달려가거나 반대로 따라가기를 포기하여 더 큰 문제의 불씨를 키워도 좋겠지만, 이때 소비자가 견딜 수 있는 공감성 수치의 한계를 신중히 가늠하는 게 좋을 것이다.

반면 감독과 제작사가 리스크를 감수할 의사가 있다면, 여기서 남자는 기존 여자친구와 결별하고 늙은 하우스키퍼를 진심으로 사랑하게 되었다고 매달리거나 내달리는 방향으로 노선을 변경할 수 있다. 이렇게 했을 경우 다소 파격적이라는 인상은 줄 수 있지만, 파격만 바라보고 그런 선택을 하기에는 이미 수전 서랜던 주연의 〈하얀 궁전〉과 이자벨 위페르 주연의 〈수브니르〉 그리고 아네트 베닝 주연의 〈필름스타 인 리버풀〉 등이 있으니 그렇게까지 모험이나 혁명이라는 느낌은 주지 않으면서, 공연히 관객의 마지노선이나 이런저런 골짜기만 건드리다가, 전체적인 분위기 또한 코미디가 상당 부분 거두어지고 극한의 멜로 쪽으로 치달은 결과 애초 상정했던 관객 범위가 달라지거나 축소될 가능성이 있다. 멜로와 로맨스는 닮은 얼굴을 한 다른 성격의 형제와 같다.

어정쩡하게 변질될 바에야 장르를 아예 변경하여 서스펜스 스릴러풍으로 돌리면 어떨까. 약속 장소에 나온 늙고 볼품없는 청소부를 먼발치서 확인하고 환멸을 느낀 남자는 서둘러 업무를 정리하고 체크아웃한다. 그러나 그가 도망치듯이 멀어지는 모습을 확인한 그녀는 어느 날부턴가 그의 주위를 맴돌며 그의 연인과 지인들에게 접근하기 시작하는데…… 남자는 얼굴 없는 상대라 하여 가볍게 여기고 함부로 대한 자신의 무책임과 과오를 비로소 후회하나 이미 때는 늦었고……

친구를 보내고 도서관의 서가 사이를 방황하다 별다른 소득 없이 집에 돌아온 C는 피아가 공을 굴리며 잘 노는 모습부터 확인한 뒤 가방을 내려놓다가, 식탁 위 쟁반에 포스트잇이 붙어 있는 것을 본다.

C는 꿈속의 영화가 중단된 뒤, 현실에서도 그와 비슷한 종류의 영감을 불러일으키기 위해 테이블에 메모를 적어두고 외출했다. 피아와 둘이서만 사는 집이라 자주 필요하지는 않지만 고양이털과 욕실, 부엌 청소 등을 위해 일주일에 한 번 가사도우미 출장 서비스를 이용해왔다. 가사도우미의 얼굴은 처음 면접 때만 보았고, 면접 당시 고양이의 상태 관찰을 위해 실내 CCTV가 있다고 양해를 구한 뒤, 현관 비밀번호만 넘기고 지금까지 비대면으로 서비스를 이용중이다. 도우미가 일하는 동안 C가 집에 머물러 있어도 무관하나, 독신생활이 길고 대부분의 일을 혼자 하면서 업무 전달은 메시지와 메일 위주로 주고받는 C는 도우미와 혹시라도 나누게 될지 모르는 스몰토크에 자신 없었다. 예전에 동네 상가 건물에 붙어 있던 '파출부 · 식당 · 조경' 간판만 보고 급하게 이사 청소 서비스를 불렀다가, 엄마뻘 되는 도우미가 고향은 어디냐 왜 혼자 사느냐부터 형제는 몇이냐 남자친구는 없느냐 같은 걸 묻는 바람에 질려버렸던 경험도 있었다. C는 나이를 먹을 대로 먹은 어른으로, 그런 질문이 불편하니 말 걸지 말아달라고 요구해도 되었겠지만, 얼굴을 마주하고서 그런 말은 차마 나오지 않았다. 지금 이용하는 홈케어 웹사이트에서는 도우미의 호칭을 '매니저'라고 통일하며, 계약할 때 업체에서 교육 이수 증명

서와 배상 책임보험 증서를 보내는 등 최대한 전문적이며 체계적인 느낌을 내려고 한다. C는 처음 한 달은 의구심과 조바심을 안고 CCTV를 확인해보곤 했다. 아무런 문제도 일어나지 않고 도우미가 피아도 잘 다루는 것을 확인하고 나서는 외출하면서 휴대전화로 당부 사항만 보내두기 시작했다. 세탁기 안에 들어 있는 빨래는 조금 더 모아서 할 거니까 그대로 두셔도 됩니다. 청소기는 AS센터에 보냈으니 청소포 밀대로 부탁드립니다. 주방세제와 욕실세제 리필은 다용도실에 있습니다.

그러다 오늘 처음, 필요한 사항을 휴대전화 메시지로 전달하지 않고 손글씨를 써서 식탁에 남겨두었다. 꿈에서 본 대로 '항상 청결하게 해주셔서 고맙습니다.' 그녀는 돈을 받고 일하는 것뿐이며 그 돈마저도 업체측에 중개 수수료를 떼일 테고 C와 그녀의 관계는 거기서 머물겠지만 그래도 C는 한 줄을 더 추가했다. '여행가서 사온 과자인데 괜찮으시면 드세요.' 그리고 포장 상태 그대로의 과자 위에 그 메모를 남겨두었다.

그 과자 상자가 사라지고 쟁반에는 답 메모가 남아 있는 것이다.

'감사합니다. 잘 먹을게요.'

포스트잇에 적힌 내용은 그 한 줄이 전부지만 C는 잠깐이나마 마음이 따뜻해진다. 얼굴을 마주 대하지 않고도, 선 넘는 관심이나 무례한 참견을 동반하지 않고도 타인과의 관계 형성은 가능하다는 믿음이 생기며, 실제 존재하는지 여부를 알 길 없는 영화 속 남자가 첫번째 답장을 받고 어떤 기분이 들었을지 이해할 수 있겠다는 생각이 든다.

저녁을 먹고 나서 C는 한동안 정리하지 않아 용량이 아슬아슬할 CCTV의 메모리를 빼낸다. 별다른 의도 없이 다만 호더 기질 때문에, 데이터를 삭제하기 전 컴퓨터 하드에 모두 옮긴다. 그러다가 무심코 오늘 치 영상을 클릭한다.

몇 분 지나지 않아 C는 허리를 곧추세우고 앉는다.

도우미가…… 그전과 다른 사람이다.

지나간 영상 두 달 치를 모두 재생해본다. 단 한 번 면접을 보았을 뿐인 도우미의 얼굴을 선명하게 기억하지는 못한다. 그러나 바로 지난주까지 왔던 사람은 전형적인 짧은 펌의 장년長年 여성이었는데, 오늘 영상에는 긴 생머리를 묶은 중년 여성이 나온다. 어쩌면 C보다 적은 나이일지도 모르는 얼굴이다.

C는 옷장을 열어 가방 개수를 확인하고, 화장대 서랍을 열어 반지와 장신구를 확인한다. 책장에 꽂힌 클리어파일과, 보통 사람이라면 손대고 싶지 않을 것 같은 지루한 제목들이 붙어 있는 책을 꺼내본다. 끼워두었던 통장과 현금, 사용 빈도가 낮은 카드 모두 위치가 바뀐 느낌은 없다.

그러는 동안 C는 몇 번이고 스스로에게 다짐을 주거나 확신을 환기하듯이 고개를 주억거린다. 업체와 사람을 못 믿어서가 아니라, 이건 반사적이다. 당연한 본능이다. C 아니라 누구라도 이 상황에 이렇게 할 것이다. 생전 본 적도 없는 사람이 집에 들어와 네 시간을 체류한 것이다. 그전의 도우미에게 무슨 일정 변동이 생겨 누가 좋은 마음으로 대타를 뛰었든 어떻든 간에, 이름도 모르고 업체의 교육 이수 여부도 모르는 누군가가 들어온 것이다. 최악의 경우 업체에 소속되지도 않은, 도우미 개인의 교회 친구나 딸일지도 모르는 일이다. 정식 소속 매니저라고 한다면, 대타가 간다고 사전에 업체가 연락을 주었어야 했다. 사정상 다른 사람이 온다고 당일치기로 문자만 주었더라도 C는 이렇게까지 당황하지 않았을 것이고 호불호를 말하지 않았을 것이다. 매니저 관리 소홀로 장기 이용 고객을 놀라게 했다. 이 무성의를 용서할 수 없다. 돈을 받고 일하는 사람들이 이렇게 정신이 빠져서야 되겠는가. 내일 아홉시 땡 치면 고객센터에 연락하여 강력히 항의할 것이고 소비자보호원에 고발할 것이다. 필요하다면 서비스 요금 환불을 요청하는 내용증명을 보낼 것이다. 돈을 지불하고 노동을 구매한 입장에서 이는 결코 무리한 요구가 아니라 당연한 권리다. 긴 생머리를 질끈 묶은 그녀가 청소를 얼마나 잘 수행했으며 평소 어떤 성품의 사람인지는, 미안하지만 고려 대상이 아니다.

C는 이를 갈면서 잠자리에 든다. 피아가 옆으로 다가와 몸을 뻗는다.

그리하여 남자는 방문을 열고 뛰쳐나간다. 메모에는 이렇게 적혀 있다. '그렇군요. 저도 당신을 만나고 싶습니다. 그러나 서로에게 불필요한 기대를 갖게 될까 두렵습니다. 만나고 싶은 마음만 간직하겠습니다.' 순간적으로 열어준 마음을 놓칠 수 없는 남자는, 그대로 프런트에 달려가 1403호를 청소한 분이 이미 퇴근했는지 여부를 묻는다. 혹시 객실에 무슨 불편한 점이라도…… 하며 조심스레 입을 떼는 컨시어지의 말을 잘라버리고, 체면이

나 타인의 시선 집중은 무시하고서, 아무런 문제 없고 다만 그동안 청소뿐만 아니라 너무나 많은 도움을 받았기에 꼭 커피 한잔이라도 사드리고 싶어서라고, 사실에 가까운 경위를 설명하며 청한다. 식사나 데이트 약속이라면 수상쩍고 부담스럽겠으나 로비에서 커피 한잔 정도야 어떤가 싶어진 컨시어지는 스태프 룸에 들어가 직원들과 몇 마디 나누더니 어디론가 전화를 건다. 오 분 남짓 지났을 때 마침 퇴근길이었는지 회색 코트와 무채색 위주의 검소한 사복 차림에 핸드백을 멘 그녀가, 수수하면서 청결해 보이는 이미지에다가 상냥하면서도 약간 난처한 빛이 감도는 얼굴을 하고 로비에 나타난다. 이때 그녀가 느끼는 난처함이란 그를 만나고 싶지 않아서가 아니라, 그야말로 열심히 일했을 뿐인 자신이 이런 자리에서 그런 치하를 받을 만한 사람인지 잘 모르겠다는 겸손한 의구심이다.

정해진 수순과 패턴대로 남자는 여자의 실물을 보는 순간 한눈에 사로잡히고, 봄으로써 비로소 현현하기 시작한 타인의 얼굴은 메모의 글자체를 보고 했던 예상이나 은근히 가졌던 기대에서 크게 벗어나지 않았으며, 얼굴을 확인하고 나자 그는 비로소 타인에 대해 응답을 하고 타인으로 인해 상처받을 용의도 있는 마음의 준비가 되었음을 알게 된다. 이제 그들 앞에는 약간의 실랑이나 해결 가능한 수준의 난관만이 남아 있을 뿐 사랑의 해피 엔딩이 기다리고 있다. 설령 어디선가 백만 번쯤 본 듯한 젊은 선남선녀의 스토리면 또 어떤가. 사랑은 재료이며, 그것을 먹기 좋게 요리하는 것은 칼을 쥔 셰프의 디테일에 달려 있다. 태어나서 사십여 년

간 먹은 파스타가 수백 접시에 이른들, 이 세상에서 파스타가 없어져야 한다거나 이 가게를 제외한 다른 모든 식당에서 별반 맛 차이도 안 나는 파스타 판매를 금지해야 한다고는 말하지 않는 것처럼. 결국 이걸로 소설을 쓸 수 있을지는 알지 못하나 C는 꿈속에서도 비로소 안심이 된다. 균형과 평형감각을 찾은 것이다. 지연도 미정도 유예도, 그 어떤 불안한 요인도 없이 최대 다수의 마음을 최대로 행복하게 만들어주는 콘텐츠를 제작해야 할 시간이다. 지금은 아직 렘수면의 망망대해를 떠도는 조난자일 뿐이지만, C는 일어나면 피아를 품에 끼고 한 손으로라도 첫 문장을 쓰기 시작할 것이다.

| 작가노트 |

이해라는 맹시

가상 공간에서 결혼식이 열린다. 식장에 하객들은 아바타로 참석하고 신부와 신랑도 아바타로 행진한다. 진짜 사람인 신부 신랑은 모바일이나 데스크톱 너머에 존재하며, 하객들은 접속 상태를 유지했으나 결혼식을 보는 사람도 있고 모니터 앞을 떠나 다른 일을 하는 사람도 있다. 아바타들이 피로연장에 차려진, 이진법으로 이루어진 그래픽 뷔페를 즐긴다. 예식장 대여비와 식대, 스드메 비용이 절약되었고 부조는 없다. 남은 것은 두 사람이 결혼했다는 사실뿐이다. 두 사람이 실제로 비행기를 타고 신혼 여행을 떠났는지, 가상 공간으로 여행을 떠났는지는 알 수 없다. 어쩌면 그것만큼은 후자의 경우가 지출이 더 클지도 모른다. 실제에 가까우면 가까울수록.

가상 공간에서 아기 돌잔치가 열린다. 엄마와 아빠 그리고 아기는 모두 아바타이다. 모니터 너머에 실제로 아기가 존재하는지, 아이가 태어나긴 했는지 묻는 사람은 없다. 아기가 한 살을 먹지 않았다면 굳이 이런 가상 공간을 꾸며 비대면으로 동료들을 초청하는 수고를 할 까닭이 없는 것이다. 설령 아기가 애초에 태어나지 않았더라도 상관없다. 그들 가운데 대부분은 평생을 두고 서로 만날 일이 없을지 모른다.

인공지능 의사가 수술을 집도한다. 인공지능 너머에 있는 사람 의사가 완벽하게 처방한, 사전에 몇만 번이고 시뮬레이션을 하여 오차 범위를 최소화한 프로그래밍으로 수술이 이루어진다. 누적된 데이터를 모방 학습하여 의사 자체라고도 할 수 있는 완전무결한 인공지능이다. 그런데 이 수술은 실패한다. 의사의 처방이 잘못되어서가 아니며, 인공지능에 오류가 발생해서도 아니다.

수술대 위에 올라온 환자도 환자 본인이 아닌, 환자를 대신하는 인공지능 데이터였던 것이다.

현실에서는 일어나지 않을 어이없는 일이지만.

가상공간에서 장례식이 열린다. 이하 생략.

언젠가는 그런 일들도 있을 법하다는, 없으리라는 법 없지 않겠냐는 것뿐.

*

이해할 수 없는 것의 표면을 깎아내고 사포질하여 간명하게 이해할 수 있는 것으로 궁굴리고자 하는 욕망, 설명할 수 없는 것을 주무르고 터뜨려서 설명할 수 있는 조각으로 변환하고자 하는 시도가 과학과 문명을 이어왔지만, 언젠가부터 이해할 수 없는 것을 이해할 수 없는 그대로 놓아두는 것도 그리 나쁘지 않다는 생각이 들기 시작했다. 이제는 무언가를 치열하게 탐구하고 밝혀내기에 그리 적절하지 않은 육체가 되어버린 걸까. 그러나 다소 체념적이고 패배적으로 들릴 게 분명한 이 생각은, 그 이해의 자리에 타인의 존재가 있을 때 더욱 선명해지곤 했다. 그런 식으로 자기한테 맞게 저며내고 쪼아내고 문지르는 것을 이해의 행위라고 착각하지 않는 게 좋겠고, 그렇게 구조 조정을 해야만 이해할 수 있는 대상이라면 차라리 그냥 이해하지 않는 게 그를 돕는…… 덜 방해하는 일인지도 모르겠다는, 건설적인 방향과는 거리가 먼 사고. 전자는 폭력에 가깝고 후자는 무기력에 가깝다고 한다면, 어느 쪽 힘이 더 위험한지 경중을 가리는 건 무의미하겠다.

*

여러 가지로 좋지 않은 시기를, 최선까지는 아니더라도 가능한 한 관성적으로 통과하지 않기 위해 살아내고 있다. 실망과 분노 속에서, 그럼에도 불구하고 누군가의 얼굴을 한번 더 들여다보는 일을 그치지 않고 있다고 생각했다.

그런데 알고 보니 그거 내 얼굴이더라.

| 리뷰 |

클리셰가 된 여자

오혜진(문학평론가)

비대면 관계에서도 인간적인 교류는 가능할까? 가능하지 않다면 그건 왜일까, 인간성의 핵심이 얼굴성에 있기 때문일까? 그런데 '인간적인' 교류란 대체 무엇일까. 구병모는 방역 정국을 맞아 날카롭게 부상한 이 모든 질문들에 대해 가장 골똘히 고민해온 작가들 중 한 명일 것이다. 이미 로봇의 감정과 인간다움의 문제를 다룬 장편소설 『한 스푼의 시간』(위즈덤하우스, 2016)을 통해 그 답의 "가장 따뜻"*한 버전을 선보인바 있거니와 「있을 법한 모든 것」은 이 물음들을 좀 다른 차원으로 이동시킨다.

소설은 작가 'C'의 작품 구상 과정을 서술하는 메타소설의 형식을 띤다. 로맨스 소설 집필을 청탁받은 C는 창작의 영감을 얻고

* 임나리, 「구병모 "인간은 끊임없이 오해하고 왜곡한다"」, 『채널예스』, 2016. 11. 3.

자 꿈에서 본 영화를 복기해보는데, 내용인즉 호텔에 장기 투숙 중인 한 백인 남성이 자신의 방을 청소하는 키퍼의 얼굴을 한 번도 보지 못한 채 그와 메모를 주고받으며 감정적 교류를 시작한다는 것이다. 로맨스 서사로서 꽤 그럴듯한 설정이지만 C는 망설인다. 이런 내용의 창작물이 분명 이미 "있을 법"하다는 생각 때문이다. 그리하여 소설의 주요 사건은 표절 시비를 피하려는 C가 해당 영화의 정체를 수소문하는 것이다.

하지만 이는 표면상에 드러난 사건일 뿐 소설의 진짜 관심이 다른 데 있음을 짐작하기란 어렵지 않다. 소설은 C가 꿈에서 본 영화의 설정이 앞서 언급한 비대면 시대의 질문들을 골고루 내장하고 있다는 점을 노련하게 환기시키며 나아간다. '꿈속 영화 찾기'와 병렬되는 다른 에피소드들 역시 비대면 시대의 질문들을 사유하기 위한 모종의 단서다. 이를테면 "조악한 흑백 복사물" 속에 담긴 대머리 남자의 정체 같은 것. 서술자는 흑백사진 속 남자가 실존 인물이 아니라고 밝혀졌음에도 혹자의 인식에 그의 존재가 남아 있다면 그를 함부로 "비존재"라고 단언할 수 없다는 의견을 피력해둔다. 이는 물론 가상의 관계에서 '진정한' 교감은 가능하지 않다고 믿는 이들의 편견을 가볍게 물리치려는 진술이기도 하다.

이처럼 "파악되지 않는 것을 가리켜 존재가 아니라고 단정짓는 일의 오만"을 명백히 짚은 서술자는 이제 비대면 관계의 다양한 양상을 공시적 · 통시적으로 점검한다. 어릴 적 C가 심부름차 들렀던 매점 부스에서 얼굴을 보이지 않은 채 오직 두 손가락과 음성만으로 존재하던 판매원, 푸드코트에 설치된 키오스크, C가 부재할 때 그의 집을 방문하는 가사도우미…… 이쯤 되면 '비대면'이라는 조건이 단지 방역 정국이라는 비상시에 예외적으로 발생한 것이 아니라 꽤 오래전부터 우리의 일상을 구성해왔다는 점이 선연해진다.

그렇다면 비대면으로 맺는 관계가 진짜인가 가짜인가 따위에 집착하기보다는 비대면 관계에서의 인격은 어떻게 상상되는지를 묻는 게 더 흥미롭지 않을까. 특히 최근 비대면이라는 관계 형식을 경험하게 되는 가장 흔한 경우가 서비스 노동을 제공하거나 혹은 제공받을 때라는 점을 상기해보자. 게다가 서비스 노동이 한국 사회에서 대표적인 비숙련·저임금 노동이자 여성화된 노동으로 여겨진다는 점을 고려한다면 C가 고민스러워하는 '있을 법함'이 그저 로맨스 서사의 클리셰 문제만은 아닐 수도 있을 것 같다. 서술자는 끝내 얼굴을 드러내지 않을 호텔 키퍼를 굳이 "여자" 혹은 "그녀"라고 칭함으로써 그의 성별만은 적시했고, C로 하여금 매점 부스 판매원이 "아가씨" 혹은 "아줌마"라는 말로 조롱당했음을 떠올리게 했으며, C가 고용한 가사도우미가 "짧은 펌의 장년長年 여성" 혹은 "긴 생머리를 묶은 중년 여성"임을 표나게 명시했다. 즉 소설은 비대면 관계에서 베일에 싸여 있는 얼굴을 '서비스업에 종사하는 여성 노동자'라는 구체적인 형상으로 부조해낸다.

비대면 관계에 대한 소설의 관점은 양가적이다. 불필요한 스몰토크를 감당하고 싶지 않은 이에게 그것은 분명 상쾌하고 담백한 관계 형식이다. 하지만 소설은 키오스크가 임금노동자의 일자리를 박탈하는 데 쓰인다는 점이나, 기계화를 경유한 비대면의 형식이 디지털 약자에게 불편하고 불평등한 환경일 수 있다는 점도 놓치지 않는다. 그런데 소설은 이런 부정적인 효과가 비대면이라는 형식 자체에서 비롯됐다고 보지는 않는다. 대면 관계에서도 비인간적이고 부조리한 상황은 얼마든지 발생하기 때문이다. 특히 자신보다 열위에 있는 상대에게 권력을 행사하려 들고, 자신을 두려워하는 상대의 얼굴을 확인함으로써 자아 효능감과 인정 욕망을 충족하려 드는 이에게서라면 더욱 그렇다. 그는 사람이든 기계든 마음껏 욕하고 조롱할 상대가 필요하기에 상대의 '얼굴'을 찾는다.

문제는 '나에게 서비스를 제공하면서도 동시에 나의 기분을 거스르지 않아야 한다'라고 간주되는 (비)인격은 아주 손쉽게 '서비스업에 종사하는 여성 노동자'의 형상으로 상상된다는 점이다. 누군가의 가장 내밀한 일상과 친밀성의 영역을 돌보도록 배치되면서도 언제든 그 가치가 격하될 수 있는 존재. 예컨대 영화 속 호텔 투숙객은 청결함, 다정함, 수세적 태도 등 서비스 노동자에게 기대되는 여러 '여성적' 자질 덕분에 호텔 키퍼를 로맨스의 대상으로 떠올릴 수 있었겠지만, 키퍼가 손이 잘 닿지 않는 변기 뒤편을 닦기 위해 몸을 어떤 방식으로 비틀어야 했을지*는 상상하지

* 캐런 메싱, 『보이지 않는 고통—노동자의 목소리에 귀 기울이는 어느 과학자의 분투기』, 김인아·김규연·김세은·이현서·최민 옮김, 동녘, 2017, 65쪽 참조.

않았을 테다. 집밖에서, 가부장의 보호 없이, 저임금·비숙련 노동을 전담하는 존재. 언제든 대체될 수 있고 아무도 그녀의 노동 환경을 신경쓰거나 책임지지 않는 존재. 하청업체의 비정규직으로 고용되고 계약이 끝난 후에는 신원조차 확인할 수 없는 존재. 투숙객이 그녀를 "호텔에 상주하는 지박령처럼 여"기며 그녀와의 만남에 대해 무람없이 상상할 수 있었던 것은 노동자로서 그녀의 불안정한 지위와 무관하지 않다. 가부장적 성별 분업과 결합한 신자유주의적 노동시장의 가장 투명한 신체, 그렇게 그녀는 모든 장르에서 '어디에나 있고 어디에도 없는' 매혹적인 클리셰가 된다.*

그렇다면 소설은 '비대면 관계에서의 진정한 교류 가능성'이라는 난제에 대해 어떤 답을 내렸을까. 이에 대해 구병모는 전작 『위저드 베이커리』(창비, 2009)에서 그랬던 것처럼, "있을 법"한 상황을 모두 고려해 두 개의 답을 준비한다. 우선 C가 자신의 집에서 발견한 낯선 얼굴의 가사도우미를 철저히 사용자의 입장으로 대하는 장면을 보자. 이는 결국 비대면의 형식 또한 자본의 질서에 포박돼 있다는 점을 드러냄으로써 "얼굴을 마주 대하지 않고도, 선 넘는 관심이나 무례한 참견을 동반하지 않고도 타인과의 관계 형성은 가능하다는 믿음"을 단호하게 기각하는 것처럼 보인

* 예컨대 넷플릭스 드라마 〈파트마〉(외즈귀르 외누르메, 2021)와 리메이크작 〈보이지 않는 여자〉(트래비스 토트·다린 조슈아, 2023)는 모두 '어디에나 드나들 수 있고, 누구도 그를 눈여겨보지 않는다'라는 점에 착안해 평범한 여성 하우스키퍼를 폭력 조직과 연루돼 암약하는 킬러로 변모시킨다.

다. 반면, 호텔 투숙객과 키퍼를 비로소 만나게 한 또다른 장면에서는 "타인에 대해 응답을 하고 타인으로 인해 상처받을 용의도 있는 마음의 준비"가 된 이들에게라면 '젊은 선남선녀의 진부한 스토리'로 여겨진다 하더라도 기꺼이 "해피 엔딩"을 선사한다.

「있을 법한 모든 것」은 타인의 노동에 대한 상상력이 누락되기 쉬운 비대면 시대에 쓰인 성실하고도 신랄한 보고서다. 다만 작가는 '(기계 뒤에, 화면 뒤에) 사람 있어요!'라는 정당하지만 다소 정형화된 구호를 복창하는 데 만족하지 않는다. 비대면 시대의 인간관계를 황폐하게 만드는 것은 '비대면의 형식으로 제공된 노동 뒤에 사람이 존재한다'는 사실에 대한 무지가 아니라, 어떤 종류의 사람들을 결코 '사람'으로 대하지 않으려는 젠더화된 관성이기도 하다는 것. 비대면이라는 관계 형식을 물신화하지 않고, 희망과 절망의 이분법을 과감하게 가로지르는 이의 대답이다.

손보미

끝없는 밤

작가노트

순간들

리뷰 | 편혜영

그녀의 두번째 기회

© 김봉곤

손보미

2009년 『21세기문학』 신인상에 단편소설 「침묵」이, 2011년 동아일보 신춘문예에 단편소설 「담요」가 당선되어 등단. 한국일보문학상, 김준성문학상, 대산문학상, 이상문학상, 2013년, 2014년, 2015년 젊은작가상, 2012년 젊은작가상 대상 등 수상. 소설집 『그들에게 린디합을』 『우아한 밤과 고양이들』 『사랑의 꿈』, 장편소설 『디어 랄프 로렌』 『작은 동네』 『사라진 숲의 아이들』, 중편소설 『우연의 신』, 짧은 소설집 『맨해튼의 반딧불이』가 있다.

끝없는 밤

그녀가 스물여섯 살 때, 사주 보는 남자는 그녀가 엄청난 부자와 결혼할 거라고 했다. 그녀와 친구들은 어둡고 습한 지하 카페에 앉아 있었다. 퀴퀴한 곰팡내가 조악한 커피잔 안—그러니까, 액체 안—까지 스며든 것 같았다. 그래도 그녀는 그 커피를 마셨다. 다 마셨다. 사주 카페. 손님은 그녀들뿐이었고, 싸구려 원목 테이블들 사이에 커다란 잎을 흉물스럽게 드리운 화분이 놓여 있었다. 도대체 누가 여기에 오자고 한 거지? 그녀는 아니었다. 절대 아니었다. 그녀는 그런 것을 믿지 않았다. 그런 걸 믿는 사람을 (아주 약간이지만) 경멸하는 마음을 품고 있었다. 오십은 훌쩍 넘어 보이는 남자가 그녀와 친구들 앞에 앉았다. 남자는 커피잔을 밀어내고 사주 책과 노트, 펜을 늘어놓았다. 커피가 남자의 노트에 흘렀지만 아무도 신경쓰지 않았다. 그녀와 친구들은 차례로 생년

월일시를 읊었다. (왜 그랬는지 모르겠지만) 하나같이 통명스러운 표정을 짓고 있었고, 애처롭고 무기력한 기운이 무방비하게 새어나왔다. 죄를 저지르고 처분을 기다리는 아이들처럼. 나중에 그녀는, 그것이 진부할지언정 아주 틀린 비유는 아니라는 생각을 했다. 인간은 누구나 죄를 짓고 운명 앞에서는 겁에 질리기 마련이니까. 아닌가, 겁에 질리니까 죄를 짓게 되는 걸까? 하지만 그런 걸 따지는 건 아무래도 시간 낭비인 것 같았다. 그런 것 같았다. "태어난 시를 몰라요." 한 친구가 주눅든 채 말하자 남자는 괜찮다고 대답했다. 말투가 너무나 너그러워서 그녀는 깜짝 놀랐다.

남자는 그녀가 부자를 만날 기회를 이미 한 번 놓쳤다고 했다. 기회를 놓쳤다고? 허, 기회를 놓쳤다고? 그녀는 어처구니가 없었다. "두번째 남자는 첫번째 남자보다는 덜 부자예요. 그래도 엄청난 부자지." 그리고 큰 시혜라도 베푼다는 듯 덧붙였다. "일 년의 절반쯤은 유럽이나 미국에 머물게 될 거야. 전시회에서 그림을 사고, 개인 요트를 타거나 명품 쇼핑을 하러 다니게 될 거라니까?" 그녀는 어리둥절해졌다. 남자의 말 때문이 아니었다. 머릿속에 어떤 광경이 떠올랐기 때문이었다. 끝도 없이 펼쳐진 푸른 하늘 아래, 에메랄드처럼 반짝반짝 빛나는 바다가 펼쳐져 있었다. 천천히 움직이는 하얀 구름, 강렬하게 내리쬐는 햇살 아래 줄지어 서 있는 여러 대의 요트. 잔물결을 따라 요트가 평화롭게 둥실거렸다. 사람은 보이지 않았다. 갈매기도 없었다. 고양이 한 마리, 개미 한 마리도 얼씬거리지 않았다. 살아 있는 건 아무것도 없었다. 친구들 중 누군가가 장난스럽게 "와, 너 좋겠다!" 하고 말했을 때에야 그녀는 현실로, 곰팡내나는 커피와 흉물스러운 초록색 식물이 있는 곳으로 돌아왔다. 친구들을 따라 웃었다. 집으로 돌아가는 길에 한 친구는 남자가 엉터리라고 비난했다. "사주를 보는데 생시가 왜 안 중요하니?" 그러자 다른 친구도 분통을 터뜨리듯 말했다. "우릴 언제 봤다고 반말이니? 기가 막혀서." 그리고 이어지는 또다른 친구의 말. "음…… 그런데 엄청난 부자들은 엄청난 부자들과 결혼하지 않아? 우리 같은 사람들 말고."

그 이듬해 그녀는 사립 중학교에 기간제 미술 교사로 취직했다.

스물한 살, 미대에 입학할 때만 해도 그녀는 선생님이 되는 미래를 그려본 적이 없었다. (사주 보는 남자의 말을 빌리자면) 전시회에서 그림을 사는 사람이 되고 싶다고 생각한 적도 없었다. 그런 사람들이 선택하는 그림을 그리고 싶었다. 하지만 대학을 다니는 동안 그런 소망은 서서히 잦아들었다. 가느다란 줄의 끝에서부터 힘없이 타들어가다가 결국엔 꺼지고 마는 불꽃처럼.

너무 적은 양의 기름, 너무 가느다란 줄, 너무 약한 불. 삼박자라는 말이 절로 나왔다.

대학교 3학년이 되었을 때, 한 동기가 교육대학원에 진학하면 임용고시를 치를 수 있다는 이야기를 해줬다. 그녀가 사주 카페에 갔던 게, 교육대학원 졸업을 한 학기 앞둔 시점이었다. 같이 간 친구들 모두 마찬가지였다.

그리고 십삼 년이 지난 지금, 그녀는 새삼스럽게도 그 사주 보는 남자가 했던 말을 떠올리는 중이었다.

그동안 그녀는 사주를 본 적이 없었다. 인터넷 사이트에서 무료로 봐주는 토정비결 같은 걸 찾아본 적이 있긴 했지만, 내용은 금방 잊어버렸다. 사주 카페에서 들은 말을 특별히 염두에 둔 적은 없었다. 음…… 아니다. 아예 없었던 건 아니다. 있긴 있었다. 이십대 후반, 여기저기에 부탁해서 왕성하게 남자를 소개받던 시절이 있었다. 일 년 동안 소개받은 남자가 열 명도 넘었다. 그 남자들 중 엄청난 부자는 없었다. 부자가 될 (약간의) 가능성을 품은 남자들은 있었다.

구 년 전, 친구들에게 결혼한다는 소식을 전했을 때 누군가 물었다. "그 남자, 엄청난 부자니?" 처음에는 그게 무슨 의미인지 몰랐다. 지금의 남편과 연애를 시작한 후로 그 말—엄청난 부자와 결혼을 하게 되리라는 것—을 잠깐이라도 떠올린 적은 없었기 때문이다. 하지만 질문한 친구와 사주 카페에 함께 간 적이 있다는 사실을 기억해내자 웃음이 터져나왔다. 자신은 까맣게 잊어버린 말을 그토록 중요하게 간직하고 있었다는 사실을 믿을 수가 없어서. 그녀는 친근한 태도로 몸을 기울인 채 부드럽게 대답했다. "아니, 아니, 그렇지 않아." 그녀의 남편은 이름을 대면 누구나 고개를 끄덕일 만한 대학을 졸업했고, 부러움을 살 만한 직장을 다녔다. 기간제 교사인 그녀가 계약이 종료된 후 새로운 직장을 찾느라 스트레스를 받을 때면, 호기롭게 일을 그만둬도 된다고 말할 정도는 되었다. 하지만 걸핏하면 유럽이나 미국으로 여행을 떠난다거나, 전시회에서 그림을 산다거나, 개인 요트를 가질 정도는 안 되었다.

어림도 없었다.

결혼 후 가끔 친구의 질문—"그 남자, 엄청난 부자니?"—과 자신의 대답—"아니"—을 떠올릴 때가 있었다. 그녀 자신도 모르게 그렇게 되었다. 시간이 흐른 뒤에는 그 이야기를 나누었던 정황은 온데간데없이 사라지고 그녀 자신의 모습만 떠올랐다. 아니! 아니! 아니! 무슨 질문이든 간에 그렇게 대답을 해내고야 말 것 같아서 약간은 으쓱해지기도 했지만, 때로는 (상상 속) 홍조가 오른 얼굴과 떨리는 입술, 으쓱거리는 어깨와 지나치게 커다란 목소리 때문에 조바심이 날 때도 있었다.

불행인지 다행인지, 그런 자신을 떠올리는 일은 점차 사라졌다. 엄청난 부자니 뭐니 하는 말들도, 사주 카페에 갔던 시절도 모두 다 잊어버렸다.

그랬던 그녀가 아주 오랜만에 그 말—"개인 요트를 타거나 명품 쇼핑을 하러 다니게 될 거라니까?"—을 떠올리는 중이었던 것이다. 물론 그녀에게는 합당한 이유가 있었다. 이루 말할 수 없을 정도로 합당한 이유가. 바로 지금, 그녀가 요트 위에 있기 때문에. 그녀는 요트 '위'라고 표현해야 하는 건지 '안'이라고 해야 하는 건지 헷갈렸는데, 요트 전체가 커다란 집 같아서였다. 요트는 남편의 것은 아니었고, 그녀의 것은 더더군다나 아니었다. 요트에는 그녀와 그녀의 남편을 포함해 총 아홉 명이 탑승해 있었는데, 그녀는 그중 두 명만 알았다. 심지어 선주와는 직접적으로 아는 사이도 아니었다. 선주는 오십대 중반의 남자로, 옛날 이탈리

아 영화에 나오는 사람처럼 머리에 포마드를 발라 한쪽으로 넘겼고 폴로셔츠와 반바지를 입고 있었다. 오 년 넘게 (선주의 표현에 따르면) '세일링'을 해왔다며 자신을 선장이라 부르라고 했을 때, 그녀는 절대 그렇게 부르지 않겠노라 다짐했다. 사람들은 요트의 (역시 선주가 사용한 명칭을 따라서) '살롱'에 비치된 가죽소파에 앉아 편안하게 유리창 너머로 끝도 없이 펼쳐진 바다를 볼 수 있었다. 선주는 '살롱'에서 배의 아래층으로 이어지는 계단 앞에 서서 말했다.

"여기 이 컴패니언웨이를 따라서 내려가면 화장실과 침실이 각각 두 개씩 있어요. 이따 졸리신 분들은 가서 주무셔도 됩니다. 아주 아늑하죠."

그러면서 선주가 한쪽 눈을 찡긋했다. '살롱' 옆으로 싱크대와 냉장고 두 개, 와인장을 갖춘 (이 역시 선주의 표현을 따라서) '갤리'가 있었다. 그녀는 남편에게 속삭이듯이 말했다.

"그냥 부엌이라고 하면 되지 않아?"

'갤리'에는 바비큐 장비도 있었는데 사용할 계획은 없다고 했다.

"이곳에서 무언가를 굽고 뒤집는 일은 없을 거라서요."

사람들이 웃는 바람에 그녀는 어리둥절해졌다. 그 건너편에는 발을 뻗고 누울 수 있을 만큼 기다란 가죽소파가 있었다. 그녀는 그 위쪽, 천장의 전면 유리창—마치 자동차의 선루프 같다고 생각했다—을 가리키며 질문했다.

"저건 뭐라고 부르죠?"

선주가 뭐 그런 당연한 걸 물어보냐는 듯 대답했다.

"선루프죠."

선루프 너머로 푸른 하늘이 펼쳐졌다. 갈매기들이 날아다녔다. 사람들은 자유롭게 요트의 이곳저곳을 돌아다니기 시작했다. 와인을 마시거나 갑판에 나가서 바다를 구경했다.

"요트는 엄청 비싼데, 먹을 거엔 인색하네."

그녀가 중얼거리자 남편은 갤리에서 와인과 모둠 치즈, 절인 올리브와 하몬과 멜론, 작게 썬 바게트를 가져다주며 말했다.

"설마 정말 그렇게 생각하는 건 아니지?"

일몰을 보고 싶으면 이층 조타실로 올라가야 한다고 해서, 그녀와 남편은 자리를 옮겼다. 바다 위의 뜨거운 공기는 부드럽게 춤을 추는 것 같았다. 그래도 모자가 날아가지 않도록 손으로 잡고 있어야 했다. 우주를 굽어살피듯 내리비치다가 탈진하듯 수평선 너머로 사라져버리는 태양 때문에 그녀는 자신도 모르게 감탄을 내뱉었다.

시간이 흐르고 어둠이 내렸을 즈음부터 파도가 조금씩 강해지기 시작했다. 그녀는 선루프 아래의 기다란 소파에 기댄 채 기둥을 잡고 있었다. 멀미약을 먹은 건 정말 잘한 일이라고 생각하면서. 남편은 다른 사람들과 이야기를 나누는 중이었다. 그녀는 아무도 자신에게 말을 걸지 않기를 바랐다.

"이렇게 바람이 부는 게 정상이에요?"

프티 가토를 손에 들고 다람쥐처럼 오물거리며 먹던 젊은 여자가 선주에게 큰 소리로 물었다. 그녀는 그런 질문을 한 여자에게 존경심이 들었고, 일몰을 보며 호들갑스럽게 감탄을 내지른 자신이 창피해졌다. 선주는 괜찮다고, 이런 건 아무것도 아니라고 했다.

"곧 잦아들 거야. 일기예보를 몇 번이나 확인했어. 걱정하지 마."

그녀는 여자가 자신과 마찬가지로 요트를 처음 타보는 것이리라고 짐작했다. 처음이 아니더라도 익숙하지는 않은 게 분명했다. 선주가 반말을 하는 걸 봐서는 가까운 사이인 것 같은데, 어떤 관계인지는 가늠이 되지 않았다. 최근에 가까워졌을 가능성도 있었다. 무슨 사이일까? 적어도 이 배 안에 선주의 아내는 없는 것 같았다. 아내? 선주는 결혼을 했나? 아이가 있나?

그때, 누군가 그녀에게 다가와 알은체를 했다.

배 안에서 그녀가 아는 두 명 중 나머지 한 명이었다. 남편의 가장 친한 친구이자 그녀의 대학 선배. 그가 남편을 소개해준 건 아니었다. 그럴 만한 사이가 아니었다. 대학에 다닐 땐 이야기를 나누어본 적도 없었다. 남편과 사귀던 시절, 가장 친한 친구를 소개해주겠다고 해서 나갔는데 그게 바로 그였다. 그는 그녀를 알아보았다. "아, 우리 같은 학교 나왔죠? 나 몰라요?" 그녀는 한동안 생각하는 척하다가 기어들어가는 목소리로 대답했다. "잘…… 기억이 나지 않아요. 죄송해요. 제가 기억력이 안 좋아서……" 하지만 그녀가 다닌 미대의 학생 중 그를 모르는 사람은 없었다. 아니, 같은 학교, 같은 과가 문제가 아니었다. 미술계 언저리에서 일하는 이들이라면 대부분 그를 알았다. 잘나가는 젊은 작가, 국내파 실력자, 다시 태어나는 사물. 그녀는 그의 전시 팸플

릿에 적혀 있던 문구를 기억했다. 그들은 종종 셋이서 만났다. 결혼 후에도 마찬가지였다. 그가 (이른 나이에) 서울에 있는 대학에 자리를 잡고 결혼을 한 뒤에는 부부가 함께 모이기 시작했다. 두 부부 다 아이가 없었고, 아이를 낳을 예정도 없었다. 그 사실이 서로에게 너무 당연하게 받아들여져서 딩크족이니 뭐니 언급할 가치도 없는 것처럼 느껴졌다.

그들이 마지막으로 모인 건, 이 년 전 봄이었다. 그후로는 만난 적이 없었다. 그의 결혼생활이 끝났기 때문이었다. "몇 달 전에 함께 만났을 때만 해도 엄청 사이좋아 보이지 않았어?" 이혼 소식에 남편은 충격을 받은 것 같았다. 부부 모임이 사라지면서 자연스럽게 그녀가 그와 만날 일도 없어졌다. 그냥, 그런 식으로 흘러갔다. 그녀는 남편이 그와 연락을 주고받는지 어떤지 전혀 몰랐다. 궁금했지만 묻지 않았다. 그 정도로 궁금한 건 아닌 것 같았다. 그런 것 같았다.

며칠 전, 그녀는 남편 역시 그와 한동안 연락을 주고받지 않았다는 사실을 알게 되었다. 그러자 뭔가 이득을 본 것 같은 기분이 들었다. 무분별한 충동을 인내한 것에 대한 대가. 무용하고 뒤늦은, 효용을 다한 이득. 하지만 그걸 과연 이득이라고 할 수 있는 건가? "아니, 갑자기 생뚱맞게 연락을 해와서는 요트를 타러 가자는 거야." "요트?" 그녀가 되묻자 남편이 대답했다. "걔네 학교 학과장이 요트를 가지고 있는데, 지인들 초대해서 같이 하룻밤을 지낼 거래." 남편은 그녀에게 요트를 타러 가자고, 기분전환이 될 거라고 말했다. 기분전환은 최근에 남편이 (약간의 과장을 더해서) 가장 자주 사용하는 단어였다. 그 단어를 들을 때마다 그녀는 스위치를 떠올렸다. 검은색 작은 손잡이가 달린, 달칵 소리를 내며 위아래로 움직이는 구식 스위치. 그녀는 누군가 자신의 등을 더듬어 구식 스위치를 찾는 듯한 착각이 들었다. 물론 자신의 신체를 더듬는 손은 스위치를 찾는 일에 실패할 것이다. 왜 아니겠는가? 신체에 왜 스위치가 달려 있단 말인가? 하지만 스위치는 진짜로 있었다. 등이 아닌 다른 곳에. 그녀는 그걸 알고 있었다. 인간의 뇌가 일종의 스위치로 움직인다는 것. 뉴런 스위치, 신경 회로, 전기 자극. 어떤 선택을 하면 불이 탁, 하고 켜진다. 아닌가, 불이 탁, 하고 켜지면 어떤 선택을 하게 되는 건가? 그녀는 뉴런 사진을 찾아본 적이 있었다.

수많은 작은 돌기로부터 이어지는, 끊어질 듯 끊어지지 않고 사방으로 뻗은 빛의 고리의 집합체.

요트를 타러 가고 싶은 마음은 없었다. 도저히 내키지 않았다. 아니다, 죽어도 싫었다. 하지만 남편이 왜 자신에게 요트를 타러 가자고 하는지도 잘 알고 있었다. 그녀가 최근 한 달 넘게 아프다는 말을 입에 달고 살았기 때문이었다. 낮에는 괜찮았다. 이상하리만치 괜찮았다. 밤만 되면, 남편과 함께 나란히 침대에 눕기만 하면 통증이 찾아왔다. 처음에는 그 사실을 숨겼다. 그러던 어느 날 밤, 어둠 속에 누워 있던 그녀의 입에서 소리가, 무언가가 고꾸라지는 듯한 소리가 식식거리며 새어나왔다. 남편이 화들짝 놀라 잠에서 깼다. 남편은 협탁 위의 스탠드를 켜고 당황한 표정으로 그녀를 바라보았다.

"무슨 일이야?"

그녀는 아프다고 대답했다.

"아프다고? 어디가 아픈데?"

그녀는 난소가 아프다고 대답했다. 엄밀하게 표현하자면 통증이 느껴지는 부위는 '샅굴부위'였다. 하지만 그때는 그 부위의 명칭을 '와이존'으로만 알았다. 그녀는 와이존이 아프다고는 죽어도 말하기 싫었다. 그 단어 속에는 우스꽝스럽고 허망한 구석이 있었고, 그런 뉘앙스 때문에 자신의 통증이 괄시받을 것 같았다. 그녀는 객관적이고 공명정대한 단어를 원했다. 지난 며칠 동안, 그러니까 통증을 느낀 동안 정확한 단어를 찾아보지 않은 걸 후회했다. 왜 그 많은 시간 동안 제대로 준비하지 못한 것일까? 그녀는 남편의 손을 자신의 팬티 속으로, 사타구니 쪽으로 가지고 갔다.

"멍울이 만져지지 않아?"

한동안 진지하게 그녀의 사타구니 여기저기를 눌러보던 남편이 손을 빼고 말했다.

"모르겠어. 정말 모르겠어. 괜찮은 것 같은데."

"여보, 난 아파."

"난소가 아프다고? 자궁도 아니고 난소? 거기가 난소가 있는 자리가 맞아?"

눈물이 쏙 들어가는 것 같았다. 사실 거기에 자궁이 있는지, 난소가 있는지 그녀도 잘 몰랐다. 자궁과 난소의 위치도 모른다는 것 때문에 당황스러워졌지만, 위나 소장, 췌장의 위치도 잘 모른다는 사실이 떠올랐다. 공평하게 모른다. 그런 건 괜찮았다. 안심이 되었다. 게다가 아픈 부위가 자궁이 아니라 난소면 어떻고, 난소가 아니라 자궁이라면 어떻단 말인가? 난소도 자궁도 아니라면 또 어떤가? 남편은 병원에 가보라고 말했다. 그리고 덧붙였다.

"내가 같이 가줄까?"

그럴 수 없으리란 걸 그녀는 알고 있었다. 남편은 몇 년 전부터 회사에서 중요한 책임을 맡기 시작했고, 최근에는 주말도 없이 회사일에 매달려 살고 있었다. "앞으로 나아가느냐 뒤로 밀려나느냐, 둘 중 하나밖에 없어. 현상유지는 없다고." 남편은 입버릇처럼 말하곤 했다.

며칠 후 그녀는 결국 산부인과에 갔다. 남편의 말 때문은 아니었고, 혹시라도 무슨 병에 걸린 게 아닐까 걱정이 되어서였다.

사실, 그녀는 산부인과라면 진절머리가 났다. 결혼하고 이 년 뒤 그녀와 남편은(특히 그녀가) 사 년 동안 뻔질나게 산부인과를 들락거렸다. 하지만 (남편의 가장 친한 친구인) 그와 그의 아내를 비롯한 주위 사람들—심지어는 그녀의 부모님과 그의 부모님도—은 그 사실을 몰랐다. 그녀 부부가 난자와 정자를 검사했고(의사는 둘 다 약간씩 문제가 있지만 치명적인 건 아니라고 말했다. '치명적인'이라는 단어를 사용하기 전에 의사는 뜸을 들였고, 미간을 약간 찌푸렸다. 그녀는 그것 때문에 기분이 상했고, 절대로 잊지 않았다), 시험관 시술을 시도한 적이 있다는 걸 몰랐다. 그녀가 학교를 그만둔 게 스트레스 관리를 해야 한다는 기능의학병원 의사의 충고 때문이었다는 사실 역시 아무도 몰랐다.

의사는 모든 음식을 유기농으로 바꾸고, 씨앗에서 추출한 기름이나 밀가루와 설탕을 먹지 말라고 했다. 커피를 줄이고 탄산음료는 끊으라고 했다. 소금은 마음껏 먹어도 된다고 했다. 더러운 음식이 그녀의 호르몬에 영향을 끼쳐 불임의 원인이 될 수도 있다는 거였다. 그런 몸으로는 시험관 시술에 절대 성공할 수 없으리란 말도 덧붙였다. 그녀의 남편 역시 더러운 음식에 오염되었을 가능성이 다분했지만, 그런 처방을 받은 건 그녀 혼자였다. 어쨌든 난소와 자궁의 주인은 오로지 그녀뿐이었으므로.

시험관 아기를 포기한 후로 산부인과에 간 건 실로 오랜만의 일이었다. 그녀는 일부러 새로운 병원을 찾아갔다. 의사의 가운에는 명찰이 달려 있었다. 이름은 기억하지 않았다. 검사에 들어가기 전에 의사가 말했다. "무슨 병이 있는 건 아닐 거예요. 그러기엔 이마 피부가 너무 좋거든요." 그녀는 그 말이 품고 있는 가차없고 기이한 편견 때문에 반발심(하지만 무슨 반발심? 나중에 그녀는 그렇게 생각한 것에 어안이 벙벙해졌다. 난소에 진짜 종양이라도 있기를 바랐던가?)이 들었지만, 의사의 예상대로 그녀의 난소에는 문제가 없었다. 자궁도 괜찮았다. 그래도 여전히 밤만 되면 통증을 느꼈고, 병원에서 처방받은 진통제를 먹어야만 진정이 되었다. 남편은 통증이 심리적인 문제에서 비롯되는 것 같다고 말했다.

"당신은 기분전환이 필요해. 그게 다 심리적인 문제라니까. 요트 위에서 시간을 보내면 분명히 좋아질 거야. 통증 같은 건 싹 사라질 거라고."

남편이 심리적 문제를 운운할 때마다 그녀의 목구멍을 타고 이런 말이 올라왔다. 당신은 의사도 아니잖아. 하지만 끝끝내 참아냈다. 남편의 기분을 상하게 할까봐서가 아니었다. 언제나, 곧이어 이런 문장이 떠올랐기 때문이었다.

다른 누군들, 의사긴 했어?

그녀는 남편이 자신만큼(은 아니더라도) 요트를 타는 걸 내켜하지 않으리란 것도 알았다. 요트를 타러 가려면 적어도 이틀은 시간을 빼야 할 텐데, 그게 남편에게 (어떤 의미로든) 손실—그게 아무리 미미한 것일지라도—을 가져다주리라는 사실을 짐작할 수 있어서였다. 이상하게 들리겠지만, 그게 바로 그녀가 (절대로 내키지 않았지만) 요트를 타러 가기로 결정한 이유이기도 했다. 침울한 아내를 위해 희생하는 역할을 자처한 남편의 만족감을 지켜주려고. 서로에게 쓸모없는 것을 건네주는 것. 그건 마치 크리스마스이브에 서로에게 필요 없어진 선물을 주고받는, 오 헨리 소설에 나오는 가난한 젊은 부부의 사랑 같았다.

요트를 타기 위해 차를 몰고 서해에 있는 마리나항으로 가는 동안 남편은 조수석에서 잠들어 있었다. 새벽까지 야근을 한 탓이었다. 마리나항에 도착할 때쯤 남편은 잠에서 깼고, 그녀에게 곧 타게 될 요트가 얼마쯤 할 것 같냐고 물었다.

"글쎄…… 모르겠는데."

그녀는 그런 것엔 별로 관심이 안 생겼다. 이상하게도 그랬다.

"십억."

"십억?"

"응. 아홉 명이 승선할 만큼 큰 배면 그 정도 가격은 한다는 거야. 물론 중고로 살 수도 있는데 그렇다고 하더라도 오억쯤? 좀더 사용감이 있다면, 그래도 삼억 오천. 게다가 유지비도 들지. 정박료가 일 년에 오백만원, 거기에 보수비가 천만원 정도. 매년 천오백만원 정도를 지출해야 하는 거야. 배를 위해서."

"그걸 어떻게 알았어?"

"유튜브에 그런 정보가 많더라고. 한국에도 요트를 가진 사람이 꽤 있던데?"

그녀는 요트 가격보다 남편이 (그 바쁜 와중에) 그걸 찾아봤다는 사실이, 그런 식으로 구체적인 숫자를 줄줄 읊는다는 사실이 더 놀라웠다.

"교수 직업으로 어떻게 그렇게 비싼 요트를 가질 수 있었을까? 주식이나 코인으로 돈 좀 번 건가? 그런 걸 사려면 돈을 엄청나게 벌어야 하겠지?"

투자, 투기, 협잡, 혹은 사기. 남편은 입을 다물고 있는 그녀를 흘긋 바라보았다. 이윽고 그녀가 대답했다.

"모르지. 태어날 때부터 엄청난 부자였는지도."

파도가 좀더 거세진 것 같았다. 선주를 포함한 배 안의 사람들은 대부분 느긋해 보였다. 그가 그녀 옆에 엉거주춤 앉았다. 약간의 거리감을 지키면서. 그는 선루프 너머 검은 하늘을 가리켰다. 검은 하늘과 빠르게 움직이는 탁한 색의 구름. 어둠을 가르며 날아다니는 갈매기떼. 그가 갈매기를 보며 말했다.

"갈매기들이 저러는 것도 다 환경문제 때문이야."

그녀는 그의 반대편으로 고개를 돌렸다.

"빛 공해 때문에 밤낮을 구분 못하는 거라고."

그녀는 그와 말을 섞고 싶지 않았지만, 반박하고 싶은 욕구에 결국 패배하고 말았다.

"선배, 여기는 빛이 없잖아요."

사실이었다. 육지는 이제 보이지 않았고, 사방이 어둠이었다. 문득 망망대해라는 단어가 떠올랐다. 아까 그 여자—프티 가토를 손으로 먹던—가 선주에게 물어봐야 했던 건 바람에 관한 게 아니었다. 우리가 여기에 있는 게 맞느냐고 물었어야 했다. 그런 생각이 들자 그녀는 아까 그 여자에게 가졌던 존경심이 싹 사라지는 것 같았다. 그렇다고 자신에게 느꼈던 창피함이 가시는 건 아니었다.

그가 어이없다는 듯이 소리를 질렀다.

"모르겠어? 여기가, 우리가 있는 바로 이곳이 빛이야!"

그가 그런 식으로 말할 때마다 그녀는 짜증이 났다. 갈매기들이 여전히 날아다니고 있는 건 아직 수면 시간이 아니기 때문일지도 몰랐다. 따지고 보면 지금이 그리 늦은 시간도 아니었으므로. 게다가 그녀가 생각하기에 빛의 세기는 상대적인 것이었다. 요트는 너무 어두운 곳—그러니까, 망망대해—에 떠 있어서 요트가 내뿜는 빛이 그리 큰 힘을 발휘하지는 못할 것 같았다. 물론 요트가 외부에서 어떤 식으로 보일지 확실하게는 알 수 없었다. 이 정도의 불빛이 새들의 시신경에 얼마나 영향을 끼칠지도 알 수 없었다. 중요한 건, 그녀가 그런 식으로 자신의 판단이 잘못됐을 가능성을 고려한다는 점이었다. 그는 언제나 잘 알지도 못하는 내용을 자신만만하게 주장하곤 했다. 하지만 그녀를 짜증나게 하는 건 그런 게 아니었다.

그녀는 다시 선루프 너머로 시선을 주었다. 그 짧은 사이에 갈매기들이 모두 다 사라져 있었다.

"갈매기들은 이제 다 사라졌네요."

"그렇네."

그가 순순한 태도로 인정했다. 그러고는 꾸민 듯한 말투로 물었다.

"나한테 계속 존대할 거야?"

그녀는 그가 이혼을 결정하고 나서 자신에게 보낸 문자메시지를 기억했다. '이런 모습을 보여서 미안해.' 그녀는 문자메시지를 곧바로 삭제했었다. 그녀를 못 견디게 짜증나게 하는 건, 그가 선별하는 단어들과 거기에 스며들어 있는 단순함이었다. 그가 가진 단순함—자신이 느끼기로 결정한 것 이외에는 그 어떤 감정의 침투도 가차없이 거부해버리겠다는 듯한, 그야말로 성벽 같은 단순함—이 그녀를 오싹하게 만들던 시절이 있었다. 산발적으로 갈구하듯 발산되던 불안과 두려움. 그에 대한 두려움이 아니라, 그와 함께 느끼는 두려움.

이윽고 그가 입을 열었다.

"개는 잘 있어? 그…… 이름이 뭐였더라?"

공기. 그게 그 개의 이름이었다. 그가 개를 기억한다는 사실에 그녀는 놀라움을 느꼈다. 그는 그 개를 실제로 본 적도 없었다. 부부 모임 때 사진을 보여준 적이 있긴 했다. "다음에 우리집에 와서 인사해요." 하지만 그런 일은 일어나지 않았다. 반년쯤 지났을 때 그는 이혼을 했고, 연락이 두절되었기 때문이다. 작은 개. 그녀는 사실 큰 개를 키우고 싶었다. 자신만한 덩치의 큰 개를 키우고 싶었는데, 그 개는 너무 작았다. "나의 사랑하는 작은 개, 공기. 너는 우리의 공기야." 남편은 그렇게 말했었다.

그녀는 통증을, 살굴부위의 통증을 느꼈다. 잠시 후 선루프 위로 하나둘씩 빗방울이 떨어지는 게 보였다.

개를 입양한 건 삼 년 전 늦여름이었다. 그 모든 일은 충동적이고 독자적으로 이루어졌다. 그전까지 그녀는 동물을 키우고 싶다는 생각은 해본 적도 없었다. 그런데 우연히 유기견을 구조 입양하는 단체에 관한 영상을 보고 나서 단번에 개를 키우고 싶어졌다. "동물은 장난감이 아닙니다. 인형도 아니에요. 동물과 함께 살면 당신의 생각보다 훨씬 더 곤란한 일이 많이 생길 겁니다." 영상 속 입양 단체 관계자는 개를 충동적으로 입양하지 말라고 경고했는데, 오히려 그 말이 그녀를 부추기는 꼴이 되어버렸다. 그녀는 당장이라도 버려진 개와 함께 살고 싶었다. 볼품없는 개, 미움받은 적 있는 개, 고통받은 적 있는 개와 살고 싶었다. 그녀는 한동안 인터넷에 유기견을 입양한 사람들이 올린 글이나 영상을 찾아보며 시간을 보냈다. 그런 걸 보고 있으면 그들—개와 개의 주인—이 느끼는 감정이 너무 생생하고 다채롭게 다가왔다.

전이, 그런 걸 전이라고 하나? 그녀는 그 감정들을 세세하게 구분할 수 있을 것 같았고, 거기에 다 다른 이름을 붙일 수 있을 것 같았다. 그런 자신감이 마구 솟구쳤다. 실제로 시도한 적은 없었다.

가끔은 울었다. 영상 속의 개 때문에, 버림받은 개를 선택한 사람들 때문에, 순전히 그런 이유로.

그녀가 입양하기로 한 개는 암컷 몰티즈 믹스견으로 두 살이었다. 다리가 부러진 채로 도로를 돌아다니다가 구조되어 동물병원에서 치료중이라고 했다. 개를 데리러 운전해서 동물병원으로 가는 내내 그녀는 이런 말을 내뱉었다. "세상에, 말도 안 돼." 혹은 "아, 진짜 어쩌려고 이래?" 그때까지도 남편에게는 개에 대해 일언반구도 하지 않은 상태였다. 남편이 어떤 식으로 반응할지 짐작조차 할 수 없었다. 하지만 차 안에서 그런 말을 내뱉는 건, 그녀 자신에게 쓰는 작은 속임수에 지나지 않았다. 그해, 아니 이미 몇 해 전부터, 심지어 그후로도 몇 년 동안 그녀의 결정은 무자비하고 조잡한 합리성과 생생하고 가차없는 충동의 이상한 결합으로 이루어졌다.

이를테면 그녀는 그—남편의 가장 친한 친구이자 자신의 선배인 바로 그 남자—와 몇 년 동안 미묘한 관계를 맺었었다. 그가 결혼한 이후의 일이었다. 그가 결혼하기 전에는 그런 관계가 아니었다. 미묘하다고 표현한 건 그였다. 그 닳아빠진 표현 때문에 그녀는 소스라치게 놀랐다. 애달픔도, 심오함이나 죄책감도 단번에 회피해버리는 그의 술수 때문에. 술수? 아니다. 그의 표현은 정확했다. 그는 술수를 부린 적이 없었다. 그들의 육체관계는 손을 잡거나 팔짱을 끼는 것 이상으로 나아가지 않았다. 어깨를 감싸거나 포옹한 적이 있긴 했다. 타액을 교환한 적은 맹세코 단 한 번도 없었다. 우발적이라거나 혼란스러운 느낌도 없었다. 하지만…… 그 시절을 떠올리면 모든 것이 뒤죽박죽이긴 했다. 어떤 일이 먼저 일어났고 어떤 일이 나중에 일어났는지를 정리하려면 노력이 필요했다. 그와 처음으로 단둘이 공원을 걸으며 손을 잡았던 건, 그녀가 일하던 학교를 그만둔 이후였다. 그건 확실했다. 그와 식사를 할 때, 메뉴가 정해져 있던 것도 기억났다. 스시(혹은 회) 아니면 구운 소고기. 그때가 바로 기능의학병원에서 더러운 음식을 먹지 말라는 처방을 들은 시기였다. 그녀는 웬만하면 식사는 집에서 직접 만든 음식으로 하려고 노력하고 있었다. 무농약 식재료, 삶거나 데쳐서 만든 요리, 목초 사료를 먹인 붉은 고기나 Non-GMO 사료를 먹인 닭이 낳은 달걀, 무항생제 닭고기. 밖에서 파는 거의 모든 음식이 오염된 것 같았다. 그래도 (순전히 그녀의 판단이지만) 조리하지 않은 생선이나 소고기(때로는 돼지고기) 정도는 괜찮을 것 같았다. 부부 모임 때도 그 둘 중 한 가지 메뉴를 선택했다. 그래도 불안해서 그녀는 가니시 같은 것에는 손을 대지 않았고 소스도 먹지 않았다.

한번은 이런 일이 있었다. 그녀와 그가 관객이 거의 없는 극장의 제일 앞자리에 앉아 서로에게 기대 있었다. 그의 손이 그녀의 허벅지를 쓰다듬었고, 극장을 나왔을 때는 영화 내용이 하나도 기억나지 않았다. 그들은 도심의 벚꽃을 구경한 후 스시 오마카세를 먹으러 갔다. 왜 맨날 같은 음식만 먹느냐고 그가 물었다.

"난 깨끗한 음식만 먹고 싶어." 그녀의 대답에 그는 영문을 모르겠다는 표정을 지었다. 그들 앞에 서서 스시를 만들던 요리사가 미소를 지었다. 그녀는 으스대고 싶어졌고, 조금은 행복해졌다. 아무런 말 없이 그가 그녀의 손등을 쓰다듬었다. 간지러움과 압박감. 충분히 감내할 만하지. 그녀는 그런 생각을 했었다.

그야말로 깨끗한 음식에 둘러싸여 있던 그 시절, 그녀를 둘러싸고 있던 다른 것들도 있었다. 난포, 배에 놓는 주사, 과배란, 질정, 배아 이식, 초음파검사…… 그런 노력과 실패의 반복이 그녀를 우울하게 만든 건 아니었다. 슬프거나 안타까울 때는 있었다. 그렇지만 참담한 건 아니었다. 그런 건 절대 아니었다. 그녀와 그가 '미묘한' 관계에 놓여 있는 동안에도 부부 모임은 계속되었다. 놀라우리만치 아무렇지도 않았다. 그녀는 그들—그와 그의 아내—부부가 정말로 아이를 바라지 않는다는 걸 알았다. 그들은 정말이지 아무런 노력도 하지 않았다. 그녀는 그들이 불쌍했다. 때로는 비웃고 싶은 마음이 들었다(비웃고 싶은 대상으로서의 그와 그녀가 만나는 그는 전혀 다른 사람으로 여겨졌다. 일부러 그러는 게 아닌데도 자연스럽게 그렇게 되었다).

당연히 그에게 그런 말은 한마디도 하지 않았다.

삼 년 전 봄에, 그녀 부부가 아이를 포기하기로 결정한 것과 비슷한 시기에 그녀는 그와의 '미묘한' 관계를 끝내기로 했다. 아이를 포기하기로 한 게 먼저였는지, 그에게 "선배랑 더이상 이런 식으로 만나고 싶지 않아"라고 말한 게 먼저였는지는 잘 기억나지 않았다. 기억력이 부족해서는 아니었다. 두 가지 일 사이에는 그 어떤 인과관계도 없기 때문이었다. 시간적 선후를 따지는 게 무의미하게 느껴지기도 했고, 시간적 선후를 따지면 (거짓) 인과관계를 인정하는 꼴이 되어버릴 것도 같았다. '깨끗한' 식재료에 대한 열망도 점차 사그라들었다. 부부 모임은 지속되었다. 그녀는 여전히 그들을 불쌍하다고 느꼈다. 여전히 비웃고 싶을 때가 있었다.

"배 아래층에 가봤어?"

남편의 물음에 그녀는 고개를 끄덕였다.

"엄청 잘 꾸며놨지? 대단해…… 돈이 대체 얼마나 들었을까? 그런 사람들이 있는 거 알아?"

"어떤 사람?"

그녀가 물었다.

"요트에서 사는 사람."

"난 그래도 땅 위가 좋다. 바다 위는 너무 물렁물렁하잖아."

그가 대답했다. 물렁물렁이라니. 그녀는 이번에도 짜증이 났다. 그녀의 옆에 그가, 그의 옆에는 남편이 앉아 있었다. 그녀의 몸이 그와 살짝살짝 닿았다. 그녀는 그와 남편이 자리를 바꾸기를 원했지만, 그런 말을 하지는 않았다. 그저 창 쪽으로 고개를 돌렸다. 여전히 비가 내리고 있었다. 일기예보에서는 비가 온다는 말이 없었다. 덥긴 해도 맑고 쾌청할 거라고 했었다.

"배 위에서 산다는 건, 돈을 벌 필요가 없다는 말이잖아. 놀고 먹어도 되는 사람이라는 뜻이지."

그녀는 남편에게만 시선을 주려고 상체를 쑥 내밀고 말했다.

"비가 그치지 않을 것 같은데, 우리 괜찮은 거야?"

"문제가 있다면 선장이 이야기해주겠지. 걱정하지 마. 바다는 원래 변화무쌍하잖아."

걱정하지 마. 그녀도 그러고 싶었다. 지레 겁먹는 것, 쓸데없는 감정적 손실을 입기는 싫었다. 때로는 감정적 손실을 되풀이하는 것이 자신의 천성이라는 생각이 들 때가 있었다. 그녀는 다람쥐같이 음식을 먹던 젊은 여자를 눈으로 찾았다. 그 여자가 선장에게 이렇게 비가 많이 오는 게 정상인가요? 하고 물어봐주길 바랐다. 빗방울은 점점 더 거세지는 중이었다. 바람도 강해져서 선체의 흔들림이 심해졌다. 그녀는 기둥을 꽉 잡았다. 사근거리는 듯한 통증이 그녀의 삽굴부위를 끊임없이 맴돌았다. 그제야 그녀는 약을 챙겨오지 않았다는 사실을 떠올렸다. 그녀는 몸을 웅크렸다.

"어디 아파?"

그렇게 질문을 한 건 그였다.

"아파?"

남편의 질문에 그녀가 고개를 끄덕였다.

"약은?"

"깜빡 잊고 안 가지고 왔어."

남편이 다정한 목소리로 말했다.

"여보, 그거 착각이야. 진짜 아픈 거 아니야. 알지?"

"아니야. 진짜로 아파. 나 진짜로 아프다고."

"대체 어디가 아픈 건데?"

그가 또다시 물었다. 남편이 그에게 뭔가를 설명하려고 했을 때, 그녀의 입에서 이런 말이 튀어나왔다.

"그때 이후로 내가 오염된 음식을 자주 먹어서 그런가봐."

남편이 황당하다는 표정을 지었다. 그녀 스스로도 어째서 그런 말을 내뱉은 건지 알 수 없었다. 그런 생각을 한 적은 한 번도 없었다. 맹세코 없었다. 그가 말했다.

"아, 그래. 너 한때 소고기랑 스시만 먹었잖아. 깨끗한 음식만 먹고 싶다고."

그녀의 심장이 덜컥 내려앉았다. 부부 모임을 할 때, 그녀는 '깨끗한 음식'이라는 말을 사용한 적이 없었다. 그러므로 남편의 입장에서는 그가 그런 단어를 알고 있다는 게 의아할 터였다. 하지만…… 이미 그녀의 입에서 '오염'이라는 단어가 나왔으니까 '깨끗한'이라고 말한 게 아주 부자연스러운 일은 아닐 수도 있었다. 갑자기 배가 심하게 요동쳤다. 그의 어깨가 그녀의 가슴 쪽에 강하게 부딪혔다.

"괜찮아?"

그녀가 고개를 가로저으며 소리를 질렀다.

"아파!"

그리고 덧붙였다.

"둘이 자리 좀 바꾸면 안 돼?"

순식간에 배 안의 분위기가 바뀌었다. 비바람 때문에 느긋함은 사라지고, 혼란과 초조함, 불안함이 폭발하듯 떠올랐다. 분주하게 요트를 점검하던 선주가 갑판에 나갔다가 비에 홀딱 젖은 채로 들어와서 큰 소리로 말했다.

"자리를 옮기지 마시고 거기 그대로 딱 앉아 계세요. 구명조끼를 입으시는 게 좋을 겁니다. 아니, 입으세요. 걱정은 마시고요. 저의 항해 경력을 걸고 말하는데, 이 정도는 정말 아무것도 아니니까 전혀 걱정할 필요 없어요."

사람들은 굳은 얼굴로 구명조끼를 입기 시작했다.

"일단 돌아가겠습니다."

파도에 흔들리는 배 위를 돌아다니면서 구조물에 이리저리 부딪혔지만, 선주는 계속 분주하게 움직였다. 한 번도 넘어지지 않았다.

그녀는 처음 요트에 탔을 때, 내부의 명칭을 설명하던 선장(그래, 이제 그녀는 선주라는 명칭은 사용하지 않을 생각이었다)의 모습을 떠올렸다. 한쪽 눈을 찡긋거리던 얼굴을 떠올렸다. 아, 그랬다. 그건 허세가 아니었다. 거슬리긴 했지만 분명한 실체를 가진 권위의 표현이었다. 그리고 그 방식은 선장 자신이 선택한 것이었다. 여전히 배는 거칠게 움직였지만, 선장 덕분에 사람들은 이제 약간의 안도감을 느끼고 있었다.

그녀의 남편은 몸을 고정시키려고 의자 손잡이를 꽉 잡은 채 아까 하던 대화를 이어나갔다.

"그때, 집에서는 어땠는지 알아? 모든 식재료를 삶으려고만 했어. 튀기거나 구워서는 안 된다고. 아, 정말 힘들었는데(그녀는 어이가 없었다. 남편은 그 시절에도 야근을 자주 했다. 집에서 깨끗한 음식으로 같이 식사한 건 일주일 중 주말, 그러니까 몇 끼에 불과했고 그 몇 끼도 먹는 둥 마는 둥 했다). 외식할 때는 스시집이랑 청정육을 파는 소고깃집에만 갔고. 기억나지? 부부 모임 할 때도 우리 맨날 그런 것만 먹으러 다녔잖아."

남편은 그녀를 바라보려고 상체를 쑥 뺀 채 빙그레 웃었다.

"그때 당신은 유기농 음식에 완전히 미쳐 있었던 거야, 그렇지?"

미쳐 있었다고? 그녀는 기가 찼다. 심지어 그녀가 미쳐 있었던 건 유기농 음식이 아니었다(게다가 그녀는 유기농이라는 표현은 적절하지 않다고 생각했다. 언제나 '깨끗한'이라는 단어를 썼고, 앞으로도 그럴 것이었다). 그건 절대 아니었다.

"그게 뭐든 미칠 대상이 있다는 건 좋은 거지. 그건 정말 좋은 거야."

남편은 상체를 그녀 쪽으로 더 내밀고(가운데에 있던 그가 몸을 최대한 뒤로 빼주었다) 빠르게 덧붙였다.

"당신이 가장 최근까지 미쳐 있었던 것."

그녀는 남편과 그의 시선을 동시에 느꼈다. 배가 다시 한번 심하게 휘청했다. 먼저 입을 연 건 그였다.

"그게 뭔데?"

그런 걸 묻는 그 때문에, 그의 대범함과 경솔함 때문에 그녀는 놀랐고, 당황스러웠다.

그녀 대신 남편이 대답했다. 슬픔과 서글픔을 가득 담은 목소리로.

"개, 공기."

그녀는 자신의 몸속을 흐르는 전류가 번쩍번쩍 빛을 발하며 요동치는 것 같은 기분이 들었다. 가슴의 통증 때문인지, 샅굴부위의 통증 때문인지, 그도 아니면 다른 이유 때문인지는 알 수 없었다.

그녀가 남편에게 말했다.

"당신도 공기를 좋아했잖아."

'미쳐 있었다'는 표현은 차마 나오지 않았다.

"사랑했지."

남편의 확신에 찬 말투와 표현 때문에 그녀는 어안이 벙벙해졌다. 남편이 처음부터 공기를 반긴 건 아니었다. 오히려 그 반대였다. 처음에는 키울 수 없다고 했다. 아주 완강한 태도였다. 남편이 또 뭐라고 했더라? 한층 더 심해지는 샅굴부위의 통증을 느끼며 그녀가 쥐어짜듯이 말했다.

"당신 그때, 허전함을 채우려고 개를 키우는 건 죄라고 말했었잖아. 처음에, 내가 공기를 데리고 왔을 때 나한테 이기적이라고 했었잖아."

남편이 대답했다.

"난 허전하지 않았어. 그래서 공기를 진심으로 받아들일 수 있었던 거야. 아무런 사심 없이."

개와 만난 첫날, 남편은 이런 말도 했었다. 돌려주라고. 당장 돌려주고 오라고. 그녀는 남편에게 되물었다. 누구에게? 물론 그 질문에 대답할 수 있는 건 그녀 자신뿐이었다. 남편은 개가 어디에서 왔는지 몰랐다. 물론 길에서 왔다는 건 알았지만, 개가 어떻게 구출되고 누구와 함께 머물다가 어떤 식으로 그들의 품에 안착하게 되었는지는 관심이 없었다.

정말로 관심이 없었다.

개가 원래 머물던 곳. 서울 서쪽의 외곽 구역. 차가 막히지 않아도 삼십 분은 족히 달려야 도착할 수 있던, 그녀가 태어나서 처음 가본 동네. 넓은 도로 너머에 늘어서 있는 신축 아파트 단지 몇 개를 지나치니 어느새 낮은 건물만 덩그러니 모여 있는 구간이 나왔다. 도로는 넓고 길게 이어져 있었는데, 주위 풍경만 덜컥 바뀐 탓에 이질적인 느낌이 들었다. 건물들은 누군가에 의해 무심하게 던져진 것 같았다. 아무런 의도나 질서 없이, 그저 되는대로, 마음 가는 대로. 그녀는 몸을 웅크린 채 핸들을 꽉 잡고 내비게이션이 안내하는 좁은 골목길로 들어갔다. 금방 소나기라도 내릴 것 같은 우중충한 여름하늘, 파란색 셔터가 내려진 건물들, 영원히 거기 멈춰 서 있을 것 같은 낡고 작은 트럭 몇 대, 땅 위에 나뒹구는 깨진 유릿조각. 그녀는 골목 교차로에 있는 단층짜리 건물 앞에 차를 세웠다. 어디선가 요란한 소리가 났다. 하늘을 보니 비행기가 날아가고 있었다. 차창으로 보이는 비행기는 지상과 너무 가까이에서 날고 있었다.

비행기 배를 그렇게 가까이서 본 것도 그때가 처음이었다.

초록동물병원. 그게 그녀의 개를 임시 보호하고 있던 병원의 이름이었다. 간판은 이십 년은 족히 되어 보였고, (한 번도 닦은 적 없는 것 같은) 더러운 유리창에는 빛바랜 강아지 사료 광고 팸플릿이 볼품없이 붙어 있었다. 형광등이 켜져 있는데도 어두웠고, 선반 위에는 온갖 약과 물품들이 조잡하게 놓여 있었다. 거미줄이 있다 해도 이상하지 않을 것 같았다(거미줄은 없었다). 에어컨이 시원찮은지 병원 안은 후덥지근했다. 여기서 치료가 가능해? 병이나 안 얻어가면 다행이겠네. 그런 생각을 하고 있을 때 불쑥, 안쪽 문을 열고 파란색 반팔 유니폼을 입은 남자가 걸어나왔다. 나이는 그녀와 비슷해 보였고, 키는 평균 정도였다. 약간 마른 편에 안경을 쓰고 있었다. 안경테와 신발은 싸구려였다. 그녀는 그런 걸 기억했다. 상의에는 명찰이 달려 있었다. 저런 식으로 수의사가 명찰을 다는 게 일반적인가? 알 수 없었다. 그때만 해도 그곳이 그녀가 가본 유일한 동물병원이었다. 그녀는 자신이 뻔질나게 다녔던 산부인과를 떠올려보았다. 명찰을 본 적은 없는 것 같았다. 아닌가, 그들도 명찰을 달았었던가(이후에 그녀는 병원마다 방침이 다르다는 걸 알게 되었다)?

수의사는 그녀에게 특별히 말을 걸지 않았다. 두 손을 상의 주머니에 집어넣은 채 안쪽으로 사라졌다. 그런 태도는 그녀가 예상한 것과는 완전히 달랐다. 적어도 그녀는 자신이 하려는 일에 대한 다정한 언급이나 소박한 감탄 정도는 있을 줄 알았다. 잠시 후 수의사가 개를 품에 안고 나타났다. 말하지 않아도 그녀가 개를 데리러 온 사람이라는 걸 알 수 있다는 듯이. 개는 너무 작았다. 너무 작은 개가 그녀의 품에 쏙 안겼다. 다리에 붕대를 감은 너무 작은 개가 그녀에게 안겨 있었다. 최초로 개를 품에 안게 된 순간. 자신에게 속하게 될 작은 생명체를 처음으로 안게 된 순간.

수의사가 개를 조심스럽게 쓰다듬었다.

“아직 해야 할 치료가 남았지만, 곧 괜찮아질 거예요. 가까운 동네 병원에 가시면 될 겁니다.”

무뚝뚝한 말투 때문에 이제 그녀는 겁이 났다. 수의사가 건넨 서류가 있었다. 공간이 마땅치 않아서 그녀는 개를 수의사에게 맡기고, 유리창을 받침대 삼아 선 채로 서류를 작성해야 했다. 유리창이 뜨끈뜨끈했다.

가족 구성원에게 분양에 대한 동의를 받으셨습니까? 예.

분양은 충동적으로 결정하지 않아야 합니다. 심사숙고하셨습니까? 예.

집에 방문하여 분양된 동물이 어떻게 지내는지 확인하는 것에 동의하십니까? 예.

서류와 펜을 돌려주며 그녀는 수의사의 품에 안긴 개를 바라보았다. 무엇을 질문해야 하는지 잘 알고 있었다. 그렇다고 믿었다. 빈틈없는 입양자처럼 보일 것. 솟구치는 애정에 휘둘리는 입양자가 아니라 치밀한 판단력을 지닌 입양자처럼 보일 것.

“혈액검사나 기생충 검사 같은 건 다 끝났나요?”

“네. 아무 이상 없어요.”

“분리 불안은 없어요?”

수의사는 가슴팍에 달린 주머니에 펜을 집어넣으며 대답했다.

“없어요.”

“입질은요?”

수의사가 그녀를 잠시 동안 빤히 바라보았다.

“만약 입질을 한다면요?”

"네?"

"만약 분리 불안이 있고, 다리가 영원히 치료되지 않는다면요? 예방주사를 하나도 접종하지 않았다면요. 그럼 이 녀석을 여기에 두고 갈 건가요?"

그녀는 입도 벙긋하지 못했다. 수의사가 그녀를 보며 살짝 웃었다. 웃음은 금방 사라졌지만, 그녀는 그걸 분명히 보았다. 수의사가 그녀에게 개를 돌려주었다. 그녀는 개를 꼭 안은 채 유리창으로 시선을 옮겼다. 아까 서류를 댔던 흔적이 유리창에 남아 있었다. 아니다. 흔적이 남은 게 아니라, 그녀가 서류와 소매를 대는 바람에 그 부분의 먼지만 닦인 것이었다. 그녀는 자신의 옷이 더러워진 걸 그제야 알아차렸다. 수의사가 그녀에게 질문했다.

"이동장 안 가지고 오신 거죠?"

그녀는 모욕감을 느꼈는데, 아니라고 대답할 수 없었기 때문이었다. 그 순간, 어디선가 굉음이 들려왔다. 아까보다 훨씬 더 커다란 굉음이. 유리창이 덜컹거렸다. 그녀는 살갗으로 전해지는 공기의 진동을 분명히 느낄 수 있었다. 개가 왕왕 짖었다. 비행기, 방금 전보다 훨씬 더 지상 가까이에서 날아가는 비행기 때문이었다.

갑자기 비가 그쳤다. 유리창을 사납게 두드리던 빗물의 소음이 사라졌다. 요트를 흔드는 파도는 계속되고 있었지만, 아까보다는 상황이 좋아진 것 같았다. 그래도 선장은 구명조끼를 벗지 말라고, 움직이지 말고 자리를 지키라고 했다. 술도 마시지 말라고 했다.

궁금해서 참을 수 없다는 듯이 그가 좌우—그녀와 남편—를 살피며 물었다.

"개가 어떻게 됐는데?"

"죽었어요."

"무지개다리를 건넌 거야."

남편이 그녀의 말을 정정해주었다. 일 년이었다. 딱 일 년. 작은 개와의 시간은 일 년 후에 끝이 났다. 엄밀하게 말하자면 일 년은 아니었다. 아프기 시작한 게 작은 개를 데려오고 일 년 후였고, 치료를 받은 기간은 삼 개월가량이었다. 처음으로 병원에 데리고 간 건, 다른 이유 때문이 아니었다. 작은 개가 너무 우울해 보여서였다. 신체적 문제가 있을 거라고는 생각도 못했다. 시내에 있는 동물병원은 사층짜리 커다란 건물을 전부 사용했는데, 수의사만 여섯 명이었다. 간호사들은 동물의 이름을 기억했다(보호자의 이름은 기억하지 않았다). 그 병원에서 공기는 췌장암 진단을 받았다. 남편이 그녀를 꼭 끌어안았다. "보호자분 잘못이 아니에요." 그들은 병원에서 그 말을 두 번 들었다. 아니다. 세 번 혹은 네 번. 어쩌면 다섯 번 정도. 공기를 입원시키고 돌아온 날 밤, 그녀와 남편은 오래도록 대화를 나눴다. 돈을 아끼지 말자고 했다. 최고의 치료를 받을 수 있게 하자고. 그 정도 여유가 있어서 다행이라고. 돈이 없는 사람들에게 이런 일이 생겼다면 개가 그냥 죽었을 거라고. 정말로 그들은 그런 말을 했다. 개가 그냥 죽었을 거라고.

이어지는 수많은 검사, 입원과 퇴원, 수술과 항암 치료. 그때마다 흘러나온 한숨과 눈물.

석 달 후, 병원에서는 더이상의 치료가 불가능할 것 같다고 했다. 그 누구도—의사도, 간호사도, 남편도—'죽는다'는 표현은 사용하지 않았다. 피치 못할 때는 '무지개다리를 건넌다'고 했다. 그녀는 가끔 이 말이 지닌 무시무시한 위력을 실감하고 깜짝 놀라곤 했다. 이 말 속에서 죽음 때문에 상처받는 건 남겨진 사람들뿐이었다. 죽음을 맞이하는 대상은 영원히 행복해질 수 있었다. 집으로 돌아온 공기는 대부분 잠들어 있었다. 그녀는 하루종일 공기의 곁을 떠나지 않았다. 가슴이 찢어지는 것 같았다.

그리고 불현듯 깨달은 사실 하나.

시내에 있는 그 휘황찬란한 동물병원으로 공기를 처음 데려갔던 날이, 공기를 집으로 데리고 온 지 딱 일 년째 되던 날이라는 것. 사실 딱 일 년째는 아니었다. 보름 정도 차이가 났다. 하지만 그녀는 그런 건 무시하기로 했다. 그녀는 잠들어 있는 공기를 조심스럽게 이동장 안으로 옮겨 차에 실은 후 초록동물병원으로 향했다. 하늘 위로 비행기가 날아다니며 굉음을 흩뿌리고, 그녀의 살갗으로 공기의 진동을 고스란히 전달하던 그 조잡한 병원으로.

그때 병원으로 가는 동안 무슨 생각을 했더라? 그녀는 수의사의 이름을 떠올리려 애쓰고 있었다. 그런데 그 어느 하나 기억나는 게 없었다. 자음이나 모음 하나도, 어렴풋이라도 떠오르는 게 없었다. (조금 있으면 알기 싫어도 알게 될) 이름 하나를 기억하지 못하는 것뿐인데도, 그때 그녀는 정말로 미칠 것 같았다. 애가 닳았다. 병원에 도착하기 전까지 이름을 기억해내지 못한다면 공기가 정말로 죽게 되리라는 생각이 들었다. 머리로는 그게 미신이나 허황된 생각에 불과하다는 걸 정확하게 알았지만, 몸은 전혀 다른 식으로 반응했다. 심장이 쿵쿵거렸다. 핸들을 잡은 손에 땀이 축축하게 배었다. 아, 세상에. 갑자기 그런 생각이 들었다. 이름을 기억하지 못해서 공기를 죽음으로 내몰 수 있다면, 반대로 공기를 죽음으로부터 구출할 수도 있는 거야! 어떻게 그런 반전이 가능했는지 알 수 없었다. 그건 거의 기적 같은 일이었다. 머릿속이 빛으로 번쩍번쩍했다. 여전히 심장이 쿵쿵 뛰었고 손바닥은 땀에 젖어 있었지만, 그건 더이상 두려움 때문이 아니었다. 그녀 자신을 아찔하게 만든 원대한 포부 때문이었다. 그녀가 든 심오한 시험 때문이었다. 그녀는 시간을 벌기 위해 차를 멈추지 않았다. 절대로 그런 꼼수는 쓰지 않았다. 음…… 한적한 도로에 들어섰을 때는 속도를 좀 줄이기는 했다. 그건 인정했다. 얼마나 줄였냐면, 시속 오십 킬로 정도로. 아니, 사십 킬로, 아니, 삼십 킬로까지.

그리고 그녀는 결국 기억해냈다.

민영수. 수의사의 명찰에 새겨져 있던 세 글자는 분명히 그것이었다. 하얀 플라스틱 명찰에 새겨진 세 글자가 환영처럼 그녀의 주위를 두둥실 떠돌았다. 세상에, 내가 그걸 떠올리다니. 공기는 죽지 않을 거야. 공기는 무지개다리를 건너지 않을 거야. 왜냐하면 내가 수의사의 이름을 기억해냈기 때문에. 아무런 속임수도 쓰지 않고 그의 이름을 떠올렸기 때문에.

그녀는 병원 안으로 들어가자마자 수의사의 명찰부터 확인하려고 했다. 병원은 일 년 전과 바뀐 점이 하나도 없었다. 여전히 허름하고 낡고 조잡했다. 수의사 역시 그대로였다. 소매끝이 해진 파란색 유니폼, 싸구려 안경테와 신발. 달라진 점이 하나 있다면 명찰을 달고 있지 않다는 것. 그것뿐이었다. 수의사가 먼저 알은척을 했다.

"아, 당신 기억나요. 이동장도 안 가지고 와서 개를 데리고 간 분이죠? 맞죠?"

그런 말을 들어도 다른 생각이 들지 않았다. 굴욕감을 느끼거나 분통을 터뜨릴 만한 여유가, 그때의 그녀에게는 없었다. 그녀는 다급하게 물었다.

"민영수 선생님이시죠? 맞죠?"

영문을 모르겠다는 표정으로 수의사가 윗주머니에서 명찰을 꺼내 그녀에게 건넸다. 거기에 적힌 세 글자 때문에 그녀는 속이 부글거렸다. 수렁에 빠진 것 같았다. 머릿속의 스위치가 내려간 기분이었다. 민영수가 아니었다. 비슷한 느낌도 아니었다. 헛다리. 수의사의 이름은 안기호였다. 그녀는 마치 지주받은 물건이라도 되는 것처럼 재빨리 명찰을 돌려주었다. 명찰에 닿았던 손이 불에 덴 것처럼 화끈거렸다. 그녀는 수의사의 유니폼에, 이제는 해지다못해 구멍이 뚫린 소매 부분에 시선을 고정시켰다. 수의사가 이동장 안에 쥐죽은듯이 잠들어 있는 공기를 보더니 혀를 찼다.

"병에 걸렸군요."

그러고는 고개를 절레절레 흔들었다. 그녀는 자신이 작은 개에게 얼마나 정성을 쏟았는지, 작은 개를 얼마나 사랑하는지, 췌장암 진단을 받고 난 후에는 어떤 치료를 받았는지, 병원비는 얼마나 들었는지 구구절절 설명했다. 훗날 그녀는 자신이 떠든 그 모든 일화 속에 남편이 등장하지 않는다는 사실을 깨닫게 되었다. 그 단순하지만 교묘한 술책, 협잡, 혹은 사기. 그녀가 술책을 쓴 것 자체는 문제가 되지 않았다. 그런 것 같았다. 문제는, 그녀가 어떤 이득을 얻으려고 그런 술책을 부린 게 아니라는 점이었다. 자연스럽게 그렇게 되었다는 점이었다. 아무런 결과도 기대하거나 예측하지 않은, 그 어떤 희망이나 망상도 품지 않은, 그야말로 순수하고 무구한 속임수. 그건 투자나 투기 같은 것과는 달랐다. 전혀 달랐다.

"돌아가요. 개는 죽을 겁니다. 죽을 거라고요. 당신 때문에."

수의사는 화난 듯 내뱉었다. 유감이나 위로의 표현은 없었다.

보름 후, 작은 개가 죽었다.

그녀는 자신이 수의사의 이름을 잘못 기억해내서 그렇게 된 거라고 생각했다. 제대로 기억해냈다면 개가 죽지 않았을 것 같았다. 하지만 시간이 좀더 흐르자 이름을 잘못 기억한 건 문제가 아니라는 생각이 들었다. 진짜 죄는 교만이었다. 잘못 떠올린 이름을 그대로 믿어버린 것. 더 나아가서는 이름을 기억해낼 수 있으리라고 자신을 과신한 것. 그것 때문에 개가 죽었다.

갑자기 저 멀리서 하늘이 부서지는 소리가 났다. 마치 분노를 터뜨리는 것처럼. 순식간에 떨어지기 시작한 빗방울이 배의 표면을 매섭게 때리기 시작했다. 아까와는 비교가 되지 않았다. 선체가 크게, 그 어느 때보다 크게 기우뚱거렸다. 모든 일이 너무 돌발적으로 일어나서 정신을 차릴 수가 없었다. 구슬프고 사나운 기운이 급작스럽게 사방으로 퍼져나갔다. 무엇보다 소리가, 너무 많은 소리가 들렸다. 빗방울이 요트 유리창을 세게 두드리는 소리, 거대한 물이 선체에 찰싹찰싹 부딪치는 소리, 저 멀리서 들려오는 천둥 번개 소리, 그리고 정체를 알 수 없는 경고음 같은 것들(그에 비하면 사람들의 비명은 그리 극적이지도 날카롭지도 않았다. 그녀를 포함한 사람들의 입에서는 억눌린 듯한 목소리, 무언가 억울하다는 듯한 목소리만 터져나왔다). 선장은 마구 흔들리는 실내외를 이리저리 돌아다니며 조치를 취하는 중이었다. "괜찮아요. 돌풍은 곧 지나갈 겁니다. 내가 알아요!"라고 연신 소리를 지르면서.

그녀의 남편이 팔을 뻗어서 그녀의 손을 잡았다(그 탓에 그는 남편의 팔에 갇힌 형국이 되었다).

"여보, 괜찮을 거야. 아무런 일도 일어나지 않을 거야."

아무 일도 일어나지 않을 거라고? 배가 요동치는 바람에 남편이 그녀의 손을 놓쳤다. 그녀는 남편에게 동정심을, 지독한 연민을 느꼈다. 작은 갈퀴들이 그녀의 혈관 구석구석을 믿을 수 없을 정도로 빠른 속도로 떠돌아다니며 위협하는 것 같았다. 외부로부터의 위협과 내부로부터의 협박. 두려움 바깥의 두려움. 아니다, 두려움 속의 두려움. 아, 이 남자는 내가 미쳐 있었던 대상이 뭔지 죽었다 깨어나도 모를 것이다. 지금 상황에서 '죽었다 깨어나도'라는 표현을 쓰는 건 선을 넘은 것 같았다. 하지만 동시에 지금 상황을 완전히 꿰뚫고 있는 표현이기도 했다. 놀라웠다. 출렁이는 배 안에서, 커다랗게 일렁거리는 파도를 온몸으로 느끼면서, 어떤 감정들이 그 어느 때보다 명징해진다는 것. 아니다. (그녀는 결국 이 표현을 쓰기로 결정했다) 생명의 위협을 받고 있기 때문에, 명징하고 진실한 감정이 가능해진 것이다. 아, 그래. 그녀는 인정했다. 그녀는 한동안 수의사에게 (남편의 말마따나) 미쳐 있었다. 수의사의 그 말. "개는 죽을 겁니다. 당신 때문에." 수의사는 그 작은 개의 죽음에 대해 자신에게 책임을 묻고 화를 낸 유일한 사람이었다. 바로 그게 그녀가 수의사에게 미쳐 있었던 이유다. 배 안의 누군가가 울음을 터뜨렸다. 그녀는 옆자리의 그를 바라보았다. 그는 눈을 꼭 감은 채 입을 앙다물고 있었다. 규칙적으로 숨을 내쉬려고 노력하고 있었다. 아무런 소리와 감정이 새어나오지 않게 하려고 애쓰고 있었다. 그러던 그가 갑자기 입을 열었다.

"패닉에 빠지면 안 돼."

그건 누구에게 하는 말일까? 그 자신에게? 나에게? 아니면 남편에게? 아니면 우리 세 명 모두에게? 배가 크게 뒤뚱거리다가 옆으로 기울었다. 파도가 유리창 전체를 덮었다(착각이었다). 몸이 하나도 젖지 않았다는 게 도저히 믿기지 않았다. 그녀와 그의 몸, 그리고 남편의 몸이 한쪽으로 한꺼번에 쏠렸다. 마치 몸 전체가 딱 붙은 세 인형처럼. 그때, 그녀에게로 쏟아지는 깨달음이 있었다. 빗줄기처럼, 가랑비가 아니라 소낙비처럼 순식간에 흠뻑 젖게 만드는 깨달음. 그녀는 자신이 수의사에게 미쳤었다고 믿어왔지만, 그건 그 모든 상황을 너무 단순하게 바라본 것에 불과했다. 눈이 먼 사람이 코끼리를 만지는 것처럼. 물론 눈이 먼 사람도 코끼리의 진짜 모습을 알 수 있지. 하지만 그러려면 많은 시간과 힘이 필요하리라. 비바람에 요동치는 배 안에서, 그녀는 단숨에 그런 시간과 힘을 얻은 것 같았다. 수의사는 그저 반사체에 불과한 거였어. 무엇에 대한 반사체? 자신이 사랑한 건, 자신이 진짜로 미쳐 있었던 건 치유 그 자체였다는 걸 그녀는 알 것 같았다. 치유? 그래, 치유! 수의사를 사랑하지 않았다고 말할 수는 없었다. 그렇지만 그 사랑은 협소한 시각, 비천한 어리석음을 토대로 하는 것이었다(그래도 사랑은 사랑이었다). 그녀가 생각하기에 그걸 인정하는 건 대단한 용기를 필요로 하는 일이었다. 생명의 위협 앞에서야 비로소 힘을 발휘한 진실!

남편이 또다시 소리쳤다.

"여보, 걱정 마. 내가 유튜브에서 항해 영상을 정말 많이 봤거든. 이 정도는 아무것도 아니야. 훨씬 더 힘든 상황에서도 그 사람들, 다 살아났다니까?"

당연했다. 죽은 사람들은 영상을 올릴 수 없을 테니까.

수의사의 집에 간 적이 있었다. 갑자기 기온이 떨어진 그해 초겨울. 수의사의 집은 동물병원에서 그리 멀지 않은 곳에 있었다. 좁은 골목으로 계속해서 들어가야 했다. 그런 걸 뭐라고 하지? 개량식 한옥이라고 해야 하나? 콘크리트 담벼락과 이어지는 오래된 철제 대문을 열자 작은 마당이 나왔다. 그리고 파란색 슬레이트 지붕 아래 낡은 미닫이문. 그 문 너머에 나무 바닥으로 된 궁색한 거실이 있었다. 거실 안쪽 미닫이문을 열자 나온 (역시 궁색한)

작은 방 하나. 방음도, 단열도 잘 되지 않았다. 벽지에는 곰팡이가 피어 있었다. 그래도 먼지는 하나도 없었다. 수의사는 집에 들어가자마자 입고 있던 재킷을 벗어 옷걸이에 걸어두었다.

비행기가 날아갈 때마다 벽 전체가 진동하는 것 같았다.

그녀를 정말 놀라게 한 건, 화장실이 외부에 있다는 사실이었다. 마당 한쪽에 있는 화장실은 너무 좁고 추웠다. 따뜻한 물을 쓰려면 보일러를 켜고 한참을 기다려야 했다. 씻을 때는 몸을 한껏 웅크려야 했다. 약간은 서글픈 마음이 들 때가 있었다. 하지만 화장실이 실외에 있어서 좋은 점도 있었다. 그녀가 용변을 보는 소리를 수의사가 들을 수 없으리라는 사실. 혹은 수의사의 용변 소리를 듣지 않아도 된다는 사실. 저 좁은 집 안에 화장실이 있었다면? 상상만으로도 몸서리가 쳐졌다.

수의사는 그 집을 삼천만원에 샀다고 했다. 삼천만원이라는 숫자가 그녀의 심장을 마구 찔러대는 것 같았다. 그 말을 들은 지 얼마 지나지 않은 때였다. 수의사의 집에 가기 전 그녀는 자신의 동네에 있는 마트에 들러 장을 봤다. 실로 오랜만에 '깨끗한' 식재료를 구입했다. 아보카도오일과 친환경 채소와 버섯, 목초를 먹고 자란 고기, 질 좋은 계란…… 수의사의 동네 마트에서는 그런 걸 안 팔 것 같았다. 그녀는 수의사의 집에 갈 때는 차를 몰지 않았다. 세워둘 곳도 마땅치 않았고, 무엇보다 그녀의 차가 수의사의 집(혹은 그 동네)과 어울리지 않을 것 같았다. 사람들이 수군거릴지도 몰랐다. 택시를 타지도 않았다. 택시 기사가 미심쩍은 눈초리로 자신을 관찰하고, 결국은 기억해낼까봐. "아, 그 여자요. 그

동네에 전혀 어울리지 않았죠.” 그런 말을 할까봐(도대체 누구에게?). 그래서 그날 그녀는 양손에 장바구니를 든 채로 전철과 버스를 두 번 갈아타야 했다. 버스에서 내려 수의사의 집까지 걸어가는데 손바닥이 얼얼하고 팔이 빠질 것 같았다. 집에 들어가자마자 그녀가 말했다.

“부엌은 어디에 있죠?”

마당 구석, 작은 문 너머에 부엌이 있었다. 타일이 다 떨어진 벽면과 이가 맞지 않는 싱크대의 문짝, 군데군데 들뜬 리놀륨 장판. 바닥이 너무 차가워서 양말을 꼭 신고 있어야 했다. 처음 냉장고 문을 열 때는 약간 기도하는 심정이 되었다. 다행히 냉장실에는 생수와 김치통, 계란밖에 없었다. 썩은 채소나 유통기한이 지난 우유는 없었다. 그리고 냉동실에는 얼음과 냉동 과일 한 봉지. 그날 그녀는 냉장고 안에 있는 걸 모두 버리고 자신이 사온 식재료를 채워넣었다. 그와의 관계가 끝날 때까지, 그녀는 자신이 사온 음식으로 수의사의 냉장고를 채워넣는 걸 반복했다. 깨끗한 식재료가 잔뜩 든 장바구니 두 개를 손에 들고 그 집까지 가는 건 힘든 일이었다. 쉽지 않았다. 그래도 그녀는 그렇게 했다.

그들은 무항생제 닭고기를 삶아서 히말라야 핑크 솔트에 찍어 먹거나, 국산 콩두부와 무농약 채소, 꽃게를 넣어 만든 찌개를 먹었다. 목초를 먹고 자란 소고기를 구워서 아무런 드레싱도 곁들이지 않고 먹었다. 수의사는 (그것이 무엇이든 간에) 불평을 하거나 불만을 잘 드러내지 않았다. 억눌린 게 아니었다. 불평하거나 분노할 때와 그러지 않을 때를 구분할 줄 아는 거라고, 그녀는 그게 수의사가 가진 재능이라고 생각했다. 재능이라는 말로는 부족했다. 통찰력? 아니, 세상을 발아래에 둘 수 있는 권위이자 권능이었다. 아무리 많은 돈을 가져도 그렇게 할 수 없을 것 같았다. 수의사는 원래 의대에 진학하고 싶었지만, 여러 가지 이유로 포기해야만 했다. "아쉬움은 전혀 없어요." 그런 말을 들을 때마다 그녀는 수의사에 대한 마음을 주체하기가 어려웠다. 드라마나 영화에서는 이런 상황이 훨씬 더 관능적이거나 반대로 우스꽝스럽게 그려졌는데, 그녀가 실제로 느끼기엔 그 어느 쪽도 아니었다. 이를테면 이런 일이 있었다. 한겨울에 너무 추워서 수의사의 집 보일러에 문제가 생겼다. 그녀는 의아했다. 추울 때 필요한 게 보일러가 아닌가? 추워서 보일러에 문제가 생긴다는 게 가당키나 한가? 구태의연하고 자질구레하지만 절박하고 진지한 질문으로 이루어졌던 관계, 사랑.

한번은 그녀가 이런 질문을 한 적이 있었다. 한겨울, 그들은 전기장판 위에 이불을 둘둘 둘러싸고 앉아 있었다. 어째서 그런 주제로 이야기가 오가게 되었는지는 알 수 없었다.

"병원이 너무 외진 곳에 있는데 사람들이 많이 찾아오나요?"

그녀는 그런 질문이 절대로 수의사의 마음을 상하게 할 수 없다는 걸 알았다. 수의사는 그런 걸 별로 마음에 담아두지 않았다.

"그럼요. 생활하는 데 문제가 없을 만큼은 돈을 벌죠. 잘 먹고, 잘 자고, 잘 입고."

수의사가 말을 이었다.

"사실 예전에는 병원이 시내에 있었어요. 몇 년 전에 이 동네로 옮긴 거예요."

"왜요?"

"음…… 투자를 했다가 실패했거든요."

"투자요?"

그녀는 조금 놀랐다. 옆에 앉아 있는 이 남자, 불평불만이라고는 모르고, 이득에는 관심이 없(는 것 같)고, '개가 죽을 것'이라고 똑똑히 말하고, 그에 대해 자신에게 책임을 물은 이 남자가 주식 차트를 살피고, 돈과 관련된 결정을 내리고, 계산기를 두드리는 모습은 아무래도 잘 상상되지 않았다. 그녀는 수의사에게 더 가까이 붙어앉았다.

"금에 투자하면 금값이 폭락하고, 주식을 사면 주식이 폭락하고, 코인을 사면 코인이 폭락했어요."

마이너스의 손. 가엾어라. 그녀는 생각했다.

"내가 가장 마지막에 투자한 게 뭔지 알아요?"

"뭔데요?"

"북한 돈. 그걸 사만 달러어치 샀어요."

이 집이 삼천만원이라고 들었을 때처럼, 작은 바늘들이 일제히 그녀의 심장을 찌르는 것 같았다.

"북한 돈에 어떻게 투자를 하는데요?"

수의사가 갑자기 웃었다.

"아는 형이 북한 돈의 가치가 엄청 오를 거라고 했어요. 열 배 넘게 오를 거라고."

"북한 돈이 열 배 넘게 오른다고요?"

"실제로 이득을 볼 뻔한 적도 있었어요. 열 배까지는 아니었지만…… 어쨌든 제때 팔지 못한 거예요. 그후로는 하락만 했죠."

"그 돈은…… 북한 돈은 어디에 있어요?"

"은행 금고 안에. 음…… 금고 이용료는 계속 나가고 있어요."

수의사의 말투에서 후회하는 기색이나 패배감은 느껴지지 않았다. 그런 허황된 정보를 준 선배에 대한 분노도 느껴지지 않았다. 그녀는 실제로 은행 금고를 본 적이 없었다. 북한 돈이 어떻게 생겼는지도 몰랐다(김일성이 그려져 있는가? 그녀는 궁금한 건 언제나 열심히 검색하는 편이었지만, 그런 건 찾아보고 싶은 마음도 들지 않았다). 그녀는 차가운 금속으로 만들어진 커다란 방에 지폐가 차곡차곡 쌓여 있는 모습을 떠올렸다. 계산기를 두드리는 수의사의 모습은 잘 상상되지 않았지만 어찌된 영문인지 그런 걸 떠올리는 건 하나도 어렵지 않았다.

"하지만 난 지금 이 삶에 만족해요. 내 집과 병원이 좋아요."

어떻게 이런 남자를 사랑하지 않을 수 있어? 차가운 금고, 그 안의 지폐 뭉치를 떠올리며 그녀는 수의사의 품속으로 더 깊이 파고들었다.

돌풍이 멈추고 비가 그쳤다.

급작스럽게 찾아온 것처럼 급작스럽게 사라졌다. 안도감과 함께 얼떨떨함을 느끼며 요트 안의 사람들은 각자의 자리에 웅크리듯 머물렀다. 머리카락이 헝클어지고 옷매무새가 엉망이 된 사람들. 선장의 말(그리고 남편의 말)이 맞았다. 그들이 처한 위협은 아주 심한 게 아니었다. 온몸이 다쳤을 거라고, 뼈 어딘가가 부러졌을 거라고 생각했지만, 실제로는 멍이 든 곳도 거의 없었다. 다만 힘을 너무 많이 주고 있어서 온몸이 욱신거렸다. 불안감이 가시지 않았다. 거대한 바다는 이 요트(안 사람들)를 상대로 최고로 좋은 것을 내어주다가 갑자기 돌변해버렸다. 언제 어떤 식으로 또 등을 돌릴지 알 수 없었다. 아무것도 예측할 수 없었다. 선장은 자기의 경험으로 미루어봤을 때 더이상의 위협은 없을 것 같다고 말했다. 돌풍은 비구름과 함께 물러났고 한 시간 후면 육지에 도착할 거라고, 그후에는 마리나항의 좋은 호텔에서 편하게 눈을 붙이면 된다고 했다. 그리고 덧붙였다.

"오늘 겪은 일이 여러분 인생의 무용담이 될 거예요."

문득, 그녀의 시야로 젊은 여자—음식은 다람쥐처럼 먹지만 선장에게는 대범하게 질문을 던지던—가 들어왔다. 여자는 거울을 보며 빗으로 머리를 빗고 있었다. 그걸 보자 뻣뻣하게 굳어 있던 그녀의 몸에서 힘이, 과도한 힘이 조금씩 빠져나가는 것 같았다. 안심이 되었다.

여전히 분주하게 돌아다니며 배를 살피는 선장을 보고 있노라니 이상한 기분이 들었다. 이루 말할 수 없을 정도로 이상한 감정이 그녀의 마음속에서 서서히 솟구치기 시작했다. 무언가가 그녀의 신체 말단에서부터 서서히 꿈틀거리며 올라오는 듯했다.

"거봐, 괜찮아질 거라고 했잖아."

남편이 그녀와 그를 번갈아 바라보며 말했다. 그는 입을 꾹 다문 채로 약간 멍한 표정을 짓고 있었다. 그녀와 남편 쪽으로는 시선 한번 주지 않았고, 뻣뻣하게 앉아 정면만 바라보았다.

사람들이 삼삼오오 모였다가 흩어졌다. 그녀 부부와 그도 마찬가지였다. 그동안에도 그는 어딘가 어색해 보였고, 여전히 그녀(혹은 그녀의 남편)를 바라보려고 하지 않았다. 그녀는 그걸 알아차렸다. 배 안에는 여전히 긴장감과 불안감이 남아 있었지만(그래서 사람들은 구명조끼를 절대 벗으려고 하지 않았다), 함께 위기를 겪은 사람들이 흔히 느끼는 서로에 대한 너그러움과 애정이 엷게 퍼져 있었다. 무용담이 될 거라던 선장의 말이 (너무 이른 감이 있지만) 맞았다. 사람들은 벌써부터 방금 자신들이 겪은 일을 서로에게 이야기하기 시작했다. 약간의 허세, 과장, 술회하는 듯한 태도. 모두가 함께 겪은 일이고, 모두가 다 알고 있는 사실인데도 아무도 (의도된) 오류들을 지적하지 않았다. 지적하기는커녕 오히려 세부 사항을 추가하고 부풀리기를 즐기는 것 같았다. 모든 일은 그런 식으로 과장되고 부풀려질 것이었다. 모든 일은 그런 식으로 축소되고 쪼그라들 것이었다.

하지만 그녀는 동참하지 않았다. 그저 듣기만 했다.

그녀는 배가 돌풍 속에서 표류(이 단어를 떠올린 그녀는 이 표현 자체가 과장이 아닌가 하고 잠시 주춤했지만 상관하지 않기로 했다)할 때 자신에게 쏟아지던 깨달음, 그 깨달음이 주었던 해방감을 잃고 싶지 않았다. 그게 바로 그녀의 무용담이 될 것이었다. 진실에 가닿는 것. 사태를 똑바로 바라보는 것. 이를테면 이런 것. 그녀는 작년 초봄에 수의사에게 헤어지자는 말을 했는데, 그때 수의사가 자신의 통보를 너무 순순히 받아들여서 상처를 받았었다. 헤어진 이후, 수의사의 연락을 기다린 적이 없다고 말하는 게 기만이라는 사실을 이제는 인정할 수 있었다. 수의사는 그녀에게 절대로 연락하지 않았고, 그녀 역시 마찬가지였다.

그래도 그녀는 수의사를 본 적이 있었다. 문자 그대로, 수의사를 봤다.

작년 가을, 그녀는 오랜만에 대학 친구(사주 카페에 함께 갔던 친구들은 아니었다)들을 만나서 새로 생겼다는 식당에서 밥을 먹었다. 그러고 혼자서 근처 호텔 카페로 (끝물인) 망고빙수를 먹으러 갔다. 평일 낮인데도 카페는 팔만원이 넘는 망고빙수를 먹으려는 사람들로 붐볐다. 그녀가 앉은 자리는 입구에서 멀리 떨어져 있었지만, 드나드는 사람들의 옆모습을 훤히 볼 수 있었다. 그녀는 빙수를 먹으며 카페 안으로 드나드는 사람들을 멀뚱히 바라보곤 했었다.

그러다가, 카페 입구로 들어오는 수의사를 보았다.

(당연히) 유니폼은 입고 있지 않았다. 몸에 잘 맞는 양복을 차려입고(저이에게 저런 양복이 있었다고?), 고급 안경테와 시계를 착용하고 있었다(돈이 어디서 나서?). 거리가 좀 있어서 확신할 수는 없었지만 양복에 커프스단추가 달려 있는 것 같았다(설마?). 이상했다. 갑자기 심장이 오그라드는 것 같았다. 얼굴이 홧홧했다. 손끝과 발끝에서 저릿한 감각이 느껴지다가 갑자기 신체의 모든 부위가 둔해지는 기분이 들었다. 수의사는 천천히 카페 안을 둘러보았다. 수의사의 시선이 자신이 있는 쪽에 닿기 직전 그녀는 고개를 푹 숙였다. 수의사는 그녀를 발견하지 못한 것

같았고(발견했다면 분명히 무언가 반응이 있었을 것이므로), 그녀의 반대편 안쪽, (역시) 잘 차려입은 두 남자가 있는 자리로 성큼성큼 걸어갔다. 그들은 친근하고 자연스럽게 인사를 나누었다. 거리가 멀기도 하고 이제 수의사의 뒷모습밖에 보이지 않았지만 그녀의 심장은 여전히 요동치고 있었다. 온몸이 심장이 된 것 같았다. 앉은 자세, 머리 스타일, 손짓, 모든 게 예전과 그대로였다.

세 남자는 번갯불에 콩을 볶아 먹듯이 커피를 마시고는 바깥으로 나가버렸다.

그날 밤, 그녀는 인터넷으로 북한 돈에 대해 검색했다. 북한 돈의 환율이 올라가서 그가 떼돈을 벌었을지도 모른다는 생각이 들어서였다. 하지만 아니었다. 그런 기사는 찾을 수 없었다. 그렇다면 어떻게 그가 그런 옷과 시계를 구입한 거지? 중요한 약속이 있어서, 잘 보여야 하는 상대를 만나야 해서 그 모든 걸 대여한 걸까? 그게 가능해? 그럴 수도 있었다. 하지만 그 남자들을 처음 만나는 것처럼 보이지는 않았는데, 만날 때마다 매번 그런 식으로 모든 걸 대여했던 걸까? 그게 가능해? 하지만…… 그녀가 아는 수의사는 그런 사람이 아니었다. 남에게 어떤 식으로 보일지 신경쓰는 부류의 사람이 아니었다. 그건 절대 아니었다.

수의사가 엄청난 부자가 되었다.

이것뿐이었다. 다른 가능성을 떠올리는 건 헛짓거리 같았다. 그녀에게 미처 말하지 않은 투자 종목이 있었고, 그걸로 크나큰, 말도 안 되게 크나큰 수익을 낸 거라면? 아주 불가능한 일도 아니었다. 인터넷 게시판이나 유튜브 댓글, 혹은 지인의 친구의 친구

의 친구……들 중에 그런 식으로 큰돈을 번 사람들이 있었다(그녀가 직접 아는 사람은 한 명도 없었다. 만약 수의사가 큰돈을 벌었다면 그녀가 직접 아는 사람 중 그렇게 돈을 번 최초의 사람이 되는 셈이었다). 물론 수의사가 큰 수익을 내든 말든 그녀와는 아무런 상관이 없었다. 그렇지만 수의사가 엄청난 부자가 되었다면…… 그건 좋은 일이었다. 무엇보다 수의사는 쾌적한 집에서 살고 있을 터였다. 보일러가 고장날 일이 없고 곰팡이가 없는 집, 스타일러와 커다란 티브이와 근사한 식탁과 오븐이 있는 집, 화장실(두 개 이상)이 실내에 있고 손님을 데려와도 용변 소리가 들릴까봐 걱정하지 않아도 되는 그런 집.

올해 초 결혼기념일에 남편은 그녀를 유명한 식당에 데리고 갔다. 그곳으로 가는 내내 그녀는 두 달 전부터 웨이팅을 걸어놓아야 했다며 생색을 내는 남편의 말을 들어야 했다. 규모는 크지 않았지만 음식값은 혀를 내두를 정도였다. 그녀와 남편은 그렇게까지 비싼 식당은 처음 가보는 것이었다. 조명은 어둡게 해두고, 테이블마다 작은 초를 켜놓았다. 남편은 연신 음식을 칭찬했다. 돈이 아깝지 않다는 말을 세 번이나 했다(세번째로 그 말을 했을 때, 그녀는 남편의 입을 틀어막고 싶었다). 디저트가 나오기 직전에 그녀는 화장실에 다녀왔는데, 자리로 돌아가는 길에 수의사를 보았다. 두 여자와 함께 있었다. 나이든 여자와 젊은 여자. 젊은 여자는 어깨가 드러나는 블랙 원피스를 입고 귀에는 다이아몬드 귀걸이를 달고 있었다. 나이든 여자는 캐시미어 니트에 진주

목걸이를 착용하고 있었다. 젊은 여자는 조금 통통했고, 늙은 여자는 깡말랐다. 둘 다 얼굴에서 미소가 떠나지 않았고 피부에서는 빛이 났다. 수의사는 양복 대신 몸매가 (아주) 약간 드러나는 남색 터틀넥 니트를 입고 있었다. 안경은 쓰고 있지 않았지만(렌즈를 낀 건가? 라식을 한 건가?), 시계는 몇 달 전 카페에서 봤던 그대로였다. 그녀는 수의사를 알아보자마자 고개를 숙였다. 이번에도 그녀의 심장이 어김없이 요동치기 시작했다. 오, 제발. 그녀는 속으로 중얼거렸다. 온몸이 떨려서, 균형을 잡지 못하고 넘어질까봐 걱정이 되었다. 귀 뒤의 맥박이 생생하게 느껴졌다. 얼굴이 붉어졌고 인중에 땀이 맺혔다. 그녀는 맥박의 숫자를 세며, 남편이 기다리는 자리로 겨우 돌아갔다.

“얼굴이 왜 그렇게 창백해?”

남편의 말에 그녀는 다행이라고 생각했다. 붉어진 것보다는 창백해진 게 나았다. 백번 천번 그랬다.

그녀가 수의사에게 전화를 한 건, 식당에 다녀오고 한 달 정도 후의 일이었다. 아, 시도는 그전에도 여러 번 했었다. 번호를 끝까지 누르고 연결음을 기다릴 수 있기까지 한 달이 걸렸다는 의미다. 한 달의 속앓이가 무색하게도 전화기 저편에서 기계의 안내음이, 없는 번호라는 안내음이 나왔다. 없는 번호라니? 그러고 나서 또다시 한 달이 지난 후, 그녀는 수의사의 집을 찾아갈 수 있었다. 도저히 전철과 버스를 갈아타고 갈 엄두가 나지 않아 직접 차를 몰기로 했다. 첫번째 시도 때는 시동조차 걸지 못했다. 두번째 시도 때는 백 미터쯤 차를 몰았다가 다시 돌아와야 했다.

여러 번의 시도와 실패를 반복한 끝에 그녀는 마침내 수의사의 집에 도착했다.

거기에는 아무도 살고 있지 않았다. 수의사가 살고 있지 않으리라는 건 예상했지만, 아무도 살지 않는 건 예상 못한 일이었다. 그녀는 (아주) 조금 망설이다가 초록동물병원으로 가보기로 했다. 이상하게도 그건 어렵지 않았다. 단번에 차를 출발시키고 금방 병원에 도착했다. 그곳에는 병원 대신 작은 디저트 가게가 들어서 있었다. 낡은 건물에 밝은색 페인트를 칠하고 창문틀을 새로 만들고 유리창에 스티커를 붙이는 등 공을 들여 인테리어를 했지만, 해결할 길 없는 조잡한 기운이 뿜어져나왔다. 좌절감이 들었다. 실망스러운 마음이 피어났다. 엄청난 부자가 되었더라도 수의사가 여전히 그곳에서 병원을 운영하고 있을 거라고 믿었는데.

가게에는 손님이 한 명도 없었다. 하루종일 아무도 찾아오지 않는 것 같았다. 선반 위에 진열된 스콘과 구운 과자는 오래되어 보였다. 그래도 그녀는 트레이에 스콘과 카늘레, 마들렌 여러 개를 담았다. 따뜻한 커피도 한 잔 주문했다.

"원래…… 동물병원이 있지 않았나요?"

불행인지 다행인지 사장은 수다쟁이였다. 누군가 말을 걸어주기만을 기다린 듯 계산대 건너편에 앉아서 쉴새없이 자신의 이야기를 늘어놓았다. 창업할 생각을 어떻게 하게 되었는지부터 이곳을 지금처럼 만드느라 얼마나 고생했는지까지 한참 동안 이야기를 늘어놓았다. 그녀는 적당히 맞장구를 치며 사장의 말을 들었다(그런 척했다). 하지만 커피와 디저트에는 손도 대지 않았다.

"여기가 얼마나 지저분하고 정신없었는지 아세요? 창문을 다 막아놔서 빛도 안 들어오고…… 아휴 참. 아, 저 소리 들려요?"

뭉툭한 소리가, 어딘가 뭉개진 듯한 소리가 저 멀리서 날아와 그들 주위에 도달했다가 어느새 떠나가고 있었다.

"비행기 소리예요."

그녀는 놀라움을 숨기며 고개를 끄덕였다. 방음창의 기능은 엄청났다. 전에 여기서(혹은 수의사의 집에서) 들었던 것과 다르게 지금의 소리는 너무나 깔끔하고 매끈했다. 아무것도 해치지 못할 것 같았다. 그 무엇에도 영향을 미치지 못할 것 같았다.

"방음창을 제일 비싼 걸로 했거든요. 얼마인지 알면 아마 깜짝 놀랄걸요. 저는 여기에 와서 디저트를 먹는 사람들에게 최선을 다하고 싶었어요."

여기에 누가 와? 그런 생각을 하며 그녀가 물었다.

"그전에 여기에 있던 병원은…… 망했나봐요?"

갑자기 사장의 미간이 찌푸려졌다.

"왜 그렇게 생각하세요?"

"네?"

"왜 망했다고 생각하시냐고요."

"아, 저는……"

"여기가 너무 외진 곳이어서요?"

그녀는 당황해서 손사래를 쳤다. 사장이 자리에서 일어나더니 그녀의 접시를 보며 말했다.

"하나도 안 드셨네요? 미안해요. 내가 너무 말이 많아서 그런 거죠? 조용히 할 테니 얼른 드셔보세요."

그녀는 억지 미소를 지으며 스콘을 천천히 입으로 가져갔다. 입은 크게 벌렸지만 최대한 조금 베어 물었고, 그 부분이 사장에게 보이지 않게 접시 위에 올려두었다. 겉은 질깃했고 밀가루가 뭉친 맛이 났다. 그리고 지나치게 짠 맛. 버터의 풍미 같은 건 없었다. 예상보다 훨씬 더 별로였다. 그녀는 표정을 유지하려고 노력하면서 말했다.

"아주 맛있어요."

그녀의 말에 사장이 빙그레 웃었다. 그러고는 곧 정색하고 고개를 절레절레 흔들었다.

"죽었대요."

"누가요?"

그녀는 스콘을 목구멍으로 억지로 넘기며 물었다.

"원래 여기 있던 동물병원 선생님이요. 교통사고로 갑자기 돌아가셨다고 했어요. 부동산 아저씨가 그러더라고요. 사람 삶이 참 허망하다고."

죽었다고? 순간적으로 그녀는 그 의미를 파악할 수 없어서 눈만 깜빡거렸다. 곧 귀에서 이명이 들리기 시작했다. 순식간에 눈앞이 뿌예졌다. 온몸의 수분이 증발한 것 같은 기분이 들었다. 피부가 바짝바짝 타들어가는 것 같은 기분. 그녀는 식은 커피를 후루룩 마셨다. 죽었다고? 머릿속이 하얗게 표백되고 뇌 속의 스위치가 하나씩 내려지는 느낌. 끔찍해. 죽었다고? 죽었다고? 어쩌면 좋아? 그녀는 남은 스콘을 입안에 쑤셔넣었다. 마들렌과 카늘레도. 사장은 그녀가 먹는 모습을 만족스럽게 바라보았다. 그녀가 물었다.

“언제요?”

“뭐가요?”

“그…… 여기 동물병원 의사 선생님이 죽은 거요.”

사장은 어깨를 으쓱했다.

“정확하게는 몰라요. 제가 부동산 아저씨한테 그런 이야기를 들은 게 작년 말이었어요.”

그녀는 마지막으로 남은 힘을, 초인적인 힘을 발휘했다. 평정심을 유지하며 자리에서 일어났다. 그녀가 괜찮다고 했지만, 사장은 기어코 남은 디저트를 포장해줬다(선심을 베풀듯, 어려운 일도 아니라는 말을 덧붙이면서). 그녀가 차에 올라탈 때까지, 아니 그후에도 사장은 미소를 지으며 그녀를 바라보고 있었다.

그녀는 덜덜 떨리는 손으로 차를 출발시켰다.

사장의 시야에서 벗어나자마자 차를 멈췄다. 그리고 오랫동안 거기에 남아 있었다. 슬픔과 참담함이 한바탕 몰아치고 난 후, 그녀는 올해 초에 남편과 함께 간 식당에서 수의사를 봤던 걸 떠올렸다. 그건 착각이었던 거야. 정말? 착각한 거야? 그녀는 그 식당에서 빠르게 뛰던 자신의 심장을 기억했다. 귀 뒤의 맥박을 세던 자신의 리듬을 기억했다. 인중에 맺힌 땀을 기억했다. 얼굴이 왜 그렇게 창백해? 그렇게 물어보던 남편의 목소리를 기억했다. 그녀는 고개를 저었다. 그렇다면 작년 가을에 호텔 카페에서 본 사람은? 그건 분명히 수의사였어. 아닌가? 그것도 착각이었나? 아니야. 착각이 아니야.

저 멀리서 비행기가 날아오는 게 보였다. 그녀는 차에서 내렸다. 비행기 소리가 고막을 찢을 듯했지만 귀를 막지 않았다. 그녀는 비행기를 뚫어지게 바라보았다. 비행기를 탄 사람들이 자신을 발견하기를 바라면서. 저기 봐, 저 여자 무척 대범해 보이네, 하고 손가락질하기를 바라면서. 그녀는 갑자기 못 견디게 부끄러워졌다. 주체할 수 없을 정도로 창피한 마음이 들었는데, 왜 그런지는 몰랐다. 그녀는 조수석에 놔둔 (남은 디저트가 들어 있는) 종이봉투를 꺼내서 길가에 힘껏 던졌다. 그러고는 쭈그려앉아서 아까 먹은 디저트를 모두 게워냈다.

젊은 여자는 소파에 기대어 잠들어 있었다. 선장은 여전히 여기저기를 왔다갔다하는 중이었다. 이상했다. 더이상 샅굴부위의 통증이 느껴지지 않았다. 통증이 사라졌다. 어떻게 그럴 수가 있어? 약을 먹기 전에 통증이 사그라든 적은 한 번도 없었다. 그녀는 선장을 다시 한번 바라보았다. 그러자 아까 선장을 보며 느꼈던 감각—신체 말단에서부터 무언가 꿈틀거리며 올라오는 것 같은—이 되살아났다. 한층 더 선명해졌다. 그녀는 비로소 그 감각의 정체를 알 수 있었다. 선장의 옷은 젖어 있었고 몰골은 엉망이었다. 그의 팔다리는 온통 긁힌 상처투성이였다. 그런데 머리 모양만은 그대로였다. 물에 젖으며 헝클어졌었는데, 마르면서 다시 처음의 모양을 되찾은 것이었다. 그것 때문이었다. 그것 때문에 그녀는 마음이 저릿해졌다. 참을 수 없었다.

"울어?"

그녀 쪽으로는 눈길도 돌리지 않겠다는 듯 앉아 있던 그가, 그녀가 우는 걸 알아차리고는 당황한 목소리로 물었다. 그녀는 고개를 저었다.

"왜 울어? 이제 돌아가기만 하면 되는데. 여보, 걱정 마. 우린 무사히 육지로 돌아가게 될 거야."

남편은 그렇게 말하며 팔을 뻗어(그는 이번에도 남편이 손을 잘 뻗을 수 있게 몸을 뒤로 빼주었다) 그녀의 눈물을 닦아주었다. 사실 닦아주지는 못했고, 그런 시늉으로 끝났다. 육지라는 말 때문에 그녀는 자신들이 바다 위에 머문 지 아주 오래된 것 같다는 착각에 빠졌다. 그녀는 눈물을 줄줄 흘리며 까만 바다를 바라보았다. 그녀는 남편에게 말하고 싶었다. 무엇을? 살굴부위의 통증이 시작된 게, 수의사가 죽었다는 소식을 들은 직후의 일이라는 것을. 그래, 이제 그녀는 이 인과관계를 무시할 수 없었다. 인정할 수밖에 없었다. 남편에게 자신의 부정을 고백하고 싶은 건 아니었다. 절대로 그런 건 아니었다. "여보, 수의사가 죽었대." 그녀가 그렇게 말한다면 남편은 이렇게 질문할 것이다. "수의사? 우리가 다녔던 병원의 수의사가 죽었어? 공기의 담당의가 죽었어?" 그리고 덧붙이리라.

"그걸 어떻게 알았어?"

그게 핵심이었다. 남편은 그런 식으로 부지불식간에 핵심을 찌를 것이다. 수의사가 죽었다는 걸 알아차리게 되기까지 그녀가 들여야 했던 그 수고로움. 그녀가 소진한 것들. 감수할 준비가 전혀 되어 있지 않았던, 절대로 만회할 수 없는 손해, 손실들. 전화를 거는 데 한 달, 찾아가는 데 한 달, 도합 두 달이 걸렸다. 그렇게 하지 말았어야 했어. 없는 번호라는 안내음을 들었을 때 그만뒀어야 했어. 아, 도대체 몇 번의 기회를 놓친 거야? 처음 수의사의 집으로 가려고 차의 시동을 걸었다가 마음이 무너지는 것 같았을 때, 그때 포기했어야 했다. 수의사의 집에 아무도 살지 않는다는 걸 알았을 때, 그때라도 그냥 집으로 돌아왔다면 좋았을 것이다. 그랬다면 수의사가 죽었다는 소식을 알지 못했을 테니까. 그랬다면 그녀의 기억 속에 수의사는 영원히 엄청난 부자가 된 채로 남아 있었을 것이다. 살아 있는 채로, 그녀의 세상 속에 남아 있었을 것이다.

이제 그녀는 옆자리에 앉은 그의 시선을 느꼈다. 돌풍이 지나간 후에는 자신을 한 번도 쳐다보지 않았던 그가 이제는 노골적으로 자신을 바라보고 있었다. 하, 어떻게 그럴 수 있었을까? 지난 몇 년 동안 그녀는 그가 남편과 연락을 하는지 어떤지 궁금했지만, 그런 걸 묻지 않을 수 있었다. 참을 수 있었다. 인내심을 발휘할 수 있었다. 하지만 어째서 수의사에 대해서는 그럴 수 없었던 걸까? 나의 교만이 그 작은 개를 죽였다는 걸 알면서도 왜 실수를 반복한 걸까? 왜 조바심을 내며 수의사를 찾아가도 된다는 건방을 떨었을까? 어째서……

그때 쿵, 하는 소리가 났다. 배가 좌우로 흔들렸다. 아주 잠깐이었고, 그리 심한 수준은 아니었다. 다만 파도가 잔잔하고 바람도 한 점 없었기 때문에 방심하고 있던 몇 명이 구조물에 부딪혔다. 그 바람에 작은 비명이 터져나오긴 했지만, 돌풍 속에서 고생했던 것에 비하면 그건 그저 작은 해프닝 같았다. 하지만 곧이어 사람들은 어리둥절함을 느꼈다. 배가 멈췄기 때문이었다. 배가 멈췄어? 갑판으로 뛰어간 선장의 얼굴이 구겨졌다. 그리고 드디어 선장의 입에서 불평이, 좌절감 어린 한탄이 터져나왔다.

"이런 젠장!"

선장은 지치고 피곤한 투로 요트의 스크루가 어선이 근처에 쳐 놓은 그물에 걸렸다고, 곧 해경이 올 거라고 말했다. 돌풍 속에 머물렀던 것에 비하면 훨씬 덜 막막한 상황이었고, 그들을 구출할 사람들이 오는 중이었지만, 배 안에는 (아까까지는 찾아볼 수 없었던) 분노감이, (약간의 과장을 곁들여서) 끊임없이 이 배에 찾아오는 불운으로 인한 분노감이 감돌았다. 젊은 여자가 중얼거리듯 말했다.

"내 인생 최악의 밤이야."

선장은 갑판으로 나가서 그물을 풀려고 시도했다. 어쩔 수 없다는 듯이 몇몇 사람들도 갑판으로 나가 선장을 돕기 시작했다(하지만 별 도움은 안 되었을 것이다). 그녀의 남편도 나갔지만, 그와 그녀는 꼼짝도 하지 않았다. 실내에 남아 있던 누군가 코웃음치듯 말했다.

"다시는 배를 타나봐라!"

그 말이 무슨 기폭제라도 된 것처럼, 마치 배가 그 말을 알아듣고 복수라도 감행한 것처럼 순식간에 한쪽으로 툭, 하고 기울었다. 계단이 있는 줄 알고 발을 내디뎠다가 온몸이 휘청이는 것처럼. 왜? 어째서? 돌풍이 부는 것도 아닌데, 어째서 이런 일이 벌어진 거야? 예상치 못한 상황에 겁에 질린 사람들이 소리를 질러 댔다. 선장이 소리쳤다.

"꽉 잡아요!"

그녀는 그 말대로 했다. 두 손으로 옆 기둥을 꽉 잡았다. 발이 차가웠다. 물에 젖은 느낌이 들었다. 처음엔 착각인 줄 알았다. 돌풍 속에서도 그런 착각을 했었으니까. 이렇게 고요한 바다 위에서 배가 기울고, 내가 물에 젖을 수가 있어? 하지만 아니었다. 착각이 아니었다. 어느새 그가 두 팔을 둘러 그녀를 안은 채로 기둥을 잡고 있었다. 절대로 그녀를 놓치지 않겠다는 듯이. 그리고 그녀의 귀에 대고 빠르고 낮은 목소리로 말했다.

"내가 아까 돌풍 속에서 깨달은 게 하나 있어."

"뭐라고?"

이리저리 흔들리며 그녀가 되묻자 이번에는 그가 결연한 투로 소리치듯 말했다.

"아까 비바람이 몰아칠 때, 알게 된 게 있다고!"

그녀는 세차게 고개를 저었다. 그들이 있는 자리로 또 한번 물이 왈칵 들이쳤다. 포효하듯 물이 배 안을 점점 점령하고 있었다. 무언가 깨지는 소리가 들렸고, 갑자기 실내등이 툭 하고 꺼졌다. 어두웠다. 주위가 너무 어두워졌다. 오, 빛이 사라졌어. 공포에 찬 비명이 들렸다. 서로 이름을 부르는 소리가 들렸다. 사람들의 목소리가 엉켜서 누구의 이름을 부르는지 알아들을 수 없었다. 그래도 용케 이 말은 알아들었다.

"물속으로 뛰어들어야 해!"

물속으로 뛰어들려면 갑판으로 나가야 했다. 그와 그녀는 있는 힘을 다해 갑판 쪽으로 기어갔다. 물이 몸 전체를 완전히 덮쳤다. 물, 사방이 물이었다. 으르렁거리는 물. 사납도록 으르렁거리는 물. 숨이 막힐 것 같았다. 그녀의 몸이 그녀의 것이 아닌 것 같았다. 정신을 차릴 수가 없었다. 물속, 그리고 물 밖. 반복. 숨이 막혔다가 다시 트였다. 반복. 끝나지 않을 것 같은 반복. 무슨 일이 일어나고 있는지는 알 수 없었는데, 물속에 들어갔다가 나오는 그 순간만은 너무 천천히 흘러가는 것 같았다.

그리고 다음 순간, 그녀는 배가 아니라 물위에 있었다.

몸이 너덜너덜해진 것 같았다. 목구멍과 콧구멍으로 들이친 바닷물 때문에 자꾸 기침이 났다. 머리에서 무언가(피였다)가 얼굴을 타고 계속 흘러내렸다. 눈을 뜰 수가 없었다. 다른 사람들도 배 안에서 부서져 나온 부유물에 의지한 채 물위에 둥둥 떠 있었다. 주위가 너무 어두웠다. 하지만 괜찮을 것이다. 어둠에는 곧 익숙해질 것이다. 그런 건 아무 문제도 되지 않을 것이다. 여기저기서 흐느끼는 소리가 났다. 하지만 아무도 불평하지 않았다. 화를 내지 않았다. 구출되지 못할까봐, 저체온증에 걸릴까봐, 지금 입은 부상이 영구한 손상을 남길까봐 너무 두려워서 다른 감정은 느낄 수가 없었다. 어둠 속에서 그녀의 남편이 그녀를 불렀다. 남편은 그녀의 목소리가 들리는 쪽으로 헤엄쳐왔다.

"여보, 이거 피야? 괜찮아?"

그녀는 남편의 말에 건성으로 대답하고 어둠 속을 두리번거렸다. 그를 찾았다. 너무 어두워서 얼굴을 구분하기가 어려웠다. 그의 이름을 부르고 싶은 마음이 간절했다. 어디선가 속삭이는 말소리가 들렸다.

"아홉 명 모두 배에서 탈출했어. 내가 세봤어."

아, 왜 숫자를 셀 생각을 못했을까? 그녀가 남편에게 속삭였다.

"모두 무사하대."

자신이 한 말 때문에 그녀는 새삼스레 놀라움을 느꼈다. 파도소리가 너무 평화로워서 무언가 거대한 착각에 빠진 것 같았다. 무지개다리를 건너다. 물속에서, 사방이 어둠뿐인 물속에서 파도소리를 들으면서 그녀는 그 말을 떠올렸다. 무지개다리를 건너다. 그녀는 그 말이 치밀한 속임수를 품고 있다고 생각했다. 죽은 대상을 영원히 행복하게 만듦으로써 이득을 얻는 건 결국은 살아남은 사람들이라고. 죽은 대상이 기필코 행복하게 남아야 하는 건, 다름 아닌 살아남은 사람들을 위해서라고. 하지만 그게 그저 속임수에 불과한 걸까? 손실뿐인 속임수인 걸까? 손실뿐인 속임수라는 게 이 세상에 과연 존재하는 걸까? 오, 세상에. 그녀는 흐느끼기 시작했다. 아까 돌풍이 몰아칠 때, 죽을지도 모른다는 위협 속에서 그녀는 자신이 진실에 가닿았다고 믿었었다. 허위의 가면을 집어던짐으로써 진짜 자유를 얻었다고 생각했다. 하지만 정말 그랬었나? 아니다. 진짜 자유를 얻었다는 그 믿음이야말로 허위에 불과한 것이었다. 아니다. 가면을 집어던지는 바로 그 행위 자체가 허위에 불과한 것이었다. 아니다. 그녀는 모멸감에 대해 생각했다. 응당 느껴야 했던 모멸감, 수치심, 혹은 혐오…… 아니다. 이런 판단 역시 언젠가는 잘못된 것으로 판명이 날 테지. 지금 떠올린 생각이 영원히 진실로 남을 수 있는 유일한 방법은 그녀가 죽음을 맞이하는 것뿐이었다. 그렇게 된다면 어떤 생각들은 영원히 그녀의 세상에서 진실로 남게 될 것이다. 하지만 그것은 더이상 그녀의 것이 아니게 되리라. 그것은 주인을 잃어버린 부유물, 정박할 기회를 잃어버린 구조물에 지나지 않게 될 것이다.

시간이 꽤 흐른 것 같았다. 왜 아무도 오지 않는 거지? 정말로 이렇게 죽는 걸까? 추워서 이가 딱딱 부딪치고 몸에서 힘이 점점 빠져나갈 때쯤, 사람들이 하나둘 겁에 질려서 패닉에 빠지기 직전, 마치 그렇게 될 때까지 기다리기라도 했다는 듯 저 멀리서 서치라이트의 희미한 빛이 보이기 시작했다. 사람들이 마지막 힘을 다해 소리를 질렀다. 마구마구 질렀다. 하지만 소리를 지를 필요는 없었다. 그들에게는 구명등이 있었으므로. 선장이 먼저 구명등을 꺼내 비추었고, 다른 사람들도 따라서 그렇게 했다. 사람들을 향해 배가 다가왔다. 밧줄이, 말 그대로 생명의 밧줄이 그들에게로 던져졌다. 해경은 아니었고 조업을 하러 나온 어부들이었다. 어부들은 이런 상황에 대비해 교육을 받았다고 했다.

"이제 괜찮을 거예요. 안심하세요."

사람들이 모두 조업선에 올라탔을 때, 한 어부가 말했다.

"당신들은 두번째 기회를 얻은 거예요."

죽을 위기를 가까스로 모면하고 방금 전까지 차가운 물 속에서 덜덜 떤 사람들을 위로하려는 말이었을 테지만, 아무도 그 말에 대꾸하지 않았다. 물론 시간이 흐른 후에는 물에 빠졌던 사람들 스스로 그런 말을 내뱉게 될지도 모르지만, 적어도 지금은 아니었다. 그럴 준비가 되어 있지 않았다.

그가 그녀와 남편 곁으로 다가왔다. 그는 팔이 부러져서 간단하게 부목을 대고 있었다. 그런 것까지 조업선에 준비되어 있다는 사실에 그녀는 조금 감격스러운 마음마저 들었다.

"저것 좀 봐."

그가 멀쩡한 팔로 어딘가를 가리켰다. 저멀리, 요트가 서서히 물아래로 가라앉고 있었다. 세상에, 저게 얼마짜리인데…… 저걸 어째? 그런 생각을 하며 그녀는 선장을 바라보았다. 선장은 요트 쪽으로는 눈길도 주지 않았다. 대신, 젊은 여자가 가라앉는 요트를 보며 발을 동동 굴렀다. 그녀는 마음이 찢어지는 것 같았다. 선장에 대한 연민으로 마음이 일렁거렸다. 그건 정말 진실한 감정이었다.

"십억이 가라앉는다. 영원히 바다 아래로."

남편의 말투에서 동정심이나 아쉬움은 찾아볼 수 없었다. 오히려 선고를 내리는 것처럼 엄숙하고 근엄했다. 하지만 뭐가 죄인데? 알 수 없었다. 죄가 있다 한들 선고를 내릴 자격이 남편에게 있어? 없었다. 남편뿐만 아니라 그녀 자신에게도 없었다. 그리고, 그에게도. 그리고…… 그 순간 그녀는 살굴부위, 아니 와이존의 통증이 영원히 자신의 곁을 떠났다는 걸 알 수 있었다. 이제 다시는 그런 통증을 느끼지 못하게 되리라…… 그녀는 그를 바라보았다. 내가 아까 돌풍 속에서 깨달은 게 하나 있어. 그는 그렇게 말했었다. 이제 그는 그 어느 때보다 자연스러워 보였다. 어색함은 눈곱만치도 찾아볼 수 없었다. 그래도 어느 정도의 결연함은 남아 있으리라고, 여전히 그러리라고 그녀는 생각했다. 문득 이런 질문이 떠올랐다. 어부들은 저이의 팔에는 부목을 대주었으면서 왜 내 이마의 상처는 가만히 둔 거지? 이렇게 피가 많이 흘렀는데? 그녀는 두리번거리며 어부들을 찾았다. 이마의 상처에 정성스럽게 약을 발라주고, 거즈를 대주고, 반창고를 붙여줄 사람들을. 물론 배 안에는 상비약이 준비되어 있었다. 그녀가 미처 몰랐던 건, 상처에 약을 바르고 거즈를 대고 반창고를 붙이는 건 그녀 자신이 해야 할 일이라는 점이었다.

| 작가노트 |

순간들

「끝없는 밤」과 관련된 여러가지 순간들이 있다. 우선은, 2021년 3월 22일에 내가 꾼 꿈. 날짜를 정확하게 기억하는 이유는, 그날 새벽 잠에서 깨서 허겁지겁 아이폰 메모장에 메모를 했기 때문이다(이 글을 쓰기 위해 날짜를 확인하고는 깜짝 놀랐다. 그렇게 오래전에 꾼 꿈이라니!). 메모할 때에는 아마도 심오한 무언가가 그 꿈속에 있다고 느꼈던 것 같은데, 다음날 아침 맑은 정신으로 확인한 꿈의 내용은 다소 처참했다. 그래도, 한 가지 장면만은 (시간이 흐르는 동안 세세한 부분이 각색되고 변형되었을지언정) 잊히지가 않았다. 침몰하는 배 안에서 죽어가는 남자와 그의 손을 잡고 있는 여자. 꿈속에서 여자는 유부녀였고 남자는 여자의 남편과 오랜 친구 사이였다. 올해 초, 뜬금없이 이 장면을 소설로 써보고 싶다는 생각에 사로잡힌 나는, 어느 날 만난 친구에게 두 부부가 함께 타고 있던 요트(그 요트에서 한 커플의 남편이 다른 커플의 부인에게 고백을 한다)가 전복되고, 그후에 벌어지는 일을 소설로 쓸 생각이라는 이야기를 해줬다. 그런 대화를 나눈 지 두어 달쯤 후에 다시 만난 친구는 내게 그 소설이 불륜에 대한 것이었으면 좋겠다고 말했다. 아마도, 본격적인 불륜 소설, 이라는 단어를 썼던 것 같다(정말 그랬나?).

새로운 소설을 쓰기 전, 나는 항상 플레이리스트를 만들곤 하는데, 그 제목은 소설의 제목을 따르거나, 혹은 (소설 제목이 아직 정해지지 않았을 때에는) 발표할 지면의 이름을 따랐다. 하지만 이 소설의 플레이리스트 제목은 〈하기 싫은〉이었다. 새 소설을 쓰기 시작할 때면 늘 긴장감을 느끼지만, 이번엔 짜증과 두려움이 몰려들었다. 그즈음 나는 나에게 포착되는 세상의 (특정한) 모습, 혹은 내가 세상을 바라보는 방식에 불만이 있었고, 약간은 무기력해져 있었던 것 같다. 충동적으로 적어넣은 네 글자—하기 싫은—를 볼 때마다 나는 어쩔 수 없이 약간은 어리둥절해지고, 씁쓸한 심정이 되었다.

한동안 소설을 쓰러 나가서 제일 많이 한 일(혹은 유일하게 한 일)은 요트에 대한 온갖 영상을 찾아보는 것이었다. 그리고 어느 날 나는 우연히 관광객을 태운 커다란 요트의 전복 사고를 기록한 외국 영상을 보게 되었다. 영상 속 바다 위로 강렬한 햇살이 내리쬔다. 사람들은 웃고 떠들며 두둥실거리는 파도와 바람을 즐긴다. 그러다가 갑자기 모든 것이 끝난다. 배가 기울어지고, 사방으로 물이 들이치고, 누군가의 몸이 선체에 부딪히고 뼈가 부러지는 중이다(그게 너무나 생생하게 느껴져서 내 몸이 아플 지경이다). 카메라는 한동안 물속을 정신없이 비춘다(의도적인 것이 아니다. 카메라를 들고 있는 이는 생사의 갈림길에 서 있는 것이다. 그래도 그는 카메라로 무언가를 찍는 걸 멈추지 않는다). 다음 순간, 사람들은 바다 위에 둥둥 떠 있다(다행히도 그들은 구명조끼를 입고 있다). 주위로는 시체가 떠다니고, 가족을 찾지 못한 사람들이 소리를 지른다. 그러다가, 문득 한 순간. 이상한 고요함이 화면 위에 머물 때가 있었다. 차박차박한 물소리와 푸른 바다, 끝도 없이 펼쳐진 하늘과 내리쬐는 햇살. 물위에 떠 있는 사람들. 만약 누군가가 앞뒤 내용은 알지 못한 채, 그 순간의 화면만 (잠깐) 보게 된다면 그들이 물놀이중이라고 착각할지도 모를 만한 그런 순간. 너무나 고요하고 광활해서 그냥 지나쳤을지도 모르는 타인의 재난, 공포, 슬픔. 카페에서 그 영상을 보던 나는 눈물을 줄줄 흘렸다. 왜 그런지는 몰랐다. 그후로도 가끔 영상 속 장면들—물속에 잠겼다가 솟구치는 카메라의 앵글, 푸른 바다, 강렬한 햇살, 구조선이 왔을 때의 사람들의 표정을 떠올렸다. 가족을 잃어버린 사람들의 눈물과 공포를 떠올렸다. 그러고 나면, 그 모든 과정을 찍은 사람에 대한 존경심과 경멸이 함께 솟구쳐올랐다가 사라졌다.

그리고, 어쩌면 내가 하고 싶은 일이야말로, 물속에서 그 모든 과정을 찍은 일과 정확하게 맞아떨어지는 것이 아닌가 하는 생각이 들었다. 아니다, 사실 이 문장은 거짓이다. 그땐 이런 생각을 못했다. 이건 지금 이 글을 쓰는 동안 떠오른 것이다. 당연했다.

그땐 마감을 해야 한다는 생각뿐이었다. 하루하루 정해진 분량의 글자를 써내야만 했다. 하루에 이천 자를 쓰지 못하면 집에 가지 못한다. 아침마다 그런 다짐을 했다. 하루에 몇 시간씩 나는 소설 속 세계에 머물렀다. 그러는 동안 내가 느꼈던 짜증과 두려움은 어느새 사라져버렸다. 불만이니 무기력이니 어쩌니 하는 감정들도 사그라들었다. '하기 싫은'이라는 글자는 의미를 잃어버렸다. 그건 그냥 하나의 제목으로 기능할 뿐이었다. 이런 식으로 하나의 세상에 매몰될 수 있다는 것, 다른 사항들을 고려하지 않게 된다는 것, 손쉽게 무감각해지고 무관심해진다는 것은 아무래도 운이 좋은 일인 것 같다. 논리적으로 설명할 순 없지만, 어쩐지 그런 것 같다.

이 소설이 거의 막바지를 향해 갈 무렵 나는 플레이리스트의 제목을 〈하기 싫은〉에서 〈하기 좋은〉으로 바꾸었다. 이미 의미를 잃어버린 글자라고 생각했지만, 그렇게 제목을 바꾼 후에야 나는 안심을 했고 마지막 문장을 쓸 수 있었다.

| 리뷰 |

그녀의 두번째 기회

편혜영(소설가)

손보미의 소설은 결코 최단 경로로 말해지지 않는다. 고통의 시원을 되짚으려는 듯 손보미는 가급적 최장 경로로 우회한다. 어떤 내면도 직설적인 언술로 단숨에 말해져서는 안 되고 고통에 관한 한 인과를 단순화하는 것은 대개 진실로부터 거리가 있기 때문이다. 「끝없는 밤」에서도 마찬가지다. 되도록 멀리, 원거리에서 시작된 이야기는 단정하고 번복하고 부인하고 재고하는 식으로 인물의 내면을 축적하여 서서히 고통의 근원에 진입해간다.

그러다보니 최근의 손보미 소설을 따라 읽어온 독자들이라면 잘 아는 바대로 손보미의 소설은 일반적인 단편소설의 길이로 가늠되어온 분량을 훌쩍 뛰어넘는다. 애초에 팔십 매 내외의 분량이라는 것이 미학적 근거에 기반하기보다는 관습적이고 암묵적인 합의에 가까운 것이기는 하지만, 대개의 단편소설은 그 분량

안에 찰나의 매혹을 담아내기 위해 애쓴 결과물이다. 애를 쓴다는 것은 이를테면 이런 방식으로 이루어진다. 불필요한 정경 묘사를 생략하고 장황한 심리 서술을 압축하고, 산만하게 분산된 이미지를 통일하고 응집력이 낮은 장면을 과감히 잘라내고 에둘러 느긋이 말하기보다 시간과 분량에 쫓긴다는 듯 단숨에 정곡을 찌르는 식이다. 한마디로 '선택과 집중'에 몰두한다.

하지만 손보미의 최근 소설들은 이러한 선택과 집중을 비껴가는 방식으로 쓰이고 있다. 이것이 작가가 압축과 생략에 기반한 단편소설의 미학적 특성을 등한시한다는 의미는 결코 아니다. 오히려 손보미는 마치 인생이 그런 것처럼 단일한 의미와 상징을 거부하고 다층적인 암시와 풍부한 상징, 다의적 해석이 가능한 장면과 이미지를 구축함으로써 고통을 정확히 포착하려 애쓴다. 손보미에게 있어서 정확히 쓴다는 것은 플로베르의 일물일어一物一語와 같이 대상에 꼭 맞는 적확한 단어를 찾아내는 것이라기보다는 고통의 인과를 단정하지 않고 주저하고 머뭇거리다 끝내 진실에 직면하는 과정을 고스란히 기술하려는 노력에 가깝다.

「끝없는 밤」은 표면적으로는 뜻밖의 기회에 요트에 올라탄 사람들이 풍랑을 맞아 좌초하는 어느 밤의 이야기이다. (이런 식의 단순한 요약은 정확한 서술을 위해 끊임없이 앞선 진술을 번복하고 재고하는 손보미 문장의 특징을 염두에 두면 매우 부적절한 요약이다.) 이 요약의 도움을 받아 인생은 항해라는 낯익은 비유를 떠올리는 일은 다소 섣부를지도 모른다. 이러한 비유가 영 의미 없는 건 아니지만 인생이 항해라면 그때 우리가 타야 할 배는 요트보다는 등장인물들이 좌초된 후 구조되어 올라탄 조업선에 가까울 테니까.

주인공인 그녀는 요트에 올라타며 십삼 년 전 사주 보는 남자에게 들은 말을 떠올린다. 그녀가 "엄청난 부자"와 결혼할 것이며 이미 한 번 기회를 놓치기는 하였으나 두번째 기회가 남아 있고, 두번째 남자는 첫번째 남자보다는 덜 부자이지만 "그래도 엄청난 부자"라는 사주 풀이다. 이 점지가 하나의 좌표가 되어 이야기 초반 독자를 이끈다. 아마 독자들은 그녀가 만날 것으로 예상되는 두번째 남자인 '엄청난 부자'가 누구인지 궁금해하며 소설을 따라 읽을 것이다. 그리하여 드디어 요트에 올라타는 지점에 이르면 그녀가 엄청난 부자임이 분명할 요트 주인(이나 혹은 다른 등장인물)과 사랑에 빠지는 이야기가 아닐까 짐작할 것이다. 그녀는 요트 주인을 아는 남편의 친구인 '그' 덕분에 요트에 탈 수 있었다. 한때 그와 만남을 이어가기도 했으나 "그가 선별하는 단어들과 거기에 스며들어 있는 단순함"에 못 견디게 짜증을 느낀 것으로 보아 요트 주인이나 요트에 타도록 초대해준 그는 그녀의 '두번째 남자'가 아닐 것이다.

사주 보는 남자의 점지가 그다지 특별하지 않으며 어쩌면 사건의 핵심에 닿게 할 운명의 풀이가 아닐지도 모른다는 의심이 들 무렵, 드디어 수의사가 등장한다. 이 서술 경로는 그녀가 "한 달 넘게" 밤만 되면 느끼는 통증의 원인을 설명하기 위한 것이기도 하다. 어디가 아프냐는 남편의 질문에 그녀는 처음에는 "난소가 아프다"고 대답하지만 이내 그것은 정확한 부위가 아니고 엄밀히 표현하자면 '샅굴부위'의 통증이라는 것을 알게 된다. 자신이 통증을 느끼는 부위에 대한 "객관적이고 공명정대한 단어"를 찾기 위해 그녀는 다소 시간을 허비했다. 정확한 명칭을 알아내는 것이 중요한 이유는 그렇게 하지 않으면 "자신의 통증이 괄시받을 것 같았"기 때문이다.

그녀에게 '객관적이고 공명정대한 단어'는 고통을 정확히 이해하기 위한 필수 요소이다. 요트에 올라탔을 때부터 그녀가 관심을 기울이는 것도 요트 각 부위의 정확한 명칭이다(선주에게 던진 그녀의 첫번째 질문은 요트 천장의 전면 유리창을 무어라 부르냐는 것이다). 명칭이나 징후가 뚜렷하지 않은 내면을 정확히 포착하고자 그녀의 진술은 번복되고 재고되며 때로 부인된다. 이 소설에 많이 쓰인 술어 중 하나가 '~아니다'라는 부정어인데, 이 술어의 잦은 사용은 그녀가 변덕스러운 성격이거나 상황 인지력이 뒤처져서가 아니라 "명징하고 진실한 감정"을 표현하고자 가능한 한 진술을 번복하고 수정해나가기 때문이다.

갑작스러운 기상 변동으로 요트에서 위기를 겪고 난 후 사람들은 방금 겪은 고난에 대해 허세와 과장을 섞어 무용담처럼 떠들어대지만 그녀는 동참하지 않는다. 다만 자신이 표류 속에서 느낀 깨달음("진실에 가닿는 것. 사태를 똑바로 바라보는 것.")이 준 해방감에 집중한다.

그녀가 직면한 깨달음은 얼마간 스스로를 기만하고 있었다는 점이다. 그걸 인정하고 나자 그간 고통을 준 샅굴부위의 통증이 일순 사라진다. 사실상 "샅굴부위의 통증이 시작된 게, 수의사가 죽었다는 소식을 들은 직후의 일"이라는 인과관계를 인정하고 나자 통증이 사라진 것이다. 해방감은 통증이 사라져서가 아니라 그간의 기만을 벗어버림으로써 생겨났다. 더는 "교만"하지도 자신을 "과신"하지도 않아서 생겨난 일종의 "치유"이자 "자유"이다.

한편 통증은 그녀가 수의사의 죽음을 확인하지 않을 수도 있는 "기회를 놓"침으로 인해 시작되었다. 모르는 채로 있었다면 그녀의 "기억 속에 수의사는 영원히 엄청난 부자가 된 채" 남았을 것이고, 그게 그녀에게 "이득"을 주었을 것이다. 죽은 대상을 행복하게 남겨둠으로써 살아남은 자신의 평안을 도모하는 이득을.

기나긴 밤의 항해는 결국 난파로 이어지고 요트에 승선한 사람들은 차가운 바다에 떠 있다가 조업선에 의해 구조된다. 조업선의 어부가 구조된 사람들을 향해 "당신들은 두번째 기회를 얻은 거"라고 한 말은 사주 보는 남자의 점지와 대구를 이룬다. "첫번째 남자보다는 덜 부자"이지만 "그래도 엄청난 부자"와 결혼할 두번째 기회 말이다. 어부의 말대로 그녀는 죽음의 위기를 겪은 후 생을 향한 두번째 기회를 얻었다. 적어도 이 기회가 사주 보는 남자의 점지대로 엄청난 부자와 결혼할 기회가 아니라는 것은 자명해졌다.

그녀는 비록 수의사의 죽음을 모르고 넘어갈 기회를 잃었지만, 그리하여 신체의 극심한 통증을 느꼈으나 아직 다음 기회가 남아 있다. 뭔가를 얻는 것이 기회가 아니라 뭔가를 모르고 넘어가는 것도 평안을 위한 기회라는 점에서 그러하다. 그녀에게는 안다고 생각하는 "교만"을 버리고 진실을 마주해도 된다는 "건방"을 떨지 않으며 진실을 기만할 기회가 언제든 또 올 것이다. 그게 기회가 될지, 또다른 통증의 원인이 될지 알 수 없지만 말이다.

살굴부위의 통증이 제거되었다고 해서 고통이 사라질 리 없다. 게다가 "죽을 위기를 가까스로 모면"한 밤이 끝나기는 했지만 이 소설의 제목을 상기하면 이런 밤은 단 하루로 마무리되는 것이 아니라 끝없이 이어질 것이다. 가식 없이 고통과 대면한다고 해서 상처가 곧바로 아물지는 않는다. 그저 모호하고 단순한 고통 대신 복잡하고 정확해서 인정할 수밖에 없는 고통과 마주할 뿐이다. 그다음 순서로 "상처에 약을 바르고 거즈를 대고 반창고를 붙이는" 일이 남았다. 그녀도 알고 독자도 알다시피 그 일은 스스로 해야만 한다.

백수린

빛이 다가올 때

작가노트

지워진 것과 남겨진 것

리뷰 | 김화영

홀로 타오른 불이 빛이 될 때

© 신나라

백수린

2011년 경향신문 신춘문예에 단편소설 「거짓말 연습」이 당선되어 등단. 문지문학상, 이해조소설문학상, 현대문학상, 한국일보문학상, 2015년, 2017년, 2019년 젊은작가상 등 수상. 소설집 『폴링 인 폴』 『참담한 빛』 『여름의 빌라』, 장편소설 『눈부신 안부』, 중편소설 『친애하고, 친애하는』, 짧은 소설집 『오늘 밤은 사라지지 말아요』, 산문집 『다정한 매일매일』 『아주 오랜만에 행복하다는 느낌』이 있다.

빛이 다가올 때

인주 언니는 나와 여덟 살 차이가 난다. 다시 말해, '언니'라고 부르지만 유년시절을 함께 통과하거나 학창시절 경쟁하는 사이는 아니었다는 이야기다. 언니는 큰이모의 첫째 딸이었는데, 큰이모는 육남매의 맏딸이 가질 법한 위엄과 자존심을 지닌 여자였고, 그래서 막내인 엄마는 큰이모를 대체로 선망하고 가끔 질투했다. 고등학교를 제대로 졸업하지도 못한 엄마와 달리 큰이모는 대학까지 다녔는데, 할아버지 할머니가 아래로 줄줄이 딸린 세 남동생들을 공부시켜야 하니 고등학교를 졸업하면 회사에 취직해 경리 일을 하라고 했을 때, 큰이모가 자기는 교수가 되고 싶으니 대학에 가야 한다고 말했다는 이야기는 외갓집에서 무용담처럼 전해지곤 했다. 결국 교수가 되지는 못했지만, 큰이모는 입주과외로 등록금을 벌어 국립대에 다녔고, 동생들에게 용돈을 주었으며, 졸업식에서 할머니에게 학사모를 씌워드렸다.

인주 언니는 그런 큰이모를 닮아서인지 사촌들 중에서 공부를 가장 잘했다. 게다가 언니는 효녀로 일컬어지기까지 했는데, 큰이모가 망막색소변성증이 발병해 시력을 점점 잃기 시작하자 큰이모의 눈이 되어주었기 때문이다. 언니가 중학생 때부터 방과후에 친구들과 놀지도 않고 곧장 귀가해 큰이모와 같이 장을 보러 다니거나, 큰이모가 미처 마치지 못한 설거지나 청소를 다시 했다는 건 친척들 사이에서 잘 알려진 일이다. 일찍 철들어 반항하는 법 없이 큰이모와 큰이모부가 원하는 대로 늘 따랐다던 언니. 언니는 정말 놀러 나가지 않았을까? 놀러가고 싶진 않았을까? 어렸을 때 내가 그걸 궁금해하진 않았던 것 같다. 나는 큰이모를 어려워했고 큰이모가 날 무시한다고 생각했는데, 큰이모가 나를 못 본 체하는 것이 아니라 진짜 못 봐서였다는 걸 알게 된 건 꽤 크고 난 이후였다. 큰이모가 진단을 받은 건 언니 나이 여덟 살 때였고, 눈앞에 보이는 풍경의 가장자리에 본격적으로 검은 그림자가 생기기 시작한 건 언니가 열두 살 때부터였지만, 시력을 대부분 잃어 확대경의 도움을 받지 않으면 책이나 신문기사를 아예 읽을 수 없게 되기 전까지 큰이모는 친척들과 있을 때조차 눈이 보이는 연기를 꽤 오래했다.

아무튼 남다른 가정사 속에서도 언니는 좋은 대학에 입학해 대학원까지 갔다. 그 사실이 친척 어른들의 칭찬으로 말미암아 내가 언니에게 부여하고 있던 후광을 더 짙게 해, 나는 언니를 성인聖人처럼 함부로 범접하지 못할 사람으로 오랫동안 여겼다. 그런 언니와의 거리가 가까워진 건 내가 열다섯 살 때, 엄마의 성화로 언니가 여름방학 한 달 동안 영어 과외를 해주었기 때문이다. 그땐 주변에 대단지 아파트가 막 들어섰고, 아직 동네에 다른 세탁소가 생기기 전이어서 엄마 아빠의 세탁소가 유례없는 호황을 맞이하던 시기였다. 언니는 스물세 살이었고, 지금 생각해보면 아직 앳됐을 나이다. 언니는 한국 고전문학을 공부하기 위해 대학원에 진학할 준비를 하고 있었는데, 시력이 더 나빠진 큰이모가 약간의 우울증을 앓고 있었고, 그래서 여전히 학교와 집만 오가던 언니는 평소보다 힘든 시기를 보내고 있었다. 하지만 그 당시 나는 아무것도 몰랐고, 영어 문제를 풀다가 지겨워지면 언니에게 대학 생활 이야기나 연애담을 들려달라고 졸랐다. 그럴 때면 언니는 무척 난감해했는데, 언니의 삶엔 내 관심을 충족시킬 만한 흥미진진한 모험 같은 건 없었기 때문이었다.

언니는 내가 나중에 세계 곳곳을 여행하며 글쓰는 여행작가나 화가 같은 예술가가 되고 싶다고 말하면 "넌 아마 어려울 거야. 첫째잖아. 첫째는 부모를 거슬러 살기가 힘들어"라고 말하는 그런 사람이었지만—당시 언니의 그런 유의 말들은 안 그래도 세상에 대해 커져가던 나의 반항심에 기름을 붓곤 했다—그래도 나는 언니가 좋았다. 언니는 그렇게 말하면서도 내게 『반 고흐: 태양의 화가』 같은 책을 사다주는 사람이었고, 나에게 "내가 몸을 흔들어도,/고운 소리 나지 않지만/저 우는 방울은 나처럼/많은 노래를 알지는 못해.//방울과, 작은 새와, 그리고 나,/모두 달라서, 모두가 좋아"* 같은 시의 아름다움을 가르쳐준 사람이었다. 게다가 달

귀진 불판 위에 올려놓은 듯 마음이 늘 요란하게 달싹이던 당시의 나와 달리 언니는 얼마나 한결같이 차분해 보였던지. 나는 얼어붙은 겨울의 호수처럼 고요한 언니의 어른스러움을 항상 동경했다.

세기가 바뀌고, 나는 대학생이 되었으며, 언니와는 점점 더 마주칠 일이 없어졌다. 친척들의 경조사 때 오가다 마주치면 안부 인사를 주고받았지만 내밀한 이야기 같은 건 나눌 수 없었고, 언니가 비교적 이른 나이에 교수가 되었을 때도 따로 만나거나 하지 않고 축하 메시지를 보낸 것이 전부였다. 큰이모는 무척 기뻐했을 테고, 우리 엄마는 조금 부러워했지만 그때 나는 겨우 스물다섯 살이었고, 외환 위기 직후 고등학교를 다닌 많은 이들이 그랬듯 실용적인 직업을 가져야 한다는 생각으로 간호대학에 진학한 후 우여곡절 끝에 중환자실에서 일하고 있던 상황이었다. 하지만 나는 마음만 먹으면 뭐든 다른 존재가 될 수 있을 거란 착각에서 여전히 벗어나지 못하고 있었다. "돈 많이 벌어서 호강시켜줄 테니 걱정 마." 내가 그렇게 큰소리를 치면 엄마는 하루종일 세탁소에서 동네 사람들의 바짓단을 줄이느라 옷에 잔뜩 붙은 실밥을 떼어내며 말했다. "시끄럽고, 얼른 졸업해서 시집이나 가라."

큰이모는 그로부터 칠 년 후, 내가 한국 간호사들 간의 위계질서와 과도한 업무량에 숨막혀하며 해외 취업을 준비하던 시기에

---

* 가네코 미스즈, 「나와 작은 새와 방울과」.

돌아가셨다. 눈 때문은 아니었고 뇌출혈이었는데, 장례식장에서 큰이모부도 이종사촌 오빠도 봤지만 지금 내게는 유난히 많이 울던 언니의 모습에 가슴이 무척 아팠던 기억만 남아 있다. 하지만 장례식이 끝난 이후엔 또다시 일상에 치여 언니와 연락을 더이상 주고받지 않게 되었고, 몇 달 후 나는 결혼자금으로 모은 적금을 깨서 모두의 반대를 무릅쓰고 뉴욕의 간호사가 되기 위해 떠났다. 그때 나는 서른세 살이었는데, 한 번 사는 인생을 더 넓은 세상에서 근사하게 살아보지 않는 건 아깝다고 생각하던 당시의 내게 기회의 땅 뉴욕은 가장 걸맞은 도시처럼 느껴졌다.

언니와 재회한 것은 내가 뉴욕에서 에이전시 소속 계약직 간호사 생활을 한 지 반년 정도가 되었을 때였다. 언니는 느닷없이 내게 전화를 걸어와 안식년을 맞아 뉴욕의 한 대학 동아시아연구소에 교환교수로 와 있다고 했다. "네가 뉴욕에 있는 줄 알았으면 진작 연락하는 건데, 이제야 알았네." 우리가 맨해튼의 한 카페에서 재회했을 때, 나는 뉴욕 한복판에서 만나는 언니가 너무 낯설었고, 내가 기억하는 모습보다 조금 더 늙어 보인다고 생각했다. 언니는 긴 단발에 금테 안경을 끼고 있었고, 베이지색 얇은 모직 코트 차림이었다. 그날 언니는 카드를 주며 메뉴를 대신 주문해달라고 말했는데, 점원이 언니의 영어를 알아듣지 못할까봐 신경쓰는 것 같았다. 미국에 도착한 지 한 달이 넘어가지만 회화에 자신이 없어 지금껏 영어로는 거의 말을 하지 않고 지냈다고 언니가 내게 고백한 건 대화가 어느 정도 무르익었을 때였다. 그게 어떻게 가능하냐고 물었더니 언니는 한인 부동산을 통해 구한 아파트에 살고 있고, 지금까지는 연구소에 있는 한국 유학생들이나 교수들하고만 어울리며 순두부찌개나 칼국수 같은 걸 사 먹었다고 했다. 언니는 영어권 나라를 방문해본 적이 없었고 영어권 나라는커녕 해외여행 자체를 거의 해본 적 없는 듯했다.

"가족끼리 패키지 여행으로 하이난 가본 거랑 학회로 연변에 가본 게 다야."

"그럼 안 되지. 그렇게 한국 사람들하고만 어울리려면 뉴욕엔 뭐하러 왔어?"

내가 그렇게 타박하듯 말하자 언니는 웃으면서 답했다.

"대학시절부터 친구들이 다들 어딘가로 떠났다 돌아오는 게 부럽더라고. 지금까지 못해본 것들이 꽤 많으니까, 이제라도 다 해보고 싶었어."

그제야 언니가 해외 경험이 거의 없는 이유는 큰이모를 돌보는 데 전념했기 때문이었을 거라는 사실에 생각이 미쳤다. 큰이모와 같이 여행을 다니기는 힘들었을 것이고, 친구와도 잘 나가 놀지 못했다던 언니로서는 큰이모를 두고 혼자 먼 곳을 갈 엄두도 내지 못했을 것이다. 그러자 언니와는 다른 이유에서지만 나 또한 대학시절 부모의 돈으로 쉽게 배낭여행을 가거나 어학연수생이 되어 떠나는 친구들을 부러워했던 기억이 떠올랐다. 언니의 심정이 아르바이트한 돈을 모아 호주로 워킹홀리데이를 갔던 내 심정과 비슷하다면 나는 언니를 조금은 이해할 수 있을 것 같았다.

우리는 그날 카페에서 커피를 마시고 허드슨리버파크를 거닐었다. 허드슨강 너머로 유리로 된 고층건물들이 초봄의 햇살을 받아 번쩍이고 있었다. 언니는 이제야 정말 뉴욕에 온 것 같다고 말했다. 사실을 말하자면 그땐 나도 아직 뉴욕에서 생활한 지 반 년밖에 안 된 처지였고, 에이전시 소속이라 시급이 정규 간호사보다 낮은데다 그나마 번 돈조차 초기 정착 비용으로 모조리 써서 뉴욕을 제대로 누릴 여유가 없었다. 하지만 나는 언니에게 지금껏 언니가 경험하지 못한 것들을 누리게 해주고 싶었다. 언니의 삶에 큰이모가 얼마나 많은 부분을 차지했는지 알고 있었고, 그런 큰이모를 잃은 걸 계기로 용기를 내 떠나왔으리라 생각하자 언니가 조금 안쓰러워져 도와주고 싶었던 것이다.

그렇게 해서 십 개월 뒤면 귀국하게 될 언니와의 교류가 시작됐다. 그후 우리는 일주일에 한두 번씩 만나 같이 미술관에 가거나 뮤지컬을 보았고 관광명소를 찾아다니며 시간을 보냈다. 언니에겐 돈이 있었고 주 3일밖에 근무를 않던 내겐 시간도 해보고 싶은 것들도 아주 많았기 때문에 우리는 서로에게 좋은 파트너가 되어주었다. 언니는 늘 밥과 커피를 사주었고, 내가 가장 저렴한 마트 브랜드의 치약과 대용량 파스타를 사는 걸 알고 난 이후엔 소고기나 연어 같은 걸 사서 들려 보내기도 했다. 언니에게 친구들이 생겼으면 하는 마음에 한번은 동료 간호사들과 바비큐 파티를 할 때 언니를 불렀는데 낯을 가리는 언니는 거절했다. 나는 언니에게 영어회화 수업을 들어보는 게 어떻겠냐고 제안해보기도 했지만, 언니보다 훨씬 어리고 he has 대신 he haves라고 말하거나 I ate 대신 I eated라고 말하는 아이들 틈에서 영어를 배우는 걸 언니가 자존심 상해한다는 걸 금세 이해했고, 그후로 더는 강요하지 않았다. 언니와 단둘이 베이글이나 도넛을 사서 유니언 스퀘어 근처 공원에 앉아 있거나, 브루클린 다리 밑에서 열리는 벼룩시장을 구경하러 가는 날들이 한동안 이어졌다. 영화에 나온 것처럼 도로에 줄지어 있는 옐로 캡이나 건물 앞에 펄럭이는 성조기, 타임스스퀘어의 전광판 따위를 보거나 거리에서 풍겨오는 낯선 향신료 냄새를 맡으면 업무에 쫓겨 화장실도 제때 가지 못할 때마다 이러려고 미국까지 온 걸까 싶던 자괴감은 온데간데없이 사라지고 가슴이 뛰었다. 그러다 한번은 언니가 담배를 피워보고 싶다고 해서 우리집에서 같이 피우기도 했다. "나 태어나서 처음 피워보는 거야!" 캑캑거리며 언니는 기뻐했지만 나는 대학교 1학년 때 해보고 진작 졸업한 그런 일 자체보다는 언니가 즐거워한다는 사실이 더 좋았다. 이제 내가 커서 언니에게 무엇인가를 보여주게 됐다고, 보다 넓고 새로운 세상을 경험하게 해줄 수 있게 됐다고 생각하면 꽤 뿌듯한 기분이 들었다.

언니와 즐겨 가는 식당과 카페가 생겼고, 루틴이 생겼다. 뉴욕의 웬만한 관광지들을 섭렵한 이후엔 일주일에 한 번 웨스트빌리지의 근사한 카페들을 찾아가 같이 공부를 하다가 근처의 맛집에서 저녁을 먹은 후 헤어지는 일이 쉬는 날의 코스처럼 자리잡았다.

언니와 그렇게 카페 창가 자리에 앉아 초록빛으로 물든 울창한 가로수와 고즈넉한 벽돌 건물들을 보다보면 이따금씩 비현실적인 기분을 느낄 때도 있었다. 우리가 마주앉아 공부를 하고 있다는 사실이 열다섯 여름의 기억을 불러왔기 때문일 것이다. 몇 개월 사이 십 센티미터나 커버린 키와 붉은 여드름이 가득 돋은 이

마뿐 아니라, 뭐든 될 수 있을 것 같지만 동시에 아무것도 될 수 없을 것 같은 나란 존재 자체를 견디기가 힘들었던 그 시절. 그때 나는 몇 개월 전 우리 반에 왔다 떠난 교생 실습생에게 난생처음 사랑에 빠져 있었다. 이따금 편지를 보내거나 음성사서함에 메시지를 남기는 식으로 내 속마음을 털어놓던 그를 제외하면 까마득하게 나이 많아 보이던 언니는 당시의 내가 대화를 하고 싶어하던 유일한 어른이었다. "언니는 왜 교수가 되려고 해?" 어느 날 내가 그렇게 물은 건 늘 그랬듯 영어 문제 풀이를 듣는 것이 지겨워져서였을 것이다. 언니는 연애를 해본 적도, 술에 취해 필름이 끊겨본 적도, 데모를 해본 적도 없었으므로 더 재미있는 화젯거리는 떠오르지 않았다.

"엄마 꿈이 교수였거든."

"그렇다고 언니가 교수가 되어야 하는 건 아니잖아."

"그럴 순 없어."

언니는 그날 나에게 큰이모가 언니를 임신하는 바람에 당뇨에 걸렸고, 아마 그것 때문에 시력을 잃는 병에 걸렸을지도 모른다고 누군가 말하는 걸 어렸을 때 우연히 들은 적이 있다고 했다.

"나 초등학교만 입학시키고 나면 대학원에 가려고 엄마는 매달 생활비 일부를 적금으로 붓고 있었대. 그날이 오기만을 기다리고 있었는데 나 때문에 일이 그렇게 되어버렸으니 내가 엄마 꿈을 대신 들어줄 수밖에."

그렇게 말할 때 언니의 얼굴은 무척 슬퍼 보였다. 지금 생각해보면 언니는 언니 몫이 되어선 안 되는 죄책감을 끌어안고 있었던 것 같고, 그런 감정을 품고 오랫동안 많은 걸 미리 포기하고 억누르며 살았을 언니를 생각하면 마음이 아프다. 하지만 당시의 어린 나는 그런 것들을 이해하지 못했다. 그때의 나는 언니의 우수에 젖은 듯한 그 분위기가 그저 근사하다고 생각했을 것이다. 마치 비련의 여주인공처럼. 당시 나는 교생 실습생에 대한 사랑의 열병에 도취되어 있었고, 세상의 모든 것에서 비애와 드라마를 발견하고 있었으니까. 그런 시각으로 보면 대학 근처도 가보지 못해놓고 좋은 대학에 가야 한다고 나를 들들 볶거나 일기장을 뒤져 보는 엄마, 술만 취하면 나와 남동생을 깨워 일장연설을 늘어놓는 아빠에게 반항하는 나는 운명에 맞서는 영웅이었다.

지금 나는 그 시절엔 지긋지긋하게만 느껴지던 세탁소에서의 익숙한 일요일 오후 풍경을 다시 떠올려보고 있다. 열기로 가득한 한여름의 세탁소. 예배를 마치고 돌아온 엄마는 색색의 실패가 층층이 쌓인 테이블 앞에 앉아 때가 묻은 야마토 미싱을 돌리고 있고, 아빠는 러닝셔츠 차림으로 땀을 뻘뻘 흘리며 손잡이에 가제 손수건을 댄 다리미로 셔츠를 다리고 있다. 선풍기가 돌아가면 벽에 매달아놓은 일력이 펄럭이고 세탁물을 담아둔 비닐싸개가 서로 부딪치며 부스럭거리는 소리를 낸다. 나는 실밥과 자투리천이 바닥에 가득한 세탁소의 한구석, 옷더미와 장부, 전화기, 라디오 따위가 어수선하게 놓인 테이블 위에 한자 노트나 영어 노트 따위를 펴놓고 숙제를 하고 있을 것이다. 회상 속에서 엄마 아빠는 피로한 것 같긴 하지만 조금도 슬퍼 보이진 않는다. 나는? 나 역시 불만으로 가득했지만 불행한 것과는 거리가 멀었다.

유년시절 세탁소는 내게 가장 안락한 공간이었다. 엄마의 미싱 소리, 세제 냄새가 밴 습하고 더운 공기, 라디오에서 흘러나오던 디제이들의 유쾌한 목소리. 엄마 아빠가 교회에 가면 언제나 내가—남동생이 아니라 언제나 나였다—손님들의 세탁물을 찾아 건네거나 받아두어야 했던 그 공간. 하지만 언젠가부터 나는 그곳을 매우 비좁다고 느끼기 시작했고, 그곳에 앉아 "五更燈影照殘粧 欲語別離先斷腸 落月半庭推戶出 杏花踈影滿衣裳"* 따위의 엄마 아빠가 해석할 줄 모르는 한시를 내가 읽고 있다는 것, 누군가에게 편지를 쓸 때마다 "잘 지네고 있냐?"라고 쓰는 아빠나, 포스트잇에 "시게 약 살 것"이라고 적는 엄마는 내게 설명해줄 수 없는 to 부정사와 동명사의 차이를 내가 배우고 있다는 사실을 아주 예민하게 느끼기 시작했을 것이다. 밖에 소나기가 떨어지기 시작하거나 눈송이가 날리기 시작하면 나는 세탁소의 유리문 너머를 영화 스크린 보듯 바라보며 조용히 it's starting to rain이라거나 it starts snowing이라고 발음해보곤 했다. 묘한 슬픔이 뒤섞인 우월감을 느끼며. 많은 이들이 그렇게 자기의 부모를 딛고 새로운 세계를 향해 앞으로 나아갔다.

그즈음 우리는 개리를 이미 마주쳤을 테지만 아직 그의 이름을 알지는 못했다. 개리는 '룩스Lux'란 이름의 카페에서 직원으로 일하고 있었다. 우리가 그 카페를 즐겨 찾기 시작했을 무렵 언니는

* 정포鄭誧, 「제양주객사벽題梁州客舍壁」.

이제 영어로 말하는 것에 아주 조금이지만 자신감이 붙어 있었고, 간단한 의사소통에 성공하면 즐거워했다. 그러던 어느 날, 언니가 테이블 옆을 지나가던 개리에게 포크를 떨어뜨렸으니 하나 더 줄 수 있느냐고 잔뜩 긴장한 목소리로 물었다. 대단한 문장이 아니었지만 그런 일이 있을 때마다 늘 내게 대신 말해달라고 하던 언니로서는 커다란 발전이라 나는 기뻤다. 언니 역시 개리가 알아들은 것이 좋았는지 그가 "물론이죠"라고 말하자 혀를 조금 내밀며 웃었다. 내 눈엔 그런 언니가 무척 귀여워 보였다. "한국에서 왔나요?" 포크를 가져온 개리가 웃으며 물었다. "고향에 한국계 친구들이 많았어서 한국말은 알아챌 수 있거든요. 알아듣진 못하지만." 개리는 키가 매우 컸고, 부드러워 보이는 연갈색의 머리카락을 지녔으며 연두색 체크무늬 셔츠를 입고 있었다.

우리는 개리가 가져다준 포크로 초콜릿 케이크를 나눠 먹었다. 내 입에는 조금 퍽퍽했지만 접시 위에 올려진 생크림과 잘 어울렸다. 케이크를 다 먹은 후에 언니는 노트북을 펴고 논문을 읽기 시작했다. 그 맞은편에 앉아 나는 인터넷으로 이런저런 정보들을 검색해보고 있었는데, 그즈음 나는 한국에선 보기 힘든 고도비만 환자들을 돌보다 생긴 요통을 앓고 있었고, 계약이 만료되기 전 정규직 일자리를 슬슬 알아보기 시작해야 한다는 생각에 조금 초조한 상태였다.

그날, 우리는 소호 쪽으로 이동해 저녁을 먹었다. 직원용 앞치마를 벗은 개리가 카페 문을 열고 나온 건 우리가 지하철을 타기 위해서 왔던 길을 되짚어 다시 카페 앞을 지날 때였다.

"헤이!"

퇴근하는 길이냐고 묻자 그는 그렇다며 어디로 가느냐고 물었다. 우리가 지하철역으로 가는 길이라고 하자 그는 보폭을 맞춰 우리와 같이 걷기 시작했다.

"뉴욕에 온 지는 얼마나 되었어요? 나는 이 년이 지났는데 아직도 이런 시간대의 뉴욕은 낯설게 느껴져요."

그는 미국 중서부 출신으로 이제 대학교 3학년이라고 덧붙였다. "그렇지만 나는 뉴욕이 좋아요." 그는 정말 외국인 친구들이 많은 편인지, 뉴욕의 다른 사람들과 달리 말을 천천히 해주었고 우리의 서툰 영어에도 인내심을 보였다. 그의 질문에 답을 하는 건 주로 나였는데, 언니가 그저 웃기만 하는 것이 신경 쓰였는지 개리는 아주 천천히 언니에게 "뉴욕을 좋아해요?"라고 물었다. 언니는 나를 한번 보더니 "네"라고 답하고는 용기를 낸 듯, "중서부 어디에서 왔나요?"라고 물었다.

"일리노이요. 샴페인이라고 들어봤어요?"

우리는 그런 지명은 들어본 적이 없었다.

"샴페인?"

언니가 술 마시는 흉내를 내서 개리와 내가 웃었다. 그러다 골목의 모퉁이를 돌 즈음 개리가 말했다. "아직 저녁 안 먹었으면 유니언스퀘어 쪽에 있는 시칠리안 피자집에서 먹고 가요. 거기 피자가 끝내줘요." 아쉽게도 우리는 이미 저녁을 먹었다고 말했다. "다음에 꼭 가봐요. 정말 맛있어요!" 지하철역에서 헤어지기 전 개리가 다시 한번 말했다.

그후 개리는 천천히 우리의 삶에 들어오게 됐다. 개리는 언니와 내가 룩스에 앉아 있으면 옆 테이블을 치우다가도 우리에게 다가와 한두 마디 말을 건넸다. 개리가 세 명의 룸메이트와 같이 아파트를 나눠 살고 있고 연극을 전공한다는 걸 우리는 그렇게 알게 됐다. 날이 더워졌지만 언니와 내가 시간을 보내는 방식은 늘 같았다. 여름이 시작되고도, 언니와 같이 보스턴과 워싱턴에 다녀온 짧은 휴가 기간을 제외하면 우리는 뉴욕에 머물렀다. 근교를 여행할까 생각해보기도 했지만 언니나 나나 둘 다 국제운전면허가 없었으므로 계획은 금세 흐지부지됐다. 하지만 뉴욕은 그 자체로 거대한 도시였고, 멀리 가지 않아도 볼 것과 할 것이 넘쳐났으므로 크게 문제가 되진 않았다. 그러다 가을이 됐고, 내가 이직 준비로 바빠져 언니와 함께 어울릴 수 있는 시간이 줄어들었다. 한 달 정도 시간이 흘러 언니를 다시 보게 되었을 때, 언니의 외양이 꽤 달라져 있어서 나는 조금 놀랐다. 언니는 살이 빠진 것 같았고 펌을 했으며 옅게나마 화장을 하고 있었는데, 화장을 한 언니를 보는 건 거의 처음이었다.

뜻밖에도 언니가 옷을 사고 싶다고 해서 같이 쇼핑을 하고 오랜만에 소호에 들른 김에 웨스트빌리지로 넘어가 카페 룩스에 갔다. 모처럼 개리를 만나면 언니가 반가워할 것 같아 들르자고 한 거였는데, 개리는 없었다.

"이 주 동안 고향에 간다고 했어요. 집에 일이 있다는 것 같더라고요."

개리는 어디 갔느냐는 나의 질문에 서빙을 하던 다른 직원이 대답했다.

"아, 어쩐지 요즘 보이지 않더라."

언니는 나와 만나지 않을 때 혼자서 룩스를 찾았던 모양이었다. 언니의 집에서 가까운 카페가 아니라는 점을 생각하면 조금 의외였지만 언니는 그곳이 꽤나 마음에 든 듯했고, 나 역시 그곳의 산미가 풍부한 커피맛과 서재처럼 조용한 분위기를 퍽 좋아했다. 그날 모처럼 만나 일찍 헤어지기가 아쉬웠던 우리는 언니 집에 가서 같이 저녁을 해 먹고 술도 한잔하기로 했다. 언니의 집은 원룸인 내 아파트와 달리 아주 자그마하지만 거실이 있었고, 소파도 있어 여차하면 자고 갈 수도 있었다. 우리는 오랜만에 삼겹살을 구워먹고 한인마트에서 산 소주를 한 병 마셨다. 언니가 화장을 배우고 싶다고 해서 아이라인 그리는 법을 가르쳐주었고 눈썹 정리를 해주었다. 언니가 병원에 멋있는 남자는 없느냐고 물은 건 혈소판platelet을 한국식으로 발음하는 바람에 동료들이 알아듣지 못해 고생했던 미국 생활 초기의 에피소드를 늘어놓고 있던 중이었다. "없어. 병원 남자들은 다 유부남이거나 애인이 있고, 아니면 게이거든." 언니가 웃었다. 언니는 내게 연애나 결혼 계획은 없는지 궁금해했는데, 내가 옛 애인들을 떠올리며 지금은 없다고 말하자 언니는 조금 우울한 목소리로 "나는 결혼은 해도 그만 안 해도 그만인데 사랑은 하고 싶어"라고 말했다.

"사랑?"

"응, 사랑. 얼마나 낭만적일까."

언니의 말투가 너무나도 소녀 같아서 나도 모르게 웃음이 났다. 언젠가 언니는 같이 시내를 걷다 키스하는 연인들을 보고는 "키스하면 심장 터져?"라고 진지하게 묻기도 했는데, 그래서 나는 언니가 그때까지도 연애를 해본 적이 없다는 걸 알게 됐고, 조금 놀랐다.

"그리고 난 아이가 갖고 싶은데 이젠 정말 생물학적으로 시간이 별로 없잖아. 그래서 좀 초조해."

그제야 나는 언니가 마흔 살이 넘었다는 사실을 떠올렸다.

"언니네 학교엔 괜찮은 교수님 없어?"

그러자 언니가 고개를 절레절레 저었다.

"다 육십대 유부남 할아버지들이야."

"사랑에 나이가 무슨 상관이야."

"정말 그렇게 생각해?"

나의 농담에 언니가 놀란 듯 눈을 동그랗게 뜨며 물었다.

"음. 그치만 유부남은 좀 그런가?"

언니와 내가 동시에 웃었다.

그해 가을 언니는 조금 이상했다. 내가 이력서와 자기소개서를 준비하느라 바빠져 우리가 많이 만날 수 없던 탓이기도 했겠지만 언니는 전에 없이 자주 내게 전화를 걸었다. 어쩌다 만나거나 통화를 하면 언니는 평소와 달리 들뜨거나 침울해하는 일이 잦았는데 왜 그런지 나로서는 영문을 알 수 없었다. 술에 취해 울거나 자기 얘기만 늘어놓기도 해서, 혹시 한국에 돌아갈 시간이 다가온다는 사실이 언니를 그렇게 만든 게 아닐까 하고 짐작할 뿐이었다. 언니는 뉴욕에서의 생활에 꽤 만족하는 듯 보였고, 한국에 돌아가 학생들을 가르치고 연구만 하며 여생을 살아야 한다는 데 전에 없이 두려움을 느끼는 것 같았다. 언니는 자신이 선택한 직업이 적성에 맞지 않는다는 생각을 처음으로 하기 시작했다고, 지금껏 자기가 진짜 원하는 삶이 무엇인지 한 번도 고민해본 적이 없는 것 같다고 종종 말했다. 교수직을 그만두고 요리사가 되거나 플로리스트가 되어보면 어떨까 따위의 얼토당토않은 소리를 하거나 우리가 세상에 태어난 의미가 뭘까 따위의 뜬구름 잡는 소리를 하기도 했는데, 그런 말을 하는 언니의 얼굴은 어쩐지 길을 잃은 어린아이처럼 보였고, 그런 언니는 내게 무척 낯설었다.

아무튼 11월 초, 재회했을 때 우리는 또 룩스에 갔다.

"고향엔 잘 다녀왔어요?"

내가 안부를 묻자 개리가 희미하게 미소를 지으며 "네, 어머니가 편찮으셨는데 이제 좀 괜찮아졌어요"라고 답했다. 그의 연한 회색 눈은 그날따라 평소보다 유난히 슬퍼 보였다.

"어머니가 파킨슨병이시래."

언니는 그런 이야기를 대체 언제 들은 걸까? 언니의 말에 나는 우리가 만나지 못한 사이 언니가 카페를 또 찾았단 걸 알게 됐고, 언니와 개리가 대화를 나눌 만큼 가까워졌다는 것도 알게 됐다. 학교에서 업무로 만나는 한국인들이나 나를 제외하면 어울릴 사람이 마땅히 없던 언니에게 비록 언니보다 스무 살이나 어린

아르바이트 직원이지만 안부를 주고받을 수 있는 사람이 생겼다는 사실이 기뻤다. 마침내 언니에게 미국인 지인이 생긴 것이 흐뭇했던 것이다. 개리는 우리와 대화를 몇 마디 나누고 다시 카운터 쪽으로 걸어갔다. 우리는 개리가 따라준 뜨거운 커피를 마셨고, 언니는 가방에서 꺼낸 책을 펼쳐 들었다. 나는 노트북을 켜고 면접용 예상 질문들에 대한 답변을 영작해보려 했지만 나보다 앞서 뉴욕에 정착한 한국인 간호사들 몇몇으로부터 대학병원에 채용되지 못하고 요양병원에 취직할지도 모른다는 각오를 하라는 충고를 들은 참이었기 때문에 심란해져 아무 일에도 집중할 수가 없었다. 정규직만 되면 근무조건이 훨씬 좋아질 테니 요양병원이든 어디든 상관없다고 줄곧 생각해왔지만 막상 그 일이 눈앞에 현실로 다가오자 나는 내가 대학병원에서 임상 경험을 이어나가고 싶어해왔다는 걸 깨닫게 되었다. 하지만 외국인인 내게 선택의 여지가 생길지는 알 수 없었고, 원하는 병원을 고르기는커녕 갑자기 백수가 될지도 모른다는 사실이 나를 불안하게 만들었다. 동네에 체인형 세탁소가 생겨 소득이 형편없이 줄어든 부모님에게 생활비를 드리고 있던 남동생은 내가 얼른 가계에 보탬이 되기만을 애타게 기다리고 있었는데, 한국의 가족을 생각할 때면 나 혼자 잘살아보겠다고 먼 곳까지 와 아등바등하는 게 정말 내가 원했던 삶인가, 울적해졌다.

언니가 예전에 개리가 알려준 피자집에 가보는 게 어떻겠냐고 물은 건 우리가 커피를 반쯤 마셨을 때였다. "개리도 같이 불러서." 나는 낯선 사람과 어울리는 걸 좋아하지 않는 언니의 성격을 생각하면 뜻밖의 제안이라고 생각했다. 하지만 이내 개리의 어머니가 편찮으셨다는 말이 언니의 마음 어딘가를 건드렸을 거라는 걸 이해했고, 그래서 언니의 제안에 선선히 동의했다.

그날 저녁 개리가 아르바이트를 마치는 시간까지 기다린 후 우리 셋은 같이 피자를 먹으러 갔다. "느닷없었을 텐데 응해줘서 고마워"라고 내가 말하자 그는 "일 끝나서 배고프던 참인데 내가 운이 좋지"라고 특유의 친근한 말투로 말했다. 로고가 크게 박힌 후드티 차림의 개리는 평소보다 더 어린애처럼 보였다. 아늑하지만 협소한 식당은 테이블이 작은데다 의자 간격마저 좁아 우리는 다닥다닥 붙어앉아야 했고, 대학생들 사이에서 인기 있는 곳인지 젊은이들이 만들어내는 왁자지껄한 소음으로 시끄러웠다. 개리는 룸메이트와의 갈등이나 아파트 수도에서 녹물이 나온다는 이야기 같은 걸 했는데, 식당 안이 너무 시끄러워 카페에서 몇 마디를 주고받을 때와 달리 개리의 말을 알아듣기가 힘들었다. 시간이 갈수록 나는 언니가 대화를 잘 따라오고 있나 걱정이 되었다. 취한 것인지, 자리를 제안한 게 언니라는 사실이 무색할 정도로 조용했기 때문에 더 신경이 쓰였다. 나는 언니와 개리만 두고 화장실에 가는 게 꺼려졌고, 더이상 참을 수 없는 지경에 이르러서야 자리에서 일어났다. 다행히 내가 돌아왔을 때 우려와 달리 언니와 개리는 정수리가 닿도록 바짝 붙어앉아 휴대전화를 들여다보며 대화를 나누고 있었다. 문학을 좋아한다는 공통점이 그들의 대화를 가능하게 한 듯했는데, 언니는 내가 온 줄도 모르고 인터넷 사전을 찾아가며 나는 모르는 러시아의 희곡 작품에 대해서 대화를 이어가고 있었다. "갈매기가 주인공인 연극이야?" 내가 자리에 앉으며 묻자 개리가 먼저 웃었고 언니도 따라 웃었다. 언니는 양볼이 새빨갛게 달아올라 있었고, 나는 언니가 평소보다 술을 많이 마신 건 아닐까 걱정이 되었다.

이미 말했지만 언니는 무척 내성적인 사람이었고, 나와 어딘가에 놀러가기로 했다가도 다른 친구들을 불러도 되느냐고 물으면 "그럼 그냥 너네끼리 다녀와"라며 물러서는 성격이었다. 그렇기 때문에, 추수감사절과 크리스마스도 지나고 언니의 귀국일이 다가오던 무렵, 언니가 개리에게 같이 교외로 드라이브를 가자고 제안하는 것을 들었을 때 나는 뜻밖이라고 생각하지 않을 수 없었다. 개리와는 피자를 같이 먹은 이후 한층 더 편한 사이가 되었지만 카페 바깥에서 만날 약속을 잡은 적은 그때까지 한 번도 없었다. "귀국 전에 마지막 추억을 만들 겸 교외에 나가보고 싶은데 얘나 나나 운전을 못해서." 그렇게 말한 언니는 "우리 둘하고만 가는 게 재미없을 것 같으면 친구를 불러도 좋아"라고 덧붙였다.

우리가 개리 일행과 함께 몬탁에 가게 된 것은 1월 마지막 주 일요일이었다. 우리는 아침 일찍 잭슨하이츠에서 만나 렌터카를 타고 몬탁까지 달렸다. 날씨가 이른 봄날처럼 무척 좋았고, 도로에는 차들이 많지 않았다. 우리와 동행한 개리의 친구 겸 룸메이트는 필리핀계 여자아이로, 스파 브랜드의 커다란 핑크색 귀걸이와 베이비핑크색 코트 차림이었는데, 그 탓인지 개리보다도 더 어리게 느껴졌던 기억이 난다. 고급 주택가를 지나면 개리의 친구는 "저걸 봐요!" 소리질렀다. 그럴 때마다 나는 나이 차이를 실감했고, 언니는 정말 학생들을 인솔하는 느낌을 받고 있겠구나, 생각했던 것 같다. 몬탁의 주요 관광명소인 등대 근처에 도착했을 때는 한낮이었다. 언니와 내가 둘 다 좋아하는 영화의 촬영지라 목적지로 정한 것이었지만 몬탁엔 기대만큼 볼 것이 없었고, 겨울이라 등대 안에 들어가볼 수도 없어 내심 실망해 있었다. 그런 기색을 눈치챘는지 개리는 우리에게 인근에 맛있는 해산물 식당이 있다고 알려줬다. 우리는 랍스터와 굴을 먹었는데, 음식맛이 매우 좋아서 기분이 한결 나아졌다. 개리는 친구의 얼굴에 묻은 소스를 닦아주며 장난을 쳤고, "둘이 정말 사귀는 사이 아니야?"라고 내가 묻자 "말도 안 돼"라며 친구의 머리카락을 헝클어뜨렸다. 예정대로면 그후엔 집으로 돌아가야 했지만 우리는 갑자기 존스비치에 가기로 했다. 개리가 곧 떠날 언니에게 조금이라도 더 좋은 추억을 만들어주고 싶다며 존스비치에 가지 않겠느냐고 제안했기 때문이었다.

하루종일 눈부시게 밝던 햇살은 점점 희미해져, 우리가 차로 달리는 사이 어스름이 몰려오기 시작해 해변에 닿았을 즈음엔 하늘이 온통 연한 장밋빛으로 물들어 있었다. 아직 봄이 오기 전이라 해변에는 사람이 많지 않았지만, 드문드문 두셋씩 모포 같은 걸 덮은 채 모래밭 위에 앉아 있었다. 갈매기들이 바다 위를 맴돌거나 아주 천천히 우아한 곡선을 그리며 모래밭 위로 날아들었다. 저멀리, 커다란 개 두 마리가 춥지도 않은지 바다에서 헤엄치는 것이 보였다. 바닷가는 고요했고 사람들은 해질녘의 분위기에, 잔양이 너울대는 대서양의 장엄함에 취해 있는 듯 보였다.

"어때? 근사하지 않아? 이 근방에서 난 여기가 가장 아름다운 해변이라고 생각해."

개리가 칭찬을 기다리는 소년처럼 말했다.

"응, 정말 굉장하다."

우리는 사진을 찍었고, 해변을 조금 거닐었다. 나는 조금 감상적인 마음이 되었는데, 더이상 낮이 아니지만 아직 밤도 아닌 미확정의 시간대가, 육지와 바다의 경계선을 그었다 지우는 파도의 철썩이는 소리가 그렇게 만든 것이 틀림없었다. 머지않아 어둠이 몰려오면 보랏빛이 되었다가 검게 물들 테지만, 아직은 사방이 핑크빛으로 가득했고 그 사이사이 부드러운 오렌지빛이 깃들어 있었다. 그 놀라운 장관, 사람들의 마음을 휘저어놓는 시간과 시간의 경계를 언니와 개리의 친구 그리고 나는 모래밭 위에 앉아 넋을 놓은 채 바라보았고, 개리는 밀려오는 파도 쪽으로 성큼성큼 다가갔다. 갈매기들이 해변으로 날아들었고, 그러면 개리는 양손을 점퍼 주머니에 넣은 채로 가볍게 달려가 갈매기들을 날리기를 반복했다. "또, 바보같이 구네." 개리의 친구가 낮게 웃으며 말했다. 개리의 친구, 라고 나는 계속 지칭하고 있지만 이제 와 그 여자아이에 대해 떠오르는 것은 많지 않다. 그녀의 이목구비나 실루엣, 목소리의 높낮이와 이름 같은 건 세월 속에 지워졌다. 하지만 나는 그녀의 얼굴에 일렁이던 특별한 빛에 대해서는 기억하고 있는데, 그건 사랑에 빠진 사람의 얼굴에서만 볼 수 있는 빛이었다. 사랑에 빠진 상대가 당신을 황홀한 듯 바라볼 때 당신의 눈동자에 비치는 그 빛. 터무니없는 열망과 불안, 기대가 뒤섞인. 지금까지 내가 그걸 기억하고 있는 건, 그녀 옆에서 개리를 바라보던 언니의 얼굴에서도 그 빛을 보았기 때문이다.

그것은 대체 어디에서 왔을까?

그 순간 나는 갑자기 낯선 세계에 내던져진 듯한 기분을 느꼈다. 언니가 지금까지 나와는 전혀 다른 방식으로 개리를 좋아했으며, 그 감정은 언니를 과거와는 완전히 다른 존재로 만들어주리라는 걸 느닷없이 깨닫게 된 것이다. 그때 나는 분명히 그걸 깨달았지만 그 겨울 저녁 해변에서, 나는 내가 알아챈 사실이 어처구니없다고 생각했다. 그 깨달음이 그간 내게 납득되지 않았던 언니의 태도 중 많은 부분을 설명해줄 수 있었는데도. 그로부터 얼마 후 언니가 내게 너라면 가망 없어 보이는 짝사랑의 상대에게 고백을 할 것 같으냐고 물었을 때 더이상 캐묻지 않고 화제를 금세 돌린 것은 언니를 배려해서가 아니었다. 언니가 귀국 직전 어느 날 내가 모르는 누군가에게 고백을 했는데 잘 안 됐다고 취중에 털어놓았을 때 그 상대가 사실 개리가 아니냐고 묻지 않았던 것도. 내가 그랬던 것은 그저 언니가 개리를 사랑하는 게 말도 안 되는 일이라고 굳게 믿어서였을 뿐이다.

마흔이 넘은 언니가 스무 살이 갓 넘은 남자를 사랑한다니.

그건 부도덕한 것까지는 아니더라도 사회통념을 벗어난 비정상적인 일이었다. 그리고 언니는 결코 그런 이상한 사람이 아니었다.

2월 말이 되어 언니가 귀국했고 나는 대학병원 정규직 간호사가 되어 뉴욕에 남았지만 더는 룩스에 가지 않았다. 미국에서 사는 동안 내겐 몇 번인가 연애와 결별이 찾아왔는데, 옛 애인들과 결국 헤어지고 만 건 누구의 일방적인 탓이라기보단 그들과 내가 서로 욕망하는 것이 달랐기 때문일 것이다. 아무리 나이를 먹어도 사람들은 자신이 진정 원하는 바가 무엇인지 제때 알아채지 못한다는 것. 그 사실은 여전히 나를 놀라게 한다.

남동생과 내가 보내준 생활비로 노후를 보내는 부모님은 세탁소를 정리하진 않았다. 얼마 전엔 아빠가 게실염으로 수술을 했는데, 그런 일이 있을 때마다 다른 대륙에서 낯선 환자들을 간호하는 내 삶이 얄궂게 느껴진다. 부모님은 아무리 초대해도 미국에 오지 않지만 남동생 가족은 한 번 놀러왔고, 조카들은 디즈니랜드를 가장 좋아했다. 언니는 지금도 대학교에서 학생들을 가르치고 있고, 이따금씩 연락을 하게 되면 교수들에게도 온정을 베풀 필요가 있다는 걸 학생들이 모른다며 툴툴댄다. 더이상 요리사나 플로리스트가 되겠다는 말을 하지 않는 걸 보면, 언니는 긴 혼란의 시간 끝에 자신의 삶을 다시 받아들인 듯하다. 하지만 이제 언니는 예전과 달리 취미활동을 즐기고 있고, 종종 나에게 직접 만든 나무도마나 도자기 머그컵 같은 것을 소포로 보내준다. 나는 얼마 전부터 동부의 겨울을 피해 엘에이로 이주해 살며, 일 년에 한 번씩은 한국을 방문한다. 한국에 들어가 언니를 만나면 우리는 어김없이 뉴욕 시절을 추억하지만 내가 먼저 개리 이야기를 잘 꺼내지는 않는데, 어쩌면 그런 나의 태도가 내가 부정하려

했지만 사실 마음 깊은 곳에선 알고 있던 어떤 진실을 증명하는 것인지도 모른다고 나는 오랫동안 생각해왔다.

중환자실에서 많은 이들이 삶과 죽음 사이를 오가는 걸 목격하는 동안 시간이 무심히 흘러 어느덧 나는 그 시절의 언니 나이가 되었다. 언니의 나이가 되어, 처음 정규직으로 일했던 병원에서 친하게 지낸 동료 간호사의 출산을 축하해주기 위해 다시 뉴욕에 와 있다니. 이런 일들을 생각하면 이렇게 우리를 때때로 뜻하지 않은 시간대에 뜻하지 않은 장소로 데려다놓는 인생이 갈수록 신기하게 느껴진다.

오랜만에 재회한 뉴욕은 어딘지 쇠락한 듯 보이고, 살찐 쥐가 죽어 있거나 마약에 절어 중얼거리는 노숙인이 노상방뇨를 하는 도심의 오래된 골목들을 걷다보면 이곳에서 언니와 보냈던 시간들은 가마득히 멀게 느껴진다.

아직 뉴욕이 내게 광채를 잃은 도시가 되기 전, 언니가 내게 큰이모와 산책하던 날들에 대한 이야기를 들려준 적이 있다. 뉴욕에 눈이 몹시 많이 오고 난 이후의 어느 날이었고, 우리는 눈 덮인 센트럴파크를 걸어보기 위해 만났다. 진흙투성이의 잔디밭엔 흰빛이 가득했고, 눈이 쌓인 채 넓게 얼어붙은 빙판은 겨울 햇살에 황금색으로 빛났다. 5번가의 높다란 빌딩들에 둘러싸인 아이스링크는 스케이트를 타는 사람들로 가득했고, 청록색 침엽수들이 울타리를 이룬 눈길 위엔 커다란 눈사람이 서 있었다. 언니가 그 말을 한 건 우리가 쉽메도를 지나, 베데스다 분수쯤 이르렀을 때였다. "엄마가 살아 있을 때 우리는 언제나 하루에 한 번씩 해질녘에 산책을 나섰어." 언니가 큰이모 이야기를 꺼내는 건 재회한 이후 처음 있는 일이었고, 그래서 나는 더 집중해 귀를 기울였다. 앞이 안 보이는 큰이모가 언니의 팔꿈치를 붙잡은 채로 둘은 동네 공원을 천천히 걸었다고 했다. "이제 생각해보면 엄마와 그렇게 꼭 달라붙은 채 매일같이 시간을 보낼 수 있던 건 다른 사람들은 누리지 못할 축복이었어." 그리고 언니는 또 이렇게도 말했다. 걸으면서 언니는 큰이모를 위해 보이는 풍경을 묘사해주곤 했다고. "엄마와 여길 같이 걸었다면, 나는 이 아름다움을 묘사하기 위해 애를 썼겠지. 사방이 믿을 수 없을 만큼 환하고, 온통 부드러운 흰 빛이라고. 눈 위로 떨어져내리는 햇살은 아주 연한 노란색이라고." 그렇게 묘사를 하고 나면 큰이모는 "이젠 내 차례야"라고 말하곤 했다고 했다. 그리고 큰이모는 시각을 잃은 후 얻게 된 예민한 다른 감각들을 활용해 큰이모가 느끼는 풍경을 언니에게 묘사해주었다. 바람이 어제보다 부드럽고 가볍구나. 눈 때문인지 사방에서 지난여름 우리가 쪼개 먹었던 수박 향이 나는구나. 까치소리가 평소보다 가깝게 들리는구나. "엄마가 묘사해주던 그 세계 역시 정말로 아름다웠어."

그날, 우리는 가만히 눈을 감고 눈 덮인 센트럴파크에 오래 서 있었다. 큰이모가 느꼈을 방식대로 세상을 느껴보기 위해서. 나는 피부에 닿는 공기의 차가운 감촉과 겨울나무의 냄새와, 눈을 감은 채 얼굴을 빛 쪽으로 들어올리면 눈꺼풀 위로 느껴지는 햇살의 온기를 그때만큼 그렇게 생생하게 느낀 적이 없다. 그때 나는 우리가 바로 그 순간 큰이모에게 가장 가까이 다가갔다고 믿었다. 언니 역시 그렇다고 느끼고 있기를 진심으로 바랐고. 하지만 이제 나는 안다. 타인이 느꼈던 방식 그대로 세상을 느껴볼 수 있으리라는 생각은 얼마나 헛된가. 우리는 오직 우리가 느낄 수 있는 대로만 느낄 뿐이다. 아무리 노력하더라도, 그렇다.

그렇더라도 존스비치에서 개리를 바라보던 언니의 얼굴에 일렁였던 빛을 지금 내가 떠올린 건, 지난날 언니와 함께 보았던 록펠러센터 앞의 커다란 크리스마스트리를 보다가 아주 오래전의 일을 기억해냈기 때문이라는 이야기는 덧붙이고 싶다. 열다섯번째로 맞이했던 크리스마스 무렵이고, 나는 그해 봄 우리 반에 왔던 교생 실습생이 영화를 보여준다고 해서 지하철을 타고 난생처음 서울에 도착한 참이다. 이제는 없어진 서울극장 앞에서 나는 그가 나타나기를 기다리고 있다. 크리스마스캐럴과 구세군 종소리가 거리에 가득하고 나는 인생 첫 데이트를 위해 용돈을 모아 지하상가에서 산 모직 미니스커트를 입고 있다. 스스로 충분히 어른에 가까워졌다고 믿으며. 크리스마스트리가 장식된 영화관 입구에서 그를 기다리며 나는 얼마나 설렜나. 그리고 그가 애인과 함께 나타났을 때 내가 빠졌던 절망은 얼마나 깊고 어두웠었나. 지금 생각해보면 대학생인 그가 열다섯 살인 나를 연애 감정으로 좋아했을 거라고 믿었다는 사실이 터무니없게 느껴지고, 그를 향한 사랑을 보답받을 수 있으리라 생각했다는 사실 역시 가당치 않게 느껴진다. 하지만 그때 나는 태어나 처음 느껴보는 감정에 압도된 채 확신에 차 있었다. 그것은 이제 와 돌이켜보면 부끄럽지만 무척 황홀한 감정이었다. 온 세상을 크리스마스트리의 불빛처럼 형형색색으로 반짝이게 만드는. 그리고 꼬리에 꼬리를 무는 이런 생각들은 한 번도 자신만의 욕망을 가져본 적 없던 언니가 그때 어떤 시기를 통과하고 있었다는 걸 내게 마침내 깨닫게 했다. 그건 얼마나 달콤한 일이었을까. 얼마나 고통스러운 일이었을까. 이미 오래전 지나왔으나, 그런 시기가 틀림없이 내게도 있었다. 그리고 그건 언제 누구에게 찾아오든 존중받아야 마땅했다.

| 작가노트 |

지워진 것과 남겨진 것

수년 전, 이사하고 얼마 안 되었을 때 나는 동네 어귀에 있는 세탁소를 하나 발견했다. 지금은 거의 다 사라져 보기 힘든 아주 옛날식 세탁소였는데 어쩐 일인지 나는 그 세탁소에 단박에 마음을 빼앗겼다. 언젠가 저곳에 옷을 맡겨봐야지. 기회가 찾아온 것은 언제였을까? 세탁소엔 코트 따위를 맡기는 일이 많으니 아마도 겨울의 끄트머리 즈음이 아니었을까? 내가 처음으로 그곳을 방문한 계절이 언제였는지, 맡긴 물건이 무엇이었는지는 더이상 떠오르지 않지만 그 세탁소에 처음 갔을 때 신용카드를 꺼내는 내게 주인이 무뚝뚝한 말투로 건넨 말은 기억한다. "현금만 받아요." 어, 그러면 안 되는 거 아닌가요? 그런 생각이 잠깐 들었지만 나는 누군가를 만나러 시내에 가는 길이었고, 맡기려던 물건을 다시 집에 가져다놓고 나오기엔 시간이 넉넉하지 않았다. 결국 나는 뭔가 잘못한 사람처럼, 사정을 좀 봐달라는 식의 불쌍한 말투로, "현금이 지금 없는데, 그러면 어떻게 하죠?" 하고 묻고 말았다. "어떻게 하긴 뭘 어떻게 해. 찾을 때 돈을 주면 되지."

그후로 나는 옷을 맡겼다는 접수증도 주지 않고, 언제 찾으러 오라는 말도 없으며, 맡긴 사람의 이름도 묻지 않는 그 이상한 세탁소에 코트와 패딩, 여름 원피스, 혼자 두고 오래 외출한 것이 서운하다는 표현을 하기 위해 노견이 일부러 실례를 해버린 러그와 겨울 이불 같은 것들을 종종 맡겼다. 세탁소에 갈 때마다 커다란 세탁기가 돌아가고, 비닐에 담긴 하얀 와이셔츠들이 쇠봉에 걸려 있는 그 풍경이 이상하게 마음에 남았다. 어둡고 비좁아 정신이 없는 실내에 서서 세탁소 주인이 세탁물을 찾아주길 기다리며 유리문 너머 바깥을 건너다보면 햇빛 때문에 세상이 아주 환하게 보였다. 컴컴한 영화관에 홀로 앉아 바라보는 환한 스크린처럼. 그럴 때면 언젠가 태어나 처음 영화관에서 영화를 보는 누군가처럼, 세탁소에 앉아 세상을 황홀하게 바라보는 장면이 등장하는 소설을 쓰고 싶다는 마음이 일었다.

이 소설은 유리문 너머의 바깥세상을 하염없이 동경하며 세탁소 책상 앞에 앉아 있는 십대 여자아이에게서 시작했다. 그래서 세탁소를 하나 지은 후 책상을 가져다놓았고, 숙제하는 여자아이를 그 앞에 앉혀놓았는데 소설을 완성하고 보니 어찌된 일인지 여자아이는 어느새 성인이 되어 세탁소에서 아주 멀리, 상상만 하던 넓은 세상에 이미 도착해 있었다. 구상했던 소설과 완성한 소설 사이의 간극이 클 때, 끝내 남아 있는 장면들과 내가 지워버린 장면들 사이, 이야기가 스스로 굴러간 궤적을 나는 이따금 흥미진진하게 바라본다. 어쩌면 그 궤적이 나도 모르는 내 마음의 일부를 보여주고 있는지도 모른다고 생각하면서. 무엇인가를 알고 싶어 소설을 쓰려 한다고 생각하지만 어쩌면 내가 정말로 알기 원하는 것은 수없이 쓰고 지운 문장들 사이에서만 비로소 발견되는 것인지도 모르겠다.

「빛이 다가올 때」를 쓰던 날들엔 이름마저 잊어버린 유년의 사람들이 꿈에 불쑥불쑥 찾아오는 일이 유난히 많았다. 유년의 어느 시기에 우리가 만났는지조차 도무지 기억나지 않고 내 무의식 어딘가에 남아 있는 존재라는 것이 그저 놀라울 뿐인 그런 사람들. 우리가 살며 경험하는 많은 일들은, 아주 특별하다고 생각한 일조차, 결국엔 잊힌다. 망각에 대항하기 위해 글을 쓰는 것인지도 모른다고 생각할 때도 있지만 사실 글은 아무것도 있는 그대로 보존해주지 못한다. 다행인지 불행인지 모르겠지만 많은 것을 잊고 난 이후에도 삶은 계속된다. 잊는다고 해도 우리가 살아낸 그 순간들이 지워버린 문장들처럼 전부 다 없었던 일이 되는 것도 물론 아니고.

| 리뷰 |

홀로 타오른 불이 빛이 될 때

김화영(불문학자 · 문학평론가)

태풍, 폭우, 폭염, 난파와 조난, 팬데믹, 갇혀 있던 우리를 벗어난 곰의 위협, 치명적 질환, 어머니의 임종, 옛 친구의 추모 모임, 불임, 모욕, 고통으로 점철된 재난과 어둠의 세계에서 문득 고요한 섬처럼 떠오르는 한줄기 '빛'이 있다면 독자의 관심은 홀린 듯 그리로 쏠리기도 할 것이다.

「빛이 다가올 때」는 너무 일찍, 그리고 너무 늦게 찾아온 두 가지 '첫사랑'인 동시에 '짝사랑'이 서로의 빛을 반사하는 거울의 이야기다. 낯설 정도로 삶의 방식이 변한 오늘날에도 아직 첫사랑의 설렘과 "황홀한 감정"이 소설 속에 살아남을 수 있는 것일까? 그것이 가능하다고 증명하는 것이 바로 작가의 서사적 역량이다.

사실 이 첫사랑의 황홀은 그 자체로 빛을 발한다기보다는 모계 혈통을 공유한 두 사촌 자매 사이의 멀어졌다 가까워졌다 하는 관계의 변주, 즉 세월의 흐름에 따라 서로 간의 거리가 변하는 삶의 풍경 속에 꺼지지 않은 불잉걸처럼 묻혀 있다. 마치 산기슭 시냇가에 서 있는 커다란 돌복숭나무에서 시차를 두고 떨어진 두 알의 돌복숭이 시냇물에 실려 흘러가다가 더러는 가까워지고 더러는 멀어지고 또 더러는 넓은 호수에서 서로 만나 나란히 머물기도 하는, "우리를 때때로 뜻하지 않은 시간대에 뜻하지 않은 장소로 데려다놓는 인생"의 풍경처럼 말이다.

> 인주 언니는 나와 여덟 살 차이가 난다. 다시 말해 '언니'라고 부르지만 유년시절을 함께 통과하거나 학창시절 경쟁하는 사이는 아니었다는 이야기다. 언니는 큰이모의 첫째 딸이었는데, 큰이모는 육남매의 맏딸이 지닐 법한 위엄과 자존심을 지닌 여자였고, 그래서 막내인 엄마는 큰이모를 대체로 선망하고 가끔 질투했다.(293쪽)

소설은 모계 혈통의 친족 관계 속에 화자인 '나', 인주 언니, 큰이모, 그리고 화자의 어머니, 네 여성의 좌표를 찍어 보이면서 시작된다. 이 좌표는 나와 인주 언니 두 여성에게 주어진 태생적 조건을 드러낸다. "맏딸"인 큰이모의 위엄과 자존심은 "막내"인 엄마의 선망과 질투와 강한 대조를 보인다. 한 세대를 지난 화자와 인주 언니는 둘 다 "맏딸"이라는 점에서는 유사한 위상을 점하지만 나이에서 "여덟 살 차이"가 난다. 각자 다른 가정환경 속에서 서로 다른 유년시절과 학창시절을 거쳐온 두 인물 사이의 시간적·경험적 '차이'는 화자로서의 '나'에게 바라보는 관점과 비판적 거리를 확보해준다. 과연 차이와 거리는 삶을 마주하는 두 인물의 태도와 결단의 차원에서도 확연히 드러난다. 나이와 시기적, 가정사적 차이를 고려한다면 단순 비교는 어렵지만, 영어 과외를 통해 한때 가까워졌던 두 사람은 뜨거운 불과 얼어붙은 물처럼 대조적이다. "달궈진 불판 위에 올려놓은 듯 마음이 늘 요란하게 달싹이던" 열다섯 살의 화자는 "연애를 해본 적도, 술에 취해 필름이 끊겨본 적도, 데모를 해본 적도" 없이 "얼어붙은 겨울의 호수처럼 고요한 언니의 어른스러움"을 동경했다. 차분하고 어른스럽고 내성적인 언니가 정적인 순응형이라면 "마음만 먹으면 뭐든 다른 존재가 될 수 있을 거란 착각"에서 벗어나지 못하는 화자는 역동적이고 반항적이다. "반항하는 법 없이", 시력을 잃어가는 어머니의 눈이 되어준 "효녀"로, "함부로 범접하지 못할" 성인聖人 같은 후광에 쌓인 채 모범생으로 지내온 언니는 "엄마 꿈을 대신 들어"주기 위해 국내에서 "한국 고전문학" 전공의 "교수"가 되었다. 반면에 "실용적인 직업을 가져야 한다"고 믿는 화자는 간호사가 되었고 "모두의 반대를 무릅쓰고" "결혼자금"으로 모은 돈을 깨서 뉴욕으로 떠난다. 화자는 말한다. "많은 이들이 그렇게 자기의 부모를 딛고 새로운 세계를 향해 앞으로 나아갔다."

「빛이 다가올 때」는 인주 언니가 교환교수로 뉴욕에 와 머물게 되면서 낯선 도시에서 재회한 두 성인 여성이 서로의 모습을 비춰보는 "십 개월"이 조금 넘는 동안의 이야기를 그 중심에 품고 있다.

작품은 전체적으로 여섯 개 토막의 서사로 구성되어 있다.

도입부는 인주 언니와 '나' 사이의 친족 관계, 화자가 성년에 이르기 전까지 흐르는 시간을 따라 변주하는 두 인물의 관계(경조사에서의 짧은 마주침과 나눈 인사, 교수가 된 언니에게 보낸 축하 메시지, 큰이모 장례식 때 "많이 울던" 언니에 대한 연민)를 서술하고 특히 열다섯 살 때 영어 과외를 통해 "언니와의 거리가 가까워진" 한 달 동안의 만남을 조명한다.

두번째에서 다섯번째까지 핵심적인 네 토막은 뉴욕에서 재회한 두 인물의 친밀한 "교류"에 할애된다. 초봄에 뉴욕에서 다시 만난 두 여성은 우선 도시의 카페와 식당과 허드슨파크, 미술관과 뮤지컬, 유니언스퀘어 근처의 공원, 벼룩시장 등의 경험을 통해서 낯선 공간과 차츰 익숙해진다. 그리고 마침내 여름이 되자 차츰 도시가 일상적인 삶의 공간으로 내면화되기 시작한다. 세번째, 네번째 토막에서 계절은 어느새 가을. 두 여성, 특히 인주 언니의 세계 속으로 젊은 남성 개리가 "들어"온다. 그는 언니보다 "스무 살이나 어린" 대학생으로 카페의 아르바이트 직원이다. 가을부터 언니와 개리의 사이가 가까워진 나머지 이듬해 1월 마지막 주에는 언니의 제안으로 개리의 룸메이트인 젊은 여자가 포함된 네 사람이 렌터카를 타고 겨울 교외로 드라이브를 나선다. 이 저녁 해변에서 화자는 다른 두 여성의 "얼굴에 일렁이던 특별한 빛"을 목도한다. "사랑에 빠진 사람의 얼굴에서만 볼 수 있는 빛"인 "터무니없는 열망과 불안, 기대가 뒤섞인" 빛 말이다. "마흔이 넘은 언니가 스무 살이 갓 넘은 남자를 사랑한다니."

그리고 이듬해 2월 말, 언니가 뉴욕 체류를 마치고 귀국한 뒤부터 현재까지의 화자의 시간을 서술하는 여섯번째 토막의 대단원은 뉴욕 체류 시절 "언니의 나이"만큼 성숙한 사십대 화자의 회상과 성찰과 발견의 "묘사"로 이루어져 있다.

그사이 뉴욕을 떠나 엘에이로 이주해 살고 있는 화자는 옛 동료의 출산을 축하해주기 위해 잠시 뉴욕에 돌아와 있다. 이제 그녀에게는 이곳에서 언니와 보냈던 시간들은 "가마득히 멀게 느껴진다." 서술의 현재("이제 와 돌이켜보면")가 확보한 이 "가마득"한 거리야말로 화자가 타자와 세계와 지나온 자신의 반생을 돌이켜보며 내면화하는 과정을 통해서 이 소설 전체를 형상화하고 통합하는 동력이다.

기이하게도 뉴욕 시절 화자와 언니의 만남과 교류에 할애된 앞의 네 토막 서술에서 누락되었다가 뒤늦게 이 마지막 대단원의 한복판에 큰 비중을 차지하며 소개되는 그 시절의 한 에피소드는 문제의 '내면화' 과정을 축소 요약하는 볼록거울이 되고 있다는 점에서 특히 주목된다. 지난날 "큰이모와 산책하던 날들"에 대하여 언니가 화자에게 들려준 "이야기"가 그것이다. 이 대목에서 서술하고 묘사하는 화자와 시공간, 그리고 대상들은 마트료시카 인형처럼 세 개의 층위로 맞물려서, 묘사 속의 묘사, 그 묘사 속의 묘사가 되고 있을 뿐 아니라, 그 서로 다른 시간의 세계는 온통 시각과 촉각, 후각, 청각의 미세한 감각들로 가득차 있다.

첫째 층위에서는 엘에이에 살고 있는 마흔이 넘은 화자 '나'가 잠시 뉴욕에 돌아와 "가마득히 멀게" 느껴지는 뉴욕 시절 언니가 들려준 어떤 "이야기"를 상기한다. 여기서 화자는 현재의 뉴욕이 "광채를 잃은 도시"가 되었음을 강조한다. 과연 언니가 화자가 되어 그 "이야기"를 들려주던, 두번째 층위의 그 시절 뉴욕은 빛이 가득하다. 따라서 이번에는 언니가 화자로 등장하는 이 층위에서 서술의 대상과 그 시간의 장소를 특히 주목할 만하다. 언니와 '나'는 "눈이 몹시 많이 오고 난 이후의 어느 날", 센트럴파크를 산책하고 있었다. 공원은 "흰빛이 가득했고" 빙판은 "겨울 햇살에 황금색으로 빛났다." 눈은 디테일과 사물 사이의 경계를 지우고 단일한 전체로 통합한다. 이런 "빛" 속에서 언니는 지난날 저녁 산책 때면 "앞이 안 보이는" 큰이모에게 자신의 눈에 비치는 풍경을 "묘사"해주곤 했다는 이야기를 들려준다. 그리고 말한다. 만약 큰이모와 같이 센트럴파크를 산책한다면 그 아름다움을 사방에 가득한 "환하고, 온통 부드러운 흰빛", 햇빛의 "연한 노란색"으로 묘사하려고 애썼을 것이라고. 부지불식간에 이미 서술은 세번째 층위로 넘어왔다. 서술의 시간이 큰이모가 아직 살아 있던 먼 과거로 소급한 것이다. 이내 이 층위로의 변화를 확인하듯 큰이모는 언니에게 화답한다. 이때 화자는 큰이모로 바뀌었고 장소는 그들이 사는 "동네 공원"이다. "이야기" 속의 큰이모는 자신이 "느끼는" 풍경을 촉각("부드럽고 가볍구나"), 후각("수박 향이 나는구나"), 청각("가깝게 들리는구나")으로 내면화하여 "묘사"한다. 내면화는 센트럴파크를 산책하는 화자와 언니에게로 확대된다. 이 내면화 현상을 지목하듯 화자는 덧붙인다. "그날, 우리는 가만히 눈을 감고 눈 덮인 센트럴파크에 오래 서 있었다."

세 개의 층위로 맞물린 이 이야기 속의 이야기, 묘사 속의 묘사는 결국 "앞이 안 보이는 큰이모가 언니의 팔꿈치를 붙잡은 채로" 둘이 동네 공원을 천천히 걷는 동안 언니는 눈에 보이는 정경을 묘사해 보이고 큰이모는 그 묘사를 공감각적 차원에서 내면화하는 이 정교한 장치를 빌려 소설과 독자 사이의 관계를 암시하고 있는 것은 아닐까?

앞에서 언급한 '첫사랑'의 빛, 존스비치의 장면이 보여주는 섬세한 묘사는 어린 시절의 세탁소 내부 분위기 묘사와 더불어 이 작품의 빼어난 성취의 한 순간이다. 이 묘사는 단순한 과거의 경험이라기보다 현재 시점의 화자가 획득한 성숙하고 내면화된 시선의 산물이다. 대낮의 햇살이 희미해진 어스름한 해변 하늘은 "연한 장밋빛"인데, 언니와 "개리의 친구 그리고 나" 세 여성이 바라보는 풍경 속 디테일들은 서로 간의 경계를 넘나들며 하나의 전체로 통일된다. 그 순간 그 시선 속의 젊은 남성 개리는 그 전체를 통합하는 초점이 된다.

> 나는 조금 감상적인 마음이 되었는데, 더이상 낮이 아니지만 아직 밤도 아닌 미확정의 시간대가, 육지와 바다의 경계선을 그었다

지우는 파도의 철썩이는 소리가 그렇게 만든 것이 틀림없었다. 머지않아 어둠이 몰려오면 보랏빛이 되었다가 검게 물들 테지만, 아직은 사방이 핑크빛으로 가득했고 그 사이사이 부드러운 오렌지빛이 깃들어 있었다. 그 놀라운 장관, 사람들의 마음을 휘저어놓는 시간과 시간의 경계를 언니와 개리의 친구 그리고 나는 모래밭 위에 앉아 넋을 놓은 채 바라보았고, 개리는 밀려오는 파도 쪽으로 성큼성큼 다가갔다.(314쪽)

개리의 친구로 지칭되는 젊은 여성의 얼굴에도, 그녀의 옆에서 개리를 바라보던 언니의 얼굴에도 "일렁이던" 그 "빛"은 마침내 지난날 열다섯 살 화자가 맛보았던 "온 세상을 크리스마스트리의 불빛처럼 형형색색으로 반짝이게 만드는" 황홀한 감정을 강렬하게 반사한다. 이런 반사광의 면에서 볼 때, 소설 속의 화자인 '나'와 인주 언니는 여덟 살의 나이 차나 성격과 태도의 차이에도 불구하고 우리 모두의 내면에 잠재하고 있는 두 가지 상반된 자아가 서로 다른 시점의 거울에 비친 모습일지도 모른다.

2023
김승옥문학상

김승옥문학상 취지

심사 경위 및 심사평

김승옥문학상 운영위원회

김화영 김재빈 류보선 이기호

심사위원

김화영 권희철 양윤의 오혜진 이지은 임철우 편혜영

| 김승옥문학상 취지 |

1960년대 한국 현대소설의 빛나는 한 정점을 보여준 작가 김승옥의 등단 오십 주년을 기념하여 그의 문학과 산문 정신을 기려 2013년 KBS순천방송국에서 제정한 문학상으로, 2019년부터는 순천시의 지원으로 문학동네가 새로이 주관하게 되었다.

김승옥은 1941년 일본 오사카에서 태어나 전라남도 순천에서 유년시절과 청소년기를 보냈다. 순천중고등학교를 졸업한 그는 1960년 서울대학교 문리과대학 불문과에 입학했다. 1962년 한국일보 신춘문예에 「생명연습」이 당선되어 문단에 첫발을 내디딘 순간부터 그는 즉각 한 세대의 젊은 감성과 미학을 대표하는 존재로 예외적인 빛을 발하기 시작했다. 같은 해에 동인지 『산문시대』를 펴내는 동시에 「환상수첩」 「건」을 발표, 1964년 「무진

기행」, 그리고 마침내 1966년 첫 창작집 『서울, 1964년 겨울』을 발표함으로써 '감수성의 혁명'이라는 찬사를 한몸에 받으면서, 1960년 학생혁명을 주도한 '4·19 세대', 그리고 일제 교육의 일환인 강제적 일본어 세례를 받지 않고 우리말로 정규교육을 받은 첫 '한글세대'의 상징이 되었다. 1965년 제10회 동인문학상 최연소 수상, 1977년 제1회 이상문학상 수상은 그 웅변적인 예이다.

앞선 세대의 무기력한 전후문학과 결별하고 "태초와 같은 어둠 속에서" 안개 속의 낭떠러지로 전 인격을 내던지며 그는 새로운 감수성의 촉수를 더듬어 "자기 세계", 즉 진정한 자아를 찾기 위하여 "죽음의 팻말을 새기며" 길을 떠났다(『산문시대』 창간사에서).

그의 대표작들은 대부분 1960년대 초반에 발표되었고 단편소설이 중요한 몫을 차지하지만, 암울하면서도 폭발적인 젊음의 세계를 그만의 감각적이고 개성적인 문체로 형상화함으로써 단숨에 우리 현대소설의 가장 정치하고 드높은 봉우리에 이르렀다. 그 압축적인 창조성으로 미루어 지극히 예외적으로, 작가의 생존 중에, 이 상을 제정한 의의 또한 예외적이라 하겠다.

김승옥문학상 운영위원회

김화영 김재빈 류보선 이기호

| 심사 경위 및 심사평 |

2023년 김승옥문학상은 예년과 같이 지난 일 년간, 그러니까 2022년 7월부터 2023년 6월까지 발표된 단편소설 가운데 등단 후 십 년이 지난 작가의 작품 191편을 심사위원들이 한 달여 동안 나눠 읽고 각자 두 편 내외를 추천해 본심을 진행했다. 기성작가들에 대한 선입견을 배제하기 위해 작가들의 이름을 지운 블라인드 방식도 예년과 같았다. 심사는 문학평론가 권희철, 양윤의, 오혜진, 이지은, 소설가 임철우, 편혜영이 예심부터 맡아주었고 본심에 심사위원장인 김화영 선생이 합류했다.

본심을 시작하면서 효율적인 논의를 위해 1차 투표를 한 뒤 그 결과를 놓고 토론하기로 했는데 이때부터 권여선 작가의 「사슴벌레식 문답」이 올해의 대상으로 정해질 것이 분명해 보였다. 블라인드 심사라고는 하지만 이 소설에 대한 열렬한 반응은 이미 계간지 발표 당시부터 여러 작가, 평론가, 편집자 동료들에게서 또 부지런한 독자들에게서 은은하게 전해져오기도 했다. 벌써부터 심사 결과를 궁금해하고 내심으로 조바심치던 몇몇 심사위원들은 예비 투표 결과에 안심하고 흡족한 마음으로 심사를 이어가기도 했다. 그런데도 올해 심사가 평소보다 조금 길고 힘들게 느껴진 것은 여러 작품에 고르게 퍼져 있는 선호를 서로에게 해명하다가 급기야 어떤 소설을 좋은 소설이라고 할 수 있는가, 어떤 관점이 소설 읽기에 합당한 것인가에 대해서까지 논의가 이어졌기 때문일 것이다. 심사장에서 실제로 이야기된 것 위에, 짧지만 어색하고 불편한 침묵 아래 깔려 있었을 것으로 추정되는 것을 보충해서 되짚어보자면 대략 다음과 같은 논의가 오갔다고 할 수 있다.

잘 다듬어진 아름답고 투명한 이야기가 좋은 소설이 될 수 있는가. 우리가 그런 소설에서 느낄 수 있는 것은 기존의 소설 관습에 충실했기 때문에 뒤따라오는 익숙함, 거기서 오는 쾌적함, 그리고 그 쾌적함 속에 머무르며 온갖 층위의 난잡하고 까다로운 정치적 문제들에서 잠시 면제될 수 있을 듯한 안온함이 아닌가. 거기에는 재미도 없고 관심을 끌지도 못하는 그러면서도 용납할 수 없는 것이 끼어들지 않는가.

특정한 메시지를 되풀이해 커다란 목소리로 외치는 것이 좋은 소설이 될 수 있는가. 그런 소설은 읽는 이에게 그것을 지지해도 좋을지, 그 주제에 대해서라면 어떤 의견을 덧붙일 수 있을지를 재빨리 떠올리게 해줄 뿐이지 않은가. 그런 소설과 유독 그런 소설에 호응하는 독해가 관심 없어하는 것은, 너무 큰 목소리에 가려 잘 들리지 않았던 것들을 들을 수 있게 해주고 아직 확고한 견해도 입장도 아닌 무엇인가를 읽어낼 수 있게 해주는 고요하고도 정교한 배치를 만드는 일, 다시 말해 여타의 논설과는 구분되는 소설의 일이 아닌가.

이와 같은 방식으로 소설이 두 유형으로 간단히 나뉠 리 없고 심사에서의 엇갈리는 선호가 이토록 단순한 대립에 기반했던 것만도 아니지만, 여러 작품을 지지하기도 비판하기도 했던 심사장에서의 대화가 이러한 대립을 종종 환기시키며 그 두 극점 사이의 어딘가를 오갔고 그 결과가 다음의 일곱 작품이었다는 것은 사실인 듯하다.

그러나 탁월한 소설은 그리고 탁월한 독해는 그 두 극점 가운데 어느 한쪽을 옹호하는 대신에 그 둘의 대립을 넘어서면서 대립의 구속으로부터 소설과 그 읽기를 풀어준다는 사실을 잊어버린 사람은 우리 중에 아무도 없었을 것이다.

*

「그곳」과 「썸머의 마술과학」을 특이한 각도에서 쓰여진 재난소설이라 할 수 있을까?

물론 최은미의 「그곳」은 다양한 수준의 재난이 일상화된 오늘날의 현실을, 그리고 재난에 대한 불안 때문에 서로를 감시하거나 배척하는 행동 양식 자체가 또다른 재난이 되어가는 오늘날의 현실을 일상의 수준에서 세밀하고도 간결하게 포착해낸 소설이다. 하지만 그러한 현실들을 한꺼번에 바라볼 수 있게 집약해내는 이 소설의 시선 이상으로, 그러한 현실에 둘러싸여 있기 때문에 어쩔 수 없이 곤두서 있다가 늘어지다가 발작적으로 분노하다가 결국에 가서는 애틋하고 간절해지는 그 떨리는 목소리야말로 이 소설이 우리에게 파고들 수 있었던 힘의 근원일 것이다.

보기에 따라서는 이 소설의 후반부가 최은미답지 않다고 느껴질 수도 있다. 왜냐하면 우리가 아는 최은미는 어둡고 지독한 이야기 속으로 들어가 무엇인가를 견뎌내는 바람에 우리에게도 뭔가 어둡고 지독한 것을 감당해볼 기회를 주는 작가인데, 「그곳」은 어둡고 지독한 순간들 대신에 다음을 표현하는 데 각별히 주의를 기울이고 있기 때문이다. 평범한 사람이라면 누구나 그러한 순간들을 통과하면서도 다른 누군가에게 마음이 쓰이는 쪽으로 기울어지는 때가 있다는 믿음을 잃지 '못'하고 그런 믿음의 작은 증거를 만날 때마다 누군가와의 어떤 순간들을 거의 앓듯이 좋아하게 되는 마음을. 우리가 발 딛고 있는 현실이 함부로 내다버린 누군가의 뼈다귀들이 층층이 쌓여 있는 무섭고 슬프고 원한에 찬 바로 '그곳'이라는 사실에도 불구하고. 바로 그런 마음이야말로 재난을 통과하며 살아가야 할 우리가 재난에 대해 생각할 때 결코 망각해서는 안 될 무엇이라고 이 소설은 우리에게 말 걸어오는 것 같다. 그 말이 앞에서 지적한 그런 떨리는 목소리로 되어 있어서 나는 이 조금은 낯선 최은미의 소설에 금세 설득되고 말았다.

최진영의 「썸머의 마술과학」에는 동화 같은 구석이 있는데, 그것은 상당 부분 아홉 살 어린이 썸머 덕분일 것이다. 썸머에게 어린아이다운 예쁘고 귀여운 구석이 있고 이 아이의 시선으로 굴절된 덕분으로 이야기 속에서나마 우리 세계의 온갖 문제들의 심각성이 완화되어 있어 흡족하다는 것이 아니다. 썸머는 부모가 붙여준 '여름'이라는 이름 대신에 '썸머'라고 불리길 원하고 그러한 소망을 누가 얼마나 진지하게 받아들이는지를 눈여겨 관찰하는 방식으로 다른 사람들과의 관계를 조율하고자 하는 어린이고, 어른들이 말하는 다양한 명제들 가운데 어떤 것을 타협 없이 실천해야 하는지 어떤 것을 의문의 영역에 남겨둬야 하는지를 나름으로 선별해서 수용할 줄 아는 어린이다. 다시 말해서 썸머는 어른들이 만들어놓은 세계의 한구석에 얌전히 자리잡고 있는 착하고 귀여운 어린이이기만 한 것이 아니고, 그 나름의 자기세계를 구성하려 애쓰느라 자명한 공통세계라고 믿어지는 현실에 아주 작은 균열을 내고 그것을 다른 방식으로 다시 생각하게 하고 결국에는 현실의 무엇인가를 아주 조금 바꿀 수 있는 가능성의 담지자가 되는 그런 수많은 보편존재들 가운데 하나로 그려지고 있는 것이다.

'현재의 환경 재난은 고스란히 미래 세대의 삶이 될 것이므로 미래 세대의 것을 두고 우리가 함부로 비관할 수도 포기할 수도 없다. 미래 세대를 위해서라도 암울한 전망과는 달리 낯선 미래가 도래하리라고 낙관하고 긍정하며 그 믿음을 실천하는 것 이외의 선택지가 우리에게 있을 수 없다.' 이 소설의 후반부에 울리고 있는 열여섯 살 청소년 이봄의 이러한 주장에 진부하고 순진한 구석이 있는 것은 사실이다. 그럼에도 이 외침이 독자들을 향한 절실하고 힘있는 '요구'가 된 것은, 그 낯선 미래의 무수한 주인들 가운데 하나이게 될 썸머의 존재가(그리고 이봄의 존재가) 그토록 생생하게, 또 사랑스러우면서도 진지하고 '그레이스'하게 그려져 있기 때문일 것이다.

*

좋은 소설을 읽고 나면 흔히 벌어지는 일이지만, 이번 심사에서는 특히 「있을 법한 모든 것」과 「끝없는 밤」을 읽으며 다음의 명제를 새삼 떠올려보게 됐다. 소설이라는 것이 그저 추상적인 예술에 머물러 있는 것이 아니라 매우 구체적인 문장들의 제작과 배치의 결과물인 동시에 그것들을 가능하게 하는 힘의 피뢰침이라는 것.

구병모의 「있을 법한 모든 것」을 두고 심사위원 가운데 누군가는 '요설'이라고 칭해야 했을 만큼, 이 소설에는 문장들을 여기저기 흩뿌리며 그 내용을 분주하게 끌고 다니는 '이야기의 힘'이 번연해 있다. 이 소설을 두고 여러 평가가 있을 수 있겠지만, 그러한 힘이 독자의 눈을 거의 움켜쥐다시피 해서 다음 문장에서 그다음 문장으로 빠르게 뒤쫓도록 만든다는 것, 그런 일을 해내는 소설은 독자에게 무엇이든 강렬한 체험을 하게 만든다는 것을 부정하기는 어렵다.

이 소설에서 '있을 법함'이라는 말은 너무 오랫동안 많은 사람들이 반복해온 '진부함'이라는 의미로 쓰이고 있는데, 얼핏 그러한 진부함에 영합하는 것처럼 보이는 이 소설이 이야기의 힘을 가지고 뻔한 것처럼 보였던 것 안에서 예상을 뛰어넘는 다채로운 변이형들을 끌어내면서(있을 법한 '모든 것'은 지나치게 야심만만한 제목이지만, 구병모가 이 소설에서 해낸 것은 거의 그 제목에 육박해들어간다), '한 사람의 인간을 얼굴 없는 노동력으로 격하시키고 서비스 이용자들의 삶에서 비가시적인 것으로 몰아내는 다양한 장치들' '그러한 장치들 한가운데 놓여 있는 계급과 노동의 문제를 한사코 모르고자 하면서 거기서 오직 로맨틱 코미디만을 읽어내려는 다양하고도 진부한 시나리오 생성 장치' '진부한 이야기를 뛰어넘고자 하면서도 그 이야기에 붙들려 있는 소설 속 소설가 C의 곤란' '미지의 x값을 구해나가는 수학적 탐구 혹은 존재하지 않는 것과의 만남 혹은 외부 자극에 의한 집단무의식의 생성' 등을 가로지르고 연결할 때, 우리 독자의 손에 한편으로는 짜릿한 혼란이 다른 한편으로는 야릇한 인식(우리가 저마다 다른 방식으로 얼굴이 지워진 채 '비대면'의 격자 너머로 밀어넣어지고 있다는, 그런데 이 문제가 결코 새로운 현상이 아니라 우리가 오래도록 해소하지도 알아보지도 못한 지독하게 진부한 문제라는)이 쥐어지는 듯하다.

손보미의 「끝없는 밤」의 서술방식에는 경탄할 만한 집요함과 정교함이 있다. 먼저 집요함. 이 소설은 어떤 여자가 현재 앓고 있는 통증이 마치 그녀 인생의 의미에 대해서 혹은 잃어버린 무엇인가에 대해서 말 걸어오고 있다는 듯 그것이 그녀의 진실을 밀봉하고 있는 껍질이라는 듯 그 겉면을 들춰내기 위해 통증과 희미하게라도 연관되어 있는 여러 에피소드를 차례로 건드리고 온통 헤집어놓으면서 진실과 만나게 되기까지 무엇인가를 연달아 끄집어내기를 멈추지 않는다. 이 집요함이 계속해서 여러 에피소드들을 발굴하기도 하고 이야기의 흐름이 예상치 못한 곳으로 꺾여나가도록 서술의 속도와 방향을 조절한 덕분에 우리 독자들은 그녀에 대해 더 많은 것을 알아가면서 그녀의 삶과 이 소설에 말려들게 된다. 다음은 정교함. 예컨대 소설의 마지막 장면에서 바다에 빠졌다가 구조된 여자와 그 일행이 듣는 말("당신들은 두번째 기회를 얻은 거예요")은 십삼 년 전의 사주카페에서 들었던 예언(그녀는 엄청난 부자와 결혼할 운명인데, 자신도 모르는 사이 그 기회를 이미 한 번 놓쳤지만, '놓쳐버린 첫번째 남자'보다는 덜해도 마찬가지로 엄청난 부자인 '두번째 남자'와 결혼할 것이다)의 메아리다. 긴박한 순간에도 가라앉는 요트를 보고 "십억이 가라앉는다"고 외치는 속물 남편은 오래전 사주카페에서 예언을 함께 들었던 그녀의 친구들, 그녀에게 예고된 '엄청난 부자 남편'에 대해 질투하느라 사주 보는 남자가 엉터리라고 흉을 보고 몇 년 뒤 그녀의 결혼 소식에 남편 될 사람이 정말로는 엄청난 부자가 아니지 않으냐고 확인하려 드는 그 속물 친구들의 메아리다. 그녀가 미묘한 관계를 맺게 되는 남편의 친구는 남편과의 관계에서 만족할 수 없었던 그녀에게 운명이 마련해준 '두번째' 기회일 뻔했는데, 사실 남편의 친구와의 미묘한 만남을 '실현되지 않은 첫번째' 기회로 흘려버렸기 때문에 '두번째' 기회에 수의사와 결정적인 만남을 이루고 그에게 얼마간 미쳐 있을 수 있었다는 점에서, 남편과 남편 친구와 수의사는 모두 운명적인 '두번째' 기회의 메아리들이다. 기타 등등.

집요한 이야기의 흐름 속에서 서로를 되비추고 있는 이 정교한 메아리들이 그녀와 우리를 빽빽이 감싸고 빠져나가지 못하게 만들고 있기 때문에 진실에 대한 집요한 추구에도 불구하고 그녀가 약간은 위선적이고도 속물적인 자기 인생에서 드라마틱한 탈출구를 찾아내는 것은 아마 불가능할 것이고, 그것이야말로 그녀가 알고 싶지 않은 진실이며 이 소설이 말하지 않으면서 말하는 으스스한 진실일 것이다. 이 소설의 제목이 '끝없는 밤'인 이유가 여기에 있으리라. 진실의 빛에는 절대로 도달할 수 없음. 그러고 보면 그녀가 온갖 회상 속에서 자기 인생을 뒤흔들어 모종의 진실에 도달하고자 하는 동안, 그러한 집요함이 요트를 흔들고 밤의 격랑을 불러일으키는 동안, 남편은 이렇게 예언한 바 있다. "여보, 괜찮을 거야. 아무런 일[현재의 속물적 삶에서 탈출할 수 있는 그 어떤 일—인용자]도 일어나지 않을 거야."

*

「빛이 다가올 때」와 「토요일 아침의 로건」은 이번 수상작들 중 가장 조용하고 말수가 적은 편에 속하지만 그랬기 때문에 부드럽고 미묘한 것을 은은하게 표현해내는 데 성공할 수 있었을 것이다.

백수린의 「빛이 다가올 때」는 시력(빛)을 잃어가는 이모의 삶을 대신하느라 자기 욕망을 돌볼 새가 없었던 인주 언니가 뒤늦게 자기 삶을 되찾아가는 순간들을 담담히 회상하는 소설이다. 다른 사람들이라면 십대나 이십대에 겪었을 일을 인주 언니는 마흔이 넘어 처음으로 시도하고 시도한 일들이 서투르고 너절하게 되어가기 때문에 어쩔 수 없이 어딘가 좀 모자라고 우스꽝스러운 사람으로 느껴진다. 이런 인주 언니를 보면서 울어야 할까, 웃어야 할까.

그러나 안타깝게 느껴지는 어떤 사람 앞에서 우리가 이런 질문에 사로잡히지 않도록 도와주는 것이야말로 이 소설이 하고 있는 일이다. 뒤에 가서 누설되는 진실에 따르면 인주 언니의 욕망이 그저 이모의 시력 상실에 저당잡혀 있고 그녀가 자기 엄마를 위해 희생하기만 했던 것은 아니었다. 앞 못 보는 이모를 위해 인주 언니가 눈 내린 거리 풍경을 묘사해준 뒤에 시각 이외의 감각들에 예민하지 못한 인주 언니를 위해 이모가 다른 감각들을 이용해 같은 풍경을 다르게 묘사해주곤 했는데 이모와 그런 시간들을 보내는 것이 인주 언니에게는 "다른 사람들은 누리지 못할 축복"이었다고. 그러니까 이 소설은 얼핏 안쓰럽거나 우스꽝스럽게 느껴지는 장면들의 이면에서, 도저히 웃긴다거나 안쓰럽다는 식으로 규정될 수 없는 고통스럽고도 달콤한 것들에게 받아 마땅한 존중을 되돌려주는 소설인 것이다. 청소년 시절의 작중 화자가 어느 일요일 교회에 간 부모를 대신해 세탁소를 지키며 부모는 해석할 줄 모르는 한시를 읽고 한글맞춤법이 잘못된 엄마 아빠의 메모를 배경으로 영작 연습을 하며 느끼는 기묘하게 서글픈 우월감이 아마도 그 뭐라고도 규정될 수 없는 달콤하고도 고통스러운 것의 각별히 인상적인 사례일 것이다.

서유미의 「토요일 아침의 로건」의 로건에게는 주어진 상황 속에서 의미를 찾아내거나 그것을 바꿔내려는 '생각'이나 '행동'이라고 할 만한 것이 거의 보이지 않는다. 이 소설은 로건이 자신을 천천히 휩쓸어가고 있는 상황 속에 그저 담겨 있도록 하고 그것이 흘러가는 대로 몸을 맡기게 한다. 그랬기 때문에 뇌종양 판정을 받은 뒤 무엇을 어떻게 해야 할지 알 수 없게 되고 승진과 미국 지사 발령을 목표로 착착 진행되어가던 로건의 경력이 일시 정지되는, 아마도 급전직하의 인생의 하향 곡선이 시작되기 직전의 미묘한 기울어짐이 그리고 그 기울어짐에 따라 아주 조금씩 미끄러져내려가기 시작하는 한 남자의 상실감이랄까 공허함 같은 것이 투명하게 표현될 수 있었을 것이다.

그러한 투명함을 통해 로건이 자기 인생을 관조할 수 있게 되는 것에 대해 다음과 같은 불만이 있을 수 있다. 질병을 앓는다는 것은 매우 구체적인 신체 경험이고, 혼란스러운 사회적 위치 조정과 함께 다양한 인간관계의 대대적인 전환을 겪는 일일 텐데, 이 소설에서 로건의 질병은 너무나 조용하고 투명하게 처리되고 있지 않은가? 그러니까 로건의 인생 관조에는 시끄럽고 지저분한 피, 땀, 눈물, 똥과 오줌이 너무나 부족한 것이 아닌가? 물론 로건에게도 그런 격동의 순간들이 곧 찾아올 것이다. 하지만 이 소설은 그런 소란에 묻혀 자주 잊혀지는 짧은 고요함을 포착해본 것이고, 그 짧은 고요함 또한 우리 삶에 분명히 속해 있는 순간이니 그것을 진실하게 그려낸 것으로 충분하다. 월요일부터 금요일까지의 과업의 시간으로부터 물러나 있는 휴식의 토요일, 그러나 사무실이 아닌 스터디카페에서 영어를 배우며 승진과 미국 지사 발령을 이끌어내는 것으로 또다시 월요일부터 금요일까지의 시간의 순환을 더 윤택하게 만들었던 토요일이 이제 그의 인생 전체의 일요일의 전날 그러니까 죽음의 전날로 변경되었음을 알아차린, 문득 적막이 찾아오는 그 짧은 순간 말이다. 그것을 이 소설처럼 자기연민 없이 바라보게 하는 것이 생각만큼 쉬운 일은 아니다.

*

대상 수상작인 권여선의 「사슴벌레식 문답」을 두고는 거의 아무런 토론이 이뤄지지 않았다. 너무 빨리 대상작으로 결정돼 더 이상 왈가왈부할 것이 없었기 때문에? 어떤 종류의 탁월한 소설은 그것에 대해 설명하고 첨언하는 입을 다물게 하고 그저 말없이 경탄하게 하기 때문에? 명시적인 대화를 통해 다른 심사위원들의 견해를 확인할 길은 없었지만 그러나 이런 심사평을 남겨둔다고 해서 크게 잘못된 일은 아닐 것 같다.

제목으로 내세워져 있는 '사슴벌레식 문답'은 자질구레한 일상의 에피소드를 가지고 인생의 묘법을 깨우치게 하는 우화를 만들어낸, 좀처럼 잊히기 어려운 사례에 속한다. '방충망도 다 쳐져 있는데 저렇게 큼지막한 벌레가 어디로 들어왔을까' 하는 의문에 '어디로든 들어와' 하고 엉뚱하게 대답한 일을 가지고, '인간은 무엇으로 사는가'라는 무섭고 주눅들게 하는 질문에 '인간은 무엇으로든 살아가'라고 의연히 대답할 수 있는 기술을 추출하고 연습하는 장면만으로도 이 소설은 음미해볼 가치가 있다.

하지만 권여선이 쓴 것은 우화가 아니고 소설이다. 통찰력 있는 가르침으로 갈무리될 수도 있었을 하나의 우화가 변전하는 한 사람의 인생에서 혹은 그런 인생들이 무수히 끼어들어가 있는 역사의 소용돌이 속에서 어떻게 다른 의미로 계속해서 다시 읽힐 수밖에 없는가를 끝까지 파고들기. 그렇게 해서 하나의 우화가 여러 해석들을 차례로 낳게 만드는 역사의 요동치는 순간들을, 그러니까 우리가 살아왔고 아직도 살아가고 있는 1980년대 이후의 한국인들의 정치적 삶을 구체적이고도 생생하게 그려내기. 정치적 삶에 반드시 뒤따르는 혼란과 곤경을 재생시키면서도, 그것을 추상적이고도 집합적인 차원이 아니라 다른 모두를 대표할 만한 각별하게 탁월한 예외적인 개인으로부터가 아니라 평범하고 너절하면서도 독특하고 그 나름의 절실함과 위엄을 갖춘 어떤 한 사람에게서 읽어내기. 그것이 「사슴벌레식 문답」이 해낸 것이다.

*

끝으로 이번 심사에서는 유독 '시차'에서 오는 혼란이 있었다는 점을 덧붙여두고 싶다. 예심을 시작할 때만 해도 방역 완화 이후를 얼마간 살아왔던 우리로서는, 마스크 착용을 일상화하고 특정 조건에서는 대면 접촉을 엄격하게 통제해야 하는 소설 속 현실을 연달아 접하면서 새삼 우리가 가까운 과거에 정말이지 그런 이상한 방식의 삶을 살아왔다는 것을 그러나 이제 그것은 과거의 일이 되었다는 것을 실감할 수 있었다. 이 소설들이 여기서 표현하고 있는 것들은 이제 지나간 일이 되었다는 실감, 과연 그런 이상한 시절도 있었다는 실감을. 몇 년 전까지만 해도 코로나19의 대유행이 바꿔놓은 현실을 소설화하는 일이 어색하고 작위적으로 느껴지거나 무척 까다로운 과제였던 것 같은데 이제 우리 소설들이 그 바뀐 현실에 '현실성'을 부여해 장면화하고 거기서 무엇인가를 발견해내는 일이 상당한 수준으로 정착하게 되었다는 점을 여러 사례들에서 확인할 수 있었지만 어쨌거나 우리는 소설 속 현실에서 이제는 빠져나온 것이다. 그런데 본심이 가까워올 무렵 다시 확진자 수가 가파르게 증가하고 있다는 우려와 예정돼 있던 추가적인 방역 완화조치도 연기될 것이라는 전망이 여기저기서 들려왔고 심사장에 가는 길에는 다시 마스크를 꺼내 쓴 사람들을 여럿 만났다. 우리가 소설 밖 현실에서 소설 속 현실로 다시 기어들어가고 있다는, 여러 수준의 재난에 대한 우리 사회의 대응능력이 시간을 거꾸로 되돌리고 있는 중이라는 불길한 생각이 들기도 했다. 하기는, 언제 그 위기들이 다 지나간 일이 되었다는 말인가. 지난 몇 년 동안 코로나19에 감염되었기 때문에 혹은 감염되지 않으려고 애썼기 때문에 우리에게 남겨진 상처가 아직 그대로인데. 그 상처에 붙잡혀 다시는 이전으로 돌아갈 수 없는 사람들이 엄연히 존재하는데. 게다가 신종감염병 대유행의 원인이기도 한 기후 재난이 가속화되는 중이고 그에 대한 인식과 토론과 대처를 방해하는 온갖 혐오와 탈정치가 창궐하고 있는데(여기서 한번 더 올해의 김승옥문학상 대상작을 떠올리게 된다. '시차에서 오는 혼란'은 「사슴벌레식 문답」이 채택하고 있는 주된 표현 양식이자 이 소설이 오늘날의 현실에서 읽어내고자 하는 내용이니까).

그런 시차 속에서 많은 사람들이 계속해서 읽고 쓰고 했던 여름이었다. 그런 시차가 주는 혼란을 견뎌내고 또 아주 조금씩 뚫고 나갈 수 있는 힘을 우리의 읽기와 쓰기에서 길어낼 수 있으리라고 기대하면서.

김화영 권희철 양윤의 오혜진 이지은 임철우 편혜영
(대표 집필 권희철)

김승옥문학상 수상작품집
2023 김승옥문학상 수상작품집

1판 1쇄 2023년 10월 10일
1판 2쇄 2023년 11월 3일

지은이 권여선 최진영 서유미 최은미 구병모 손보미 백수린
책임편집 이재현 | 편집 김내리 정은진 강윤정
디자인 김문비 유현아 | 저작권 박지영 형소진 최은진 서연주 오서영
마케팅 정민호 서지화 한민아 이민경 안남영 왕지경 황승현 김혜원 김하연 김예진
브랜딩 함유지 함근아 고보미 박민재 김희숙 박다솔 조다현 정승민 배진성
제작 강신은 김동욱 이순호 | 제작처 영신사

펴낸곳 (주)문학동네 | 펴낸이 김소영
출판등록 1993년 10월 22일 제2003-000045호
주소 10881 경기도 파주시 회동길 210
전자우편 editor@munhak.com | 대표전화 031) 955-8888 | 팩스 031) 955-8855
문의전화 031) 955-3576(마케팅) 031) 955-1920(편집)
문학동네카페 http://cafe.naver.com/mhdn
인스타그램 @munhakdongne | 트위터 @munhakdongne
북클럽문학동네 http://bookclubmunhak.com

ISSN 3022-022X
ISBN 978-89-546-9539-8 03810

잘못된 책은 구입하신 서점에서 교환해드립니다.
기타 교환 문의 031-955-2661, 3580

www.munhak.com